루쉰의 광인일기,
식인과 광기

이 책은 2018년도 한국연구재단 대학 인문역량 강화사업(CORE) 지원에 의해 출판되었음

This study was financially supported by Initiative for College of Humanities' Research
and Education of National Research Foundation of Korea, 2018

일러두기

1. 이 책에 나오는 「광인일기」 인용문은 루쉰전집번역위원회 옮김, 『루쉰 전집』
   (전 20권)(서울: 그린비, 2010~2018)을 기준으로 합니다.

2. 인용문에서 굵은 글씨는 원문에는 없으며, 이 책의 저자가 강조를 위해 표시
   했습니다. 대괄호 [ ] 안의 설명은 저자가 독자의 이해를 돕기 위해 추가한 내
   용입니다.

3. 이 책에 나오는 외국의 인명, 지명 등은 국립국어원 외래어표기법을 따릅니
   다. 중국 인명의 경우, 1911년 신해혁명 이전은 한국식 한자음으로, 신해혁명
   이후는 표준 중국어 발음으로 표기하였습니다.

이주노 지음

루쉰의 광인일기,
식인과 광기

狂人日記

21세기북스

차례

1장 「광인일기」의 새로운 의미를 찾아서

4장 「광인일기」 연구 현황

| 1935년 5월 26일, 상하이의 루쉰

1903년 3월, 일본 고분학원 재학 시
절 변발을 자른 후의 기념사진

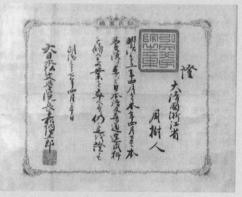

1904년 4월, 일본 고분학원 졸업증서

1904년 9월부터 1906년 3월까지 루쉰이 다녔던 센다이 의학전문학교

1912년의 루쉰

1912년 8월, 교육부에서 루쉰에게 발급한 교육부 첨사 임명장

루쉰이 「광인일기」 창작 당시 머물렀던 사오싱현관(紹興縣館). 이곳의 보수서옥(補樹書屋)에 거처했다.

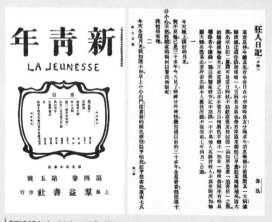

「광인일기」가 발표된 『신청년(新青年)』 표지와 첫 페이지

「광인일기」가 수록된 『외침(吶喊)』의 표지로, 루쉰이 직접 도안했다

머리말

나는 지금껏 자신을 루쉰 전공자라고 생각해본 적이 없지만, 내 전공이 중국현대소설인지라 루쉰과 전혀 인연이 없는 것도 아니었다. 그럼에도 루쉰의 소설을 연구 대상으로 다루지 않는 한 루쉰을 언급할 일은 그다지 많지 않았다. 그런데 어떻게 루쉰의 단편소설 한 편을 붙들고서 책을 한 권 낼 지경에 이르렀을까? 그 까닭을 이야기로 풀어놓으려면 전임교원 발령을 받았던 어느 사립대학 시절로 거슬러 올라가야만 한다.

그 사립대학은 당시 매우 드물게도 중국현대문학 전공자를 공개 채용하면서 두 명을 동시에 뽑았다. 함께 뽑힌 사람은 프랑스에서 루쉰을 전공하여 문학박사를 받아 갓 귀국한 이였다. 우리는 서너 살 나이 차는 있었지만 죽이 잘 맞아 술자리를 만들어 자주 어울렸다. 술자리에서의 그는 장광설에 달변이었는데, 그의 말 속에 언뜻 언뜻 비치는 문학적 상상력은 나의 탄성을 자아내기에 충분했다. 그의 거침없는 상상력은 속류 사회학적 문예이론 수준에서 허우적대던 나에게 가히 파천황적인 놀라움 그 자체였다.

그와 어울리는 시간이 길어지고 많아짐에 따라 나는 루쉰을 새로이 읽고 싶은 욕구를 강하게 느꼈다. 루쉰을 어떻게 읽을까 고민하던 끝에 내 나이에 루쉰이 썼던 글을 읽기로 하였다. "아빠는 내 나이에 무슨 생각을 했었어?"라고 자주 묻던 딸아이가 떠올라서였을 것이다. 그때 내 나이 서른여덟, 루쉰이 서른여덟에 썼던 작품이 「광인일기(狂人日記)」였다. 처음에는 늘어나는 내 나이에 맞추어 그 나이에 루쉰이 쓴 글을 읽기로 마음먹었으나, 그 약속은 지켜지지 못한 채 「광인일기」를 크게 벗어나지 못했다. 이리하여 이러구러 스물다섯 해가 지났다.

세월이 흐르는 동안 「광인일기」에 관한 논문을 네댓 편 띄엄띄엄 발표하면서 젊었을 적 마음먹었던 루쉰 연구를 손에서 놓지 않도록 자신을 다독였다. 루쉰은 "젊은 시절에 지은 글이 부끄럽기는 하지만, 결코 후회하지 않는다. 아니 오히려 조금은 사랑스럽기까지 하다"(『집외집(集外集)』 서언)라고 고백하였지만, 나는 전혀 그렇지 않다. 치기를 무릅쓴 용기는 가상하지만, 때로 그 용기가 만용에 가까웠기 때문이다. 그럼에도 불구하고 한 편의 글을 대폭 수정하고 보완했을 뿐, 나머지 글들은 원래대로 이 책에 실었다. 내 젊은 시절의 고투에 이 정도 보상이라도 기꺼이 해주어야겠다는 생각에서다.

별은 절로 빛을 내는 항성이지만, 달은 태양 빛을 반사하여 빛을 낼 뿐이다. 나는 뛰어난 문학작품이란 작가에 근거하지 않아도, 작가를 끌어들이지 않아도 절로 빛을 발하는 별이어야 한다고 믿는다. 나는 가능한 한 루쉰의 목소리를 지운 채 그의 작품을 읽어내고자 한다. 나는 그의 작품 하나하나가 작가 루쉰의 존재와 상관없이 독립적이고 자율적인 텍스트로 존재할 수 있으며, 자신 안의 내적 질서 속에서 스스로 의미를 만들어낼 수 있다고 믿는다. 이렇게 하여 작품에 대한 열린 독해가 가능해지며, 열린 독해를 통해 새로운 의미를 창출할 수 있으리라 기대한다. 아마도 나의 이러한 관점이 국내외 여러 연구자와 가장 크게 다른 점이라 할 수 있다.

이 책은 크게 네 개의 장으로 나누어진다. 첫 번째 장이 「광인일기」라는 텍스트 내부 질서에 주목하고 있다면, 두 번째 장은 텍스트 너머의 다양한 글쓰기 배경에 관심을 기울이고 있다. 세 번째 장에서는 광인과 광기를 형상화한 세계문학 가운데서 루쉰의 「광인일기」와 어깨를 겨룰 만한 작품을 골라 분석을 시도하였다. 우리나라의 중국 학계에서 아직 비교문학 연구가 활발하지 않은데, 이를 활성화하기 위한 하나의 시도로 보아도 좋을 것이다. 네 번째 장에서는 한국과 중국, 일본에서의 「광인일기」 연구 현황을 정리하였는데, 루쉰 연구자들이 한 걸음 더 나아가는 데 작은 도움이 되기를 희망한다.

루쉰의 「광인일기」는 루쉰이 오랜 침묵을 깨고 다시 문학의 마당으로 돌아와 발표한 최초의 작품이다. 「광인일기」는 이후 그의 문학 활동은 물론, 비판적 지식인으로서 참여한 사회운동의 출발점이 되었다. 바로 이러한 점으로 말미암아 「광인일기」는 루쉰의 사상, 루쉰의 혁명, 루쉰의 문학을 살펴보는 데 있어서 특별한 의미를 지니게 되었다. 이리하여 이 작품은 오랜 기간에 걸쳐 국내외 여러 연구자에게 주요한 연구 대상이 되었으며, 수많은 연구 성과를 낳을 수 있었다. 이러한 맥락에서 본다면 이 책 또한 「광인일기」 연구사의 한 점에 지나지 않을 것이며, 그렇기에 언젠가는 또 다른 뛰어난 연구 성과에 의해 가뭇없이 사라지기를 원한다.

한 편의 글을 쓸 때마다 늘 반복하는 일이지만, 정해진 시각이 임박해서야 시간에 쫓기듯이 허둥지둥 글을 마무리하게 된다. 이 책도 이러한 타성에서 끝내 벗어나지 못했다. 아마도 지금은 보이지 않겠지만, 조금만 시간이 흐르면 곳곳에서 허점이 눈에 뜨이고 해진 곳이 벌어질 것이다. 여러 연구자의 질정을 기대한다. 이 책의 저술에 필요한 자료를 구하느라 수고를 아끼지 않은 우리 대학 도서관 선생님들께 감사의 인사를 전한다. 엉성한 원고가 이나마 책 꼴을 갖추게 된 것은 오로지 21세기북스 편집부의 정성 덕분이기에 여기에 고마움을 전한다.

2019년 12월

이주노

 **1장**

「광인일기」의
새로운 의미를 찾아서

작품은 작가 손을 떠나는 순간부터 하나의 우주가 된다. 이 우주는 작가에 의해 창조되었지만, 작가가 의도적으로 통제할 수 없는 요소를 이미 자기 안에 지니고 있다. 자기운동을 하는 이 우주는 유한하되 시작과 끝이 없는 무한의 시공간이다. '이 우주는 무엇인가'라는 질문부터 '왜, 어떻게 존재하는가'라는 질문에 이르기까지, 이 우주를 기술하고 설명하는 이론적 시도는 끊임없이 이어져 왔다. 만약 이러한 시도를 통하여 이 우주의 존재를 완벽하게 해명하는 이론이 발견된다면, 그것은 독자의 이성이 거둔 최종 승리라고 할 수 있다. 이때야 비로소 우리는 창조자의 마음을 헤아릴 수 있기 때문이다.

창조물에 대한 창조자의 언술은 성서처럼 떠받들어지기도 하지만 여기서는 잠시 옆으로 치워두자. 텍스트에 대한 작가의 언술은 때로 창조물을 이해하는 길잡이 노릇을 하기도 하지만, 작가의 글쓰기 전략에 따라 의도적으로 텍스트를 왜곡하는 때도 있다. 설령 그렇지 않더라도 이 우주 스스로 자기복제와 재생산 능력을 지닌 터라 창조자의 원래 의도와 달리 예상하지 못했던 부피와 무게로 불어나거나 줄어드는 경우도 숱하다. 차라리 이 우주의 갖가지 의미 있는 요소들이 어떻게 서로 연관을 맺으면서 자기 나름의 모습을 드러내는지를 살펴보자.

이 책에는 새로우면서 기이한 것이라고는 아예 존재하지 않는다. 다만 독자라면 누구나 이전에 한 번쯤은 눈여겨보았음 직한, 그리하여 나름대로 문학적 상상력을 한껏 발휘하여 보았을 의미항에 대해, 혹은 그것들의 소설 내적 관계에 대해 제한된 문제의식의 영역 속에서 묻고 답할 따름이다. 여기서 '제한된 문제의식의 영역'이라고 한 것은 텍스트 내부의 질서를 우선하여 관찰한다는 것, 다시 말해 텍스트 바깥의 사실을 끌어당겨 텍스트 내부의 질서를 해명하는 일은 하지 않겠다는 의미다. 이런 작업을 해나가노라면 「광인일기」가 지닌 의미 구조가 이전과는 다른 모습으로 드러날 것이다.

1

「광인일기」의 의미생성구조

　「광인일기」는 미친 사람의 일기다. 미친 사람의
일기를 읽으며 우리가 무엇을 알 수 있을까? 작가는 이 일기를 통해
독자에게 무엇을 말하고자 하는 것일까? 이를 알아보기 위해서는
우선 광인인 '나'의 사유 구조를 들여다볼 필요가 있다. 즉 '나'가 세
계를 인식하는 경로가 무엇인지, 세계를 어떻게 새롭게 인식하는지,
세계를 사유하는 방식은 무엇인지를 살펴보아야 한다. 아울러 '나'
의 세계 인식이 '나'의 망상 및 광기와 어떤 관계를 맺고 있는지 또
한 살펴보아야 한다. 이렇게 텍스트를 따라 '나'의 사유 구조를 살펴
다 보면 이 작품이 지닌 의미망을 새로이 포착해낼 수 있다.

대립적 의미항: 달과 개

작품의 첫머리가 작가의 글쓰기에서 대단히 중요하다는 사실은 새삼스레 지적할 필요가 없다. 작품과 독자가 최초로 대면하는 첫머리는 독자에게 필요 이상의 정보를 제공하지 않음으로써 독자의 읽기 행위를 수월치 않게 하려는 작가의 감춤의 의도와, 그럼에도 불구하고 작품 전체의 분위기를 전달하여 독자를 끌어당기지 않으면 안 되는 드러냄의 의도가 모순적으로 부딪치는, 그리하여 긴장감이 가장 팽팽한 지점이다. 「광인일기」 제1절은 바로 이러한 좋은 예다.

오늘 밤, 달빛이 참 좋다.

내가 달을 보지 못한 지 벌써 30여 년, 오늘 보게 되니 정신이 유난히 상쾌하다. 지난 30여 년이 온통 흐리멍덩했음을 이제야 깨달았다. 하지만 모름지기 조심하지 않으면 안 되는 법. 그렇지 않다면 저 자오 (趙) 씨네 개가 왜 날 흘끗거리겠는가?

내가 겁을 먹는 것도 그럴 만하다.

독자가 알아차리든 어떻든 작가는 제1절에서 이 작품의 가장 주요한 의미항들을 드러낸다. '달'은 그 첫 번째 의미항이다. 오늘 밤 밝은 빛의 '달'은 자연현상으로서의 달이다. 그러나 '내가 달을 보지 못한 지 벌써 30여 년'이라고 진술하는 순간, 그 '달'은 그저 밤하늘에 떠 있는 자연계의 일부가 아니다. 자연계 일부인 '달'이라면 30여

년간 의식하지 못하였을 리가 없다. 게다가 달을 보는 순간 '정신이 유난히 상쾌하다'라는 진술은 '달'이 '나'의 정신세계에 변화를 초래하였음을, 다시 말해 '나'가 새로운 인식에 도달하였음을 의미한다. '나'가 상쾌함을 느끼는 까닭은 '달'을 '나'가 새로이 의식했기 때문이다. 그렇다면 여기에서의 '달'은 '나'를 새로운 인식으로 이끈 주체적 사유 공간으로서의 의미를 지닌다. 자연계 일부에서 사유 공간으로 전화된 '달'을 통해 '나'는 '지난 30여 년이 온통 흐리멍덩했다'라는 사실, 즉 자신의 세계 인식이 관습적이고 일상적이었다는 사실을 새로이 깨닫는다. 여기에서 '달'은 '나'의 세계 인식에 전환의 계기가 되는 의미항이다.

이 작품에서 '달'은 이후 몇 차례 더 등장한다. 제2절에서 '나'는 '오늘은 전혀 달빛이 없다'라고 진술한다. 제1절에서 관습화된 일상으로부터 벗어난 새로운 인식은 개의 흘끗거림이 거슬릴 정도로 '나'에게 낯설고 두렵다. '나'는 아직 과거의 인식 체계와 현재의 새로운 그것 사이의 경계선 위에 서 있으며, 나의 세계 인식은 새롭긴 하지만 완전하지도, 미덥지도 못하다. 그래서 '오늘은 전혀 달빛이 없다'에 이어 '좋지 못한 징조라는 것을 나는 안다'라고 불안감을 드러낸다. 즉 자연현상으로서 '달'의 부재는 곧 사유 공간의 축소를 낳고 인식 전환의 불확실성을 초래한다. 감성적이고 즉자적인 단계에 머물러 있는 '나'의 인식 체계는 삶의 존재 조건에 대한 면밀한 분석과 해명을 거쳐야만 완전하고 철저한 세계 인식에 이를 수 있다.

이 작품의 제2절부터 제7절까지는 바로 '나'의 삶을 규정짓는 존재 조건에 대한 물음과 답변을 통해 그 본질을 분석하고 해명하는 과정이라 할 수 있다. 이 과정을 거치고 세계 인식이 달라진 '나'는 제8절에서 어느 사나이와의 대화 중 '날씨야 좋지. 달빛도 밝고'라고 진술한다. 사나이가 질문을 회피하려 '오늘 날씨가 참 좋군요'라고 얼버무리자, '나'가 생각 끝에 되받아친 진술이다. 여기에서의 밝은 '달'빛은 '나'의 새로운 인식 체계가 여전히 굳건할 뿐 아니라 '나'의 세계 인식이 보다 명징해졌음을 의미한다. 이렇게 보노라면 결국 '달'은 '나'의 새로운 세계 인식을 가능케 하는 사유 공간이자 인식 체계의 완전성을 입증하는 가늠자라고 할 수 있다.

이제 다시 제1절로 돌아가자. '나'는 30년이 넘도록 유지해온 '나'의 세계 인식을 부정하고 유난히 상쾌함을 맛보지만, 동시에 조심하지 않으면 안 된다는 불안감에 휩싸인다. 그것은 '나'를 흘끗거리는 자오 씨네 '개'의 시선 때문이다. '개'는 이 작품에서 '달'에 이어 등장하는 주요한 의미항이다. 그렇다면 '개'는 이 작품에서 어떤 성격을 지니고 있는가?

제1절에서 '나'를 쳐다보았던 '개'의 시선은 상쾌했던 '나'의 기분을 일시에 불안하게 만들었을 만큼, '나'에게 강렬한 인상을 남긴다. 이후 '개'의 흘끗거리는 시선은 조귀 영감과 아이들, 길거리 여자, 그리고 여러 사람의 눈빛으로 변형되어 집요하게 '나'를 따라다닌다. 이들의 괴상한 눈초리[怪眼色]와 괴상한 눈[怪眼睛]으로 대표되는 험악한 눈초리[眼光凶狠]는 늘상 쩍 벌린 입[張嘴]과 푸르딩딩한 얼굴[鐵青的臉色, 青面, 滿臉青色], 뻐드렁니[獠牙] 등의 흉측스러운 모습[凶相]

과 함께한다. 그리고 괴상하고 험악하며 흉측스럽다는 형용사들은 길거리의 여인이 물어뜯다[咬口], 이리마을[狼子村]에서는 때려 죽이다[打死]와 심장을 꺼내다[挖出心肝來], 기름으로 튀기다[用油煎炒] 등의 폭력적인 동작과 관련 있다.

이처럼 이 작품에는 폭력을 암시하거나 지시하는 형용사와 동사가 반복적으로 사용되고 있는데, 이러한 형용사와 동사는 '개'의 모습 및 동작과 긴밀하게 이어져 있다. 그뿐만 아니라 '개'는 이리마을의 이리와 이리의 친척인 하이에나 등의 변형을 통해 그 의미를 지속 및 확장하고 있다. 제7절에서 '나'는 '그들이 죽은 고기밖에 먹을 줄 모른다'라는 사실로부터 하이에나를 연상하고, '이리' 및 '개'와의 친족 관계를 거쳐 '자오 씨네 개'까지 연결한다. 즉 형을 포함한 마을 사람들의 '식인성'은 하이에나의 잔인성 및 흉포성과 연관되며, 이리마을의 폭력성을 거쳐 '자오 씨네 개'에까지 그 의미망을 확장한다.

또 한 가지, 제6절의 '자오 씨네 개가 또 짖어대기 시작한다'에서 '또[又]'의 의미에 주의할 필요가 있다. 여기에서 '자오 씨네 개'는 앞에서 밝힌 대로 폭력성을 상기하는 역할을 한다. 아울러 뒤이어 진술하는 '사자 같은 음흉함, 토끼 같은 겁약함, 여우 같은 교활함'을 통해 폭력성의 본질을 독자에게 일깨워준다. 이후 '자오 씨네 개'는 제7절과 제10절에서 반복적으로 등장하여 폭력적 세계에 대한 '나'의 인식을 심화한다. 여기에서 '개'는 폭력성을 상징하는 물상이며, '개'의 시선과 관련된 변형물들은 모두 '먹다[吃]'라는 동작과 관련된 식인성을 암시한다고 볼 수 있다. 결국 '개'는 '나'의 과거로부터 현재까지의 존재 조건과 관련을 맺는, 시공간의 폭력성의 투사물로서 '달'과 상반되는 의미항이다.

제1절에서 '내가 그럴 만하다'라고 여기는 두려움은 바로 새로운 세계 인식을 가져온 '달'과 현실 세계의 폭력성(곧 식인성)을 의미하는 '개' 사이의 긴장 관계에서 기인한다. 이렇게 본다면 제1절은 천상의 달과 지상의 개, 밝음과 흐리멍덩함, 상쾌함과 두려움, 오늘과 지난날 등의 이항대립 구조로 이루어져 있음을 알 수 있다. 이들의 대립 구조는 제2절 이후 새로운 세계 인식과 폭력적 현실 사이의 긴장이 높아짐에 따라, 다시 말해 '나'의 망상이 심해지고 광기가 격해짐에 따라, '나'와 타자의 대립, 나아가 '나'와 또 다른 '나'의 대립으로 확장된다. 바로 제1절에서 이러한 이항대립 구조가 낳은 긴장 관계는, '나'의 입장에서는 세계에 대한 인식이 깊어짐을 의미하지만, 타인의 관점에서는 '나'의 망상이 심해짐을 의미한다.

'나'의 세계 인식 과정

감성적 인식(제1절~제5절)

제1절에서 '자오 씨네 개'는 '나'에게 알 수 없는 두려움과 불안을 안겨준다. 이 두려움과 불안은 제2절에서 여러 사람과의 만남을 통해 더욱 증폭된다. '자오구이(趙貴) 영감의 수상쩍은 눈초리'와 '입을 쩍 벌린 채 히죽거리는 험상궂은 남자', '자오구이 영감과 똑같은 눈

초리에 푸르죽죽한 얼굴빛의 아이들'을 잇달아 만난다. '나'는 그들이 이러한 표정을 짓는 이유를 알지 못하는지라 '자오구이 영감과 무슨 원수를 졌지? 길거리 사람들과는 또 무슨 원수를 졌을까?'라고 의문을 품는다.

'나'는 20년 전에 구주(古久) 선생의 장부를 걷어찬 일을 근거로 자오구이 영감이 '나'에게 원한을 품었으리라고 추론한다. 아이들의 수상쩍은 눈빛은 '나'를 '두렵게 만들고 어리둥절하게 하며 마음 아프게 한다.' 하지만 아이들과 얽힌 과거의 사건이 없기 때문에 그 까닭을 추론할 수 없다. 그리하여 '나'는 '이건 녀석들의 어미 아비가 가르쳐 준 것'이라는 나름의 인식에 도달할 뿐이다. 이렇게 하여 제2절에서 '나'는 감각기관을 통한 자극, 즉 집 밖 외부 사람들의 수상한 눈빛과 쑥덕거림에 대해 즉자적인 최초의 감성적 인식(sensuous cognition)에 도달한다.

그러나 이러한 감성적 인식은 잠정적일 수밖에 없다. 이 감성적 인식에는 '나'가 도저히 납득할 수 없는 논리적 허점이 있기 때문이다. 즉 이전의 갖가지 억압과 폭력 속에서도 '녀석들의 어미 아비'에 해당하는 그들의 얼굴빛이 어제만큼 무섭고 사납게 '나'를 적대시한 적이 없었다는 점이다. 게다가 어제 만난 길거리의 아낙은 제 자식을 때리면서도 나를 쳐다보면서 '이 웬수야! 물어뜯어도 시원찮을 놈아!'라는 욕설을 퍼부었다. 그리고 악인을 죽여 심장과 간을 튀겨 먹었다는 이리마을 소작인의 이야기를 듣던 중에 한마디 거들었다가 소작인과 큰 형이 '나'를 힐끗 쳐다보았던 일도 있었다. 그런데 마을 사람들이 '나'를 적대시하고 욕하는 까닭은 물론 소작인과 형이 힐끗 쳐다본 까닭을 '나'는 전혀 알지 못하고 있다(제3절).

그렇지만 감각되는 사실에 대한 추론만으로도, '나'는 '집 안 사람들의 눈초리가 집 밖 사람들의 눈초리와 똑같'고 '소작인과 큰형의 눈초리가 바깥의 작자들과 똑같다는 것'을 깨닫는다. 타인의 시선의 동질성에 근거하여 '나'는 '물어뜯겠다!'라는 아낙네의 말이나 시퍼런 얼굴에 송곳니를 드러낸 사람들의 웃음이나, 엊그제 소작인의 말을 모두 암호로 받아들이며, '그들의 말 속에는 온통 독이 가득하고, 그들의 웃음 속은 죄다 칼로 가득 차 있으며, 희번드르르 늘어서 있는 그들의 이빨은 사람을 잡아먹는 도구'임을 간파해낸다. 이리하여 '나'는 '그들이 나를 잡아먹지 말라는 법은 없을 것'이라는 두 번째 감성적 인식에 도달한다(제3절).

그러나 이번의 감성적 인식 역시 잠정적일 수밖에 없다. 그들이 잡아먹는 것은 잡아먹히는 대상이 악인이기에 가능하겠지만, '나'는 악인이 아니기 때문이다. '나'는 그들의 꿍꿍이속을 알 수가 없고, 그들의 속셈이 도대체 어떠한지 짐작조차 할 수 없다. '나'는 "만사는 모름지기 따져보아야 하는 법"이라면서 다시 추론을 이어간다. 그리하여 역사책을 뒤진 끝에 페이지마다 적힌 인의도덕(仁義道德)이라는 글자의 틈새에서 '식인'이라는 글자를 알아본다. 마침내 '나'는 타인이 "하나같이 방긋 웃음을 머금고서 수상쩍은 눈을 부릅뜬 채 나를 보았던 것"이 '그들이 나를 잡아먹으려 함'이었다는 사실을 깨닫는다. '나'는 이제 세 번째로 감성적 인식에 도달한 것이다(제3절).

이러한 감성적 인식 과정에서 타인의 시선에 대한 '나'의 의구심과 의문, 그리고 '알 수 없음[不可知]'의 토로가 반복적으로 등장한다. 즉 "자오 씨네 개가 왜 날 흘긋흘긋 쳐다보는가?"(제1절)부터 "내가 자오구이 영감과 무슨 원수를 졌지? 길거리 사람들과는 또 무슨 원수를 졌지?", "[꼬마 녀석들은] 오늘 무엇 때문에 겁먹은 듯, 해치려는 듯한 수상쩍은 눈알을 부라리는 걸까?"(제2절) 등이 의구심 섞인 물음이나, "내막을 더 캘 수 없었다[猜不出]"라거나 "그들에게 속셈이 따로 있는 모양인데, 전혀 가늠할 수가 없다[猜不出]", "저들의 꿍꿍이속을 어찌 짐작이나 할 수 있겠는가[那里猜得到]"(제3절) 등은 '알 수 없음'의 안타까운 고백이라 할 수 있다. 요컨대 보이고 들리는 감각적인 표상에 대한 '나'의 추론이 이성적이고 논리적이기보다는 감성적이고 즉자적이라는 것이다.

그러나 '나'는 감각적 표상에서 무언가를 추론하고 발견해낸다. 즉 제1절에서 '개'의 흘긋거리는 시선은 제2절에서 자오구이 영감의 수상한 눈빛, 거리의 사람들과 아이들의 눈빛으로, 그리고 제3절에서는 거리의 여인 및 사람들 한 떼의 눈빛, 소작인과 형의 눈빛으로 확장된다. '나'를 둘러싼 세계는 인간관계의 친소와 관계없이 모두가 동질의 폭력적인 시선을 지니고 있으며, 그 폭력적인 시선의 본질은 식인성이다. 이러한 타인의 시선의 동질성에 근거하여 나의 감성적 인식은 다음과 같이 발전한다. 이건 녀석들의 어미 아비가 가르쳐 준 것이다→그들이 나를 잡아먹지 말라는 법은 없다[未必不吃我]→그들이 나를 잡아먹으려 한다[想要吃我]. 개연성이 점차 확실성으로 바뀌고 있음을 알 수 있다.

'나'는 '그들이 나를 잡아먹으려 한다'라는 감성적 인식의 정확성에 확신을 지니고 있다. 이러한 '나'에게 아침 식사로 채소 한 접시에 찐 생선 한 접시가 제공된다. 그러나 '나'에게 생선의 '희고 딱딱한 눈깔과 쩍 벌린 입'은 지금까지 보아왔던 타인의 폭력적 시선과 등가물이다. 생선의 눈과 입으로부터 식인성을 간파한 '나'는 생선을 거부한다. 폭력적 시선에 대한 심리적·정신적 공포와 불안은 구토라는 육체적 거부 현상으로 표출된다. 구토는 '나'가 식인의 폭력성에 젖은 일상적이고 관습적인 사고에서 벗어났으며, 더는 이를 받아들이려 하지 않음을 의미한다(제4절).

감성적 인식에 의지하여 세계 인식에 도달한 '나'는 의사라는 늙은이의 '흉악한 눈빛[滿眼凶光]과 흘끔거리는 흉측한 눈[鬼眼睛]'으로부터 폭력적 시선을 간파하고, 그가 분장한 망나니임을 알아낸다. 나아가 의사와 귓속말을 나누는 큰형을 보고서 "패거리를 모아 나를 잡아먹으려 하는 자가 바로 내 형"이며 "사람을 잡아먹는 자가 내 형"임을 깨닫는다(제4절). '나'는 큰형에 대한 추론과 감성적 인식을 정당화하기 위해 큰형의 과거 발언을 떠올린다. 즉 '자식을 바꾸어 먹는다[易子而食]'와 '살은 먹고 살갗은 깔고 잔다[食肉寢皮]'라는 큰형의 발언에 근거하여 큰형의 "마음속에는 사람을 잡아먹고 싶은 생각이 가득하다"라고 추론한다. 이로써 '나'는 형의 과거와 현재 모두를 식인성으로 규정하기에 이른다(제5절).

이처럼 명징한 세계 인식에 대한 '나'의 확신은 이전에 보여주었던 의혹과 '알 수 없음'의 반복적인 토로와는 달리, 자신감 넘치는 언어의 구사로 나타난다. 즉 늙은 의사의 눈빛을 보는 순간 "이 늙은 이가 분장한 망나니라는 것을 내가 어찌 모르겠는가![豈不知道]"라고 말하고, 진맥이라는 의료 행위에 대해서도 "맥을 짚어본다는 핑계로 살이 쪘는지 말랐는지 살펴보려는 것임에 틀림없다[無非]"라고 생각한다. "그 늙은이는 땅바닥만 내려다보고 있었지만, 나를 어찌 속일 수 있을까 보냐[豈能瞞得我過]"라고도 한다.

세계 개조의 시도와 실패(제6절~제10절)

명징한 세계 인식에 도달한 '나'에게 '자오 씨네 개의 짖어대는' 소리가 다시 들려온다. 폭력적 시선과 맞물린 개의 이미지를 떠올리면서 '나'는 '개'의 폭력성, 즉 식인성의 본질을 "사자 같은 음흉함, 토끼 같은 겁약함, 여우 같은 교활함"으로 규정한다(제6절). 이는 "하나같이 방긋 웃음을 머금고서 수상쩍은 눈초리로 부릅뜬 채 바라보고", "사람을 잡아먹고 싶어 하면서도 음흉스러워 어물쩍 감출 생각에 선뜻 손을 쓰지 못하는 꼬락서니"와 "제 손으로 죽이는 건 내키지도 않고 또 그럴 배짱도 없는", 그리하여 "죽은 고기밖에 먹을 줄 모르는" 특성을 가리킨다. 이러한 확신에 근거한 '나'의 자신감은 식인을 저주하며 만류하는 일을 형한테서부터 착수하겠노라는 계몽의 다짐으로 나아간다.

'나'의 확신은 제8절의 첫머리인 "사실 이런 이치는 지금쯤이면 그자들도 이미 알고 있어야 마땅할 터이련만"이라는 대목에서도 여실히 엿볼 수 있다. 그러나 '나'의 확신에 찬 세계 인식은 스무 살 남짓의 젊은이에게 거부당하고 만다. "사람을 잡아먹는 일이 옳은가?"라는 '나'의 끈질긴 문제 제기는 "있을 수도 있겠지요. 뭐, 예전부터 그래 왔으니까"라는 젊은이의 관습적 사고에 가로막히고, "여태껏 그래 왔다면 옳단 말이냐?"라는 '나'의 반박은 "그런 얘긴 그만둬요. 말도 안되는 소리를!"이라는 일방적인 입막음에 저지당한다(제8절).

'나'는 젊은이와의 불통(不通)에 의지가 꺾이지 않는다. '나'는 큰형을 찾아가 "사람을 잡아먹는 놈들이 무슨 짓인들 못하겠느냐"라면서 "오늘 당장 착해질 수 있으니 안 된다고 말씀하세요!"라고 권유한다. 그러나 나의 권유는 "모두 나가요! 미친놈이 무슨 구경거리라고!"라는 흉측한 얼굴의 큰형이 외치는 고함에 파묻혀 물거품이 되고 만다. '나'는 큰형의 '미친놈'이라는 '딱지 붙이기'가 상대에게 잘못을 뒤집어씌우는 상투적인 수법임을 알기에 꿋꿋하게 "지금 당장 고쳐야 해. 진심으로 고쳐먹으라고!"라면서 외친다. 이때 '나'의 확신과 자신감은 "하지만 내 입을 어찌 틀어막을 수 있겠는가![如何按得住我的口]"라는 태도에 절절히 배어있다(제10절).

세계에 대한 인식이 명징해지는 순간 다시 들려오는 '개 짖는 소리', 이는 곧 세계의 폭력성에 대한 환기이자 확신을 의미한다. 이 확신을 바탕으로 시도했던 '나'의 세계 개조는 관습적 사고와 일방적인 입막음, 그리고 딱지 붙이기에 의해 실패로 돌아가고 만다. '나'의 설득과 외침은 고정관념과 편견, 그리고 배제의 논리에 가로막히고 재갈이 물린다.

이성적 인식(제11절~제13절)

명징한 세계 인식에 대한 확신에 의지하며 꿋꿋하게 버텼지만, '나'의 세계 개조는 정당성을 전혀 인정받지 못한 채 '나'는 방에 갇히고 만다. 그러나 "젓가락을 들자 큰형이 떠올랐다"라는 대목에서 엿볼 수 있듯이, 외부 세계의 폭력성과 식인성에 대한 '나'의 인식은 조금도 줄어들거나 약해지지 않았다. '나'는 '밥을 먹는 행위'로부터 '사람을 잡아먹는 행위'를 유추해내고, '사람을 잡아먹는 행위'를 큰형의 식인성과 연관시킨다. 이제 '나'에게는 일상적 행위마저도 특별한 의미를 띤다.

이리하여 지난날 일상적 의미였던 누이동생의 죽음 역시 특별한 의미로 재해석된다. 그 결과 '나'는 "누이동생은 큰형에게 잡아먹혔"으며, "어머니 역시 알고 계셨을 것"이라고 추론한다. 나아가 "어머니 역시 안 된다고 하시지 않으셨"으며 누이동생의 살을 먹었으리라고 추론한다. 이렇게 하여 '나'의 추론은 큰형에 이어 뜻밖에 어머니마저 식인의 사슬 속에 포박하고 만다. 그런데 "어머니는 끝없이 우셨"으며, "그날 우시던 모습은 지금 떠올려 보아도 마음 아프다"라고 '나'는 말한다. 남을 잡아먹는 자들은 "기쁨에 넘쳐 목메어 우는 웃음소리를 터뜨려야"(제7절) 마땅하지 않을까? 그렇기에 어머니의 울음은 '나'에게 "참으로 이상한 일이다![眞是奇極的事]"라고 받아들여진다.

어머니의 울음을 떠올리는 순간, '나'의 사고 체계는 혼란에 빠진다. '나'는 이처럼 혼란스러운 상황을 제12절 앞머리에서 "생각을 할 수 없게 되었다[不能想了]"라고 밝힌다. 상태의 변화를 나타내는 '了'의 용법을 감안하면, 적어도 지금까지 '나'는 나름대로 생각을 밀고 나아왔는데, 이제는 그렇게 할 수 없게 되었다는 것이다. 지금까지의 세계 인식 어딘가에 오류가 있었음이 틀림없다. 어쩌면 '나'와 타자를 이분법으로 구분해왔던 '나'의 사고틀에 문제가 있었을지도 모른다. 비로소 '나'는 자신을 객관화할 수 있는 계기를 맞이하였다. 그리하여 "사천 년 동안 내내 사람을 잡아먹어 온 곳. 오늘에야 깨달았다, 나 또한 그 속에서 섞여 살았다는 것을"이라고 고백한다. 그리고 "나도 모르는 사이에 내 누이동생의 살점을 먹지 않았다고 장담할 수는 없다"라고 자신의 식인성을 인정한다(제12절). 이제 '나'를 기준으로 피해자와 가해자를 나누는 구분은 더는 존재하지 않는다. '나'를 포함한 우리 모두는 '식인성'의 과거와 현재 속에 아무런 반성적 사유 없이 안주해 있는 가해자이자 피해자이다.

 '즉자적이고 감성적인 인식'에서 '대자적이고 이성적인 인식'으로의 전환 사이에는 세계 인식에 대한 개연성 혹은 불확실성이 감추어져 있다. 그것은 "그가 음식 속에 섞어서 몰래 우리에게 먹이지 않았으리라는 법은 없다[未必不(……)給我們吃]"와 "나도 모르는 사이에 내 누이동생의 살점을 먹지 않았다고 장담할 수는 없다[未必(……)不吃]"라는 말로 드러난다. 이 두 곳의 '未必不'은 "그들이 나를 잡아먹지 말라는 법은 없다[未必不吃我]"(제3절)라는 불확실성('혹 나를 잡아먹을지도 모른다'라는 개연성)과 동일한 맥락에 놓여 있다. 이렇게 보노라면, '나'는 처음에 감성적 인식에서 출발하여 명징한 세계 인식에 이르렀다고 확신하고, 그 명징한 세계 인식에 의지하여 타인에게 사고 전환을 촉구하였다가 실패를 맛본다. 그리하여 다시 이성적 인식에 의지하여 새로운 세계 인식을 모색하지만, 그 세계 인식은 아직 불확실한 상태에 놓여 있다.

이 모호하고 불확실한 세계 인식은 "애초에는 몰랐지만 이젠 알겠다, 참된 사람을 만나기 어려움을!"이라는 고백에서도 읽어낼 수 있다. '참된 사람을 만나기 어려움[難見眞的人]'에서 '難見'은 '아예 만날 수가 없다'라는 의미가 아니라, '만날 수는 있겠지만 그 개연성이 매우 낮다'라는 의미일 터이다. 이 불확실성은 제13절에서 "사람을 잡아먹어 본 적이 없는 아이가 혹 아직도 있을까?"라는 진술로 이어진다. 이 진술 역시 위의 '참된 사람을 만나기 어려움'과 연결 지어 생각해보면, '사람을 잡아먹어 본 적이 없는 아이'가 결코 없진 않겠지만 존재할 개연성은 매우 낮다는 의미일 것이다.

지금까지 이 작품을 크게 세 단계로 나누어, 각 단계에서 '나'의 세계 인식의 성질과 인식 결과를 살펴보았다. 간단히 정리하자면, 첫 번째로 감성적 인식 단계에서는 감각적이고 즉자적인 추론을 통해 '혹 나를 잡아먹을지도 모른다'(개연성)에서 '나를 잡아먹으려 한다'(확실성)라는 인식으로 나아간다. 두 번째 단계에서는 감성적 인식의 확실성에 의지하여 '식인하는 사람이 나의 형'이라는 데서 '당장 고쳐야 한다'라는 인식으로 나아간다. 세 번째로 이성적 인식 단계에서는 자신을 객관화함으로써 '나도 사람을 잡아먹었다'와 '참된 사람을 만나기 어렵다'라는 인식에 도달한다. 논리적 추론에 의한 감성적 인식과 이에 대한 확신, 나아가 확신에 근거한 개조 시도와 실패, 새로운 이성적 인식으로 나아감. 이러한 인식의 심화 과정은 타인의 관점에서 본다면, '나'의 망상이 더욱 심해지고, 이에 따라 광기의 양상이 격해지는 과정으로 받아들여질 수 있다.

세계 인식의 메커니즘

논리적 오류와 광기

그렇다면 '나'의 새로운 세계 인식은 정확한 논리적 추론과 논증에 따라 결론을 도출해내고 있는가? '나'의 사고 체계는 어떤 메커니즘 속에서 작동하고 있는 걸까? 감성적 인식으로부터 이성적 인식에 이르는 과정에서, 그리고 폭력적 시선의 동질성을 확인하고 그 본질을 식인성이라고 규정하는 과정에서 어떤 논리 체계가 작동하고 있는가? 이 작품의 제1절을 참고하여 그 실마리를 풀어보자.

오늘 밤, 달빛이 참 좋다.
내가 달을 보지 못한 지 벌써 30여 년, 오늘 보게 되니 정신이 유난히 상쾌하다. 지난 30여 년이 온통 흐리멍덩했음을 이제야 깨달았다. 하지만 모름지기 조심하지 않으면 안 되는 법. 그렇지 않다면 저 자오 (趙) 씨네 개가 왜 날 흘끗거리겠는가?

내가 겁을 먹는 것도 그럴 만하다.

여기에서 '나'는 '30여 년 만에 처음 보는 달'이 안겨준 상쾌한 정신 상태를 통해 '지난날이 흐리멍덩했음'을 깨닫지만, '자오 씨네 개의 흘끗거림' 때문에 조심해야겠다는 두려움을 느낀다. 이러한 사고의 흐름을 논리학 관점에서 살펴보면, '오랜만에 보는 달'과 '상쾌한 정신' 사이에, 그리고 '개의 흘끗거림'과 '조심해야겠다는 두려움' 사이에는 관련성이 거의 존재하지 않는다. 그다지 서로 관련이 없는 것들을 근거와 결론으로 제시하는 논리적 오류를 범하고 있다. 제1절을 '나'의 발광, 즉 광기의 현현으로 보는 이유가 바로 이것이다.

제2절에서 '나'의 사고는 이렇게 정리할 수 있다. 자오구이 영감과 길거리 사람들의 수상쩍은 눈초리는 '나'가 구주 선생의 장부를 걷어찼다는 소문을 들은 자오구이 영감이 분개하여, '나'에게 누명을 씌워 적대하자고 길거리 사람들과 약속했기 때문이다. 그러나 구주 선생의 장부를 걷어찬 일과 자오구이 영감의 분개 사이에는 인과가 전혀 없으며, 자오구이 영감과 길거리 사람들의 약속 사이에는 논리적 근거가 아무것도 없다. 여기에서 '나'의 사고 역시 논리적 오류에 빠져 있다. 다만 제1절의 논리적 오류에 비해 제2절의 논리적 오류가 훨씬 심하기 때문에 '나'의 광기가 더욱 심해졌음을 알 수 있다.

이처럼 논리적 추론에 관련이 없거나 논거가 애매한 경우 외에, 이 작품에서 주목할 만한 것은 언어라는 기호 체계의 양면 중 감각으로 지각하는 '소리'의 측면과 감각으로 지각할 수 없는 '뜻'의 측면, 즉 기표(시니피앙)와 기의(시니피에)가 서로 어긋나 미끄러지는 경우다. 제3절의 다음 부분을 통해 이들 문제에 다가가 보자.

제일 괴상한 것은 어제 길거리에서 만난 그 아낙네였는데, 제 아이를 때리면서 입으로 이렇게 말하였다. "이 웬수야! 물어뜯어도 시원찮을 놈아!" 그러면서도 그녀의 눈은 나를 쳐다보고 있었다. 나는 섬찟 놀랐고 그 놀라움을 감출 길이 없었는데, 흉악한 얼굴에 이를 드러낸 한 무리의 사람들은 모두 큰 소리로 웃었다.

아낙네의 '아이를 물어뜯다[咬口]'라는 음성 신호에 대해 '나'와 '한 무리의 사람들'은 각각 다른 반응을 보인다. '나'는 감출 길 없는 놀라움을 드러내고, '한 무리의 사람들'은 큰 소리로 웃음을 터뜨린다. 이 차이는 발신자의 동일한 음성이 수신자에 따라 각각 다른 의미로 받아들여지고 있음을 보여준다. 그 의미의 '다름'은 무엇을 가리키는가? 새로운 세계 인식의 주체인 '나'에게는 문자 그대로 '물어뜯다'라는 폭력적 의미지만, 폭력성에 젖어 있는 아낙네나 '한 무리의 사람들'에게는 '혼내주다' 정도의 일상적 의미에 지나지 않는다. 아낙네의 '물어뜯다'라는 기표에 대해 아낙네(및 한 무리의 사람들)와 '나'의 기의는 동일하지 않다. 기표와 기의의 어긋남으로 말미암아 '나'는 아낙네의 말을 암호로 받아들인다(제3절). 발신자인 아낙네와 수신자인 '나' 사이에 언어 코드가 서로 다르며, 따라서 아낙네의 언어와 '나'의 언어는 현실에서 지시 대상이 다르다. '나'는 '물어뜯다'

라는 기표에서, 일상화되어 너무나 낯익은 폭력성 너머에 감추어진 낯설지만 진정한 의미를 읽어낸다.

　위의 경우가 글자 그대로의 의미, 다시 말해 언어 문자의 진정성 (authenticity)과 관련 있다면, 언어 문자가 사용되는 맥락(context)에 따라 의미가 달리 받아들여지는 경우도 있다. 제10절의 다음 부분은 기표와 기의가 어떻게 어긋나는가를 보여주는 또 다른 예다.

　　저들이 날 잡아먹으려 하고 있습니다. 형님 혼자로선 어찌해 볼 도리가 없겠지요. 그렇다고 저들 패거리에 꼭 끼어들어야 합니까? 사람을 잡아먹는 놈들이 무슨 짓인들 못하겠습니까? 저들은 나를 잡아먹을 수도 있고, 형님을 잡아먹을 수도 있고, 심지어 패거리 안에서 서로 잡아먹을 수도 있습니다. 하지만 한 걸음 방향을 틀기만 해도, 즉각 고치려고만 해도, 모두 태평해질 수 있습니다. 여태껏 그래 왔더라도 오늘 당장 착해질 수 있으니, **안 된다**고 말씀하세요! 형님, 형님은 그렇게 말할 수 있으리라 믿어요. 그저께 소작인이 소작료 인하를 요구했을 때도 **안 된다**고 말씀하셨어요.

　'나'의 부정 정신을 보여주는 이 대목에서, '나'의 '안 된다'와 그저께 큰형이 말한 '안 된다'는 문자로 동일하게 '不能'으로 표기되지만 의미는 결코 동일하지 않다. 큰형의 '안 된다'는 주체 역량이나 객관적 상황에 근거하여 '할 수 없음, 불가능'을 나타내는 말로, '소작료는 인하해줄 수 없다'라는 의미다. 반면 '나'의 '안 된다'는 관습이나 도덕·법·상식에 비추어 '해서는 안 됨, 금지'를 나타내는 말로, '사람을 잡아먹어서는 안 된다'라는 의미다. 따라서 '안 된다'라는 기표는 '나'와 큰형에게서 발신되었을 때 각각 상이한 기의를 지닌다. 그런데 이 대목에서 '나'는 이 차이를 무시한지라 큰형에게 사뭇 진지하게 자신의 기의를 강요할 수 있었던 반면, 큰형은 '나'의 터무니없는 논리에 화가 치밀어 얼굴을 일그러뜨릴 수밖에 없었다.

이러한 기표와 기의의 어긋남은 작품에서 변형된 모습으로 거듭 반복된다. 즉 역사책 속 '인의도덕'이라는 기표는 새로운 세계 인식에 눈을 뜬 '나'에게는 '식인'의 기의로 읽히지만, 타인에게는 글자 그대로 '인간이 지켜야 할 행위규범'으로 받아들여진다(제3절). 또한 의사의 '진맥'이란 기표는 '나'에게 있어서 '살이 쪘는지 말랐는지를 살펴보려는 것'의 기의로, '조용히 며칠 요양하는 것'이란 기표는 '살이 오르면 그만큼 더 먹을 수 있다'라는 기의로 읽힌다(제4절). 이러한 기표와 기의의 어긋남으로 인해 '나'는 "참을 수 없어 큰 소리로 웃음을 터뜨렸더니 기분이 매우 좋아졌"던 반면, 의사와 큰형은 아연실색한다. 이 밖에도 '자식을 바꾸어 먹는다'나 '살은 먹고 살갗은 깔고 잔다'라는 기표 역시 '나'에게는 '식인'의 폭력성이라는 기의로 읽힐 뿐이다.

이렇듯 '나'는 기의의 미끄러짐을 통해 기표를 달리 해석함으로써 기표에 감춰진 본질을 드러낸다. 하지만 기표와 기의가 서로 미끄러져 하나의 기표에 대해 '나'와 타자의 기의가 서로 사뭇 다를 때, 그리하여 '나'의 논리적 사유가 터무니없는 논리적 비약처럼 보일 수밖에 없을 때, 바로 거기에 비정상·비이성 혹은 광기라는 딱지가 붙기 십상이다. 결국 기표와 기의의 어긋난 틈이 크면 클수록 '나'와 타인 사이에 세계 인식의 간극은 더욱 크게 벌어진다. '나'와 타인의 서로 다른 인식이 소수와 다수의 차이를 동반하면 소수자의 인식은 정상을 벗어난 망상과 광기로 차별화된다.

회의와 부정의 정신

기표와 기의가 어긋나고 그 어긋남의 틈이 커져서 광기가 심화될 때, 상호 간 의사소통은 가능할까? 형과 '나', 타인과 '나' 사이에 대화는 이루어지고 있기는 하지만, 당연하게도 진정한 의미의 의사소통은 이루어지지 않는다. 의사소통의 상호성이 파괴되어 '나'와 타인의 소통이 이루어지지 않으면 '나'의 광기는 거리낌 없이 펼쳐질 여지가 넓어진다. 제8절에서 '나'와 사나이의 대화를 살펴보자.

"사람을 잡아먹는 일이 **옳은 일이오?**"

"흉년도 아닌데 왜 사람을 잡아먹는단 말이오?"

"**옳은 일이오?**"

"그런 일은 물어서 뭐하려고 그러오. 당신은 참 (……) 농담도 잘하십니다. (……) 오늘은 날씨가 참 좋군요."

"**옳은 일이오?**"

"아니지…….."

"**옳지 않다고?** 그런데 도대체 왜 사람들은 잡아먹으려고 하는 거요?"

"그런 일은 없을⋯⋯."

"없을 거라고? 이리마을에서는 지금도 먹고 있어요. 책에도 쓰여 있고, 새빨갛고 싱싱하다니!"

'나'는 '사람을 잡아먹는 일'에 대해 사나이의 회피하려는 듯한 얼버무림에도 불구하고, '옳은 일이오[對嗎]?', '옳은 일이오[對嗎]?', '옳은 일이오[對嗎]?', '옳지 않다고[不對]?', '없을 거라고[沒有的事]?'라며 거듭 묻는다. 확인하는 물음이 반복됨에 따라 '나'와 사나이 사이의 긴장, 다시 말해 기표와 기의 사이의 긴장은 고조된다. 기표와 기의 사이의 긴장이 고조될수록, 본질이 모습을 드러내고 진실이 빛을 발할 수 있는 틈은 더욱 넓어진다. 긴장이 최고조에 이르렀을 때, 나의 채근을 견디지 못한 사나이는 '혹 있을 수도 있겠지요. 여태껏 그래 왔으니까'라고 말한다. 그 순간 '나'는 자신의 사유 공간 속에 똬리를 틀고 있었던, 진실을 향한 의문의 한 자락을 펼쳐 보인다. "여태껏 그래 왔다면 옳단 말인가?"(제8절)

이 물음은 '나'가 관습적이고 일상화된 사고에 의문을 품는 회의 정신을 갖게 되었음을 보여준다. 사실, '나'의 이 물음은 제7절에서 이미 "여태껏 익숙해져서 잘못이라 생각하지 않는 걸까?"라는 의문으로 예비되어 있었다. 이 회의 정신은 '나'를 포함한 모든 사람에게 사고 전환을 요구한다. 사고 전환의 핵심은 "사람을 잡아먹으려 하면서도 다른 사람에게 잡아먹히는 건 두려워 모두 의심에 가득 찬 눈초리로 서로 상대의 얼굴을 훔쳐본다"(제9절)라는 것, 즉 '사람들 모두가 식인의 가해자임과 동시에 피해자가 될 수 있다'라는 인식이다. 사고 전환을 위해 필요한 것은 '남을 잡아먹으려는 생각을 버리는 일'이다.

그리하여 '나'는 남을 잡아먹으려는 "이런 생각을 버리고 마음 놓고 일하고, 길을 걷고, 밥 먹고 잠을 잘 수 있다면 얼마나 편안할까. 이건 단지 문지방 하나, 고비 하나일 뿐인데"라고 생각한다. '문지방'과 '고비'로 대표되는 사고 전환의 경계를 뛰어넘는 일은 '나'에게는 쉬워 보이지만, "그자들은 그럼에도 부자, 형제, 부부, 친구, 사제, 원수와 생면부지의 사람들 모두가 한패가 되어 서로 격려하고 견제하면서 죽어도 이 한 걸음을 내디디려 하지 않는다." 이처럼 관습적 사고에서 벗어나지 못할 때는 사고 전환을 통한 인식론적 단절이란 거의 불가능하다(제9절).

그러므로 '나'는 직접 실천을 통해 나의 세계 인식을 알리고 넓히는 수밖에 없다. 이미 제7절에서 "사람 잡아먹는 사람을 저주하는 걸 먼저 형한테서부터 시작해야겠다. 사람 잡아먹는 것을 만류하는 것도 먼저 형한테서부터 착수해야겠다"라고 다짐하였듯이, 새로운 세계 인식에 따른 구체적 실천으로서 '나'는 제10절에서 형과 대화를 나눈다. '나'는 먼저 식인의 가해자인 형에게 피해자가 될 수 있다는 사실을 경고한다. "사람을 잡아먹는 놈들이 무슨 짓인들 못하겠습니까? 저들은 나를 잡아먹을 수도 있고, 형님을 잡아먹을 수도 있고, 심지어 패거리 안에서 서로 잡아먹을 수도 있습니다." 이러한 경고에 뒤이어 "하지만 한 걸음 방향을 틀기만 해도, 즉각 고치려고

만 해도, 모두 태평해질 수 있습니다"라고 사고 전환을 촉구한다. 그러고 나서 '나'가 도달한 인식은 다음과 같은 것이다.

> 여태껏 그래 왔더라도 오늘 당장 착해질 수 있으니, **안 된다**고 말씀하세요! 형님, 형님은 그렇게 말할 수 있으리라 믿어요. 그저께 소작인이 소작료 인하를 요구했을 때도 **안 된다**고 말씀하셨어요.

'안 된다[不能]'라는 부정 정신이 관습적이고 일상화된 사고에 대한 반성에 토대를 두고 있음은 말할 나위도 없다. 이 '안 된다'는 과거의 모든 관습적이고 일상화된 권위와 전통에 대한 부정을 의미하며, '문지방' 혹은 '고비'의 한쪽에서 다른 한쪽으로의 전환, 다시 말해 사고 전환을 통한 인식론적 단절을 이루었음을 보여주는 표지다. '나'의 설득, 다시 말해 부정 정신의 제기는 큰형에게 거부당함으로써 실패로 돌아가고 말지만, 이 실패는 결코 무의미하지 않다. 왜냐하면 이 실패를 통해 '나'는 자신을 타자로서 객관화할 수 있는 통로로 진입하기 때문이다.

이렇게 살펴보면, 광인의 사유 구조가 '감각적이고 즉자적인 인식'에서 '논리적이고 대자적인 인식'으로 발전해오며, 사고 전환을 통한 인식론적 단절로부터 자아 성찰에 이르기까지 회의 정신과 부정 정신이 매우 중요한 연결고리로 작동한다는 것을 알 수 있다. "여태껏 익숙해져서 잘못이라 생각하지 않는 걸까?"라는 '나'의 의문에서 비롯한 "여태껏 그래 왔다면 옳단 말인가?"라는 회의 정신은 르

네 데카르트(René Descartes)가 제기했던 방법론적 회의(methodological skepticism)와 맞닿아 있다. 데카르트는 저서 『방법서설(Discours de la Méthode)』에서 진리에 이르는 방법으로서 '의심하고 있는 나 자신만을 제외하고, 우리가 가진 지식·감각적 지식을 모두 의심할 것'을 주장한다. 다시 말해, 진리에 다가가기 위해 관습적 사고에 의심을 품고 문제를 제기하는 것이다.

그렇다면 "여태껏 그래 왔더라도 오늘 당장 착해질 수 있으니, 안 된다고 말씀하세요!"에서의 '안 된다'라는 부정 정신은 프리드리히 니체(Friedrich Nietzsche)가 『자라투스트라는 이렇게 말했다(Also sprach Zarathustra)』에서 제기한 '모든 가치의 전복(Umwertung aller Werte)'과 상통한다. 니체는 이것을 인간 최고의 자각 행위로 간주하였으며, '일찍이 없던 반항으로써 반항한다'라고 주장하면서, 배덕자(immoralist)이자 최고의 파괴주의자로 자처하고 이를 '도덕의 자기초극(selbstüberwindung)'이라 일컬었다.

아울러 이 작품에서는 사람을 잡아먹지 않은 인간을 '참된 사람'이라 부르는데, 이 '참된 사람'은 니체의 초인(Übermensch) 개념과 맞닿아있다. 니체에 따르면, 인간은 중간자(中間者)이고, 극복되어야 하는 존재다. 이 초극적(超克的) 존재, 절대자로서의 존재가 바로 초인이고, 그 정반대의 존재가 말인(末人, der letzte Mensch)이다. 초인이 될 수 있는 길은 자신이 갖고 있던 가치관을 해체하는 것이다. 전복(해체)시키는 것은 창조적 파괴의 작업이다. 따라서 초인은 자신의 기존 가치관을 해체함으로써 새로운 문화 양식을 중심에 자리 잡게

하는 사람이다. '절대적 존재로서 초인'이란, Übermensch(초인)라는 독일어에서 알 수 있듯이, 자신을 극복[Über]해 나가는 인간[mensch]을 의미한다. 이 작품에서 가리키는 '참된 인간'은 '처음에는 사람을 잡아먹었지만 나중에 생각이 달라지고[心思不同] 착해져서 사람을 잡아먹지 않는 사람', 다시 말해 이전의 가치관을 해체하여 자신의 식인성을 극복한 사람이라고 할 수 있다.

새로운 세계 변혁을 위하여
────

지금까지 광인인 '나'의 세계 인식이 어떻게 이루어졌는지를 중심으로, 작품의 의미가 생성되는 과정을 살펴보았다. 이 작품에 등장하는 인물들을 살펴보자. 주인공인 '나'를 비롯하여 큰형 등 인물 대부분은 이름을 밝히지 않지만, 어찌 된 일인지 그다지 중요하지 않은 인물의 이름을 밝히는 경우가 있다. 자오구이(趙貴) 영감과 구주(古久) 선생, 그리고 천라오우(陳老五)가 그렇다. 중국소설의 옛 서사 관습을 고려하면, 자오구이(趙貴)는 '규범에 따라, 규범대로'라는 의미를 지닌 '자오구이(照規)'의 해음(諧音)으로 볼 수 있다. 또한, 구주(古久)는 '낡고 오래되었다'라는 의미이며, '천라오(陳老)'는 '해묵은, 낡고 오래된'이라는 뜻이다. 요컨대 이 작품에서 관습적 사고에 젖은 채 사고 전환을 거부하는 세계에 사는 인물들은 모두 '낡고 오래된, 그리고 규범적'인 것을 연상시키는 이름을 갖고 있다는 것이다.

이어서 이 작품에 등장하는 지명을 살펴보자. 이 작품에 등장하는 지명은 이리마을[狼子村]이 유일하다. 개과(科)에 속하는 이리를 지명으로 사용함으로써 그 마을의 식인성을 상징한다.

인명과 지명으로 쓰인 고유명사는 주인공인 '나'의 세계 인식과 관련되어 있다. 이렇게 본다면 이 인명과 지명은 명칭 자체로 특정한 의미를 갖지 않으며, 작품 전체적으로 낡고 폭력적인 인간세계의 암울하고 칙칙한 문명사를 총체적으로 보여줄 따름이다. 따라서 이 작품의 인명과 지명을 특정한 시간의 특정한 공간, 이를테면 5·4신문화운동 시기의 중국, 혹은 20세기 전반의 아시아 등으로 한정해서 읽을 필요가 없다. 다시 말해 이 작품을 작가의 국적이나 인종, 성별, 작품의 언어, 등장인물과 장소의 명칭 등에 얽매여 민국 시기의 중국 사회를 묘사한 작품으로 왜소화하여 읽을 이유가 없다는 것이다.

그렇다면 「광인일기」는 어떻게 읽으면 좋을까? 이 작품은 광인인 '나'의 눈을 통해 '개'와 관련된 폭력적 시선으로부터 폭력성의 본질을 파악해가는 과정에서 갖가지 이념과 제도의 미명과 허울 속에 감추어진 식인성을 들추어낸다. 이 작품에서 '나'를 제외한 타자는 모두 세계의 폭력성에 길든 채 자기 성찰과 목적 없이 살아가는 수동적이고 타율적인 존재다. 오직 '나'만이 인간관계를 왜곡하고 파괴하는 폭력의 이데올로기에 맞서서 삶의 주체가 되고자 관습적 사고에서 벗어나 투쟁하는 자유의지를 가진 개인이다. '나'는 타자가 기성의 권위와 질서에서 벗어나 사고 전환을 이루도록 촉구하지만, '나'의 모든 노력은 광기로 매도되어 실패로 돌아갈 뿐이다.

그러나 '나'는 이 실패를 통해 그토록 거부하고 분리하려 하였던 타자의 과거 및 현재를 자신과 분리할 수 없다는 사실을 고통스럽게 깨닫는다. 자신을 존재하게 했던 바로 그 역사에서 벗어나려 해도 결코 그로부터 자유로울 수 없음을, 원죄를 지고 태어나서 자란 '나'는 원죄에서 결코 벗어날 수 없음을 깨닫는다. '나'는 타자의 각성과 사고 전환을 외치고 있지만, 사실 타자의 모습 속에는 '나' 자신의 모습이 각인되어 있던 것이다. 따라서 지금까지 타자와의 대결을 통해 새로운 출로를 모색해온 '나'로서는, '나' 자신 또한 대결해야 할 또 다른 타자에 지나지 않는다는 사실을 인식하였을 때, 참담하지만 한 걸음 물러설 수밖에 없다. '나' 자신이 '참된 인간[眞的人]'이 아닌 한, 자신과의 새로운 싸움이 아직 남아 있는 것이다. 세계를 변혁하는 과제는 마침내 '나' 자신을 변혁하지 않으면 안 된다는 과제로 귀착된다.

2

「광인일기」의 의사소통구조

앞에서 우리는 「광인일기」를 5·4신문화운동 시기의 중국이라는, 특수한 시기의 특정 지역에서 나타났던 인간의 삶과 세계 인식에 대한 텍스트가 아니라, 인류 문명사에서 야만적 폭력과 기만적 허위의식에 대한 저항과 실천의 텍스트로 읽고자 하였다. 이렇게 읽어야 이 작품이 지닌 세계적 보편성을 파악할 수 있으리라는 기대 때문이었다. 여기에서는 「광인일기」의 의사소통 구조 분석에 초점을 맞추어, 의사소통에 참여하는 여러 요소의 상호관계가 작품 해석에 어떤 영향을 미치는지를 묻고자 한다. '의사소통구조'란 화자와 독자 사이의 소통 관계를 말한다. 소설이라는 서사문학은 근원적으로 이야기와, 이야기를 매개하는 화자로 이루어지며, 언어의 주체인 화자는 자신이 매개하는 이야기와 다양한 형태로 관계를 맺는다. 이렇게 하여 소설의 복합적인 의사소통구조를 만들어 낸다.

액자 형식, 안 이야기와 바깥 이야기

「광인일기」는 바깥 이야기에 해당하는 서문과 안 이야기에 해당하는 일기 부분으로 구성되며, 전체적으로 액자 형식을 취한다. 안 이야기인 일기 부분은 이 작품의 '이야기 세계'이며, 바깥 이야기인 서문은 '이야기 세계'를 감싸고 있는 담론 공간으로서 현실 세계와 '이야기 세계'를 경계 짓는 역할을 하고 있다. 그림1과 같이 「광인일기」는 '이야기 세계'와 담론 공간으로 이루어진 작품인 셈이다. 여기에서 우리가 살펴보고자 하는 것은 서문, 즉 담론 공간이 이 작품에

(현실 세계)

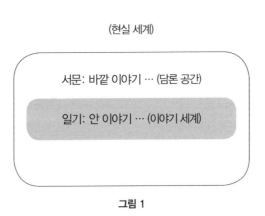

서문: 바깥 이야기 … (담론 공간)

일기: 안 이야기 … (이야기 세계)

그림 1

어떤 의미를 낳는가이다. 다시 말해, 문언(文言)으로 쓰인 바깥 이야기는 백화(白話)로 쓰인 안 이야기와 명백히 구분되는 듯이 보이는데, 이것이 「광인일기」의 의미 구조에 어떤 영향을 미치는지 살펴보자는 것이다.

　이를 위해 바깥 이야기의 의사소통구조를 먼저 살펴보자. 바깥 이야기는 화자인 '나(余)'의 담론 공간이다. '나(余)'는 '이야기 세계'와 관련된 정보, 즉 이야기를 알게 된 경위를 진술하면서 '이야기 세계'를 끄집어낸다. 그러나 '나(余)'는 안 이야기에서는 물론 바깥 이야기에서도 극화되지 않으며 '이야기 세계'에 직접 개입하지도 않는다. '나(余)'는 얼핏 보기에 단지 이야기의 전달자로서 '이야기 세계'를 끌어내는 역할만을 담당하는 듯이 보인다. 그렇지만 꼼꼼히 살펴보면 이야기를 선택할[1] 뿐만 아니라 '이야기 세계'의 의미를 규정하는 의미 있는 진술을 하기도 한다. 후술하겠지만 '나(余)'가 단순히 이야기 전달자의 역할만 수행하는 것은 아니라는 말이다.

　그렇다면 화자인 '나(余)'가 '이야기 세계'와 관련된 정보를 들려주는 상대, 즉 피화자는 누구인가? "이제 한 편을 뽑아내어 의학자들의 연구 자료로 제공하고자 한다"라고 하였을 때의 '의학자들'을 바로 피화자라고 볼 수 있다. 즉 바깥 이야기는 화자인 '나(余)'가 마치 피화자인 의학자들에게 '이야기 세계'를 들려(보여)주는 듯한 형식을 취한다. 하지만 이 피화자인 '의학자들' 역시 안 이야기와 바깥 이야기에서 극화된 인물로 나타나지 않으며, 다만 이야기의 방청자 신분으로만 나타난다. 우리가 「광인일기」를 읽을 때 피화자의 존재를 거의 의식하지 못하는 것은, 바로 피화자인 '의학자들'이 형식적으로는 존재하지만 구체적으로 인격화되지 못하였기 때문이다.

그렇다고 해서 피화자가 바깥 이야기에서 아무런 역할도 수행하지 않는다고 보아서는 안 된다. 화자가 피화자에게 제공하는 정보 속에는 독자의 읽기 행위를 제어하는 소설적 장치가 감추어져 있기 때문이다. 그것은 화자와 피화자 사이에서 비밀스럽게 행해지는 교신이다. 즉 화자는 피화자에게 '이야기 세계'의 화자를 신뢰하지 말라는 신호를 은연중에 보낸다. '이야기 세계'가 피해망상증을 앓는 환자의 일기이며 "적혀 있는 문장이 어색하고 잡다한 데다가 일정한 순서도 없으며 황당한 말도 많다"라고 알려주는 것이 바로 그 신호다. 화자가 보낸 이 신호는 피화자를 통해 독자에게 전달된다. 그러나 독자는 읽기가 진행되면서 화자인 '나(余)'가 말한 바와 달리, 광인의 망상이 오히려 진실에 가깝다는 것을 깨닫는다. 「광인일기」를 읽는 독자는 '이야기 세계'의 첫머리에서 결말로 나아갈수록 광인의 신념과 규범을 받아들여 일체감을 느끼게 된다.[2] 그러면서 독자는 작품의 표층과 심층이 분리되어 대조를 이루고 있음을 느낀다. 바로 이 지점에서 아이러니가 발생한다. 바깥 이야기의 화자가 피화자에게 보낸 신호(표층 구조)가 독자의 읽기(심층 구조)와 정반대로 어긋나기 때문이다.

이처럼 바깥 이야기는 작품 전체의 의미생성구조에 영향을 미치면서 안 이야기와 관계를 맺고 있지만, 작가는 바깥 이야기를 안 이야기와 분리하겠다는 의도를 명백히 드러낸다. 바깥 이야기와 안 이야기가 문체를 달리하여 각각 문언과 백화로 써 있으며, 바깥 이야기의 화자인 '나(余)'와 안 이야기의 화자인 '나(我)'를 명확히 구별하는 것 등이 바로 그러한 의도를 보여주는 예다. 게다가 일반 소설에서는 보기 드물게 서문의 끝에 '민국 7년 4월 2일'이라 적음으로써, 바깥 이야기가 완전히 끝났음을 알려준다.[3] 이리하여 작가는 독자에게 작가의 분신으로 여겨질지도 모르는 화자 '나(余)'의 역할을 '이야기 세계'의 전달자로만 한정한다. 이처럼 작가의 의도에 따라 바깥 이야기가 안 이야기와 분리될 때, 독자는 자칫 화자인 '나(余)'와 피화자인 '의학자들'을 배제한 채 작품을 읽게 된다. 이때 독자에게 의미 있는 것은 화자가 피화자에게 들려(보여)준 이야기뿐이다.

　바깥 이야기는 안 이야기와 밀접하게 통합되는 동시에, 안 이야기와 분리하려는 작가의 은밀한 욕망이 이중적으로 드러나는 곳이다. 그렇다면 「광인일기」의 바깥 이야기 담론은 작가가 속한 현실 세계와 어떤 관계를 맺고 있을까? 바깥 이야기의 화자인 '나(余)'는 안 이야기의 '이야기 세계'가 피해망상증 환자의 '어색하고 잡다한 데다 황당한 말'에 지나지 않으며, 그 환자 또한 "이미 완쾌되어 모지에 가서 임관을 기다리고 있는 중"이며, "책 이름 역시 저자 자신이 완쾌한 후에 스스로 붙인 것"이라고 밝힌다. 안 이야기가 신뢰할 수 없는 환자의 미친 소리 혹은 미친 짓에 불과하고, 그 환자 역시 지금은 체제 내로 복귀하였으며, 환자가 들려(보여)주는 '이야기 세계'는 화자인 '나(余)'와 조금도 관계가 없다는 사실을 거듭 알려주는 것이다. 이와 같은 화자의 진술 속에는 독자에게 작가 자신을 '이야기 세계'

와 분리하여 받아달라는 목소리가 감추어져 있다. 작가는 '이야기 세계'에 대해 자신과는 전혀 상관없는 일이라는 듯이 시치미를 떼고 싶은 것이다.

이렇게 본다면, 작가는 바깥 이야기를 통해, 그리고 액자 형식을 통해 나름의 서사 전략을 구사하고 있다고 볼 수 있다. 우선, 「광인일기」가 취하는 액자 형식은 허구적 이야기에 현실감을 부여하기 위한 장치라고 할 수 있다. 허구적 이야기가 신뢰할 수 없는 인물인 광인에 의해 전개됨으로써 이야기 자체에 전범적 권위가 전혀 없는 상황이기 때문에, 바깥 이야기를 빌려 이야기의 신빙성을 강화함으로써 독자가 실제 현실의 이야기라고 믿도록 만들었다. 또한, 액자 형식은 이야기의 과격한 내용을 다른 사람의 일인 양 꾸미거나 신뢰할 수 없는 인물을 등장시킴으로써 이야기에 내포된 내용이 보수적인 현실 세계와 상충하는 것을 완화하는 장치라고 할 수 있다. 바깥 이야기의 담론 공간이 현실 세계와 이야기 세계의 완충 지대로 기능함으로써, 액자 형식은 당시 현실 사회의 검열을 통과할 수 있는 유용한 은폐 전략이 되기도 한다. 「광인일기」가 광인이라는 비정상적인 인물을 등장시키고 있다는 점, 그리고 앞에서 언급하였듯이 안이야기와 바깥 이야기의 분리 및 작가와 '이야기 세계'의 분리를 도모하였다는 점 등을 고려한다면, 「광인일기」의 액자 형식은 후자의 기능을 보다 잘 발휘한다고 볼 수 있다.

이러한 서사 전략은 말할 나위도 없이 현실 세계에 대한 작가의 인식과 밀접한 관계를 맺고 있을 터이다. 루쉰이 「광인일기」를 발표하였던 1918년 5월, 당시의 문화 담론을 선도하던 것은 물론 신문화운동이었다. 그러나 신문화운동이 당시의 주도적인 문화 담론으로서 나름의 역사적 정당성을 인정받기는 했지만, 그렇다고 해서 그것이 가장 강력하고 지배적인 문화 담론이었다고는 할 수 없다. 현실 세계에서는 여전히 보수적인 봉건 이데올로기를 따르는 유교 담론이 작동하고 있었다. 신해혁명이 위안스카이(袁世凱)에 의해 좌절된 뒤 이어진 정치 사건들, 그리고 이에 따라 봉건 이데올로기가 법률 및 사회문화에서 전면적으로 강화된 사실이 이를 뒷받침한다.[4]

아울러 『신청년(新靑年)』을 진지로 활동한 신문화운동가들의 문화 담론 역시 초기에는 그 영향력이 대단치 않았다는 점을 간과해서는 안 된다. 『신청년』의 판매 실적을 살펴보면, 창간 초기에는 보잘것없었으며 1917년에도 겨우 15,000~16,000부 남짓에 지나지 않았다.[5] 문학 혁명이 제창된 후에도 문화계의 반응은 신통치 않아 『신청년』 편집진이 가공의 인물을 빌려 문학혁명을 비난하는 글을 발표하였는 바,[6] 이는 기존의 문언문에서 백화로 전면 개편한 1918년에도 상황이 크게 호전되지 않았음을 반증한다. 침체된 분위기는 "그들은 한창 『신청년』이란 잡지를 내고 있었다. 그러나 그 무렵 딱히 지지자가 있었던 것 같지도 않고. 그렇다고 대놓고 반대하는 사람도 없는 것 같았다"[7]라는 루쉰의 글에서도 엿볼 수 있다.

이를 볼 때 적어도 1919년 5·4운동이 일어나고 그 전후로 『신청년』과 유사한 성격의 잡지가 우후죽순처럼 쏟아져 나오고 나서야[8] 신문화운동이라는 담론 자체가 사회에서 폭넓게 받아들여지기 시작하였다고 할 수 있다. 이들 잡지의 생산은 신문화운동을 둘러싼 담론을 소비할 수 있는 문화 시장이 형성되었음을 의미하기 때문이다. 이는 루쉰의 「광인일기」가 발표되었던 1918년 5월 당시, 신문화운동 진영에 비해 봉건 이데올로기 진영이 여전히 훨씬 강고한 물리적 기반을 갖고 있었음을 암시한다. 「광인일기」의 액자 형식은 바로 이 같은 현실 인식에 근거하여, '이야기 세계'와 현실 세계의 완충지대로서 마련한 은폐의 서사 전략이었다고 할 수 있다.

「광인일기」의 의사소통구조

지금까지는 주로 바깥 이야기를 중심으로 안 이야기 및 작가(현실 세계)와의 관계를 살펴보았다. 이제부터는 안 이야기를 포함하여 소설 전체의 의사소통구조를 살펴보기로 하자. 안 이야기는 광인인 '나(我)'가 화자인 반면, 화자에 대응하는 피화자는 구체적으로 나타나지 않았다. 그러나 안 이야기가 일기라는 사실, 그리고 일기는 통상적으로 현실의 자아와 내면의 자아 사이에 이루어지는 대화라는 사실을 상기한다면, 광인 내면의 자아가 바로 피화자임을 추측할 수 있다. 그러나 이 피화자 역시 바깥 이야기의 피화자와 마찬가지로 형식적 존재이기 때문에 독자는 그의 존재를 인식하지 못한다. 이러한 사실을 염두에 두고 「광인일기」의 의사소통구조를 그려보면 그림2와 같다.

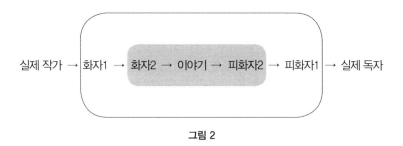

그림 2

그림2에서 피화자2(내면의 자아)와 피화자1(의학자들)은 인격화되지 못한 형식적 존재이기 때문에 독자가 인식하지 못한다. 이 경우, '실제 작가 → 화자1(余) → 화자2(我) → 실제 독자'의 의사소통구조①을 갖는다. 또한, 화자1(余)은 앞에서 설명하였듯이 바깥 이야기와 안 이야기의 분리로 말미암아 독자에게 잊히기 쉬운 존재다. 만약 독자에게 화자1이 잊힌 경우에는 '실제 작가 → 화자2(我) → 실제 독자'의 의사소통구조②를 갖는다. ①에서도 독자가 화자1(余)을 단순히 이야기 전달자로 간주하거나 바깥 이야기의 담론이 하는 역할을 무시할 경우 사실상 ②와 동일한 구조가 된다. 실제로 대부분의 일반 독자는 「광인일기」의 의사소통구조를 ②로 인식한다.

②의 의사소통구조로 인식할 경우, 실제 독자는 실제 작가와 화자2(我)의 거리를 가깝게 느낄 수밖에 없다. 따라서 화자2(我)의 목소리에서 실제 작가의 목소리를 듣는 경험을 한다. 독자들이 광인에게서 루쉰의 목소리를 떠올리는 것은 바로 이 같은 의사소통구조 때문이다. 게다가 「광인일기」의 안 이야기에는 루쉰이 이 작품을 전후

로 하여 발표한 글들과 함께 이해할 수 있는 요소 혹은 원형 등이 많이 갖추어져 있다. 이 점을 감안하면, 화자2(我)로부터 실제 작가 루쉰을 떠올리는 일이 결코 무리가 아님을 알 수 있다. 실제로 이러한 의사소통구조는, 앞에서 언급한 바 있는 바깥 이야기의 중첩된 의미(통합과 분리의 이중적 욕망)와 함께 「광인일기」에 대한 다양한 해석을 낳는 원인을 제공한다.[9]

　의사소통구조②와 관련지어 제기할 수 있는 가장 중요한 문제는 화자2(我)인 광인을 어떻게 해석할 것인가이다. 다시 말해, 광인을 루쉰의 목소리를 담지한 상징이나 루쉰 자신으로 간주하여도 되는가의 문제다. 지금까지의 연구 성과는 주로 광인을 상징 혹은 루쉰 자신으로 간주한다. 즉 광인을 반봉건 전사 혹은 계몽가의 상징으로, 혹은 루쉰 자신으로 간주하는 것이다.[10] 이들 관점은 루쉰의 문학과 삶 속에서 「광인일기」를 바라보며, 따라서 정도와 양상의 차이는 있을지언정 루쉰의 권위에 의지하여 작품을 해석한다는 공통점이 있다. 또한, 바깥 이야기에서 화자와 피화자의 존재와 역할, 그리고 바깥 이야기와 안 이야기의 관계에 대한 분석, 즉 작품 전체의 의미생성 구조를 따지기보다는, 대체로 '작가와 현실 세계' 혹은 '작가와 작품 및 현실 세계' 사이의 관계맺음을 중심으로 논의를 진행하여서 정작 세계 인식의 주체인 독자를 배제한다는 공통점도 있다. 요컨대 이들 논의가 소설의 근원 상황에 대해 깊이 천착하지 못한 느낌이 든다는 말이다.

　「광인일기」와 광인의 성격을 올바르게 논의하기 위해, 우선 소설의 근원 상황과 관련지어 살펴봐야 할 몇 가지 전제가 있다. 첫째, 작품과 작가의 관계를 어떻게 설정할 것인가의 문제다. 다시 말해, 작품을 작가의 현실(세계) 인식의 결과물로 볼 것인가, 아니면 작가의 현실(세계) 인식에 대해 반자율성을 지닌 독립적 존재로 볼 것인가의 문제다. 하나의 작품은 작가에 의해 써진 순간부터 작가의 현실 인식(혹은 세계관)을 반영할 수밖에 없다는 점에 누구나 동의한다. 그렇지만 작가의 현실 인식(혹은 세계관)이 곧 작품은 아니며, 마찬가지로 작품 역시 곧 작가의 현실 인식은 아니다. 작품은 작가의 현실 인식(혹은 세계관)이 예술적으로 재구성(취사선택)된, 즉 예술적 형상화를 거친 산물이기 때문이다. 작품에 작가의 목소리가 담겨 있되, 작품이 곧 작가의 목소리는 아니라는 것이다. 결국, 작품은 작가로부터 상대적 독립성을 갖고 있으며, 스스로 내적 질서를 통해 의미를 생성해나간다고 할 수 있다.

둘째, 소설이라는 서사 양식에서 이야기와 실제 독자를 매개하는 화자의 담론을 어떻게 인식할 것인가의 문제다. 이는 작품의 시작과 결말을 어디에서 어디까지로 설정한 것인가의 문제와도 결부된다. 주지하다시피, 서사 문학인 소설은 이야기를 독자와 매개하는 화자를 필수 요건으로 가지며, 이야기는 화자로부터 독립된 자율적인 세계를 전개한다. 아울러 이야기를 재편집하는 화자의 담론은 이야기 세계와 상대적 독립성을 가지는 동시에, 이야기 세계와 함께 전체 작품을 구성한다. 이야기는 화자의 담론에 의해 선택받고 조정된다는 점에서, 담론이 끝나야 비로소 이야기 내용이 확정된다고 할 수 있다. 결국 이야기 세계는 그 속에서, 그리고 담론과의 연계 속에서 의미를 생성한다.

셋째, 작품의 의미생성과정의 최종 단계를 어디까지로 설정한 것인가의 문제다. 이는 작품에 대한 분석이 생산 단계(작가와 작품, 그리고 세계의 관계맺음)까지인가, 아니면 소비 단계(독자의 세계 인식과 자기 인식)까지를 포괄할 것인가의 문제와 결부된다. 대개의 작품은 이야기 자체에 대한 분석만으로도 의미생성구조를 파악하기에 충분하지만, 극화된 화자나 신뢰할 수 없는 화자가 등장하는 소설 혹은 풍자소설의 경우에는 이야기에 대한 분석만으로 의미생성구조를 정확하게 파악하기 어렵다. 의미 구조가 중첩되어 있을 뿐만 아니라 희화화나 아이러니 등을 통해 의미 구조가 왜곡되어 있기 때문이다. 이 경우에는 작품이 독자에게 수용된 이후의 심미적 효과까지 염두에 두어 의미 구조를 분석해야 하며, 이때 작품의 의미생성과정은 생산 단계와 소비 단계의 전 과정을 포괄한다.

이렇게 본다면, 작가와 작품의 상대적 독립성을 무시한 채, 텍스트를 벗어나 작가의 전기적 사실을 근거로 분석을 시도할 경우 의도적 오류(intentional fallacy)에 빠지기 쉽다는 것은 말할 나위가 없다.[11] 「광인일기」를 분석할 때 루쉰의 권위를 빌려 광인을 루쉰의 목소리 혹은 루쉰 자신으로 환원할 경우 이러한 오류에서 자유로울 수 없다. 또한, 「광인일기」에서 바깥 이야기의 화자가 안 이야기를 선택하거나 의미를 조정하는 역할을 담당하고 있는 이상, 바깥 이야기의 화자 및 피화자의 존재를 망각하거나 이들의 작품 속 역할을 무시해서는 안 된다. 「광인일기」에서 바깥 이야기의 담론은 안 이야기와 더불어 의미 구조를 생성할 뿐만 아니라 전체 이야기의 시작과 결말을 장악하고 있기 때문이다. 아울러 「광인일기」가 광인이라는 신뢰할 수 없는 화자를 내세워 아이러니를 통해 의미를 생성한다는 점을 감안하면, 소비 단계, 즉 독자의 수용 단계 역시 주요한 분석 대상이 되어야 한다.

　「광인일기」의 광인을 무엇의 상징으로 간주하는 관점은 광인의 모습에 많든 적든 루쉰을 투사하여 얻은 결과다. 이러한 관점은 광인의 목소리에 루쉰의 목소리가 담겨 있다는 이유에서, 광인이 지닌 역사적 의미와 루쉰적 맥락을 이해하는 데 큰 도움을 주긴 한다. 그러나 여기에서 되물어야 할 것은 진실을 발견한 '광인'과 구체제로 복귀한 '치유된 광인'이 사실은 동일한 인간의 양면이라는 점이다. '치유된 광인'과 '광인'을 구별 짓는 기준은 광기이며, 이 광기가 진실을 발견하게 만드는 원동력이다. 광인은 광기가 발현된 현상일 뿐, 그것이 본질은 아니다. 그렇다면 광인에게 집착하기보다는 광기의 의미를 따져 물어야 하지 않을까? 광인을 무엇의 상징으로 규정하는 순간, 광인이 지닌 육화된 구체성은 사라져버린다. 상징이라 규정하는 일은 곧 가치판단이자 이데올로기화와 다름없기 때문이다. 「광인일기」의 광인은 결코 루쉰의 관념적 세계에서 돌연 뛰쳐나온 산물이 아니다. 광인은 바로 루쉰의 오랜 독서 경험, 국민성 개조 및 인간 확립[立人]이라는 사유체계, 그리고 당시의 문화 담론이 결합하여 빚어낸 독창적인 예술 형상이라고 할 수 있다. 광인은, 진실을 드러낼 수 없는 폭력적 권위 앞에서 오로지 광기만이 진실을 토해낼 수 있음을 표현하기 위해 창조한 예술 형상이다.

'救救孩子……'와 '救救孩子!'

———

「광인일기」에서 광인의 사고는 제1절부터 제11절에 이르기까지 거침없는 태도로 힘차게 진행된다. 그렇지만 제12절에 이르러 "이제 생각할 수 없게 되었다"고 진술한다. 자기 삶의 근원에 이르러 더는 사고를 밀고 나아갈 수 없어 사고가 정지된 순간, 광인의 머릿속을 가득 채우고 있는 것은 자신 역시 '식인'의 가해자 혹은 동조자라는 사실, 그리고 '나'의 몸속에 흐르고 있는 오랜 식인 역사의 흔적이다. 그리고 마침내 제13절에서 "사람을 잡아먹어 본 적이 없는 아이가 혹 아직도 있을까? 아이를 구해야 할 텐데……"라고 진술한다. 광인의 이 진술은 '……'라는 말없음표가 보여주듯이 회의와 의기소침으로 가득 차 있다. 게다가 제12절과 제13절은 문장이 끝날 때마다 행을 바꾸는 데서 알 수 있듯이, 사고 역시 느릿느릿 답답하게 진행되고 있다. 지금까지 치달려온 기세로 본다면 마땅히 무언가 힘찬 구호를 토해내고 그럴듯한 대안을 제시해야 마땅할 터이다. 루쉰이 다른 사람에게 거듭 자신의 작품이 '졸렬하다'라고 말한 것[12]은 독자의 기대와는 달리 '……해야 마땅함'의 '당위'를 보여주지 못한 채 현실의 절망감을 토로할 수밖에 없었기 때문이 아닐까?[13]

제13절에서 광인이 보여주는 회의과 의기소침, 불확실성은 루쉰의 『외침(吶喊)』「자서」에 실린 '철로 된 방'의 비유에 따라나오는 아래 진술에서도 잘 드러난다. "희망이란 것은 미래를 향하는 것이므로, 틀림없이 없을 것이라는 나의 확증을 가지고, 있을 수도 있다는 그의 주장을 꺾을 수는 없기 때문이었다. 그래서 나는 마침내 그에게 글을 쓰겠노라 승낙했다. 이것이 첫 작품인 「광인일기」이다." 희망은 '틀림없이 없을 것'이라는 루쉰의 회의적이고 침체된 분위기가 바로 제13절 속 광인의 진술에 여실히 배어 있다. 그런데 절망적 분위기를 지닌 광인의 '救救孩子……'가 일부 연구자들에게 이르면 루쉰 자신의 '救救孩子!'라는 힘찬 외침[呼喊, 叫喊]으로 바뀌고 만다. 이렇게 전혀 다른 분위기로 바뀐 까닭은 무엇일까? 먼저, 광인의 목소리에 루쉰의 목소리가 투사되어 있다는 믿음을 들 수 있다. 앞에서 언급하였듯이 '실제 작가 → 화자2(我) → 실제 독자'라는 의사소통구조에서는 화자2를 실제 작가의 분신으로 여기기 쉽기 때문이다. 이러한 의사소통구조 면에서의 원인 외에도 다음과 같이 텍스트 바깥의 몇 가지 원인을 추리해볼 수 있다.

첫째, 루쉰의 권위 및 그에 관한 담론의 권위로 말미암은 것이다. 「광인일기」를 발표한 후 루쉰이 '救救孩子'와 흡사하게 한 진술[14]은 대체로 '아이를 구하라!'는 의미의 강력한 의지를 표명하고 있다. 이러한 진술이 시기적으로 앞섰던 광인의 절망적 진술에 루쉰의 힘찬 외침을 덮어씌워 버렸다. 아울러 루쉰에 관한 기존의 권위적 담론, 이를테면 '문화 전선의 민족 영웅', '뼈가 딱딱한 사나이[硬骨漢]', '위대한 문학가이자 사상가이자 혁명가' 등의 담론이 '비타협적인 불굴의 루쉰'이라는 강성 이미지를 만들어냄으로써, 광인(혹은 루쉰)의 절망감 혹은 의기소침을 인정할 수 없게 만들었다.

둘째, 루쉰이 진화론의 영향을 크게 받았다는 사실로 말미암은 것이다. 1899년, 난징(南京)에서 수학하던 시절 옌푸(嚴復)의 『진화론(天演論)』을 처음 읽은 이래 루쉰이 진화론 사상의 영향을 크게 받았음은 널리 알려진 사실이다. 이러한 사실이 「광인일기」의 '救救孩子……'의 해석에 영향을 미쳐 '미래의 아이들 세대에 희망을 기대한다'라고 루쉰의 강한 외침으로 풀이하게 만들었다.

셋째, 루쉰의 첫 작품집 제명인 '외침[吶喊]'을 끌어다 해석함으로 말미암은 것이다. '납함(吶喊)'은 본래 '납함요기(吶喊搖旗)'라 하여 '전쟁터에서 아군의 사기를 북돋기 위해 깃발을 흔들며 큰소리로 외치는 일'을 가리킨다.[15] 루쉰이 『외침』「자서」에서 서술한 "그래서 때로 어쩔 수 없이 몇 번 吶喊하여 적막 속에 치달리는 용사들을 위로하고 그들이 거리낌 없이 앞장서서 달리도록 하였다"라는 글귀의 '吶喊' 역시 그러한 의미다. 그러므로 루쉰 최초의 단편소설집 제명인 '외침[吶喊]'은 단순한 외침을 의미하지 않는다. 그러나 이후 연구자들은 '외침[吶喊]'의 의미를 '아군의 사기를 북돋는다'라는 의미는 생략한 채 '큰소리로 외친다'라는 의미만으로 축소하였으며, 「광인일기」에서도 이처럼 축소된 의미로 해석하였다.

이와 같은 '救救孩子'에 대한 관습적인 해석에서 벗어나 '말없음표(……)'에 주목하여 재해석한 주장을 살펴보자. 마루야마 노보루

(丸山昇)는 「광인일기」의 마지막 두 행에 대해 '아이에 대한 기대'라 기보다는, '어른은 모두 사람을 잡아먹은 인간이어서 구제할 길이 없다는 것'과 '새로 태어나는 아이가 자라날 때까지 낡은 세계를 파괴해놓지 않으면 안 된다'라는 작가의 기도에 가까울 정도의 의무감의 표현이라고 해석하였다.[16] 반면 리어우판(李歐梵)은 「광인일기」 서문에서 '완쾌되어 임관을 기다린다'라는 구절을 '선각자로서의 계몽 지위를 상실했음'과 '실패'로 해석하고, 이로 말미암아 '救救孩子……'는 '아이를 구함'의 불완전성을 가리킨다고 주장한다.[17] 전형준은 마루야마 노보루의 관점에 기대어 "아이들이 성인이 되어 비인간적·반인간적 인간관계 속으로 흡수되기 이전에 이 세계를 파괴해야 한다는 당위의 절망적 확인"[18]이라 풀이한다.

이제 '救救孩子……'를 제대로 이해하기 위해 앞에서 설명하였던 그림2의 의사소통구조로 되돌아가 보자. 의사소통구조 자체만 본다면, 화자2인 '나(我)'의 '救救孩子……'라는 진술은 원래 피화자2인 '내면의 자아'를 향한다. 이때 '말없음표(……)'는 '아이를 구해야 한다'라는 당위가 현실에서 이루어질 희망이 '없음에 틀림없다[必無]' 라는 회의를 짙게 드러냄과 동시에, 그럼에도 불구하고 '구하기는 구해야 할 텐데'라는 막연한 기대를 담고 있다. '말없음표(……)'는 단지 그 방안을 제시하지 못하는 '사고의 막다름'을 나타내는 표현일 뿐이다. 이러한 의미에서 '말없음표(……)'는 제12절의 첫머리인 '아무 생각도 할 수가 없다[不能想了]'와 맞닿아 있다.

이러한 회의와 막연함, 사고를 밀고 나아갈 수 없는 막다름의 느낌은 피화자2인 내면의 자아에게는 '그렇다면 어떻게 해야 할까?[怎麼辦好?]'라는 질문으로 전환되어 읽힌다. 결국, 내면의 자아인 피화자2는 현실의 자아인 화자2의 '救救孩子……'를 보이지 않는 도전적 질문으로 받아들이고, 여기에서 화자2와 피화자2 사이의 긴장 관계가 형성된다. 피화자2의 이러한 감수는 피화자1을 거쳐 실제 독자에게 전이된다. 화자와의 거리를 좁혀가며 화자2의 사유 체계를 저항감 없이 받아들여 오던 독자는, 화자2가 보여주는 절망적 회의와 막다른 느낌으로부터 낯선 느낌을 받았던 터라, 피화자2의 신호가 보내는 긴장감을 자신의 것으로 내면화한다. 읽기 행위를 통해 세계를 인식해오던 독자는 이제 어떤 가치에 대한 '자기 인식'을 요구받는 지점에 도달한 것이다.

이제 어떠한 '자기 인식'에 이르게 될지는 독자의 몫이며, 이것이 이 작품의 심미적 가치와 현실적 효과를 가늠하는 잣대가 된다. 화자의 이야기를 통하여 자기 성찰을 수행하여온 독자라면 '어떻게 해야 할까?'라는 질문에 응당 '아이를 구하기 위해서는 현실과 맞서 싸워야 한다'라고 응답할 것이다. 이때 화자2의 '救救孩子……'는 '救救孩子!'라는 루쉰의 외침이 아니라, '현실과 맞서 싸워야 한다'라는 독자의 외침으로 의미 전환을 완수하게 된다. 결국, '救救孩子……'는 '아이를 구하기' 위해 미래로 싸움을 미루는 것이 아니라, 미래를 구하기 위해 현재와 맞서 싸워야 함을 말한다.[19] 이처럼 이 지점에서 표층의 회의와 막다름이 심층의 결의와 다짐으로 전도됨으로써 다시 한 번 아이러니가 발생한다.

3

「광인일기」의 문학적 시공간

　　주지하다시피 루쉰의 작품들에서는 알레고리적 성격이 대단히 강하게 드러난다. 우리가 「광인일기」를 읽으면서 언어의 표면보다 감추어진 이면을 들추어 보려는 것은 바로 이 때문이다. 텍스트 내부의 질서 혹은 구조를 파악해보는 일은 이를 위한 첫 단계다. 이러한 문제의식의 일환으로서 작품 내 의미항들이 반복과 변형을 통해 어떻게 자신의 논리를 관철하면서 의미를 생성해내는가를, 그리고 작품의 의사소통에 참여하는 여러 요소의 상호관계를 분석함으로써 어떻게 작품을 새롭게 읽어낼 수 있는지를 살펴보았다. 요컨대 작품의 형식이나 구조가 작품 자신에 대해 스스로 이야기히는 과정을 추적하였던 것이다. 「광인일기」의 문학적 시공간을 살펴보고자 하는 이 시도 역시 이러한 문제의식의 연장선 위에 있다고 할 수 있다.

시간과 공간에 관한 논의는 기하학, 철학, 수학, 물리학, 천문학, 예술, 건축, 종교 등 다양한 분야에서 오랫동안 이루어져 왔다.[20] 각각의 학문 분야는 시간과 공간이라는 동일한 연구 대상을 두고 다양한 측면에 대해 각기 상이한 연구 관점과 접근 방식을 보여준다. 이 가운데 문학적 시공간은, 작가와 독자, 작품 사이의 관계에 따라 다양한 논의의 여지가 있음은 부정할 수 없는 사실이지만, 문학 텍스트 내의 인물 및 사건과 관련된 시간과 공간에 대해 일차적인 관심을 기울인다. 그 이유는 인물의 성격화와 사건의 진행에 시공간적 요소가 절대적인 역할을 담당하기 때문이다. 따라서 문학적 시공간 연구는 텍스트 내 시공간 요소들의 구체적인 양상과 그것들의 계기적 관계, 그리고 그것들이 만들어내는 의미를 파악하는 데 중점을 둔다.

문학 텍스트의 시공간을 살펴봄으로써 우리는 시간과 공간이 작품의 내적 의미생성을 위하여 수행하는 역할과 기능을 파악하는 동시에, 작가의 문제의식, 그리고 작가가 속한 당대의 심미 의식을 들여다보는 실마리를 붙잡을 수 있다. 여기서는 먼저 「광인일기」의 시간과 공간 구조를 각각 분석한다. 문학적 시간 및 문학적 공간과 관계되는 요소들을 분석하고 그 의미망을 검토하고자 한다. 다음으로는 시간과 공간 구조가 작품 전체의 내적인 의미생성원리와 어떻게 맞닿아 있는가를 분석함으로써, 의미생성에 어떻게 기여하고 작품 주제에 어떻게 간여하는가를 밝혀보고자 한다.

「광인일기」의 시간 구조

———

모든 문학작품은 시간 속에서 전개된다. 작가는 작품을 기술하는 동안, 독자는 읽는 동안 그 시작에서 끝으로 시간의 흐름 위에 위치한다. 그뿐만 아니라 작품 속 인물의 행위와 인물들이 빚어내는 사건 역시 시간의 흐름 속에서 이루어진다. 문학작품에서의 시간이란 텍스트 내 다양한 시각(time instant)들의 집합이자, 그들 사이의 계기적 관계다. 「광인일기」의 시간 구조에 접근하기 위해서 우선 작품 내 다양한 시각의 양상을 살펴봐야 하는 것은 바로 시각들의 관계망이 시간 구조를 규정짓기 때문이다.

「광인일기」의 시각 양상에서 가장 먼저 눈에 뜨이는 특징은 일기이면서도 날짜가 적혀 있지 않다는 점이다. 일반적으로 일기체소설은 작품 속 시간이 주어진 날짜에 고정되어 그 구조가 폐쇄적이고 제한적일 수밖에 없다. 즉 작품 속 사건들은 일기체소설이라는 형식에 갇히고 고정되어 순서를 뒤바꾸기가 어려우며, 따라서 역사적 혹은 현실적 순차성을 지니게 된다는 것이다. 그러나 「광인일기」의 경우 날짜가 생략됨으로써, 다시 말해 시간이 존재하지 않음으로써 객관적이고 물리적인 시간 관념에서 벗어나 여러 개의 시간이 섞일 수 있으며, 따라서 순차성이 어긋날 수도 있다. 이는 곧 「광인일기」가 시간에 있어서 다른 하위 갈래의 소설만큼 자유롭지는 않지만, 일기라는 틀을 크게 벗어나지 않으면서도 시간의 제약으로부터 일정 정도 벗어날 수 있는 여지를 애초부터 갖고 있음을 말해준다.

이러한 시간의 부재는 작품의 구체적인 사건 속에서 때로 정지된 시간[21]으로 나타난다. 제3절에서 이리마을의 소작인이 흉년 소식을 전하러 찾아왔다가 마을 사람들이 나쁜 놈을 때려 죽여 간을 기름에 볶아 먹었다는 사건을 전해준 것은 '며칠 전[前幾天]'이다. 그러나 같은 절에서 다시 한 번 이 사건을 언급할 때에는 '그제[前天]'의 일로 바뀌고, 이후 또다시 제5절에서 '그제[前天]'의 일로, 그리고 제10절에서 소작인이 찾아온 일 역시 '그제[前天]'의 일로 서술된다. 제3절부터 제10절에 이르기까지 줄거리 전개를 고려해볼 때, 다른 시각으로 서술해야 할 동일한 사건이 똑같이 '그제' 발생했다는 것은 '나'에게 일상적인 시간 관념이 점차 붕괴되어 간다는 사실을 보여준다. 이리마을 소작인이 전해준 이 사건은 '나'에게 구체적 시각은 사라진 채 의미 있는 과거로만 인식되고 있음을 알 수 있다.

이와 같은 일상적 시간의 붕괴에도 불구하고 「광인일기」에서 구체성을 지닌 시각은 밤과 아침이다. 제1절의 오늘 '밤', 제2절에서 오늘 밤에 돌아보는 '아침', 제3절의 '밤', 제4절의 '아침', 제10절의 '이른 아침' 등이 그 예인데, 이들은 사건이 진행되는 시각을 명확하게 지시하고 있다. 다만, 이 가운데 제3절의 '밤'은 반드시 '오늘 밤'만을 지시하지 않는다는 점에서, 일상적인 시간 관념상의 '밤'에서 벗어나기 시작함을 보여준다. '밤에는 좀처럼 잠을 이룰 수가 없다'에서 '밤'은 객관적이고 물리적인 시간임과 동시에, 깨어있음과 자기 성찰을 의미하는 사유 공간으로서 내면화된 주관적이고 심리적인 시간이기도 하다. 결국, 객관적이고 공적인 시간이 주관적이고 사적인 시간으로 전화되면서 시간의 경계가 서서히 허물어지기 시작하는 것이다.

이러한 시간의 경계선 소멸은 '어두컴컴하여 낮인지 밤인지 알 수가 없다'라고 한 제6절에 이르러 보다 명확하게 드러난다. '나'의 내면세계는 객관적 시간의 경계가 허물어져 시간의 흐름을 감각하지 못한다. 마침내 제11절에 이르러 '태양도 뜨지 않는다'라는 것은 시간 자체의 붕괴를 의미한다. 뒤이은 '매일 두 끼의 식사뿐이다'라는 진술에서 '매일'은, 시간이 분명 존재하기는 하지만 '나'에게는 감각되지 않음을 말해준다. 시간은 '나'에게 무의미하며, '나'는 주관적이고 심리적인 시간 속에 들어서 있다. 시간의 경계가 섞이고 사라지는 것은 마치 현실과 공상의 간극이 사라져 서로 섞이듯, 다양한 시기에 걸친 삶의 경험들이 경계 없이 서로 섞이는 것을 의미한다.

그렇다면 작품에 서술된 과거의 사건이나 사실 등 역사적 과거는 무(無)시간화의 구조 속에서 어떤 성격을 지니고 있는가? 우선, 과거의 사건이나 사실이 작품 내에서 어떤 기능과 역할을 수행하는지 살펴보자. 과거의 사건이나 사실은 가까이 제3절의 '어제 길거리 아낙네의 욕설'부터, 멀리 제10절의 '아들을 삶아 먹었다는 역아(易牙)'에 이르기까지 다양하게 펼쳐져 있다. 과거의 사건이나 사실은, 일반적으로 작가가 과거의 축적된 경험을 적절히 배치하여 독자에게 현재의 사건이나 사실을 설명하거나 그것과 관련지어 예시하는 등, 과거와 현재 사이의 인과 관계를 보여주는 장치로 기능한다.

그러나 이 설명과 예시가 「광인일기」에서는 독자의 몫이 아니라 화자인 '나'의 몫이다. '나'의 논리적 추론이 단절되었을 때 논리적 추론을 매개해주는 역할을 담당한다. 예컨대 제2절에서 '구주 선생의 장부를 짓밟았던 20년 전의 사건'은 길거리 사람들이 적대적 시선을 던지는 까닭을 추론하기 위한 매개이며, 제3절에서 '어제 길거리 아낙네의 욕설'과 '며칠 전 이리마을 소작인의 이야기'는 그들의 적대적 시선에 숨겨진 식인성을 추론하기 위한 매개다. 제5절에서 이시진(李時珍)의 '본초(本草) 무엇'은 의사의 식인성을, 그리고 '나'의 어린 시절 형이 들려준 '자식을 바꾸어 먹는다[易子而食]'와 '살은 먹고 살갗은 깔고 잔다[食肉寢皮]'는 형의 식인성을 추론하기 위한 매개다. 제11절에서 누이동생의 죽음과 '병든 부모를 위해 살을 베어 드린다'라는 형의 이야기에 대한 어머니의 무언 동의는 어머니의 식인성을 추론하기 위한 매개다.

이처럼 「광인일기」에서 과거는 과거의 시간에 머물러 있는 것이 아니라, 논리적 추론의 매개로서 현재의 시간 속으로 이끌려 들어온다. 보다 엄밀히 말하면 '나'는 현재를 해명하기 위해 과거를 현재화한다. 그리하여 과거는 현재와 적극적으로 섞이고 교섭하여 현재적 의미를 생성하여 나간다. '나'는 역사적 사실 혹은 과거 사건에 대한 과거의 관점에 얽매이지 않는다.[22] 현재의 '나'는 과거 사건을 현재 사건처럼 인식하며, 과거에 무의미했던 사건일지라도 서술되는 현재에는 의미 있는 사건으로 재해석한다. '나'가 외재적이고 관념적인 시점과 그 시점의 권위에 더는 의존하지 않고, 현실과 연관된 자신의 관점을 갖게 된 것이다. 역사적 과거의 현재화가 가장 극적으로 나타나는 곳은 '이 역사에는 연대가 없다[這歷史沒有年代]'라는 진술이다. 이 진술은 '어느 시대나 동일한 역사의 반복'[23]이 이루어졌음을 의미하며, 현재 역시 과거의 연장선에 놓여 있음을 가리킨다. 역사의 정체, 시간의 부재와 정지는 이렇게 과거의 현재화를 통해 과거와 현재의 경계가 허물어진 곳, 바로 이 진술에서 만난다.

이렇게 보면, 「광인일기」의 안 이야기는 전체적으로 시간의 부재와 시간의 정지, 과거의 현재화, 그리고 시간의 경계선 소멸, 요컨대 무시간화라는 구조 속에서 펼쳐지고 있다. 그리하여 구체적이고 지시적인 시간을 지닌 사건조차도 이 구조 속에서 시간성을 상실하고 만다. 다시 말해, 객관적이고 물리적인 시간이 주관적이고 심리적인 시간 속으로 빨려 들어가 용해되어 버리며, 객관적이고 물리적인 시간에 발생한 현재 사건은 과거 경험과 뒤섞여 주관적이고 심리적인 시간 속에 위치하게 된다는 것이다.

이러한 시간의 성격으로 말미암아 '나'는 시간의 연속성 속에서 세계를 바라보지 못한다. '나'의 시간은 파편화되고 불연속적이며 정체된 시간이며, '나'가 바라보는 세계는 지금까지 당연하게 여겨왔던 일상적 현실의 질서가 붕괴하는 상황에 놓여 있다. 객관적 시간과 현실 질서가 붕괴되는 상황에서, '나'의 시간은 궁극적으로 어디를 향하는가? 그것은 제12절에 나타나 있듯이 '오늘'의 '지금'이다 (이 점에 대해서는 잠시 후에 다시 살펴보기로 한다). 결국 「광인일기」는 무시간화의 수직 구조 속에서 '오늘'과 '지금'을 구심점으로 모든 시간을 수렴하는 형태를 띠고 있다.

「광인일기」의 공간 구조

　모든 작품 가운데서 시간은 독립적으로 존재하는 것이 아니라, 공간과 결합하여 의미를 이룬다. 인물의 내면세계를 들여다보는 작품일지라도, 재현되는 현실은 화자가 지각하는 시간과 공간 속에서 의미를 생성한다. 문학작품에서 공간이란 텍스트 내 다양한 장소(place)들의 집합이자, 그들 사이의 계기적 관계다. 공간을 구성하는 주요 요소로서 장소들의 양상과 그 관계망을 살펴봄으로써 텍스트의 공간 구조를 추론해낼 수 있다.

　「광인일기」를 하나의 우주적 건축물로 간주할 때, 이 건축물은 집의 구조를 띠고 나타난다. 이 집은 집 안과 집 밖을 연결하는 대문, 방, 방 안과 방 밖을 연결하는 방문을 기본 구성 요소로 갖추고 있다. 집 안과 집 밖, 방 안과 방 밖, 이들의 분리와 결합이 바로 이 작품의 의미생성 면에서 주요한 장소라 할 수 있다. 따라서 공간 구조에 대한 연구에서는 안과 밖의 관계와 그 의미망을 추적하는 것이 주된 과제다.

세계에 대한 새로운 인식을 획득한 이후 외부 세계와 '나'의 첫 대면은 제2절에서 '아침에 조심스럽게 문을 나섬'으로써 이루어진다. 그러나 이 대면을 통해 '나'는 집 밖 사람들의 적대적 시선을 느낀다. 제3절에서 '길거리 아낙네의 욕설'에 놀라움을 감추지 못한 '나'는 천라오우에 의해 억지로 집에 끌려 돌아온다. '대문 안으로 돌아옴[回家]'이 강제로 이루어짐으로써, 대문은 집 밖 세계와 집 안 세계를 연결하는 기능, 즉 '나'와 외부 세계의 소통 기능을 상실한다. 이로써 집 안 세계는 집 밖 세계에 대해 폐쇄된 공간으로 전화한다.

집 안으로 끌려 돌아온 '나'는 집 밖 사람들의 시선과 집 안 사람들의 시선이 동질적임을 확인한다. '나'가 서재로 들어선 순간, 방문은 밖에서 잠긴다. '대문 안으로 돌아옴'과 마찬가지로, '방 안으로 들어섬'은 방문이 밖에서 잠김으로써 억압적 기제가 계속 작동하고 있음을 보여준다. '방문이 밖에서 잠김'으로써, 방문은 방 밖 세계와 방 안 세계를 연결하는 기능을 상실한다. '나'는 집 밖 세계는 물론, 방 밖 세계와도 소통을 차단당한 것이다. '나'에게 폐쇄된 공간은 집 밖 세계부터 집 안, 곧 방 밖 세계로 확장된다.

제4절에서 '나'가 천라오우에게 마당을 걷고 싶다고 부탁해서야 방문은 열린다. '나'의 방 안은 여전히 폐쇄된 공간이며, 방문의 열림과 닫힘은 '나'의 자유의지와 무관하다. 그러나 '나'의 사유 공간이라 여겨왔던 방 안 역시 적대적 시선으로부터 결코 자유롭지 않다. 아침에 천라오우가 가져다준 밥상의 생선 눈깔에서 '나'는 방 밖 사람들과 동질적인 적대적 시선을 포착하고, 곧이어 왕진을 온 허(何) 선

생의 눈빛에서도 적대적 시선을 느낀다. 방 밖 세계, 즉 폭력적 공간은 방 안 세계로 확장되고 있는 반면, '나'의 유폐된 공간은 갈수록 좁아진다.

제2절에서 제4절까지 공간의 전이를 살펴보면, '나'가 위치한 공간이 집 밖 세계에서 집 안 세계로, 다시 방 밖 세계에서 방 안 세계로 좁아지고 있음을 알 수 있다. '나'에게 이 각각의 공간은 '나'와 불협화하고 부조화하는 적대적 세계다. 밖으로부터 안으로의 이 변화는 적대적 시선, 다시 말해 폭력적 공간이 집의 안팎과 방의 안팎 경계를 무너뜨리면서 점차 넓이를 확장해가는 과정임과 동시에, '나'가 폭력적 공간인 외부 세계로부터 점차 소원(疏遠)·유리(遊離)되는 정도가 심해지는 과정이기도 하다. 안팎의 경계가 무너져 '나'의 세계가 좁아지면 좁아질수록 폭력적 외부 세계에 대한 '나'의 인식은 더욱 심화한다. 마침내 폭력적 세계를 초월하고 극복하려는 '나'의 의지는 공간의 관념적 형태로 발현되는데, 그것은 문지방이다. 여기에서 문지방은 현실적인 공간이 아니라, 폭력적 세계로부터의 초월과 인간다운 세계로의 전환을 의미하는 무차원의 관념적 공간이다.

제10절은 문지방이라는 관념적 공간으로 추상화되는 사유체계에 의지하여, '나'가 적극적이고 구체적으로 외부 세계와 대결하는 장이다. '나'는 지금까지 강요받았던 폐쇄성을 떨쳐버리고 큰형을 찾아 나선다. 그 적극성과 능동성은 '큰형의 등 뒤로 가서 문을 가로막는[走到他背後, 攔住門]' 동작으로 나타난다. 그러나 폐쇄적이고 폭력적인 공간을 극복하기 위한 '나'의 몸짓은 형과 대문 밖 사람들, 즉

'나'를 제외한 모든 사람의 폭력적 동질성만을 확인시켜줄 뿐이다. '나'는 천라오우의 설득으로 방 안으로 돌아온다. 이제 그 방 안은 문지방을 사유하던 객관적이고 물리적인 공간이 아니다. 그래서 "방 안은 온통 어두컴컴하고, 대들보와 서까래가 머리 위에서 부들부들 떤다. 잠시 떨다가 커지더니 나의 몸 위로 쏟아져 쌓인다." 대들보와 서까래의 내려앉음, 다시 말해 집의 붕괴는 전통의 무너져 내림을 의미한다. '나'에게 있어서 집은 형과 집안사람들이 여기는 대로 보호막이 아니라, '나를 죽이려는[他的意思是要我死]' 폭력의 공간이자 '무게는 거짓[他的沉重是假的]'인 위선의 공간이다. 객관적이고 물리적인 공간은 사라져버리고 남은 것은 주관적이고 심리적인 공간이다.

닫힌 문과 붕괴된 집으로 표상되는 '나'의 내면세계에서 객관적이고 물리적인 공간은 더는 의미를 갖지 못한다. 제11절에서 문은 매일 두 끼의 밥을 위해 열리고 닫히지만, '나'에게는 문이 아니기에 '문도 열리지 않는다'라고 여긴다. 그것은 열림의 기능 ―외부 세계와의 소통과 만남― 을 갖지 못하는 문, 따라서 존재하지 않는 것과 마찬가지인 문이기 때문이다. '나'는 객관적이고 물리적인 공간으로서의 '문'을 부정하는 것이다. 객관적이고 물리적인 공간의 무의미화는 '나'로 하여금 또 다른 관념적 공간으로 나아가게 한다. 그 관념적 공간은 '나'의 삶의 최초의 문, 곧 '나'의 삶의 모태인 어머니이다. 그러나 어머니 역시 이미 폭력적 공간의 한 부분으로서, 폭력적 현실에 점유당하였음을 고통스럽게 깨닫는다.[24] 어머니 또한 부정의 대상이었던 것이다.

'나'의 객관적이고 물리적인 삶의 공간뿐만 아니라 어머니라는 관념적인 공간조차 그 공간의 폭력성에 의해 소원되고 유리되었을 때, '나'가 향할 수 있는 마지막 공간은 자신뿐이다. 어머니가 가진 공간의 폭력성을 분석·해부하였던 '나'의 예리한 인식 능력은 제12절에서 자신 역시 폭력적 공간의 일부였음을 깨닫게 해준다. '사천 년 식인의 이력을 갖게 된 나'를 새로이 인식한 '나'는 지난날의 '나'와는 전혀 다른 새로운 '나'이다. 마침내 '나'는 지난날의 '나'를 부정하지 않으면 안 되며, 따라서 지난날의 '나'로부터도 소원·유리된다. 이제 새로운 '나'가 지난날의 '나'를 포함한 모든 사람, 모든 공간의 폭력성을 어떻게 극복해야 하는지가 문제다.

지금까지 살펴본 대로, 「광인일기」의 공간은 대문과 방문의 안팎을 중심으로 하는 객관적·물리적인 공간, 그리고 그 공간이 붕괴·소멸된 이후 이를 대신한 주관적·심리적인 공간이라는 두 부분으로 크게 나뉜다. 다만, 주관적·심리적인 공간 역시 현실 세계와 내면세계가 섞여 객관적·물리적인 공간이 내면화된 것이라는 점에서 객관적·물리적인 공간의 연장이라고 보아도 좋다. 적대적 시선과 그 본질인 식인성으로 대표되는 폭력적 공간은 안과 밖의 경계가 사라지면서 집 밖 세계에서 지난날의 '나'로 확장된다(집 밖/+집 안·방 밖/+방 안/+어머니/+지난날의 '나'[25]). 아울러 '나'와 대립하는 세계 역시 길거리 사람들로부터 지난날의 '나'로 확장된다(길거리의 사람들/+집안사람들/+형과 의사/+어머니/+지난날의 '나'). 이에 따라 '나'가 현실 세계로부터 소원·유리되어 밀폐되는 공간은 집 안부터 새로운 '나'로 갈수록 좁아진다(집 안/방 안/나/새로운 '나'). 밀폐되는 공간이 좁아진다는 것은 '나'와 불협화하고 부조화하는 폭력적 공간이 갈수록 넓어진다는 의미인 한편, '나'의 사유가 새로운 '나'로 집중된다는 뜻이다. 이렇게 보면 「광인일기」는 무공간화의 수평 구조 속에서 새로운 '나'를 구심점으로 모든 공간을 수렴하는 형태를 띠고 있다고 할 수 있다.

「광인일기」의 시공간과 의미생성

지금까지 「광인일기」의 시간 및 공간 구조를 살펴보았거니와, 거듭 말하지만 시간과 공간은 독립적으로 존재하지 않는다. 여기서는 다만 논의의 편의를 위하여 그 기본 요소들을 중심으로 따로따로 살펴보았을 뿐이다. 이제 시간과 공간의 결합 양상을 구체적으로 검토하여 양자의 결합이 어떤 의미를 생성해내는지 살펴보고자 한다.

앞에서 언급한 바대로, 「광인일기」는 '오늘' '지금'을 구심점으로 모든 시간을 수렴하는 수직 구조와 새로운 '나'를 구심점으로 모든 공간을 수렴하는 수평 구조로 짜여 있다. 수직적 시간과 수평적 공간이 만나는 지점이 바로 '나'의 내면세계 속 시공간이다. 이 내면세계 속 시공간의 길이와 크기는 '나'의 사유의 깊이 및 폭과 긴밀한 연관 관계를 이룬다. 앞에서 살펴보았듯이, 「광인일기」는 '나'의 세계 인식의 깊이와 폭에 따라 크게 세 단계로 나누어진다. 첫째, 감성적 인식 단계, 둘째, 세계 개조의 시도와 실패, 셋째, 이성적 인식 단계가 그것이다.

감성적 인식 단계(제1절~제5절)는 제1절에서의 세계에 대한 감각적이고 즉자적인 인식[26]에 토대하고 있다. 이 단계는 적대적 시선의 식인성을 추론하는 과정과 인간의 모든 인간에 대한 식인성을 추론하는 과정으로 이루어진다. 먼저 적대적 시선의 식인성을 논리적으로 추론하는 과정을 살펴보자. 제2절과 제3절에서 길거리 사람들의 시선, 길거리 여인의 시선, 집안사람들의 시선, 소작인과 형의 시선은 적대적이라는 점에서 동질적이다. 자오구이 영감의 '괴이한 눈빛[眼色便怪]'은 길거리 여인의 '물어뜯겠다[咬你幾口]'와 이리마을 사람들의 '기름으로 볶아먹다[用油煎炒了吃]'를 거쳐 '사람을 잡아먹다[吃人]'에 이른다. '보다[看]'가 '물다[咬]'를 거쳐 '먹다[吃]'에 이르는 동작 변화는 바로 유사성과 인접의 원리에 따라 적대적 시선의 식인성을 추론하는 과정이다. 이후 적대적 시선은 제4절에서 생선의 눈빛, 의사의 눈빛처럼 식인성을 입증하는 유비추리의 근거가 된다. 한편, 인간의 모든 인간에 대한 식인성을 추론하는 과정은 제3~5절에서 다음과 같이 이루어진다.

①그들이 나쁜 사람의 간을 볶아먹다 → ②그들은 사람을 잡아먹을 줄 안다 → ③그들은 나를 **잡아먹을지도 모른다** → ④그들이 나를 **잡아먹으려 한다** → ⑤형과 *의사*가 나를 잡아먹으려 한다 → ⑥*의사*는 사람을 잡아먹는다 → ⑦*형*은 누구든지 잡아먹는다

[밑줄 부분은 식인의 대상을, 이탤릭체 부분은 식인의 주체를 가리킨다]

명제①의 ‘나쁜 사람의 간’은 명제②에서 ‘사람’으로 대체되고, 명제②는 일반화의 오류를 거쳐 명제③으로 귀납된다. 다시 개연성의 명제③은 ‘연대가 없는 역사’의 ‘인의도덕’이란 글자 틈에서 ‘식인’의 역사적 근거를 찾아냄으로써 확실성의 명제④로 바뀐다. 명제④의 주체 ‘그들’은 명제⑤의 ‘형과 의사’로 개별화되고, 명제⑤는 ‘이시진의 「본초 무엇」’을 매개로 명제⑥의 결론으로 귀납되며,[27] 명제⑤는 ‘역자이식(易子而食)과 식육침피(食肉寢皮)에 관한 형의 이야기’를 매개로 명제⑦의 결론으로 귀납된다.[28]

　감성적 인식 단계는 객관적이고 물리적인 시공간 속에서 진행된다. 일기를 쓰고 있는 ‘현재’의 ‘여기’에서 사유는 시작된다. 과거의 사실이나 사건을 회상하더라도, 결코 과거의 시공간에 매몰되지 않는다. 앞의 논리적 추론 과정에서 ② → ③, ③ → ④, ⑤ → ⑥, ⑤ → ⑦의 경우처럼, 과거의 사실 혹은 과거의 사건은 추론의 매개로 기능하면서 현재적 의미를 획득한다. 과거의 사실과 사건이 ‘나’의 시공간을 거침없이 드나들면서 논리적 추론이 진행되는 동안, 시간의 경계는 무너질 조짐을 보이기 시작하고, ‘나’와 적대적인 공간은 안팎의 경계를 무너뜨리면서 급속도로 확장된다. 이에 따라 ‘나’와 세계의 대립 구도 역시 달라지며 집 안팎의 사람은 물론 형과도 대립하기에 이른다. 앞에서도 언급했지만, ‘밤에는 좀처럼 잠을 이룰 수가 없다’라는 제3절이나 ‘소작인 마을에서 간을 볶아먹은 사건’이 다시 한 번 ‘그제’의 일로 진술되는 제5절에서 논리적 오류나 논리적 비약이 발생하는 일은 조금도 이상하지 않다. 바로 그 지점들에서 시간의 경계와 공간의 경계가 동시에 급속히 붕괴하기 때문이다.

제1절에서의 세계에 대한 감성적이고 즉자적인 인식은 제2절에서 제5절에 이르기까지의 논리적 추론에 따른 분석과 종합을 거쳐 세계 인식에 대한 확신에 도달한다. 그것은 제6절에서 진술한 대로 '사자 같은 음흉함, 토끼 같은 겁약함, 여우 같은 교활함'이라는 폭력적 세계의 본질에 대한 인식이다. 세계 개조의 시도와 실패 단계(제6절~제10절)는 바로 제6절에 나타난 세계 인식에 대한 확신에 토대하고 있으며, 여기에서는 논리적 추론보다 '나' 나름의 실천적 사고와 행위가 중심을 이룬다. 형의 식인성을 확신하는 '나'는 식인 행위에 대해 '오랫동안 습관이 들어서 그른 줄을 모르는 걸까? 아니면 양심을 잃어버려 잘 알면서도 일부러 죄를 짓는 걸까?'라는 의문을 던진다(제7절). 이 의문은 환각 속에 만난 젊은이와의 대화에서 '이전부터 그래 왔다면 옳단 말인가?'라는 회의 정신으로 발전한다. '나'의 회의 정신이 식인성 극복의 구체적 대안으로 제시하는 것은 제9절의 '문지방'이 상징하는 전환과 초월의 정신이다.[29] 회의 정신은 '문지방'이라는 사유 공간을 거쳐 '그래서는 안 된다고 말할 수 있음[能說不能]'이라는 부정 정신에 실천적으로 도달한다.

세계 개조의 시도와 실패 단계는, 제6절에서 '캄캄해서 낮인지 밤인지 알 수 없다'라고 하였듯이 시간의 경계가 무너지는 데서 시작한다. 아울러 집 안팎, 방 안팎의 경계가 무너진 가운데, 의미 있는 것은 '자오 씨네 개가 또 짖어대기 시작한다'라는 진술이 환기하는 폭력적 공간의 지속성뿐이다. 경계가 모호해지고 붕괴된 시공간은 회의 정신과 부정 정신에 의해 사고의 명징성이 강화됨에 따라 객관적이고 물리적인 시공간을 다시 확보한다. 그것은 현실 세계와 대결하는 제10절에서 '이른 아침[大淸早]' '안채 방문 밖[堂門外]'으로 나타난다. 그러나 이 대결이 역사적 패배로 귀결됨으로써 '나'는 다시 유폐되고, 폐쇄된 공간은 폭력성과 함께 허위성을 드러내면서 붕괴된다.

이성적이고 대자적인 인식 단계(제11절~제13절)는 '나'의 역사적 패배에서 출발하며, 그것은 '나'의 존재적 근원에 대한 추론으로 이어진다. 이 논리적 추론은 이미 제5절에서 추론해냈던 명제⑦ '형은 누구든지 잡아먹는다'와 맞닿아 있는 바, '나'는 이 명제로부터 다음과 같이 추론한다. ⑧형이 누이동생을 잡아먹었다 → ⑨어머니가 누이동생을 잡아먹었다 → ⑩나도 누이동생을 잡아먹었을지 모른다. 명제⑧에서 명제⑨로 나아가는 과정에서 '지난날 큰형의 이야기―자식 된 도리로 병든 부모를 위해 살 한 점을 베어 삶아드려야 한다―에 어머니가 보여주었던 무언의 긍정'이 추론의 매개로 현재화되고,[30] 명제⑩으로의 추론에는 '누이동생이 죽었을 당시 큰형이 집안일을 주관하였다는 사실'이 추론의 매개로 개입된다. 이 단계에서 '나'의 존재적 근원에 대한 추론은 자기반성과 이를 위한 자아 분석 및 자아 해부의 성격을 띠고 있음을 알 수 있다. 이런 점에서 이 단계는 '나'의 세계 인식이 이성적이고 대자적인 단계로 발전하였음을 보여준다.

이 단계에서 '나'는 객관적 공간의 붕괴와 함께 객관적 시간을 상실함으로써, 주관적이고 심리적인 시공간으로 밀려나 있다. 제11절에서 '해도 뜨지 않고 문도 열리지 않는다'라는 진술은, 앞에서도 언급하였듯이 '나'에게 있어서 시공간의 소멸과 무의미를 뜻한다. 시공간의 소멸과 무의미는 객관적이고 물리적인 시공간, 일상적인 시공간이 그 유효성을 상실하였음을 의미한다. 그 대신에 주요한 의미를 지니는 것은 '나'의 전복적 세계 인식에 기초한 주관적이고 심리적인 시공간이다. '나'는 이 주관적이고 심리적인 시공간을 빌려 자신을 분석하고 해부하는 것이다. 제12절은 '나'의 자아 분석과 자아해부의 끝이 어디인가를 잘 보여준다.

생각할 수 없게 되었다. 사천 년 동안 늘상 사람을 잡아먹던 곳. **오늘**에야 깨달았다. 나 역시 그 속에서 오랜 세월을 보냈음을. 형이 마침 집안일을 관장하던 때 누이동생은 죽었다. 그가 밥과 반찬 속에 섞어 남몰래 나에게 먹이지는 않았다고도 할 수 없는 것이다. 나도 모르는 사이에 내 누이동생의 살점을 먹지 않았다고 장담할 수는 없다. **지금**은 내 차례이다. (……) 사천 년의 식인 이력을 갖게 된 나, 애초에는 비록 몰랐지만 **지금**은 알게 되었다. 참된 사람을 만나기 어려움을!

'나'의 자아 분석과 자아 해부는 세계에 대한 전복적 인식을 거쳐 자신에 대한 전복적 인식—'나' 역시 식인의 가해자라는 인식—에 이른다. 바로 그 순간이 곧 '오늘[今天]' '지금[現在]'이다. '오늘' '지금'은 '연대가 없는 역사'로 진술되는, 존재하지 않은 시간일 뿐

만 아니라 과거와 현재의 경계가 붕괴한 시간인 지난 사천 년과 대
척점에 놓여 있다. '오늘' '지금'이 삶의 시간, 참의 시간, 희망의 시
간이라면, 지난 사천 년은 죽음의 시간, 거짓의 시간, 절망의 시간이
다. 그렇기에 사천 년의 시간은 부정하고 싶은 시간, 단절해야 할 시
간이다. 여기서 '나'의 자기 전복적 인식은 정점으로 치달아 '사천
년의 식인 이력을 갖게 된 나'라는 철저한 자기 부정으로 완성된다.
'나'는 사천 년 동안의 역사적 시공간의 집적물이며, '나' 역시 '참된
인간'이 아니다. '나'는 자신을 부정해야만, 즉 죽여야만 '오늘' '지
금'을 살릴 수 있다. 지난날의 '나'를 죽이는 것, 곧 지난 사천 년을
죽이는 것이 '오늘' '지금'을 살리고 새로운 '나'를 살리는 길일 것이
다.[31]

제13절은 '오늘' '지금'의 새로운 '나'를 살리는 길이 어디에 있는
가를 보여준다. 작가는 '아이'라는 미래의 시공간으로 뛰쳐나가 열
린 전망을 보여주려 하지만, 그 전망은 결코 완결된 구조가 아니다.
'사람을 잡아먹어 본 적이 없는 아이가 혹 아직 있을까? 아이를 구
해야 할 텐데⋯⋯'라는 진술이 보여주듯, 그 전망은 불확실하고 자
신감이 결여되어 있다. 게다가 사천 년 동안 식인의 역사를 지닌 땅
에서 '사람을 잡아먹어 본 적이 없는' 아이는 현실적으로 존재할 수
없으며, 따라서 구할 수 있는 '아이'도 존재하지 않는다. 그렇다면
'나' 자신으로 다시 돌아갈 수밖에 없다. 역설적으로 '오늘' '지금'
'나' 자신을 극복하는 것이 미래의 아이를 구하는 최선의 방도일지
도 모른다.

지금까지 「광인일기」의 시공간을 분석한 결과, 세계에 대한 '나'
의 감각적이고 즉자적인 인식이 논리적 추론에 따라 세계에 대한 실
천을 거쳐 변증법적으로 다다른 곳은 자아 분석과 자아 해부에 의한
자기 부정이었다. 자기 부정의 근원적 힘은 자기 전복적 인식이며,
자기 전복적 인식은 모든 전통적 가치와 권위를 회의하고 부정함
으로써 가능하다. '나'의 시공간을 부정하고 소멸하는 것, 그리하여
'나'를 해체하는 것은 '나' 자신을 넘어서며 재정의하고 재발견하는
단 하나의 길이다. 그렇게 함으로써 전복되는 것이 '나'가 처한 현실
의 시공간이 아니라 인류 전체의 역사와 문명이다.

　　아울러 시공간 구조에 대한 분석을 통해, 마침내 '오늘' '지금'의
'나'라는 시공간으로 수렴되었음을 살펴보았다. '오늘' '지금'은 시간
의 연속성을 고려한다면 어디에 놓여 있는가? 무심코 지나치기 쉬
운 '오늘'이 혹시 「광인일기」의 전체 의미망을 조율하고 있지는 않
을까? 「광인일기」에서 '오늘'은 제1절의 첫머리 '오늘 밤, 달빛이 참
좋다'와 제2절의 첫머리 '오늘은 전혀 달빛이 없다'에 등장한다.[32]
「광인일기」에서처럼 날짜가 명시되어 있지 않은 '오늘'은 날짜가 명
시된 일반적인 일기체소설의 '오늘'과는 다르다. 날짜가 명시된 '오
늘'은 명시된 날짜에 종속되는, 많은 날 가운데 특정한 '오늘'이지만,
날짜가 명시되지 않은 '오늘'은 모든 날짜에 열려 있는 불특정한 '오
늘'이다. 또한, 날짜가 명시된 '오늘'은 작가가 지시하는 '오늘'이자
작가의 시간에 규정 받는 '오늘'이지만, 「광인일기」의 '오늘'은 작가
의 지시를 받지 않는, 독자의 시간에 종속된 '오늘'이다. 이러한 의미

에서 「광인일기」의 '오늘'은 어느 특정한 날짜로 환원되지 않는 '오늘'이며, 객관적 시간이 사라진 무시간성의 '오늘'이다.

독자의 시간에 종속된 '오늘'이란 의미로 「광인일기」를 읽으면, 「광인일기」는 독자가 읽은 순간의 '오늘'의 이야기로 화하여 현재적 의미를 지니게 된다. 독자의 시간에 따라 의미 있게, 혹은 (비록 허구적 소설이긴 하지만) 개연성 있는 사실로 읽히는 것은 무엇 때문일까? 그것은 작품 속 이야기 세계의 인물이나 사건이 특정한 시공간과 관련을 맺지 않은 채 일상적이고 관습적이기 때문이다. 다시 말해 「광인일기」 안의 인물과 사건이 특정한 것이 아니라, 일상적이고 관습적이라는 것이다. 「광인일기」가 객관적 시공간을 벗어나고, 시공간의 경계를 소멸시키고, 무시간화와 무공간화를 꾀한 까닭이 바로 여기에 있다. 그렇다면 「광인일기」는 특정 시공간의 특정 인물의 이야기가 아니라, 시공간의 제약을 벗어난 '오늘'의 '지금'의, 우리 모두의 이야기가 된다. 「광인일기」를 '오늘'의 의미로 현재화하여 읽어야 할 이유가 바로 여기에 있다.

「광인일기」의 열린 독해를 위하여

일찍이 중국에서 통치 이데올로기의 근간을 이룬 유가 텍스트에서 '미침[狂]'의 의미는 다양한 스펙트럼을 가진다. 먼저 『상서(尙書)』에서는 "성인(聖人)이라도 생각하지 않으면 광인(狂人)이 되고, 광인이라도 생각할 줄 알면 성인이 된다"[33]라고 하였다. 이 구절의 '성인'과 '광인'은 「다방(多方)」 편에서 전체 문장의 맥락 속에서 볼 때, 하늘의 뜻을 받들어 백성을 편안케 한 임금과 천명을 멀리하여 하늘의 멸망을 받은 임금을 가리키고 있는 바, 천명(天命)과 위민(爲民)에 대한 사유 능력의 유무에 따라 양자를 대척점에 놓고 있다. 결국『상서』에서의 '광(狂)'은 '분별력이 없고 무능함'이란 부정적 의미로 쓰이고 있음을 알 수 있다.

반면에 공자(孔子)의 '미침[狂]'에 대한 언술을『논어(論語)』에서 살펴보면, 부정적 의미의 '광(狂)'과 긍정적 의미의 '광(狂)'이 함께 쓰이고 있음을 알 수 있다. 「태백(泰白)」 편에서 "제멋대로이되 바르지 않다[狂而不直]"[34]라거나 「양화(陽貨)」 편에서 '육언육폐(六言六蔽)'를 말하면서 "강함을 좋아하면서도 배우기를 좋아하지 않으면, 그 병폐는 제멋대로[狂]라는 점이다"[35]라고 지적하고, '고자민유삼질(古者民有三疾)'을 말하면서 "예전의 광(狂)은 자질구레한 일에 얽매이지 않았으나, 지금의 광(狂)은 방탕하다"[36]라고 지적한 것은 부정적 의미의 '광(狂)'이다. 반면, 「공야장(公冶長)」 편에서 "우리 젊은 제자들은 포부가 크되 일에 소홀하다[狂簡]"[37]라거나 「자로(子路)」 편에서 "중용의 도를 행하는 이를 얻어 함께하지 못한다면, 반드시 광자(狂者)와 견자(狷者)와 더불어야 하리"[38]라고 말한 것은 긍정적 의미의 '광(狂)'이다.

아울러 맹자(孟子)는 공자의 '광간(狂簡)'을 설명하면서 "그들의 뜻은 매우 커서 입으로 항상 '옛사람이여! 옛사람이여!'라고 말하지만, 그들의 행동을 살펴보면 제대로 실천하지 못하고 있다"[39]라고 말한다. 공자의 언술 속 '광(狂)'에 대해 후인 역시 '뜻이 크다[志大]', '선한 도를 취하여 나아가다[進取於善道]', '뜻은 지극히 높으나 행동이 말을 가리지 못하다[志極高而行不掩]', '뜻과 바람이 너무 크다[志願太高]' 등으로 해석한다. 이 '원대한 뜻이나 포부'는 일상적이고 인습적인 사유 형태라기보다는, 사회적 인습을 위반하여 상궤나 법도에 어긋나는 사유 형태다. 이러한 '파격' 혹은 '과격'이 때로는 긍정적인 의미를, 때로는 부정적인 의미를 가진다고 볼 때, 공자와 맹자는 '광(狂)'이 지니는, 기성 권위와 질서에 대한 위반과 일탈의 적극성에 더 주목하고 있음을 엿볼 수 있다.

한편 『광기의 역사(Histoire de la Folie Age)』를 저술한 미셸 푸코 (Michel Foucault)는 권력과 지식의 결탁에 주목하면서 이성과 비이성, 정상과 비정상의 분리라는 관습적인 사고에 의문을 제기한다. 그리하여 그는 근대 서구의 담론이 '이성과 정상'의 '비이성과 비정상'에 대한 권력 구현임을, 다시 말해 광기를 이성에 대한 타자성으로 규정해 왔음을 밝혀낸다. 푸코는 이성과 비이성, 정상과 비정상의 경계가 무엇인지를 물으면서, 광기는 이성과 완전히 다르거나 반대라는 고정관념을 깨트린다. 그는 에라스무스(Erasmus)의 『광기예찬 (Moriae Encomium)』과 윌리엄 셰익스피어(William Shakespeare)의 『리어왕(King Lear)』 등을 바탕으로 광인이 지닐 수 있는 위험한 통찰력을 예시함으로써, 광기 속에도 이성은 존재하며 광기를 통해 진리가 드러난다는 것을 보여준다. 푸코는 비정상과 질병으로 규정되어 사회에 대한 위험한 도전으로 간주되던 광기를 근대적 이성이라는 감금 장치에서 해방시켜 새로운 의미로 재해석하였다고 할 수 있다.

그렇다면 문학적 글쓰기에서 광기 혹은 광인은 무엇을 의미하는가? 작가는 흔히 일상적인 세계의 평범한 인물로 환경의 부조리와 폭력성을 더는 드러낼 수 없을 때, 비범하(unusual)거나 비정상적이(abnormal) 인물을 통해 자신의 예술적 역량을 발휘한다. 이러한 인물의 비범성과 비정상성은 흔히 영웅의 초월성이나 광인의 광기로 표출되거니와, 특히 광인의 광기는 작가의 새로운 예술적 사유의 원천이 된다. 작가에게 광기란 더는 정신질환이나 이상심리 같은 질병이 아니라 자신의 문학적 상상력을 담아내는 유용한 도구로, 기성 권위와 질서에 대한 위반과 일탈의 기호다. 그리하여 광인과 광기는 세계를 새롭게 해석할 수 있도록 돕는 통로가 되며, 동시에 기성 지배 담론을 전복시키는 위험한 시도를 가능케 하는 문학적 보호장치가 된다. 이제 광기 속에 내재되어 있는 위반과 일탈의 욕망을 문화적으로 재해석해내는 것은 우리 몫이다.

이러한 맥락에서 우리는 루쉰의 「광인일기」에 나오는 광인과 광기를 읽어볼 수 있다. 「광인일기」의 광인은 기성 권위와 질서에 대한 회의와 부정의 정신을 보여주는 근대적 인간의 상징이다. 그가 발하는 광기는 개의 이미지로 반복되는 폭력적 세계와 그것의 지배 담론에 대한 저항의 몸부림이다. 이러한 광인과 광기를 통하여 루쉰은 자신이 몸담은 사회가 떠받들고 있는 가치체계를 뒤집어보려 한다. 이러한 관점에서 읽어나가노라면, 루쉰의 「광인일기」는 허위적 세계와 야만적 권력의 폭력성에 대한 알레고리로 볼 수 있다. 루쉰의 「광인일기」가 현실에 대한 강력한 비판 의식을 지닐 수 있는 것은 「광인일기」의 광인과 광기가 나름대로 자신을 객관화할 수 있는 현실의 문맥, 즉 역사성을 담아내고 있기 때문이다.

 **2장**

「광인일기」창작의
이모저모

누군가가 글을 써서 공론의 장에 발표한다는 것은 그가 혼자만의 벽에 갇히지 않고 현실과 마주한다는 것, 그리고 자신을 둘러싼 현실에 대한 나름의 해석을 타인과 공유하려 한다는 것을 의미한다. 루쉰은 일본으로 유학을 떠난 이듬해인 1903년부터 몇 편의 글을 써서 발표한 이래, 의학에서 문학으로 전향한 후인 1907년에 그의 초기 문학 사상을 가늠해볼 수 있는 글 네 편(「인간의 역사(人之歷史)」, 「마라시력설(摩羅詩力說)」, 「과학사교편(科學史教篇)」, 「문화편향론(文化偏至論)」)을, 그리고 1908년에는 미완의 「파악성론(破惡聲論)」을 발표하였다. 이후 귀국하기 전까지 그는 새로운 글을 발표하지는 않았지만, 끊임없이 번역도 하고 글을 쓰기도 하였다.

　　그런데 1909년 8월 귀국한 이래 1918년 5월 「광인일기」를 발표하기까지, 그는 강의안을 작성하거나 향토사 및 고적 집록과 관련된 작업을 하는 외에는 한 편의 글도 발표하지 않았다. 심지어 1911년 문언단편소설 「옛날을 그리워하며(懷舊)」를 지었지만, 1913년 4월 『소설월보(小說月報)』에 실을 때 동생 저우쭤런(周作人)의 필명으로 발표하기도 했다. 루쉰은 철저히 자신을 사회 현실로부터 격리했던 것이다. 일본 유학 시절 그토록 활동적이고 열정적이었던 그가 왜 갑작스럽게 침묵에 빠져들었을까? 그리고 그는 왜 다시 붓을 들었을까? 여기에서는 이러한 물음에 답을 구해보고자 한다.

　　이를 위해 우선 귀국 후 루쉰이 어떤 일을 하면서 지내다가 문학적 글쓰기를 자신의 삶으로 받아들이는지 그 과정을 살펴보려고 한다. 이 과정에서 루쉰의 사유 세계 혹은 문제의식은 어떠했는지를, 20세기를 전후하여 변혁을 꿈꾸었던 중국 지식인들의 문화 담론, 그중에서도 국민성 개조 담론 속에서 살펴본다. 여기에서 한 걸음 더 나아가 '루쉰이 어떻게 식인과 광기를 「광인일기」의 두 가지 중요한 모티프로 포착해냈을까?', 그리고 '당시에 그리 흔하지 않았던 1인칭 화자의 일기체소설이라는 낯선 서사 양식을 왜 운용했을까?'라는 물음에, 루쉰의 주체적 상황과 당시 사회 혹은 문단의 객관적 상황에 근거하여 답해보고자 한다.

1

국민성 개조와 시대 의식

문학으로의 복귀

1909년 8월, 일본에서의 유학 생활을 마치고 귀국한 루쉰은 항저우(杭州) 저장양급사범학당(浙江兩級師範學堂)에서 생리학과 화학 교사로 근무하다가 이듬해 7월, 교직을 사임하고 사오싱(紹興)으로 돌아왔다. 그리고 다시 9월, 사오싱부중학당(紹興府中學堂)의 박물학 교원 및 감학(監學)을 맡았다가 1911년 여름 이 학당을 사직하였다. 그러나 그해 10월, 신해혁명이 일어나고 사오싱부중학당의 교장이 사임하자 학생들의 요구에 따라 원래 직무로 잠시 복귀하였다. 이 무렴 그는 유세대를 이끌고 혁명 의의를 선전하는 등 혁명에 뛰어들었다. 이후 그는 왕진파(王金發)를 수장으로 하는 사오싱군정분부(紹興軍政分府)의 위임을 받아들여 저장산후이(浙江山會)초급사범학당의 교장으로 근무했다.

　1912년 2월, 그는 산후이초급사범학당을 사직하고, 중화민국 임시정부 교육총장 차이위안페이(蔡元培)의 요청에 따라 교육부 직원이 되어 난징으로 향했다. 이후 그는 임시정부가 베이징(北京)으로 이전함에 따라 5월 초 베이징으로 떠났다. 8월, 교육부 첨사로 임명된 그는 사회교육사 제1과 과장을 맡아 도서관·박물관·미술관 등의 사회 교육 업무를 담당하였다. 1915년 8월 통속교육연구회(通俗敎育硏究會)에 참가하라는 교육부 명령을 받았으며, 9월 1일 통속교육연구회 소설부 주임으로 임명되었다. 1917년 7월 3일, 장쉰(張勳)의 복벽에 격분하여 교육부를 사직하였지만 난이 평정된 후 16일에 복귀하여 다시 근무하였다. 이렇게 교육부 직원으로 지내던 중 1918년 5월「광인일기」를 발표하였다.

　일본에서 귀국한 이후 교원으로, 혹은 교육부 직원으로 근무하면서 루쉰은 어떤 일에 몰두하였을까? 일본에서 귀국하여 교육부 직원으로 임명되기까지 약 2년 반 동안 그는 교직에 종사하여 교사로 지내는 한편, 틈틈이 사오싱의 향토사 및 고소설과 관련된 자료를 정리하고 집록하였다. 이러한 노력은 머잖은 훗날 『고소설구침(古小說鉤沉)』, 『콰이지군 고서 잡집(會稽郡古書雜集)』(1915)의 출판으로 성과를 보았다. 이어 교육부 직원으로 근무하면서부터 1918년 5월

「광인일기」를 발표하기까지 약 6년 반 남짓 동안에도 고서를 집록하고 교감하는 작업을 여전히 지속했다. 그 결과는 훗날『당송전기집(唐宋傳奇集)』,『운곡잡기(雲谷雜記)』,『혜강집(嵇康集)』등의 출판으로 열매를 맺었다.

이러한 고서의 교감 및 집록 외에도, 그는 교육부 업무와 관련된 작업, 이를테면 예술과 관련된 강연을 하거나 글을 발표하고, 외국의 예술 논문을 번역하여 발표하기도 하였다. 이 밖에도 불학 서적을 지속해서 대량 구입하여 틈틈이 불교 사상을 연구하고, 금석탁본, 특히 한대(漢代) 화상(畫像) 및 육조(六朝) 조상(造像)을 수집하여 연구하였다. 요컨대, 일본에서 귀국한 이래로 신해혁명 때 학생들을 이끌고 유세대 활동을 하고 장쉰의 복벽에 항의하여 일시 사직했던 일을 제외하면, 정치 행위로 간주할 만한 일은 거의 없었으며 옛 비문과 고서에 푹 빠져 있었던 듯이 보인다.

그렇다면 루쉰은 무엇 때문에 이처럼 현실 문제로부터 비켜서서 옛 서적과 비석에 파묻혀 지냈던가? 일본 유학 시절 한때는 문학에 뜻을 두고『신생(新生)』이란 잡지를 출간하려 했고, 아우인 저우쭤런과 함께 외국 작가의 작품을 번역하여『역외소설집(城外小說集)』을 출간할 만큼 적극적이었으며, 귀국 이후로는 신해혁명의 물결 속에서 학생 유세대를 이끌고 선전 활동에 뛰어들기도 하고, 장쉰의 복벽에 맞서 사직서를 던질 만큼 열정적이지 않았던가? 그는『외침』의 「서문」(1922년 12월 작성)에서『신생』의 출간이 실패한 이후의 상황을 이렇게 술회한다.

이제껏 경험치 못한 무료를 느끼게 된 것은 그 후의 일이다. 처음엔 왜 그런지 몰랐다. 그런데 그 뒤 이런 생각을 하게 되었다. 무릇 누군가의 주장이 지지를 얻으면 전진을 촉구하게 되고 반대에 부딪히면 분발심을 촉구하게 된다. 그런데 낯선 이들 속에서 혼자 소리를 질렀는데도 아무런 반응이 없다면, 다시 말해 찬성도 반대도 하지 않는다면, 아득한 황야에 놓인 것처럼 어떻게 손을 써 볼 수가 없다. 이는 얼마나 슬픈 일인가. 그리하여 내가 느낀 바를 적막이라 이름 붙였다.

이 적막은 나날이 자라 큰 독사처럼 내 영혼을 칭칭 감았다.

허나 까닭 모를 슬픔이 있었지만 분노로 속을 끓이지는 않았다. 이 경험이 나를 반성케 했고 자신을 돌아보게 만들었기 때문이다. 그러니까 나라는 사람은 팔을 들어 외치면 호응하는 자들이 구름처럼 모여드는 그런 영웅은 결코 아니었던 것이다.

다만 나 자신의 적막만은 떨쳐 버리지 않으면 안 되었다. 내겐 너무도 고통스러웠기 때문이다. 그리하여 나는 온갖 방법을 써서 내 영혼을 마취시켰다. 나를 국민 속에 가라앉히기도 했고 나를 고대로 돌려보내기도 했다. 그 뒤로도 더 적막하고 더 슬픈 일들을 몇 차례 겪었고 또 보기도 했지만 하나같이 돌이켜 보고 싶지 않은 것들이었다. 할 수만 있다면 기꺼이 그 일과 내 뇌수를 진흙 속에 묻어 사라져 버리게 만들고 싶었다. 그런데 내 마취법이 효험이 있었던지 청년 시절 비분강개하던 생각이 다시는 일지 않았다.[1]

1907년 여름, 허사가 되고만 『신생』의 출간 시도. 그리고 1909년

1월과 7월에 출간한 『역외소설집』 제1권과 제2권의 판매 부진. 아마도 이 두 번의 실패는 '소리를 질렀는데도 아무런 반응이 없다'라는 무료하고도 적막한 느낌을 안겨주었을 터이다. 하지만 이런 느낌과 자각이 이러한 두 번의 실패 때문이었을까? 일본 유학 시절에 겪었던 일 때문만이 아닐 것이다. 이를 보여주는 것은 「『자선집(自選集)』 서문」(1932년 12월 작성)의 다음과 같은 기록이다.

> 당시 나는 '문학혁명'에 대해 별다른 열정을 갖고 있지 않았다. 신해혁명도 봤고 2차 혁명도 봤고 위안스카이의 황제 등극과 장쉰의 청조 복귀 음모도 봤고 이런저런 걸 다 보다 보니 회의가 일기 시작했던 것이다. 그리하여 실망한 나머지 몹시 의기소침한 상태였다.[2]

1925년 3일 31일, 쉬광핑(許廣平)에게 보낸 편지에서도 루쉰은 "민국 원년의 일을 말하자면, 그때는 확실히 광명이 넘쳐서 당시 나도 난징 교육부에 있으면서 중국의 장래에 희망이 아주 많다고 생각했습니다. (……) 민국 2년의 2차 혁명이 실패한 뒤로 점점 나빠졌습니다"[3]라고 술회한다. 이렇게 본다면 루쉰을 무료와 적막 속에 빠트린 것은 일본에서의 문학 운동 실패뿐만 아니라, 귀국 이후 신해혁명의 실패 및 공화정 붕괴와도 깊은 연관이 있던 셈이다. 이처럼 거듭되는 실패는 좌절감과 무력감, 그리고 '까닭 모를 슬픔'을 낳았을 터이고, 마침내 '나' 자신이 '팔을 들어 외치면 호응하는 자들이 구름처럼 모여드는 그런 영웅'이 아님을 절실히 깨닫게 해주었을 것이다.

실제로 루쉰의 무료와 적막, 실망과 의기소침은 이 시기에 벗 쉬서우창(許壽裳)에게 보낸 몇 통의 편지에서도 읽어낼 수 있다. 1910년 11월 15일 자 편지에서 "나는 몹시 둔해져서 책을 손에 드는 일도 없지만, 다만 식물 채집은 예전 그대로이고 또 유서(類書)를 모으고 옛 일서(逸書) 몇 종을 수집했네. 이것은 학문을 하는 것은 아니고 술과 여인을 대신하는 것이라네"[4]라고 자신의 생활을 적는다. 따분하고 생기 없는 삶의 모습이 보이는데, 다른 편지에서는 경제적 어려움과 함께 전도의 막막함을 토로하기도 하였다. 이를테면 1911년 7월 31일 자 편지에서는 사직을 염두에 두고 있다면서도 "그러나 집에서 빈둥거리기도 어렵고 다른 곳도 방법이 없다네. 수도에는 인재가 붕어보다 많을 것이니 끼어들어 갈 수도 없고, 나는 다른 곳에 한 자리 얻기를 바라고 있네. 멀어도 나쁘지 않으니 기회가 닿으면 대신 알아봐 주게"[5]라고 부탁한다.[6]

귀국 이후 루쉰은 이러한 좌절감과 무력감, 무료와 적막 속에서 그저 자신의 영혼이 낡은 서적과 옛 비문에 마취되기를 바랐다. 그러나 한편으로 그는 교육부 직원이라는 소시민의 삶 속에서 자신의 생명이 서서히 소진되고 있음을 느꼈을 것이다. 무언가 새로운 돌파구가 필요한 시점이었다. 그래도 한때 정신계의 전사와 초인을 외치고, 중국 변혁을 위해 혁명당에도 가입했으며 신해혁명 때는 학생들을 이끌고 가두를 누볐던 자신이 아니었던가! 이 무렵, 일본 유학을 함께했던 벗 첸쉬안퉁(錢玄同), 즉 진신이(金心異)가 그를 찾아왔다. 『외침』의 「서문」에 따르면, 그들의 대화는 이러했다.

그 무렵 이따금 이야기를 나누러 오는 이는 옛 친구 진신이(金心異)였다. 손에 든 큰 가죽 가방을 낡은 책상 위에 놓고 웃옷을 벗은 뒤 맞은편에 앉았다. 개를 무서워해서인지 그때까지도 가슴이 두근거리는 모양이다.

"이런 걸 베껴 어디다 쓰려고?" 어느 날 밤, 그는 내가 베낀 옛 비문들을 넘기면서 의혹에 찬 눈길로 물었다.

"아무 소용도 없어."

"그럼 이게 무슨 의미가 있길래?"

"아무 의미도 없어."

"내 생각인데, 자네 글이나 좀 써 보는 게……."

그의 말뜻을 모르는 게 아니었다. 그들은 한창 『신청년』이란 잡지를 내고 있었다. 하지만 그 무렵 딱히 지지자가 있었던 것 같지도 않고, 그렇다고 대놓고 반대하는 사람도 없는 것 같았다. 필시 그들도 적막을 느끼고 있었으리라. 그런데 내 대답은 이랬다.

"가령 말일세, 쇠로 만든 방이 하나 있다고 하세. 창문이라곤 없고 절대 부술 수도 없어. 그 안엔 수많은 사람이 깊은 잠에 빠져 있어. 머지않아 숨이 막혀 죽겠지. 허나 혼수상태에서 죽는 것이니 죽음의 비애 같은 건 느끼지 못할 거야. 그런데 지금 자네가 고래고래 소리를 질러 의식이 붙어 있는 몇몇이라도 깨운다고 하세. 그러면 이 불행한 몇몇에게 구할 길 없는 임종의 고통을 주는 게 되는데, 자넨 그들에게 미안하지 않겠나?"

"그래도 기왕 몇몇이라도 깨어났다면 철방을 부술 희망이 절대 없다고 할 수야 없겠지."[7]

이 대목은 루쉰의 문학 생애에서 널리 알려진 '철방의 외침' 이야기다. 루쉰 자신에게 글을 쓰는 일은 비문을 베껴 쓰는 일만큼이나 의미가 없었다. 다른 사람의 의식을 깨우는 자신의 글이 '구할 길 없는 고통'을 안겨줄 터이고, 결국 자신의 '고통스러운 적막'을 다른 사람에게 전염시킬 것임에 틀림없기 때문이었다. 그러나 루쉰은 '철방을 부술 희망'을 이야기하는 첸쉬안퉁의 설득에 글을 쓰라는 그의 제안을 받아들이기로 한다. 루쉰은 『외침』의 「서문」에서 이렇게 밝힌다.

그렇다. 비록 내 나름의 확신은 있었지만, 희망을 말하는 데야 차마 그걸 말살할 수는 없었다. 희망은 미래 소관이고 절대 없다는 내 증명으로 있을 수 있다는 그의 주장을 꺾을 수 없었기 때문이다. 그리하여 결국 나도 글이란 걸 한번 써 보겠노라 대답했다. 이 글이 최초의 소설 「광인일기」이다.[8]

아마도 루쉰은 희망이 허망하리라는 것을 이미 알고 있었을 터이지만, 자신이 품고 있는 절망 또한 허망하다는 것을 알고 있었다. 그렇기에 그는 「『자선집』 서문」에서 "그런데 나는 또 나 자신의 실망에 대해서도 의심하고 있었다. 내가 만났던 사람과 사건은 몹시 제한적이었을 테니까. 이런 생각이 내게 붓을 들 힘을 주었다"[9]라고

하면서 '절망의 허망함이란 희망이 그러함과 똑같다'라는 헝가리 시인 페퇴피 샨도르(Petőfi Sándo)의 시구를 인용한다. 어쨌든 그는 글을 쓰기로 결심하였는데, 거기에는 글쓰기의 효용성에 대한 나름의 기대와 믿음도 있었다. "구사회의 병의 뿌리를 파헤쳐 치료법을 강구하도록 재촉하고 싶은 바람"[10] 혹은 "소설의 힘을 이용해서 사회를 개량하고 싶다"[11]라는 생각이 바로 그것이다.

글을 써보라는 벗의 권유, 글쓰기의 효용성에 대한 기대와 믿음 외에 그 무엇보다도 그를 좌절감과 무력감, 무료와 적막으로부터 끄집어내어 사회 현실과 마주하게 만든 것은 자기 내면의 목소리였다. 그 목소리는 어떠했을까? 변혁 운동 안에서 자신의 삶을 확인하고 싶은 열망이 아니었을까 추측해본다. 이러한 열망을 루쉰은 "적막 속을 질주하는 용사들에게 거침없이 내달릴 수 있도록 얼마간 위안이라도 주고 싶다"[12]라거나 혹은 "열정을 품고 있던 자들에 대한 공감"과 "적막 속에 있는 이들에게 몇 번 소리라도 내질러 위세에 보탬이 되고자 함"[13]이라 표현하였다. 이렇게 본다면 훗날 그가 말했던 '어둠과 허무를 향한 절망적 항전'[14]은 바로 「광인일기」에서 새로이 시작되었다고 해도 좋을 것이다.

루쉰이 기왕 글을, 아니 소설을 쓰고자 하였다면, 어떤 이유로 식인과 광기의 모티프를 취하였으며, 1인칭 주인공 시점의 일기체 형식으로 서사하였을까? 이 모두 「광인일기」가 발표되었을 당시에는 흔치 않았음을 고려한다면, 이것들을 살펴보는 일이 이 작품의 창작 배경을 이해하는 데 긴요하리라 생각한다. 식인과 광기라는 두 가지 모티프에 대해 살펴보기에 앞서, 「광인일기」의 창작 배경으로 당시 대표적인 문화 담론이었던 국민성 개조에 관하여 알아보자.

국민성 개조: 신민(新民)과 입인(立人)

———

19세기 중엽, 중국은 두 차례의 아편전쟁과 태평천국운동으로 인해 그야말로 내우외환의 위기 상황에 처했다. 이를 타개하기 위해 증국번(曾國藩)과 이홍장(李鴻章)은 '중체서용(中體西用)'으로 대표되는 양무운동을 통해 부국강병을 꾀하였다. 그러나 거함대포(巨艦大砲)와 북양해군(北洋海軍)으로 상징되던 이른바 양무파(洋務派)의 부국강병은 1894년 청일전쟁에서의 패배로 그 허상을 드러낸 채 실패로 돌아가고 말았다. 이후 새로운 부국강병책으로 캉유웨이(康有爲)와 량치차오(梁啓超)가 중심에 선 변법(變法)운동이 활발해졌는데, 바로 이즈음에 망국멸종(亡國滅種)의 위기에서 벗어나 부국강병을 이루기 위해서는 국민 개인을 개조하지 않으면 안 된다는 국민개조론이 제기되었다. 여기에서는 중국 근대 시기의 지식인들을 중심으로 국민성 개조에 관하여 개략적으로 살펴보기로 한다.

변법운동가이면서 국민개조론을 제기한 인물로 옌푸가 있다. 1895년, 그는 북양수사학당(北洋水師學堂)의 교장으로 재직하면서 「국가부강을 논함(原强)」이라는 글을 톈진(天津)의 『직보(直報)』에 발

| 옌푸(왼쪽)와 량치차오
(오른쪽)의 모습

표하였다. 이 글에서 그는 국가의 존망을 결정짓는 요체로서 세 가지를 제기한다.

　　대체로 백성의 요체는 세 가지인데, 나라의 강약과 존망이 여기에서 비롯되지 않는 것이 없다. 첫째는 혈기체력(血氣體力)의 강하고 약함이고, 둘째는 총명지려(聰明智慮)의 높고 낮음이며, 셋째는 덕행인의(德行仁義)의 도탑고 얇음이다. 그래서 교화를 살피고 정치를 말하는 서양인들 가운데 백성의 힘[民力]과 백성의 지식[民智], 백성의 덕[民德], 이 세 가지로써 민족의 우열을 판단하지 않는 이가 없었다. 이 세 가지를 갖추고서도 백성이 뛰어나지 않은 경우가 없고, 또한 이 세 가지를 갖추고서도 국가가 위세를 떨치지 않은 경우가 없다.[15]

옌푸는 이러한 문제의식에 기반하여 오늘날 정치적으로 필요한 것으로 '백성의 힘을 진작하는 것[鼓民力]', '백성의 지식을 계발하는 것[開民智]', '백성의 도덕을 쇄신하는 것[新民德]'을 제시하였다. 그는 '백성의 힘을 진작'하기 위한 구체적인 방안으로 아편과 전족의 금지를, 그리고 '백성의 지식을 계발'하는 방안으로 팔고(八股) 폐지와 서학 학습을, '백성의 도덕을 쇄신'하는 방안으로 의회 설치와 자유·민주 사상의 함양을 제창하였다.

옌푸와 더불어 국민개조론을 주도한 이는 량치차오였다. 그는 일찍이 『청의보(淸議報)』를 통해 중국인의 열근성을 갖가지 분석해냈다. 「애국론(愛國論)」에서 그는 '중국인이 애국을 모르는 것'은 중국인에게 국가 관념이 결여되어 있기 때문이라고 지적하였으며,[16] 「방관자를 질책함(呵傍觀者文)」에서는 자신의 책임을 다하지 못한 자를 방관자로 규정하면서 "한 집안의 사람들이 각자 자신의 책임을 방기한다면 그 집은 틀림없이 몰락할 것이고, 한 나라의 사람들이 각자 자신의 책임을 방기한다면 그 나라는 틀림없이 멸망할 것이며, 전 세계 사람이 각자 자신의 책임을 방기한다면 세계는 틀림없이 훼멸될 것이다"[17]라고 비판한다.

이러한 일반론에서 한 걸음 더 나아가 량치차오는 「중국 약세의 근원을 밝히다(中國積弱溯源論)」에서 중국 약세의 근원을 박약한 애국심에서 찾는 가운데, 풍속에 드러나는 갖가지 약점, 즉 노예근성, 우매함, 이기, 거짓, 나약함, 소극성 등을 전면적으로 비판한다.[18] 이러한 관점으로 그는 「젊은 중국을 논함(少年中國說)」에서 "오늘날의 나이든 중국을 만들어낸 것은 중국 늙다리의 업보이며, 장래의 젊은

『청의보(淸議報)』 창간
호(왼쪽)와 『신민총보
(新民叢報)』 제4권 제
25호(오른쪽)

중국을 만들어낼 자는 중국 젊은이의 책임"[19]이라고 한다.

량치차오는 1902년 2월에 『신민총보(新民叢報)』를 새로이 창간하였는데, '신민(新民)'을 슬로건으로 내세워 '중국인의 유신(維新)'을 부르짖었다. 그는 자신의 국민개조론을 '신민설'이라 일컬었는데, 그에 대해 「신민을 논함(新民說)」에서 상세히 피력한다. 그는 이 글에서 "참으로 신민이 있다면 새로운 제도가 없고 새 정부가 없고 새 국가가 없다한들, 무엇을 근심하겠는가?"라고 반문한다. 그러고는 "신민이란 새로워지는 자가 따로 있고 새롭게 만드는 자가 따로 있는 것이 아니니, 우리 백성 각자가 스스로 새로워지는 것일 뿐"[20]이라고 주장하였다.

그는 이 글에서 중국인의 결점으로 다음과 같은 점을 지적하였다. 첫째, 이민족의 폭정에 반항하지 못하는 노예근성, 둘째, 쟁반 위의 모래처럼 단결하지 못한 채 사덕(私德)을 중시하고 공덕(公德)을 경시함, 셋째, 민지(民智)가 낮고 지혜가 부족하여 의타심이 많고 상무 정신과 진취적 기질이 결여됨. 그리하여 그는 각성한 엘리트들이 신문을 만들고 학교를 운영하며 소설과 극본을 쓰는 방식으로 민중을 계몽해서 국가 의식, 공덕 의식과 상무 정신을 배양해야 한다고 주장하였다.

장타이옌(章太炎)은 1903년에 일어난 '소보(蘇報) 사건'으로 구금되었다가 1906년 6월에 출옥한 후 일본으로 건너왔다. 그는 동맹회 기관지인 『민보(民報)』를 주편하면서 군주입헌제를 주장한 량치차오와 대립하며 논전을 벌였는데, 당시 일본에서 활동하는 가운데 국민성 개조와 관련된 글을 많이 발표하였다. 그는 1906년 7월 그의 출옥을 기념하여 열린 도쿄유학생환영회에서 "공자는 담이 아주 작다"라면서 "공교(孔敎)의 최대 오점은 사람을 부귀이록(富貴利祿) 사상에서 벗어나지 못하게 만드는 것"[21]이라고 공자와 유가를 정면으로 비판했다. 공자와 유가에 대한 비판 의식은 1906년 9월에 발표한 「제자학 개론(諸子學略說)」에서 더욱 강렬하게 드러난다.

유가의 병폐는 부귀이록을 중심으로 여기고 있다는 점이다. (……) 유가가 제자를 가르치는 것은 오로지 관리 재목으로 만들어 관리가 되게 하려는 것이다. (……) 유가의 도덕을 사용하기 때문에 힘들고 어렵게 분발하여 향상하는 자는 전혀 없고, 욕심을 부려 출세하고자 뛰어다니는 자가 태반이다. 속담에 '책 속에 봉록이 있다'라고 하였는데, 이는 유가가 이를 수밖에 없는 폐단이다.[22]

천두슈(陳獨秀)는 1915년 9월『청년잡지(青年雜志)』(이듬해『신청년』으로 개칭)를 창간하기 훨씬 전인 1904년에 고향 안후이(安徽)에서 반월간으로『안후이속화보(安徽俗話報)』를 발간한 적이 있다.『안후이속화보』는 사상 계몽을 도모한다는 점에서『청년잡지』와 동일한 문제의식을 지니고 있다고 할 수 있다. 그는『안후이속화보』에 발표한「망국의 원인(亡國的原因)」이란 글에서 이렇게 견해를 피력한다.

황제가 못나서도 아니고 관리가 불량해서도 아니며, 병사가 약해서도 아니고 재력이 부족해서도 아니며, 외국이 중국을 업신여겨서도 아니고 토비가 난을 일으켜서도 아니다. 내가 보기에 무릇 한 나라의 흥망은 모두 국민성의 좋고 나쁨에 따라 바뀐다. 우리 중국인은 천성적으로 몇 가지 좋지 않은 성질을 지니고 있는데, 이것이 망국의 원인이다.[23]

천두슈의 모습(왼쪽)과『안후이속화보(安徽俗話報)』 제2기(오른쪽)

천두슈는 망국의 원인으로 첫째 '집만을 알 뿐 국가를 알지 못함 [只知道有家, 不知道有國]', 둘째 '천명을 따를 줄만 알 뿐 최선을 다할 줄 모름[只知道聽天命, 不知道盡人力]'을 든다. 국민성 개조와 관련하여 그는 「1916년(一九一六年)」에서 '새로이 참회하고 잘못을 고쳐 스스로를 새롭게 함[從頭懺悔, 改過自新]'을 강조하면서 "우리는 가장 먼저 우리의 심혈을 새롭게 함으로써, 인격을 새롭게 하고 국가를 새롭게 하고 사회를 새롭게 하고 가정을 새롭게 하고 민족을 새롭게 하여, 민족 갱신에 이르러야만 한다"[24]라고 주장한다. 량치차오 역시 망국멸종의 위기를 초래한 원인으로 중국인의 국가 관념 결여를 들고 있고, 국민 개인의 의식 개혁을 바탕으로 하는 부국강병론을 제창한다는 점에서, 이 시기 천두슈의 견해는 량치차오와 유사한 사고틀을 갖고 있다고 볼 수 있다.

천두슈와 함께 『신청년』의 주요 필진 중 한 사람이었던 우위(吳虞)는 중국의 몰락과 위기의 원인을 진단하는 데 있어서 이들과 사뭇 다른 차원의 견해를 제시한다. 그는 1917년 2월에 발표한 「가족제도가 전제주의의 근거임을 논함(家族制度爲專制主義之根據論)」이라는 글에서 이렇게 밝힌다.

상앙(商鞅)과 이사(李斯)가 봉건을 타파하였을 때 우리나라는 본래 종법 사회에서 국가 사회로 전환할 기회를 지녔었다. 생각건대, 오늘에 이르러 유럽은 종법 사회에서 벗어난 지 이미 오래이건만, 우리나라는 끝내 종법 사회 속에 자빠진 채 전진하지 못하고 있다. 그 까닭을 미루어 짐작해보면 실로 가족제도가 그 병폐이다. (……) 유가는 효제(孝悌)의 두 글자를 이천 년 동안 전제정치와 가족제도의 연결 근간으로 삼아 시종 흔들림 없이 관철함으로써, 종법 사회가 국가 사회를 견제하여 완전히 발달하지 못하게 하였으니, 그 해독이 홍수와 맹수보다 결코 적지 않다.[25)]

우위는 전제정치의 바탕이 가족제도, 즉 가부장제임을 정확히 파악하고 있으며, 전제정치와 가부장제를 연결하는 고리가 효제(孝悌)라는 유교 이념임을 밝힌다. 가장이라는 아버지에 의한 지배 질서가 황제라는 전제군주에 의한 통치 체계를 유지해주는 근간임을 파악했기에, 그는 가부장제를 중국의 발전을 가로막는 근원이라고 지적한다.

지금까지 19세기 말의 변법파로부터 20세기 초 1910년대의 신문화운동가에 이르기까지, 그들이 제기했던 국민개조론 혹은 국민성 개조의 담론들을 살펴보았다. 이들 담론은 대체로 중국인의 갖가지 열근성에 대한 구체적 제시에서 시작하여 부국강병을 위한 토대로써 '새로운 국민[新民] 만들기'를 거쳐, 열근성을 낳는 근원인 봉건 이데올로기에 대한 비판으로 이어진다. 이들 담론은 기본적으로 '망국멸종의 위기를 어떻게 극복해야 하는가'란 문제의식을 지니고 있으며, 허버트 스펜서(Herbert Spencer)의 사회진화론 및 요한 블룬칠리(Johann Bluntschli)의 국가유기체설에 커다란 영향을 받고 있다.

이들의 주장은 변혁 운동의 방법론 차이에 따라 강조하는 지점이 약간씩 다르다. 거칠게 정리한다면, 옌푸와 량치차오의 경우에는 부국강병의 토대를 국민 개인, 개체의 의식 개혁에서 찾고자 한다면, 장타이옌과 천두슈, 우위의 경우에는 중국의 통치 이데올로기인 유가와 공교(孔教), 그리고 이에 바탕을 둔 사회제도의 타파를 사회 개혁의 첫걸음으로 강조한다. 여기에서 언급한 이들 사이에도 작지 않은 차이가 있음은 분명하지만, 이에 관해 상세하게 논하지 않는다. 다만, 20세기를 전후하여 국민성 개조 담론이 변혁 운동 차원에서 활발하게 논의되었다는 점을 강조해두고 싶다.

이제 국민성 개조에 관한 루쉰의 사고를 살펴보자. 루쉰의 글 가운데 중국인의 국민성을 논한 글들은 제법 많이 있다. 「눈을 크게 뜨고 볼 것에 대하여(論睜了眼看)」(1925.8.3)에서는 국민성의 비겁함, 나태함, 교활함을 입증하는 것으로 감춤[瞞]과 속임[騙]을 언급하고 있으며, 「문득 생각나는 것(忽然想到) 4」(1925.1.20)에서도 국민성을 고치기 어려움을 토로한다. 또한, 쉬광핑과 주고받은 편지 가운데서도 그는 '국민성 개혁의 시급성'을 논하거나 국민성 타락의 가장 큰 원인으로 '시야의 협소함'과 함께 비겁함과 탐욕을 언급한다.[26]

이처럼 국민성을 언급한 글은 대체로 「광인일기」 발표 이후, 즉 루쉰이 글쓰기를 통해 사회 현실과 마주보기 시작한 이후의 글이다. 반면 「광인일기」 이전에 쓴 글 가운데서 중국인의 국민성에 관해 논한 글은 찾아보기가 쉽지 않다. 이러한 루쉰의 글을 살펴보기에 앞서, 일본 유학 생활을 갓 시작했던 고분학원(弘文學院) 시절의 루쉰을 회억하는 쉬서우창의 글을 살펴보자.

루쉰은 고분에 있을 적에 수업이 끝나면 철학과 문학 서적 읽기를 좋아했다. 그는 내게 늘 세 가지 관련된 문제를 이야기했다. 하나, 어떻게 해야 이상적인 인성인가? 둘, 중국 국민성 중에 가장 결여된 것은 무엇인가? 셋, 그 병근은 어디에 있는가? 당시 그의 사상이 이미 보통 사람을 뛰어넘었음을 알 수 있다.[27]

루쉰이 고분학원을 다닌 때는 1902년 4월 말부터 1904년 4월까지인데, 이 시기에 그 역시 국민성 개조에 관해 사고하고 있었음을 알 수 있다. 우리가 앞에서 살펴보았던 것처럼, 이미 19세기 말부터 국민개조론 혹은 국민성 개조에 관한 담론이 국내외에서 크게 성행하고 있었다는 점을 감안한다면, 쉬서우창이 루쉰의 이러한 사고를 '그의 사상이 이미 보통 사람을 뛰어넘었다'라고 언급한 것은 지나친 과장이라 하지 않을 수 없다. 루쉰이 중국인의 국민성에 관한 담론을 접할 수 있는 통로는 매우 다양했을 것이다. 저우쭤런의 회고를 잠시 살펴보자.

난징에 있을 적에 예재(豫才, 루쉰의 자)는 옌푸(嚴復, 嚴幾道)의 번역서에 주목하여 『진화론』에서 『법의 정신(法意)』에 이르기까지 계속해서 구독하였다. 그다음은 린수(林紓, 林琴南)인데, 『동백아가씨(巴黎茶花女遺事)』가 출판된 후 곧바로 구입하였다. (……) 마지막으로는 량치차오(梁啓超, 梁任公)가 엮어 발간한 『신소설』, 『청의보』와 『신민총보』 모두 확실히 읽었으며 영향을 많이 받았다. 그러나 『신소설』의 영향은 크면 더 컸지 결코 작지는 않을 것이다.[28]

위의 회고록에 언급되는 『신소설(新小說)』은 루쉰이 일본으로 유학을 떠난 이후인 1902년 11월에 창간된 잡지이고, 『신민총보』는 일본으로 유학을 떠나기 직전인 1902년 2월에 창간된 잡지이다. 그렇다면 난징에 있을 적에 루쉰이 읽었던 잡지는 『청의보』와 창간 직후인 『신민총보』였을 것이다. 저우쭤런의 이 회고록은 루쉰이 일본 유학을 전후하여 량치차오의 글을 꾸준히 읽어왔을 가능성이 매우 큼을 보여준다. 앞에서 이미 살펴보았듯이, 량치차오는 『청의보』에 국민개조론에 관한 글을 자주 게재하였을 뿐만 아니라, 『신민총보』에 제목처럼 '신민'은 물론이거니와 창간호부터 '신민설'을 설파하며 국민개조론을 활발하게 제창하고 있었다.

『청의보』에는 량치차오 외에도 여러 논객이 중국인의 병폐에 관한 글을 발표하였다. 이를테면 마이멍화(麥孟華)는 「노예를 논함(說奴隸)」(1901.2)에서 이렇게 논한다. "천하에는 나라가 망하였는데도 백성이 노예가 되지 않은 경우가 없고, 백성이 노예가 되지 않았는데도 나라가 망하는 경우 또한 없다. 인도가 영국에 멸망한 것은 영국인이 그들을 노예로 삼고 싶어서가 아니라 인도인이 기꺼이 노예가 되고자 했기 때문이며, 월남이 프랑스에 멸망한 것은 프랑스인이 그들을 노예로 삼고 싶어서가 아니라 월남인이 기꺼이 노예가 되고자 했기 때문이다. 우리 중국인은 인구수는 천하 으뜸이지만, 오늘의 형세는 인도와 월남과 매우 비슷하다."[29]

펑쯔챵(馮自强) 역시 「지나인 국가사상의 약점을 논함(論支那人國家思想之弱點)」(1901.3)에서 "외국인들이 늘 국가사상이 없다고 우리 지나인을 욕하는데, 우리에게 과연 국가사상이 없는 것인가, 아니면 우리를 욕하는 자가 허망한 것인가? 이제 스스로 반문하지 않을 수 없다. 나는 우리 지나인의 국가사상은 결코 없다고 할 수 없지만, 그중에 약점이 없지는 않다고 생각한다"[30]라고 한다. 그러면서 중국인의 약점으로 네 가지, 즉 '국가가 있음을 알지 못함[不知有國]', '국가는 군주 한 집안의 산업이라는 것[國家是君主一家之産業]', '군주가 곧 국가라는 점[君主卽國家]', '쉽게 항복한다는 점[容易降服]'을 든다.

차이어(蔡鍔)는 「지나인의 특질(支那人之特質)」을 『청의보』에 발표하였는데, 이는 일본의 『아사히신문(朝日新聞)』에 게재된 「지나인의 특질을 논함(支那人之特質論)」(1901.3)을 중국어로 번역한 것이다. 이 글에서는 "일본이 중국에 전승한 이후 지나를 매도하는 소리가 조야에 가득하고, 최근 5년간 나온 서적과 잡지는 대체로 이것을 제외하면 의론이라 볼 만한 것이 없을 지경"이라고 지적한다. 그러면서 지나인의 특질을 "극단적으로 말하면 의로움도 없고 믿음도 없고 예의도 없고 염치도 없으며, 오직 강자의 위세에 복종하고 강자의 권세에 의지하고 강자의 시혜에 쉽게 익숙할 뿐"[31]이라고 비판한다.

이렇게 본다면, 루쉰은 일본으로 유학을 떠나기 전부터 국민개조론 혹은 국민성 개조에 관한 담론에 노출되어 있었으며, 이를 자신의 문제로 받아들였을 가능성이 매우 크다고 할 수 있다. 그렇기에 쉬서우창이 회고한 것처럼 루쉰은 국민개조론 혹은 국민성 개조의 진원지인 일본에 도착한 이후 국민성 개조와 관련하여 나름대로 고민했음이 틀림없다. 실제로 그의 고민은 센다이(仙臺) 의학전문학교 시절에 겪었던 이른바 '환등기 사건'으로 더 깊어졌다. 1906년 1월, 수업의 자투리 시간에 환등기 필름을 보면서 러일전쟁 당시 스파이 혐의로 포로가 된 중국인을 바라보는 얼빠진 모습의 중국인 군상을 목격했는데, 이것이 가져다준 느낌을 『외침』「서문」에서 이렇게 토로한다.

이 일이 있은 후로 의학은 하등 중요한 게 아니란 생각이 들었다. 어리석고 겁약한 국민은 체격이 아무리 건장하고 우람한들 조리돌림의 재료나 구경꾼이 될 뿐이었다. 병으로 죽어가는 인간이 많다 해도 그런 것쯤은 불행이라 할 수 없다. 그래서 우리가 제일 먼저 해야 할 일은 저들의 정신을 뜯어고치는 일이었다. 그리고 정신을 뜯어고치는 데는, 당시 생각으론, 당연히 문예를 들어야 했다.[32]

얼빠진 모습의 중국인 군상으로부터 '저들의 정신을 뜯어고치는 일'을 떠올리기, 이것은 물론 그가 일본 유학을 갓 시작했을 무렵부터 국민성 문제를 고민해왔기에 가능했다. 환등기 사건을 통해 그가 의학에서 문학으로 방향을 바꾼 것은 바로 국민성 개조를 위해서였으며, 그는 문예를 통해 국민성 개조가 가능하리라 믿었다. 그렇다면 루쉰은 중국이 망국의 위기에 처한 원인을 어떻게 진단하고 있는가? 루쉰에 따르면, "중국은 예로부터 본래 물질을 숭상하고 천재를 멸시해 왔으므로 선왕의 은택은 나날이 없어지고 외부의 압력을 받게 되면서 마침내 무기력해져 자기조차 보존할 수 없게 되었다." 이러한 진단에 의거하여 그는 「문화편향론」에서 위기를 극복할 방안을 다음과 같이 제시한다.

> 천지 사이에서 살아가면서 열강과 각축을 벌이려면 가장 중요한 것은 사람을 확립하는 일[立人]이다. 사람이 확립된 이후에는 어떤 일이라도 할 수 있다. 사람을 확립하기 위한 방법으로는 반드시 개성을 존중하고 정신을 발양해야 한다. 만약 그렇게 하지 않으면 나라가 망하는 데는 한 세대도 걸리지 않을 것이다.[33]

그는 중국 쇠망의 원인으로 물질 숭상과 천재 멸시를 손꼽고, 위기 극복을 위한 대안으로 개성 존중과 정신 발양을 제창한다. 루쉰 역시 다른 지식인들과 마찬가지로 노예근성, 구경꾼 의식, 자기기만 등을 중국인의 열근성으로 자주 비판하지만, 위기 원인의 진단과 극복 대안은 지금까지 살펴본 지식인들의 그것과 사뭇 다르다. 루쉰은 인간 개인을 사회나 국가를 구성하는 일부로서, 그리고 그것의 수단으로서 사고하지 않았다. 루쉰이 다른 지식인과 근본적으로 달랐던 점은 인간을 중심에 놓고 사유하면서 자유의지를 지닌 이성적 존재로 간주하였다는 것이다. 그렇기에 루쉰은 망국의 위기를 극복하는 방안으로 '사람을 확립하는 일[立人]', 곧 자기 삶의 주체가 되는 근대적 인간으로 바로 서는 일을 제기한다.

이렇게 보노라면, 20세기 초의 국민개조론 혹은 국민성 개조에 관한 담론은 량치차오의 '백성을 새롭게 함[新民]'에서 루쉰의 '사람의 확립[立人]'으로 나아갔다고 할 수 있다. 옌푸와 량치차오로부터 루쉰에 이르기까지 이들이 지속해서 제기해온 '국민성 개조'는 적어도 중국의 변혁을 바라는 지식인들에게 있어서, 설사 그들의 정치적 방략과 대안의 스펙트럼이 매우 넓다는 점을 인정할지라도, 회피할 수 없는 문제가 되어 있었다. 적어도 지식인들에게 국민성 개조는 중국이 새로운 사회로 나아가기 위해 갖추지 않으면 안 되는 시대 의식으로 받아들여졌다.

루쉰이 첸쉬안퉁의 제안을 받아들여 글을 쓰겠노라 약속했을 때, 어쩌면 그는 맨 먼저 국민성 개조라는 시대 의식을 머릿속에 떠올렸을 터이다. 그는 훗날에 발표한 「광인일기」 창작담에서 '소설의 힘을 이용하여 사회를 개량하고 싶었을 뿐'[34]이며, "「광인일기」는 가족제도와 예교의 폐해를 폭로하는 데 의미를 두었다"[35]라고 밝혔다. 이러한 창작 의도와 작품 테마는 국민성 개조라는 시대 의식, 그리고 이에 근거한 '사람의 확립'이라는 문제의식과 깊이 관련되어 있었으리라고 본다.

2

모티프로서의 식인과 광기

식인과 문명

루쉰이 기왕에 글을 쓰기로 결심한 뒤 국민성 개조라는 시대 의식을 작품 테마로 염두에 두었다면, 이것을 자신의 작품 속에 어떻게 구현할 수 있을까 고민하였을 터이다. 그 고민은 기본적으로 무엇을 제재로 삼고, 인물 형상에 어떤 성격을 부여할지의 문제였을 것이다. 루쉰은 결국 식인이라는 제재와 광인이라는 인물 형상을 선택하였다. 루쉰이 이러한 선택을 한 데는 어떤 까닭이 있었는지, 먼저 식인이라는 모티프를 둘러싼 창작 배경을 살펴보기로 하자.

루쉰은 「광인일기」 창작담에서 식인과 관련하여 언급한 적이 있다. 이를테면 1918년 8월 20일 벗 쉬서우창에게 보낸 편지에서 "우연히 『자치통감(資治通鑑)』을 읽다가 중국인이 식인 민족임을 깨달아서 이 작품을 지었다네. 이런 발견은 심히 중요하지만, 이를 아는 사람들이 아직은 희박하네"라고 한다. 또한, '중국인은 식인 민족'이라는 발상에서 출발하여 루쉰은 「등하만필(燈下漫筆)」에서도 식인성이 중국 사회의 특성이라면서 다음과 같이 언급한다.

그리하여 크고 작은 무수한 인육의 연회가 문명이 생긴 이래 지금까지 줄곧 베풀어져 왔고, 사람들은 이 연회장에서 남을 먹고 자신도 먹혔으며, 여인과 아이는 더 말할 필요도 없고 비참한 약자들의 외침을 살인자들의 어리석고 무자비한 환호로써 뒤덮어 버렸다. 이러한 인육의 연회는 지금도 베풀어지고 있고, 많은 사람이 여전히 계속 베풀어 나가려 하고 있다.[36]

이 밖에도 중국 문명을 식인에 견주어 언급한 일이 적지 않지만, 쉬서우창에게 보낸 편지 내용으로만 본다면, 루쉰이 「광인일기」를 창작하게 된 가장 직접적인 계기는 『자치통감』의 열독과 깊은 관련이 있다. 식인과 관련된 기록은 『자치통감』 외에 여러 역사서나 필기(筆記)에도 수록되어 있다. 실제로 저우쮀런이 「광인일기」 창작과 관련하여 회고한 글에는 루쉰이 이러한 서적을 즐겨 읽었다는 다음과 같은 내용이 있다.

그는 정사를 보지 않고 야사를 보았는데,『설회(說薈)』에서 여러 조
대의 무인이 인육을 먹었음을 알았고,『절분록(竊憤錄)』에서 금나라
사람의 흉포함과 잔혹함을 알았으며,『계륵편(雞肋編)』에서 임안(臨
安)으로 가던 산둥 의민(義民)이 인포(人脯)를 말려 식량으로 삼았음
을 알았고,『명계패사휘편(明季稗史彙編)』에서 장헌충(張獻忠)과 청나
라 병사의 잔악한 도살을 알았다. 이들 자료를 귀납한 것이 바로 '예교
식인(禮敎吃人)'이며「광인일기」의 중심 사상이 되었다.[37]

루쉰은 야사와 필기를 많이 봐서 수많은 유사한 일을 찾아냈다. 이
를테면 육조 말기 무인 주찬(朱粲)이 사람을 군량으로 삼고, 남송 초
산둥의 의민이 항저우로 가는 길에 인육을 말린 식량을 먹었으며,
1906년 서석린(徐錫麟)이 은명(恩銘)을 암살하려다 살해당한 뒤 그의
심장과 간을 위병들이 먹었다는 것 등인데, 이들을 연결하여 예교식
인(禮敎吃人)이라는 결론을 얻었다. 이 사상이 그의 가슴속에 여러 해
남아 있다가 1922년[38]에 무르익어「광인일기」의 형식으로『신청년』
에 나타났으니, 이는 신문학의 시작이요 반예교운동의 제일진(第一陣)
이다.[39]

루쉰은 '이십사효(二十四孝)'에서 봉건 예교의 잔인성을 발견했으
며, 또한 갖가지 옛 책에서 대량의 증명 자료를 얻어냈다. (……) 그 구
체적인 예를 들어보면,『옥지당담회(玉芝堂談薈)』를 보고 역대 무인이
인육을 먹었음을 알았고,『계륵편』을 보고 남송 산둥 의민이 항저우

로 가는 길에 인육을 마른 식량으로 삼았음을 알았고, 『남신기문(南燼紀聞)』을 보고 금나라 사람의 잔학함을 알았으며, 『촉벽(蜀碧)』을 보고 장헌충의 흉악한 도살을 알았다. (……) 그는 이를 총결하여 중국 책에 '식인'이라는 두 글자가 시뻘겋게 쓰여 있다고 말하는데, 어찌 정당하지 않은가? 그의 이 「광인일기」는 형식은 소설이나 실제로는 봉건 예교에 반대하는 선언이며, 야사와 필기에 관한 독서 필기라고도 할 수 있다.[40)]

저우쭤런의 회고 속에 등장하는, 청대 팽준사(彭遵泗)가 저술한 『촉벽』이란 책을 루쉰 역시 언급하고 있다. 루쉰은 「아프고 난 뒤 잡담」에서 자신이 재미있게 읽은 명말청초의 야사라면서 이 책을 언급하고, 「아프고 난 뒤 잡담의 남은 이야기」에서 "장헌충이 어떻게 쓰촨 사람을 학살했는지를 기록한 『촉벽』을 읽고서 이 '비적'의 흉악함을 증오했다"[41)]라고 밝힌다. 도종의(陶宗儀)의 『철경록(輟耕錄)』에 대해서도 루쉰은 두 차례 언급한 바 있는데, 한 번은 『중국소설사략(中國小說史略)』 제8편 「당대의 전기문(傳奇文) 상(上)」에서, 그리고 또 한 번은 『고적서발집(古籍序跋集)』의 「『당송전기집(唐宋傳奇集)』 패변소철(稗邊小綴)」에서 언급했다.

이로써 저우쭤런의 회고가 결코 근거 없는 것이 아니라는 사실을 알 수 있다. 다만, 루쉰이 이들 서적을 언급한 것은 모두 특정 작품의 출처와 관련되어 있거나 특정 인물의 잔혹함을 설명하기 위해서일 뿐이다. 그러나 그렇다고 해서 이들 서적이 식인과 무관한 것은 결코 아니다. 앞에서 저우쭤런이 밝히고 있듯이, 이들 서적에도 식인 기록은 자주 등장하며, 루쉰이 이들 서적을 읽을 기회가 있었다면 식인 기록 또한 확인했을 터이기 때문이다. 그런데 이렇게 다양한 유형의 서적을 통해 '식인'의 기록을 접하였음에도 불구하고, 앞의 쉬서우창에게 보낸 편지에서 루쉰은 왜 『자치통감』만을 언급하였을까?

주지하다시피 『자치통감』은 송대 사마광(司馬光)이 편찬한 편년체 통사이며, 총 294권으로 이루어져 있다. 이와 더불어 사마광은 『자치통감고이(資治通鑑考異)』 30권을 지어 『자치통감』에 실린 사실(史實)과 관련된 자료들을 고증하여 열거하고 그 취사선택 이유를 설명하였다. 아울러 『자치통감목록(資治通鑑目錄)』 30권을 지어 『자치통감』의 제요를 밝혀놓았다. 다시 말해 『자치통감고이』 30권과 『자치통감목록』 30권은 사마광이 『자치통감』을 편찬하는 과정에서 생긴 부산물 성격을 띠는 동시에, 『자치통감』을 고찰하거나 연구하는 데 있어서 필수 불가결한 공구서 역할을 담당하고 있다.

루쉰이 『자치통감』을 읽었다고 스스로 언급한 기록은 어디에도 보이지 않는다. 그러나 루쉰은 자신의 글 곳곳에서 『자치통감』의 일부를 인용하고 있다. 「수염에서 이까지의 이야기」에서 '머리를 누가 자르다'라는 부분[42]은 『자치통감』 권185에, 「'페어플레이'는 아직 이르다」에서 '자네는 독 안에 들어가게'라는 부분[43]은 『자치통감』 권204에 기록되어 있다. 『중국소설사략』에서도 "사마광은 일찍이 그 가운데 '화수멸화(禍水滅火)'라는 말을 취하여 『통감』에 넣었다"[44]라고 한다. 이렇게 볼 때 루쉰은 『자치통감』을 틀림없이 읽었을 터이지만, 앞의 기록들이 모두 「광인일기」가 발표된 1918년 5월 이후의 글이기 때문에 「광인일기」 발표 이전에 루쉰이 『자치통감』을 읽었다는 사실을 입증해준다고는 볼 수 없다.

『자치통감』뿐만 아니라 『자치통감고이』와 『자치통감목록』에 대해서도 루쉰은 자주 언급했다. 『고적서발집』에서는 『당송전기집』을 편찬하면서 참고한 서적 중 하나로 『자치통감고이』를 언급한다.[45) 또한, 「『당송전기집』 패변소철」에서도 「승평원(升平源)」을 고증하는 가운데 『자치통감고이』를 언급할[46) 뿐만 아니라, 「속우양일력(續牛羊日曆)」 및 「상청전(上淸傳)」과 관련된 『자치통감고이』의 기록을 인용한다.[47) 『루쉰일기』에도 1914년 8월 29일에 "점심 전에 도서분관에 가서 『자치통감고이』 1부 10책을 빌렸다"[48)라는 기록이, 1926년 11월 10일에 "상무인서관(商務印書館)에서 『자치통감고이』(⋯⋯)를 샀다"[49)라는 기록이 나온다. 아울러 루쉰이 1918년 6월 11일 쓴 것으로 보이는 「『여초묘지명』 발문(「呂超墓誌銘」跋文)」에서는 "『통감목록』에는 송 문제 원가 6년, 제 무제 영명 7년이 모두 기사년(己巳年)으로 기록되어 있다"[50)라고 하는 바, 「여초묘지명」을 고증하는 과정에서 루쉰이 『통감목록』을 참고하였음을 알려준다.

이처럼 『자치통감고이』와 『자치통감목록』을 자주 참고하고 인용할 정도였다면, 이 두 공구서의 실질에 해당하는 『자치통감』을 구비하고 있었을 가능성이 매우 크다. 게다가 앞에서 밝힌 대로 루쉰이 여러 글에서 『자치통감』을 자주 인용하고 있다면, 비록 루쉰이 『자치통감』을 읽었다고 구체적으로 밝히지 않았을지라도 그 가능성이 크다고 할 수 있다. 그렇다면 루쉰이 1918년 8월 20일에 쉬서우창에게 보낸 편지에서 밝힌 바대로 『자치통감』의 열독을 「광인일기」의 창작 배경으로 간주하여도 좋을 것이다.

『자치통감』에는 식인과 관련된 기록이 대단히 많다. 여기에서는 각각의 시대를 대표하는 기록을 중심으로 개략적으로 살펴본다.

- 극자가 말하기를 (……) 성 아래 물에 잠기지 않은 것이 삼판(三板, 담장 쌓을 때 사용한 판자로 3판은 6척 정도의 길이)이며, 사람과 말이 서로 잡아먹는 지경이다.

   郄疵曰: (……) 城不沒者三版, 人馬相食. 「周 威烈王 23년」

- 급암이 말하기를, (……) 허난의 가난한 사람들이 수재와 한재로 인해 1만여 가구가 다쳐서 혹은 부자가 서로 잡아먹는다.

   汲黯曰: (……) 河南貧人傷水旱萬餘家, 或父子相食. 「漢 武帝 建元 6년」

- 장방은 낙중에 있는 관노비와 사노비 1만여 명을 잡아 서쪽으로 왔다. 군대 안에 식량이 모자라자 사람을 죽여 소와 말 고기에 섞어 이를 먹었다.

   張方掠洛中官私奴婢萬餘人, 而西軍中乏食, 殺人雜牛馬肉食之. 「晉 惠帝 太安 2년」

• 조의 태자 석수(石邃)는 교만하고 음란하고 잔인하였다. 아름다
운 여인을 화장시키고 그 목을 베어 피를 씻어내고, 쟁반 위에 올
려놓고 빈객들과 함께 전해가면서 이를 구경하게 했다. 또한 그
살을 삶아서 함께 먹기를 좋아했다.

趙太子邃驕淫殘忍, 好裝飾美姬, 斬其首, 洗血置盤上, 與賓客傳觀
之, 又烹其肉共食之.「晉 成帝 咸康 3년」

• 백성들은 비로소 나무껍질과 잎사귀를 따고 혹은 벼 이삭을 빻
아 분말로 만들고 혹은 흙을 익혀 먹었는데, 물건들이 다 떨어지
자 마침내 서로 잡아먹게 되었지만, 관부에는 먹을 것이 오히려
충분했다.

民始采樹皮葉, 或搗蒿爲末, 或煮土而食之. 諸物皆盡, 乃自相食.
而官食猶充牣.「隋 煬帝 大業 12년」

• 이해 겨울에는 큰 눈이 내렸다. 성안에는 식량이 다하여 얼거나
굶어 죽은 사람들이 셀 수 없었으며, 혹은 누워 있으면서 죽지 않
은 사람은 이미 다른 사람에 의해 뼈에 붙은 살이 발라졌다. 시장
안에서 사람 고기를 파는데, 1근에 100전이고, 개고기 값은 500
전이었다.

是冬, 大雪, 城中食盡, 凍餒死者不可胜計, 或卧未死, 肉已爲人所
剮. 市中賣人肉斤直錢百, 犬肉値五百.「唐 昭宗 天復 2년」

• 저잣거리에 있던 사람들이 다투어 그의 뇌를 깨뜨리고 골수를 빼앗았으며 그의 살을 저미어 그것을 먹었다.

市人爭破其腦取髓, 裔其肉而食之. 「後漢 高祖 天福 12년」

이들 기록을 통해, 주대(周代)로부터 북송(北宋) 이전까지 식인 현상이 끊임없이 이어졌음을 알 수 있다. 식인 현상은 천재(天災)와 전쟁으로 인한 기근 때문에 일어나기도 했으며, 조 태자 석수처럼 유희 삼아 식인을 하기도 했고, 수 양제 대업 12년의 기록처럼 과도한 공물 헌상으로 식인이 일어나기도 하였다. 루쉰은 다양한 서적을 통해 중국의 식인 현상을 접하였지만, 그중에서도 유독 『자치통감』을 꼽았던 이유는 바로 『자치통감』이 식인 현상을 특정 인물에 의해 특정 시기에만 행해진 것이 아니라, 일반 백성 사이의 지속적이고 일반적인 현상으로 기록하고 있으며, 야사류나 필기류가 아닌 정사류(正史類)의 기록이기 때문이었을 것이다.

『자치통감』을 비롯한 중국 서적 말고도 식인 현상을 다룬 다른 외국 서적은 없었을까? 이와 관련하여 저우쮀런은 난징 시절과 일본 유학 시절에 루쉰이 옌푸와 린수의 번역서를 즐겨 읽었던 사실을 회고하면서 다음과 같이 전한다.

그 당시 '냉혈(冷血)'의 문장이 마침 유행 중이었는데, 그가 번역한 「선녀연(仙女緣)」, 『백운탑(白雲塔)』은 내가 지금도 대략 기억하고 있으며, 또 위고의 탐정담과 흡사한 유베르인가 뭔가 하는 단편소설이 있었는데 아주 재미있었다. 쑤만수(蘇曼殊) 또한 상하이에서 『참혹한 세계(慘世界)』을 번역하여 게재하였는데, 이리하여 일시에 위고는 우리의 애독서가 되었으며, 영어와 일본어 번역본을 찾아 읽었다.[51]

저우쭤런이 회고하고 있는 『백운탑』[일명 『신홍루(新紅樓)』]은 1905년 3월 10일부터 5월 20일에 걸쳐 『시보(時報)』에 연재된 번역 소설인데, 오시카와 슌로(押川春浪)의 전기소설 『은산왕(銀山王)』(1901)을 중국어로 번역한 것이다. 또한, 쑤만수의 『참혹한 세계』는 1903년 10월 8일부터 12월 3일에 걸쳐 『국민일일보(國民日日報)』에 연재된 번안소설로, 빅토르 위고(Victor Hugo)의 『레 미제라블(Les Misérables)』이 원작이다. 아울러 '위고의 유베르인가 뭔가 하는 단편소설'은 위고의 『Choses vues』(흔히 『수견록(隨見錄)』이라 번역) 중 한 편인 「Hubert, the spy」를 가리킨다. 이 작품은 '냉혈'의 번역으로 1903년 7월 시중서국(時中書局)에서 출간한 『탐정담(偵探譚)』(제1집)에 「유피(游皮)」라는 제목으로 실렸다.

그런데 '냉혈'이란 번역자는 누구인가? 그의 본명은 천징한(陳景韓)이며, 송강현(松江縣, 지금의 상하이) 출신으로 냉혈, 냉(冷) 등의 필명을 사용하였다. 1899년 말부터 1902년까지 일본에서 유학하였으며, 귀국 후에는 언론계에 종사하여 『시보』, 『신신소설(新新小說)』, 『소설시보(小說時報)』, 『신보(申報)』 등에서 주필을 맡는 한편, 소설 창작과 번역에도 힘썼다. 도쿄(東京)에서 장쑤(江蘇)동향회가 편집하여 발행한 『장쑤(江蘇)』에 1903년 6월부터 11월에 걸쳐 에밀 드리앙

(Émile Driant)의 1889년 작 『내일의 전쟁(La Guerre de Demain)』 번역본을 4회에 걸쳐 발표한 이래, 1916년까지 70여 편의 소설을 번역하여 발표하였다.

이렇게 보노라면, 천징한이 일본에 유학했던 기간은 1899년부터 1902년인지라 루쉰의 유학 기간과 크게 겹치지는 않지만, 그의 번역 활동은 루쉰의 초기 번역 활동과 상당 부분 겹친다. 루쉰이 위고의 「슬픈 세상(哀塵)」을 번역하여 발표한 때가 1903년 6월이고, 쥘 베른(Jules Verne)의 공상과학소설 『달나라 여행(月界旅行)』과 『땅속 여행(地底旅行)』을 번역하여 발표한 때가 각각 1903년 10월과 12월이다. 두 사람이 번역 활동을 시작한 시점이 비슷한 데다가, 이들의 초기 번역 활동이 모두 일본어 번역을 중역하는 형태였다는 점에서 번역 방식 역시 동일하다고 할 수 있다.

실제로 루쉰의 「슬픈 세상」은 '메이지(明治)의 번역왕'이라고 일컬어지던 모리타 시켄(森田思軒)의 일본어 번역본 『수견록(隨見錄)』(1888)을 저본으로 삼았으며, 『달나라 여행』은 이노우에 쓰토무(井上勤)의 번역본 『달나라 일주(月世界一周)』(1883)를, 그리고 『땅속 여행』은 미키 아이카(三木愛華)와 다카스 보쿠호(高須墨浦)가 공역한 『박안경기(拍案惊奇)·땅속 여행(地底旅行)』(1885)을 저본으로 삼았다. 다시 말해, 루쉰이 외국 작가의 작품을 번역할 때 일정 정도 천징한의 번역 방식을 참고했을 가능성이 매우 크다는 것이다.

루쉰의 초기 번역 활동을 좀 더 살펴보자. 루쉰은 1906년 4월 이후 『여자세계(女子世界)』(제2권 제4, 5기 합간호)에 「인간복제술(造人術)」

『코스모폴리탄(The Cosmopolitan)』 1903년 2월 호 표지(왼쪽)와 『태서기문(泰西奇聞)』의 표지(오른쪽)

이라는 번역 소설을 발표하였다.[52] 이 소설의 원작은 미국의 루이즈 스트롱(Louise J. Strong)이 『코스모폴리탄(The Cosmopolitan)』 1903년 2월 호에 발표한 단편 공상과학소설 「An Unscientific Story」다. 루쉰이 번역의 저본으로 삼은 것은 하라 호이쓰안(原抱一庵)의 번역본 「조인술(造人術)」이다. 하라 호이쓰안의 「조인술」은 1903년 6월 8일과 7월 20일 두 차례에 걸쳐 『아사히신문』에 게재되었으며, 이 전반부 번역이 1903년 9월에 나온 소설 『태서기문(泰西奇聞)』에 수록되었다. 루쉰이 저본으로 삼은 것은 이 전반부 번역이었으며, 그의 번역은 하라 호이쓰안이 번역한 전반부 중 일부로 원작의 극히 일부에 지나지 않는다. 루이즈 스트롱의 「An Unscientific Story」의 줄거리는 다음과 같다.

이니타 박사는 인간을 복제하기 위해 수많은 실험을 거듭한 끝에 생명체를 배양해내는 데 성공한다. 그러나 성공의 기쁨은 잠시, 생명체는 성장하면서 점차 괴물의 본성을 드러내기 시작하고, 마침내 박사의 통제를 벗어나 박사에게까지 폭력을 행사한다. 마침내 스스로 번식하기 시작하는 괴물의 생명체에 대해 박사는 공포를 느끼고 이를 소멸할 방법을 강구하지만 모두 실패로 돌아간다. 어느 날 박사는 괴물의 생명체를 밀폐된 방에 가둔 채 실험실을 빠져나와 폭탄을 사용하여 괴물과 실험실을 폭파한다.[53]

루쉰의 「인간복제술」 번역은 쥘 베른의 공상과학소설 『달나라 여행』과 『땅속 여행』을 번역한 이유와 동일한 문제의식, 즉 과학 사상과 지식의 배양 및 선전의 연장선에서 이루어졌을 것이다. 루쉰은 센다이에서 도쿄로 옮겨온 후 문학에 왕성한 관심을 보이면서 "독일어, 일본어 문예 서적과 잡지를 구입하고 그 가운데 쓸모 있는 작품을 읽고 번역하였다."[54] 루쉰은 이때 소설 창작보다는 번역에 훨씬 관심을 기울이고 있었으며, 따라서 당시 중국 및 일본에서 번역되어 발표되는 작품에 주목하였을 것이다.

그렇다면 루쉰은 한창 왕성하게 번역 활동을 하던 천징한은 물론, 일본의 유명 번역가 중 한 사람인 하라 호이쓰안의 번역 활동에도 주목하였을지 모른다. 여기에서 우리가 간과해서 안 될 것은 천징한과 하라 호이쓰안, 그리고 루쉰 세 사람의 접점인데, 우리는 그 접점을 미국 소설가 마크 트웨인(Mark Twain)의 단편소설 「Cannibalism in the Cars」의 번역에서 찾을 수 있다. 이 작품은 폭설로 인해 운행

이 중지된 열차에 갇힌 승객들이 식량이 떨어지자 순서를 뽑아 희생자를 만든 후, 그들의 살을 먹고서 살아남는 엽기적인 이야기를 다루고 있다.

하라 호이쓰안은 마크 트웨인의 이 작품을 번역하여 1903년 6월 1일 『태양(太陽)』에 「식인회(食人會)」라는 제목으로 게재하였다. 그리고 천징한은 하라의 번역본을 중역하여 1904년 8월 1일 『신신소설』에 '세계 기담(世界奇談), 괴이소설(怪異小說)'이라는 표제 아래 「식인회」라는 제목으로 실었다. 하라와 천징한의 번역본이 나온 시점이, 루쉰이 번역 활동에 강한 관심을 보이던 무렵이라는 점을 감안한다면, 그가 마크 트웨인의 이 작품을 일본어 혹은 중국어로 읽었을 가능성은 매우 크다.

이러한 점에서 본다면, 루쉰은 『자치통감』 등의 중국 서적뿐만 아니라, 미국의 소설 작품에서도 식인 현상을 확인했을 것이다. 특히 식인이라는 야만적인 사회현상을 작품의 제재 혹은 모티프로 운용할 수 있다는 점을 마크 트웨인의 작품으로부터 간취할 수 있었을 것이다. 루쉰이 식인 현상을 하나의 모티프로 받아들이게 된 창작 배경에 대해, 앞에서 언급한 국내외 서적의 열독 외에, 루쉰이 유학했던 메이지 시대를 중심으로 일본 사회에서 식인 담론이 지속해서 제기되었다는 사실을 강조하는 주장도 있다.[55] 이처럼 다양한 경로를 통해 루쉰은 중국의 유구한 역사와 문명의 본질을 총체적으로 개괄할 수 있는, 구체성을 띤 모티프로 식인을 선택하였을 것이다.

광인과 광기

루쉰이 「광인일기」에서 광인 혹은 광기를 형상화한 배경은 무엇일까? 먼저, 루쉰과 친분이 있었거나 가까이 지냈던 인물들 가운데 광기와 연관된 사람이 있는지 살펴보자. 「광인일기」의 광인을 언급할 때, 흔히 루쉰의 외사촌 동생인 롼주쑨(阮久孫)이 신경착란증을 앓았다는 사실을 거론한다. 『루쉰일기』 주석집에 따르면, 롼주쑨은 저장 사오 출신으로, 일기에는 阮久蓀, 阮久巽, 久孫 등으로도 기록되어 있는데, 루쉰의 큰이모의 막내아들이다. 그는 원래 산시(山西)에서 막료가 되었으나 후에 신경착란증 때문에 베이징으로 왔으며, 루쉰이 의사를 불러 치료하였으나 효험이 없어 고향으로 돌려보냈다고 적혀 있다.[56] 『루쉰일기』를 살펴보면 1915년 8월 31일에 "아침에 롼주쑨이 왔다"라고 써 있고, 1916년 6월과 9월, 10월 중순에 롼주쑨과 편지를 주고받았다는 기록이 있다. 이후 10월 말부터 12월까지 롼주쑨에 관한 기록은 다음과 같다.

- 10월 30일 : 주쑨이 나의 거처로 왔다.
- 10월 31일 : 오후에 주쑨의 병이 자못 악화되더니 밤이 되자 더욱 심해졌다. 급히 이케다(池田) 의사를 청하여 진찰을 받았다. 5위안을 지불했다. 오래지 않아 차를 세내 이케다 의원에 입원시키고, 따로 한 사람을 돌보미로 고용하였다.
- 11월 6일 : 날이 샐 무렵에 일어나 이케다 의원에 가서 주쑨을 역

까지 데려다주었다. 란더(藍德)에게 그의 귀향길에 동행하도록
하였다.

- 11월 14일 : 오전에 주쑨의 편지를 받았다. 9일에 사오싱에서 부
  친 것이다.
- 12월 5일 : 도쿄제약회사에 가서 주쑨을 위해 약 3종, 계량컵 하
  나를 5위안에 샀다.
- 12월 24일 : 주쑨의 편지를 받았다. 21일에 부친 것이다.

루쉰의 일기에 따르면, 롼주쑨은 10월 30일에 루쉰의 거처인 사
오싱회관(紹興會館) 내 보수서옥(補樹書屋)으로 찾아왔으며, 이튿날
발병하여 병원에 입원하였다. 롼주쑨은 일주일 정도 치료를 받고서
퇴원하여 11월 6일 고향으로 돌아갔다. 루쉰은 이 기간 내내 롼주쑨
을 입원시키고 보살피는 등의 도움을 주었으며, 12월 5일에 그를 위
해 약을 구입하기도 하였다. 롼주쑨이 그를 찾아왔다가 떠나기까지
8일간 루쉰이 겪은 번거로운 일들, 특히 신경착란증을 앓고 있던 롼
주쑨의 갖가지 모습 등은 그에게 깊은 인상을 남겼을 것이다.

하지만 광인 혹은 광기와 관련하여 롼주쑨보다 훨씬 깊은 인상을
남긴 인물이 있었다. 바로 일본 유학 시절 루쉰의 사상에 깊은 영향
을 끼쳤던 국학대사(國學大師) 장타이옌(章太炎, 章炳麟)이다. 루쉰은
1908년 장타이옌이 일본에 있을 때 도쿄에서 그에게 『설문해자(說
文解字)』 등 소학에 관한 강의를 들은 적이 있었다. 장타이옌은 당시
많은 사람에게서 '장 미치광이(章瘋子)'라고 불렸는데, 이에 대해 크

게 두 가지 견해가 있다. 하나는 장타이옌이 일찍이 이른바 '소보 사건'으로 투옥되었다가 3년 만에 석방되어 1906년 도쿄로 왔던 일과 관련이 있다. 1906년 7월 15일 도쿄에 있던 중국 유학생들은 장타이옌 환영 대회를 개최하였는데, 이때 장타이옌은 다음과 같이 연설하였다.

> 무릇 대단히 괴이한 이론은 신경병자가 아니면 결코 생각할 수 없으며, 생각할 수 있더라도 말할 수 없다. 말하고 난 뒤 어려움과 고통을 겪을 때 신경병자가 아니면 절대 굽히지 않고 자기 뜻대로 행할 수가 없다. 그래서 예로부터 위대한 학문과 사업은 반드시 신경병이 있어야 해낼 수 있다. 이런 까닭에 나는 스스로에게 신경병이 있음을 인정하고, 또한 동지들 각각 어느 정도 신경병을 갖기를 바란다.[57]

그러나 장타이옌은 "내가 말하는 신경병은 결코 무모하게 호기를 부리거나 함부로 날뛰는 게 아니라, 섬세하고 치밀한 사상을 신경병 속에 싣지 않으면 안 된다"[58]고 말한다. 장타이옌이 말하는 신경병이란 '거짓 미침[佯狂]' 혹은 '제멋대로여서 어디에 얽매이지 않음[放誕不羈]'에 가깝다. 장타이옌은 이처럼 신경병을 지닌 이의 대표적인 예로 동서고금의 여섯 사람을 거론하였는데, 고대 그리스 철학자 소크라테스, 이슬람교 창시자 마호메트, 프랑스 대사상가 루소, 독일의 철혈 재상 비스마르크, 명대의 명장 웅정필(熊廷弼), 근대의 명장 좌종당(左宗棠)이 그들이다. 그리하여 그는 연설 마지막에 "요컨대

나의 신경병을 여러분에게, 그리고 더 나아가 사억 인민에게 전염시키고자 한다"[59]라고 외친 것이다.

장타이옌이 '장 미치광이'라 불렸던 또 다른 이유는 1915년 위안스카이가 제제(帝制)로 회귀하기 위해 활동을 강화하던 상황과 관련이 있다. 당시 장타이옌은 위안스카이에게 편지를 보내 위안스카이가 총통에 취임하면서 다짐한 서약을 위반했다고 통렬하게 비난했다. 위안스카이는 이 편지를 받고서 크게 노하여 그를 죽이려 하였으나 여론 악화를 염려하여 "장타이옌은 미치광이이니 내가 어찌 그에게 정색할 필요가 있겠는가?"라고 변명했다.[60]

장타이옌이 실제로 신경병 환자였는지 여부는 차치하고, 여기에서 중요한 것은 장타이옌이 광인의 광기가 지닌 사회적 가치와 효용을 이미 파악하고 있었다는 점이다. 장타이옌은 광기야말로 진실에 가까이 다가갈 수 있는 위험한 전복적 상상력의 원천임을 이미 깨닫고 있었던 것이다. 아마 루쉰 역시 장타이옌의 광기가 지닌 이러한 성격을 파악하고 있었을 터이다. 루쉰은 훗날 「여백 메우기(補白)」라는 글에서 장타이옌의 광기에 대해 이렇게 말한다.

민국 원년에 장타이옌은 베이징에서 의론을 왕성하게 펼치면서 조금도 거리낌 없이 인물을 평했다. 그러자 늘 악평을 받았던 무리는 그에게 '장 미치광이'라는 별명을 붙여 주었다. 사람이 미치광이인 바에야, 그의 의론은 당연히 미치광이 말이요 하등의 가치가 없는 말이었지만, 그가 발언할 때마다 여전히 그들의 신문에 실렸다.[61]

루쉰 자신이 의학을 배웠다는 사실과 더불어, 루쉰의 주변인 가운데 정신질환을 앓았던 이가 있었다는 점은 「광인일기」의 창작에 적지 않은 도움을 주었을 것임이 틀림없다. 그러나 루쉰의 개인적 체험만으로는 역시 광인과 광기를 형상화한 연유를 설명하기에 부족하다. 따라서 「광인일기」를 창작할 즈음 루쉰의 독서 체험과 번역 활동을 짚어봄으로써 광인과 광기가 새로운 시대적 상징으로 등장하는 필연적 과정을 살펴볼 필요가 있다. 이를 위해 「나는 어떻게 소설을 쓰게 되었는가(我怎麼做起小說來)」를 살펴보자.

다만 스스로 소설가의 재능이 있다고 여겨 소설을 쓴 게 아니라는 점만은 분명하다. 당시 베이징의 회관에 살고 있었기 때문에 논문을 쓰자니 참고서가 없고 번역을 하자니 저본이 없어 할 수 없이 소설 비슷한 걸 써서 책임을 무마하려던 것일 뿐이다. 이것이 바로 「광인일기」다. 의존한 것이라고 해야 예전에 읽은 백여 편의 외국 작품과 약간의 의학 지식이 전부였고 그 외에 준비한 것은 아무것도 없었다.[62]

기왕에 소설을 창작할 바에는 자신의 현실 인식과 역사적 전망을 담아낼 인물과 사건, 환경이 절대적으로 필요했을 것이다. 하지만 위의 인용문에 따르면, 작품 구상에 밑바탕이 된 것은 '예전에 읽었던 백 편 남짓의 외국 작품과 지극히 적은 의학 지식뿐'이었다. 센다이 의학전문학교에서 배운 교과과정이 주로 해부학 이론과 조직학 이론, 화학, 물리, 세균학 등 의학 기초 과목이었다는 점[63]을 감안할 때, 「광인일기」의 작품 구상에 결정적 영향을 미친 것은 '백 편 남짓의 외국 작품'이었을 가능성이 매우 크다.

그렇다면 「광인일기」에서 광인과 광기가 형상화된 배경에는 외국 작품의 독서 경험이 결정적 역할을 했을 가능성이 크다고 할 수 있다. 루쉰에게 외국 작품의 독서 경험과 관련지어 중요한 의미를 지니는 것은 광인 및 광기를 형상화한 번역 작품이다. 루쉰은 「나는 어떻게 소설을 쓰게 되었는가」라는 글에서 자신의 독서 활동의 동기와 목적에 대해 이렇게 밝히고 있다.

그나마 창작은 생각도 못 했고 관심을 둔 건 소개와 번역이었다. 더욱이 단편, 특히 피억압 민족 출신 작가의 작품을 중시했다. 당시 배만론(排滿論)이 한창 성행하던 터라 일부 청년들이 절규하고 반항하는 그 작가들에 쉽게 동조할 수 있었던 것이다. (……) 추구하던 작품이 절규와 반항이었으므로 아무래도 그 방향이 동유럽으로 쏠렸다. 그래서 읽어본 것으로는 러시아, 폴란드, 발칸의 여러 작은 나라 작가 것이 특히 많았다. 인도와 이집트 작품도 열심히 찾아본 적은 있지만 여의치가 않았다. 당시 가장 애독한 작가는 러시아의 니콜라이 고골(Николай Гоголь)과 폴란드의 헨리크 시엔키에비치(Henryk Sienkiewicz)로 기억한다. 일본 작가로는 나쓰메 소세키(夏目漱石)와 모리 오가이(森鴎外)가 있었다.[64]

위의 글에서 알 수 있듯이, 루쉰은 러시아와 피압박 민족 출신 작가의 작품을 즐겨 읽었거니와, 특히 러시아 작가에 대한 애호가 각별하여 일찍이 「마라시력설」에서는 러시아 문학사에서 고골의 지위와 영향을 높이 평가하기도 하였다. 고골에 대한 애호는 저우쭤런 역시 「루쉰에 관하여 2」에서 "하지만 그가 가장 영향을 많이 받은 이는 고골이었다. 『죽은 혼(Мёртвые души)』은 그다음이며, 가장 중요한 것은 단편소설 「광인일기(Запи́ски сумасше́дшего)」, 「이반 이바노비치와 이반 니키포로비치가 어떻게 싸웠는가에 관한 이야기(Повесть о том, как поссорился Иван Иванович с Иваном Никифоровичем)」 그리고 희극 『검찰관(Ревизор)』 등이었다"[65]라고 회고한다. 루쉰이 고골과 고골의 「광인일기」를 중시했다면, 이 작품을 읽은 건 언제쯤이었을까? 이에 관해 루쉰이 밝힌 일은 없지만, 아마도 후바타 테이시메이(二葉亭四迷)의 일본어판이 발표된 1907년 즈음이 아닐까 한다.[66]

고골 외에도 루쉰은 레오니트 안드레예프(Леони́д Андре́ев), 프세볼로트 가르신(Все́волод Га́ршин), 안톤 체호프(Анто́н Че́хов), 미하일 아르치바셰프(Михаи́л Арцыба́шев), 세르게이 예세닌(Серге́й Есе́нин), 표도르 솔로구프(Фёдор Сологу́б) 등의 작품을 좋아하였으며, 그의 이러한 애호는 『역외소설집』에도 잘 드러나 있다. 루쉰과 저우쭤런이 합역한 『역외소설집』을 1909년 3월과 7월에 잇달아 도쿄에서 출판하였는데, 제1권은 일곱 편의 소설을, 제2권은 아홉 편의 소설을 번역하여 실었다. 루쉰은 제1권에서 안드레예프의 「기만(謾, Ложь)」과 「침묵(黙, Молчание)」을, 제2권에서는 가르신의 「나흘(四日, Четыре дня)」까지 모두 세 편의 소설을 수런(樹人)이라는 필명으로 번역하였다.

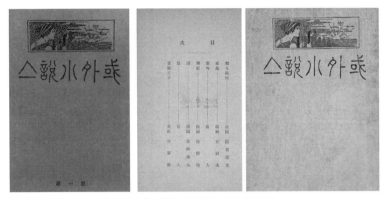

| 『역외소설집(域外小說集)』 제1권 겉표지(왼쪽), 목차와 속표지(오른쪽)

이 세 편의 작품 외에도, 루쉰은 『역외소설집』 초판 제1권의 「잡식(雜識)」이란 해설을 통해 안드레예프의 장편소설 『붉은 웃음(紅笑, Красный смех)』과 가르신의 「붉은 꽃(紅花, Красный цветок)」에 대한 각별한 관심을 보여준다. 안드레예프에 대해 "단편이 많고 장편은 러일전쟁을 묘사한 『붉은 웃음』이 있다. 여러 나라에서 이것을 다투어 번역하였다"라고 언급하며, 가르신에 대해서는 "세상을 대단히 비관하여 결국에는 발광했고 긴 시간이 지나서야 치유되었다. 「붉은 꽃」은 그러한 모습을 스스로 쓴 것이다"[67]라고 한다.

루쉰의 이러한 관심은 번역으로 이어지기도 하였는 바, 그는 실제로 안드레예프의 『붉은 웃음』을 몇 쪽 번역하기도 했다. 번역하여 소개하겠다는 "그 예고는 『역외소설집』 초판에 실렸지만, 후에 완역되지 않았기에 출판도 이루어지지 못하였다"[68]라고 술회한다. 이러한 루쉰의 러시아 작가에 대한 애호와 그들의 작품에 대한 관심은

| 안드레예프의 모습(왼쪽)과 『붉은 웃음(Красный Смех)』(오른쪽)

『역외소설집』의 출판과 관련하여 쓴 「중러 문자 교류를 축하하며 (祝中俄文字之交)」에서도 엿볼 수 있다.

바로 그때 러시아 문학이 우리의 스승이며 벗이라는 것을 알게 되었다. 왜냐하면 그 속에서 압박받는 자들의 선량한 영혼과 쓰라림, 몸부림을 보았으며, 러시아의 1840년대 작품과 더불어 희망을 불태웠고, 1860년대 작품과 더불어 슬픔을 느꼈기 때문이다. 당시의 러시아 제국 역시 중국을 침략하고 있었다는 사실을 우리가 어찌 몰랐겠는가? 하지만 우리는 그들의 문학을 통하여 세상에는 압제자와 피압제자라는 두 부류의 사람이 있다는 중요한 사실을 알게 되었다.[69]

당시 중국의 젊은이들이 억압과 고통 속에서 몸부림치면서 무언가를 모색하던 역사적 상황과 관련지어, 루쉰은 '압제자와 피압제자'라는 계급적 관점에서 러시아 작가들을 높이 평가한다. 여기에서 우리가 주목할 만한 점은 그가 애호하고 높이 평가했던 러시아 작가들 가운데 상당수가 정신질환을 앓고 있거나 염세주의적 인생관을 갖고 있었다는 사실이다. 이를테면 고골은 정신착란에 빠져 자살하였고, 예세닌은 신경쇠약으로 자살하였으며, 가르신 역시 광증으로 자살하였다. 『역외소설집』에 우언(寓言)이 실렸던 솔로구프는 널리 알려진 "죽음의 찬미자"[70]로서 "발광을 행복으로 여길"[71] 정도로 비관적 정서가 충만했던 작가이며, 안드레예프 역시 "인생은 두려운 것이고 이성은 허망한 것, 암흑은 대단히 위력적인 것"이라고 말했던 '철저하게 절망적이고 염세적인 작가'[72]였다. 이들 러시아 작가뿐만 아니라, 루쉰의 초기 사상에 커다란 영향을 끼쳤던 니체 역시 말년에 정신착란을 앓다가 세상을 떠났다. 루쉰이 애호하였던 이들 상당수가 광기 혹은 염세주의와 연관되어 있었다.

이들 러시아 작가에 대한 루쉰의 평가는 대단히 우호적이고 긍정적이었다. 루쉰은 일찍이 「마라시력설」에서 고골에 대해 "지금까지 볼 수 없었던 눈물과 슬픔으로써 자기 나라 사람들을 진작시키니, 혹자는 마치 영국의 셰익스피어와 비슷하다고 한다"[73]라고 소개하였으며, "사회 인생의 암흑을 묘사한 것으로 유명"[74]하다고 평가하였다. 또한, 가르신에 대해서 "그는 특히 톨스토이의 영향을 받았는데, 당시 작품 가운데 가장 유명한 것이 「붉은 꽃」"[75]이며, "그의 걸작 「붉은 꽃」은 반미치광이를 그리고 있는데, 붉은 꽃을 세상 모든 악의 상징으로 여겨 병원에서 필사적으로 꺾다가 죽는 인물"[76]이라고 평가하였다. 안드레예프에 대해서도 "첫 작품 「침묵」으로 명성을 얻었으며, 러시아 당대 문인 가운데 뛰어난 자이다. 그의 글은 신비하고 유심(幽深)하여 일가를 이루고 있다"[77]라고 평가하였다.

러시아 작가와 작품에 대한 높은 관심과 평가는 루쉰에게서만 볼 수 있던 것은 물론 아니었다. 이 점은 당시 러시아 작가의 작품들, 특히 광인과 광기를 형상화하였던 작품들에 대한 중국 내 번역 상황에서도 엿볼 수 있다. 이를테면 체호프의 작품은 1907년 상무인서관에서 우타오(吳檮)가 「검은 옷의 사제(黑衣敎士)」를 번역하여 소개하고, 저우쭤런이 『역외소설집』에 「장원에서(在莊園里)」와 「유형지에서(在流放中)」를 번역하여 출판한 일 말고도 여러 군데에 소개되었다. 특히 1910년에는 톈샤오성(天笑生)이 「6호실(第六病室, Палата №6)」을 번역하여 소개하였으며, 1916년에는 천자린(陳家麟)과 천다덩(陳大鐙)이 22편의 소설을 합역하여 단편소설집 『풍속한평(風俗閑評)』을 출판하였다. 안드레예프의 『붉은 웃음』 역시 1917년에 저우서우쥐안(周瘦鵑)이 번역하여 출판하였다.

앞에서 살펴본 바 「광인일기」 창작 전후의 번역 및 소개 상황으로 미루어 보건대, 루쉰은 『역외소설집』에 번역하여 소개한 세 편의 작품 외에도, 이들 러시아 작가의 작품을 상당수 이미 읽었거나 일부 번역하였음을 알 수 있다. 그렇다면 1910년대에 루쉰을 비롯한 중국 문인들은 왜 이토록 러시아 작가와 작품을 번역하여 소개하는 데 열정을 쏟았을까? 아마도 중국이 러시아와 마찬가지로 전제군주의

봉건적 억압 속에 비인간적 삶을 강요당하고 있다는 현실 인식과 함께, 부조리한 현실 세계에 대한 저항과 분투를 러시아 작가들의 작품에서 발견하였기 때문일 것이다.

예컨대 고골의 「광인일기」에서 차르 체제하 권위적 관료제의 부패와 무능을 엿볼 수 있다면, 체호프의 「6호실」에서는 광인으로 낙인찍힌 의사를 통해 폐쇄적이고 반동적인 러시아의 사회 현실을 가늠할 수 있다. 가르신의 「나흘」이 전투 중에 중상을 입은 '나'가 느끼는 고통과 절망, 삶의 욕망과 죽음의 공포를 그리고 있다면, 「붉은 꽃」은 지상의 악을 소멸하려는 미치광이의 투쟁과 죽음을 그려내고 있다. 그리고 안드레예프의 「침묵」이 딸의 자살로 인해 자책하는 신부인 아버지의 고통과 회한, 그리고 죽음과도 같은 침묵을 그리고 있고, 「기만」이 자신을 포함한 온 세계가 기만과 허위로 가득함을 그려내고 있다면, 『붉은 웃음』은 전쟁이 낳은 불구의 인간과 불임의

| 체호프의 모습(왼쪽), 체호프의 「6호실(第六病室, Палата №6)」(오른쪽)

대지를 통해 시대의 광기를 파헤치고 있다.

이들 작품은 기본적으로 러시아 사회에서 삶의 가장자리로 밀려나 절박한 생존 위기에 처한 인간의 반항과 절망을 내면 심리 중심으로 그려낸다. 이들 가운데 특히 광인과 광기를 형상화한 작품, 이를테면 고골의 「광인일기」, 안드레예프의 「기만」과 『붉은 웃음』, 체호프의 「6호실」, 그리고 가르신의 「붉은 꽃」에서 광인은 더는 '정신질환자'인 잉여 인간이 아니라, 한계 상황에 직면하여 악에 맞서 싸우는 선각자이자 투쟁가의 모습을 하고 있다. 이들 광인이 보여주는 집요한 광기는 소통 불능의 폭력적이고 폐쇄적인 사회에 대한 묵언(黙言)의 몸부림이자 외침의 성격을 띠고 있다. 루쉰이 「광인일기」에서 광인과 광기를 형상화한 것은 바로 이들 작품에서 현현된 광인과 광기가 당시 중국 사회의 본질적 모순, 다시 말해 폭력적이고 폐쇄적인 사회와 그것을 깨부수기에 역부족인 '철방 안에 깊이 잠든' 민중을 표현하기에 가장 적합한 인물과 성격이기 때문이 아니었을까?

그렇다면 이러한 루쉰의 독서 경험은 「광인일기」에 직접적으로 어떻게 구현되었을까? 광인과 광기를 형상화한 앞의 작품들과 견주어 「광인일기」의 서사구조, 소설적 장치 및 작중 화자 진술의 유사성 등을 중심으로 살펴보기로 하자.

먼저, 루쉰의 「광인일기」의 서사구조와 관련지어 살펴보자. 「광인일기」의 서사구조는 광기가 발현된 이후 '세계에 대한 회의와 부정-계몽과 실패-자기 부정'이라는 변증법적 과정으로 짜여 있다.

이러한 서사구조는 안드레예프의 「기만」과 매우 흡사한데, 「기만」 역시 '세계의 기만성에 대한 인식-살인을 통한 확인과 실패-자기 부정'의 과정으로 짜여 있다. 이 두 작품에서의 '자기 부정'은, 「광인 일기」에서는 '나' 자신 역시 식인의 가해자라는 인식을 통해 이루어 진다면, 「기만」에서는 '그' 역시 기만의 일부라는 사실을 깨달으면서 이루어진다.[78]

서사 공간 면에서 살펴본다면, 루쉰의 「광인일기」에서는 식인의 외부 세계와의 경계가 집과 방으로 형상화되며, 집과 방은 '나'를 유폐시키는 닫힌 공간이자, 식인의 폭력이 일상화된 중국 사회의 축소판이다. 이 집과 방은 루쉰이 『외침』의 「서문」에서 언명했던 '철로 만든 방'이란 이미지의 판박이다. 루쉰의 「광인일기」에서 집과 방의 등가물은 체호프의 「6호실」에서 '6호실'이라는 정신병동과 가르신의 「붉은 꽃」에서 감옥, 고골의 「광인일기」에서 정신병원 등이다. 이들 공간은 '죽음을 무릅쓰고 외치는 자'에게 당시 러시아의 현실 사회를 상징하는 폐쇄된 감금 장치다. 상호 소통이 불가능한 채로 육체적 구속과 정신적 억압이 자행되는 이곳은 규율과 징계의 공간이며, 따라서 해방과 자유를 요구하는 외침은 비정상적인 광기라는 이름으로 단죄된다. 러시아와 중국의 폐쇄성과 경직성, 그리고 그것의 폭력성을, 「6호실」과 「붉은 꽃」에서 '쇠창살'이라는 모티프로 반복해서 보여준다면, 루쉰의 「광인일기」에서는 방문과 문지방 등으로 보여준다고 할 수 있다.

서사 시간을 살펴본다면, 루쉰의 「광인일기」는 일기 형식을 빌리고 있지만, 13개 절이 각기 다른 날임을 암시할 뿐 구체적인 날짜를 제시하고 있지 않다. 이는 광인인 '나'에게 객관적이고 물리적인 시간은 의식되지 않는 무의미한 것임을 의미한다. 실제로 작품 속에서 구체적인 시각이 경계가 사라지거나 엇섞이면서 '나'는 주관적이고 심리적인 시간으로 들어선다. 고골의 「광인일기」 역시 일기 형식을 취한다. 다만 루쉰의 「광인일기」와 달리, 고골의 「광인일기」는 구체적인 날짜가 나오다가 '나'의 과대망상증이 심해지는 순간 '2000년 4월 43일', '30월 86일' 등의 존재하지 않는 시간으로 들어선다. 나아가 '나'의 광기가 더욱 심해져 부정 의식이 강해질수록 '며칠도 아니다. 날짜에 들지 않는 날이다', '날짜도 생각나지 않는다. 달도 역시 없다. 무슨 영문인지 통 모르겠다' 등 시간의 존재를 부정하게 된다. 고골의 「광인일기」 속 서사 시간 역시 루쉰의 「광인일기」와 마찬가지로 객관적·물리적 시간 대신에 주관적·심리적 시간을 취하고 있음을 알 수 있다.

이러한 서사구조 속에서, 루쉰의 「광인일기」에서 '인의도덕'이 '식인'을 의미한다면, 가르신의 「붉은 꽃」에서 '붉은 꽃'은 '지상의 악'을 상징하며, 안드레예프의 『붉은 웃음』에서 '붉은 웃음'은 피비린내가 가득한 대지를, 나아가 광기의 세계를 상징한다. 이는 기표와 기의의 어긋남을 통해 외부 세계의 본질을 드러내고자 하는 작가의 탁월한 예술적 능력을 잘 보여주는 부분이다. 작품의 대립항 역시 재미있는 대비를 보여준다. 루쉰의 「광인일기」가 '식인[吃人]'과 '참된 인간[眞的人]'이라는 대립항을 갖고 있다면, 안드레예프의 「기만」은

'기만'과 '참[眞誠]'이라는 대립항을 갖고 있다. 이 대립항은 각각의 작품에서 광인이 발광하는 구체적인 원인을 제공하는데, 광인들은 모두 자신이 부정하고자 하는 광기 어린 세계의 일원임을 깨닫는다.

다음으로 루쉰의 「광인일기」에 등장하는 소설적 장치, 즉 '달'과 '개'를 중심으로 살펴보자. 루쉰의 경우 '달'은 자연계 속 현상의 의미를 뛰어넘어 '나'의 주체적 사유 공간으로 기능한다. '나'는 '달'을 통해 자신의 세계 인식이 관습적이고 일상적이었음을 새로이 깨닫는다. 다시 말해 '달'은 '나'가 사유 체계를 전환할 수 있도록 해주는 의미항이다. 체호프의 「6호실」 속 '달빛' 역시 루쉰의 '달'과 흡사한 성격임을 아래의 글을 통해 알 수 있다.

> 주위가 조용해졌다. 물빛 같은 달빛이 쇠창살을 뚫고 비쳐서 방바닥 위에 그물 같은 그림자를 만들고 있었다. (……) 통증 때문에 그는 베개를 깨물고 이를 악물었다. 그러자 갑자기 그의 희미한 머릿속에 지금 달빛을 받아 검은 그림자와 같은 모습을 보이는 이 사람들이 몇 년 동안을 매일 같이 이와 똑같은 아픔을 맛보지 않으면 안 되었으리라는 무섭고 참을 수 없는 생각이 똑똑히 떠올랐다. 20년이라는 긴 세월 동안 자신이 그걸 몰랐을 뿐 아니라, 알려고조차 하지 않았다는 것이 도저히 믿어지지 않았다.[79]

의사 라긴은 세상의 악에 대해 무저항적 태도를 취한 채, '인간의 평안과 만족은 외부에 있는 것이 아니라 내부에 있다'라는 자기만족에 도취하여 살아왔다. 하지만 그는 피해망상증 환자인 드미트리치와 자주 토론을 벌였다는 사실만으로 정신병동에 갇힌다. 그는 '세상에 무질서만큼 싫은 게 없다'라고 여기는 수위 니키타에게 내보내달라고 요구하다가 심하게 두들겨 맞고서 침대에 쓰러진다. 앞의 인용문은 침대에 쓰러진 라긴이 과거의 세계 인식에서 벗어나 처음으로 악에 대해 분노를 느끼는 장면으로, 루쉰의 「광인일기」 도입부와 매우 흡사하다. 여기에서 '달빛'은 루쉰의 '달'과 마찬가지로 라긴의 새로운 세계 인식을 이끌어내는 소설적 장치로 기능한다.

'개' 역시 루쉰의 「광인일기」에서 대단히 중요한 역할을 담당하는 소설적 장치이다. 사실, 루쉰의 「광인일기」가 품은 음랭(陰冷)한 분위기는 바로 '개'의 이미지와 관련되어 있다. 작품 곳곳에 보이는 '괴이한 빛깔', '이상스러운 눈빛', '흉측한 눈빛' 등의 시선과 '쩍 벌린 입', '푸르딩딩한 얼굴빛', '뻐드렁니' 등의 흉측스러운 모양, 그리고 '이리마을', '하이에나' 등은 모두 '개'가 지닌 폭력적 이미지의 구체적 표상이자, '나'를 둘러싼 세계의 폭력성을 상징하는 이미지다. 아울러 한자 '광(狂)'의 부수가 바로 '개[犭]'라는 사실은 광인인 '나'와 '나'를 둘러싼 세계가 실상 폭력성을 공유하는 동질의 일체임을 암시한다.[80] 고골의 「광인일기」 속 '개'는 작품에서 가장 중요하면서도 독특한 역할을 수행한다. 고골의 '개'는 '나'에게 자신을 포함한 세계의 실상을 깨닫도록 해주는 매개물이다. '개'의 눈과 입을 통해, 차르 전제정치하 위계적인 신분 질서의 모순, 봉건적 관료 체제의 부패와 무능, 허위의식이 남김없이 발가벗겨진다.

이 밖에 작중 화자의 진술 면에서도 광기가 심해짐에 따라 화자의 세계 인식이 깊어지는 유사성을 보여주기도 한다. 루쉰의 「광인일기」에서 '나'는 '식인'의 가해자임을 깨우치기 위한 대상으로 맨 먼저 형을 선택하였다가 방 안으로 쫓겨난 후 "마음을 고쳐먹으라고! 너희가 마음을 고쳐먹지 않으면 자기 자신도 잡아먹히고 말 거야!"라고 외친다. 선각자이자 계몽가로서 '나'의 모습은 가르신의 「붉은 꽃」에서 '그'라는 인류 구원자의 모습으로 변주된다. '그'는 두 번째로 '붉은 꽃'을 꺾고 나서 결박된 후 이렇게 외친다. "너희는 자기들이 무슨 일을 하고 있는지도 모르고 있어! (……) 너희는 망해가고 있는 거야! 나는 피기 시작한 세 번째 꽃을 본 거야. (……) 그놈을 죽이지 않으면 안 돼. 죽여야 해! 그렇게만 하면 만사가 끝나는 거야. 모든 사람이 구원받는 거야."[81] 그러나 '나'와 '그'의 외침은 시대의 울림을 얻지 못한 채 실패로 귀결되고 만다.

또한, 루쉰의 「광인일기」 결말부에서 '아이를 구해야 할 텐데……'라는 당위성이 밴 '나'의 진술은 고골의 「광인일기」와 안드레예프의 「기만」 결말부에서 "어머니! 불쌍한 당신의 병든 아이를 구해주세요!"와 "나를 구해줘! 아, 날 구해달라고!"[82]로 흡사하게 나타난다. 이로부터 세 작품 모두 유사한 어투와 분위기로 결말지었음을 알 수 있다. 다만, 고골의 작품에서 어머니의 출현이 작품 전체의 흐름에서 볼 때 조금은 갑작스러운 느낌이 든다는 점, 그리고 작품 전체의 맥락에서 고골의 「광인일기」와 안드레예프의 「기만」의 결말을 어떻게 해석해야 하는가는 여전히 문제로 남는다. 루쉰의 「광인일기」의 결말은 분명히 작가 자신이 가진 현실 인식의 폭과 깊이를 반영하고 있음에 반해, 나머지 두 작품의 결말은 분명하지 않기 때문이다.

　지금까지 「광인일기」를 창작하기 전 루쉰의 주체적 상황, 특히 외국 소설의 독서 체험과 번역 활동 등을 살펴보았다. 소설 「광인일기」의 구상과 관련하여 가장 의미 있는 것은 루쉰의 독서 체험 가운데서도 러시아 작가의 작품, 특히 고골의 「광인일기」, 안드레예프의 「기만」과 「침묵」 및 『붉은 웃음』, 체호프의 「6호실」, 그리고 가르신의 「나흘」과 「붉은 꽃」이라 할 수 있다. 이들 작품은 광인의 광기가 작가가 처한 현실 사회의 모순을 가장 극적으로, 그리고 적나라하게 드러낼 수 있는 서사 전략이 될 수 있음을 잘 보여준다. 루쉰 역시 자신이 지닌 문제의식을 담아내기 위해 서사 전략 차원에서 광인과 광기를 그의 첫 소설에 형상화하였을 것이다. 아울러 이들 작품에 묘사된 광인의 내면 심리, 광기의 발현과 격화 양상 및 이를 드러내기 위한 소설의 서사 공간과 서사 시간, 소설적 장치 등은 루쉰의 작품 구상에 적지 않은 도움을 주었으리라 추측한다.

3

새로운 서사 양식

중국 고전소설의 서사 전통은 단편소설이든 장편소설이든 작자의 전지적 시점으로 서사하는 것이 보통이다. 이러한 서사 전통은 청 말까지 변함없이 전해져오면서, 작자뿐만 아니라 독자 입장에서도 하나의 글쓰기 관습으로 받아들이고 있었다. 이로 인해 청말민초의 외국 소설 번역자들은 서구 소설 가운데 1인칭 화자가 서사하는 작품을 번역할 때 3인칭 화자로 바꾸거나 작자 전지적 시점으로 바꾸는 일이 잦았다. 이는 그만큼 1인칭 화자의 서사가 독자에게는 물론이거니와 작자, 역자에게도 낯선 느낌을 안겨주었음을 방증한다.

그런데 주지하다시피 루쉰의 「광인일기」는 1인칭 주인공 시점의 일기체소설이며, 안 이야기와 바깥 이야기가 분리된 액자소설 형식을 취한다. 「광인일기」가 발표됐을 무렵 1인칭 화자, 나아가 1인칭 주인공 시점의 소설은 그다지 많지 않았으며, 일기체소설이나 액자소설 형식 역시 드물었다. 그런데 어떻게 하여 이 진기한 일들이 한꺼번에 한 작품 안에서 일어날 수 있었던 걸까? 이를 알아보기 위해, '1인칭 화자'와 '일기체소설', '액자소설' 이렇게 세 가지 특징을 중심으로 이들의 중국소설사에서의 내력을 간단하게나마 정리해보기로 한다.

1인칭 화자 서사

중국의 고전소설 가운데 1인칭 화자가 등장하는 소설은 매우 진귀하다. 그것은 작자가 서술자, 즉 화자의 역할을 대신할 뿐만 아니라 다양한 방식으로 작품 서사의 헤게모니를 전적으로 장악하고 있기 때문이다. 이때 다양한 방식 중 하나는 작자가 자신의 모습을 작품 속에 등장시켜 일정한 설명을 덧붙이거나 독자의 읽기 행위에 개입하는 것이다. 이는 역사적 글쓰기를 포함한 중국 서사물에 흔히 나타나는 글쓰기 관습 중 하나인데, 이러한 서사 관습은 역사를 기술하는 태도와 무관하지 않다고 여겨진다.

여기에서 말하는 역사 기술 태도는 『사기(史記)』에서 사마천(司馬

遷)이 '태사공왈(太史公曰)'이라는 형식으로, 또는 『한서(漢書)』에서 반고(班固)가 '찬왈(贊曰)'이라는 형식으로 자신(의 의견)을 드러내는 것을 가리킨다. 이러한 기술 태도는 단지 역사 기술뿐만이 아니라 소설의 서사에서도 나타난다. 이를테면 『요재지이(聊齋志异)』에서는 작가 포송령(蒲松齡)이 '이사씨왈(異史氏曰)'이라는 형식으로 작품에 개입한다. 옛 문언소설에서 이러한 작자 개입은 더욱 두드러지는데, 일례로 「이와전(李娃傳)」은 작품 첫머리와 끄트머리에 작자가 직접 등장하여 작품을 전하게 된 동기를 밝힌다.

이처럼 작자가 서사의 헤게모니를 전적으로 운용할 경우에는 굳이 서술자를 따로 둘 필요를 느끼지 못할 뿐만 아니라, 서술자를 두었을 때의 예술적 효과 또한 인식할 도리가 없다. 이러한 까닭에 중국에서는 작품을 창작하는 작자와 이야기를 하는 화자 혹은 서술자를 구분하지 않은 채 이 둘을 동일시하는 서사 관습이 오랫동안 이어져 왔다. 이러한 서사 관습 속에서는 1인칭 화자가 등장하여 서사를 이끌어가는 작품이 적을 수밖에 없었을 것이다.

그러나 중국의 고전소설 가운데 1인칭 화자의 작품이 전혀 없지는 않았다. 당대(唐代)의 전기(傳奇)로, 장작(張鷟)이 지은 「유선굴(遊仙窟)」이 그러한 예다. 주인공 '나'는 여행길에 들른 신선의 거처에서 아름다운 여인들과 만나 즐거움을 나눈 일을 서술한다. 이 작품의 첫머리에는 "나는 황명(皇命)을 받들고 견롱(汧隴)에서 황허(黃河)의 근원지 쪽으로 여행길을 떠났다[從汧隴, 奉使河源]"라고 적혀 있다. 이 작품에서 주인공이자 화자인 '나'는 '복(僕)' 혹은 '여(余)'로 표기되며, '나'와 작자의 관계, 즉 '나'가 작자 자신인지 아닌지는 명시적으로 드러나 있지 않다.

「유선굴」과는 조금 다르지만 1인칭 화자가 등장하는 또 다른 소설로 당대 이공좌(李公佐)의 전기인 「사소아전(謝小娥傳)」이 있다. 이 작품은 아버지와 남편을 도적에게 살해당한 사소아가 '나'의 도움을 받아 그들의 원수를 갚는 이야기다. 이 작품에서 '여(余)'로 표기된 '나'는 주인공이 아니라 사소아의 행적과 복수 과정을 전달하는 관찰자로서의 화자일 뿐이다. 아울러 이 작품의 '나'가 곧 작자 이공좌임을 작품 중 사소아의 탄식을 통해 알 수 있기도 하다.

「유선굴」과 「사소아전」은 '복(僕)'이나 '여(余)'를 써서 1인칭을 표현하지만, 고전소설 중에는 작자의 이름을 써서 1인칭 화자를 대신하는 경우가 많다. 이를테면 당대 전기인 왕도(王度)의 「고경기(古鏡記)」는 첫머리에 "수나라 분음현(汾陰縣)에 사는 후생(侯生)은 천하의 기이한 선비이다. 왕도는 늘 그를 스승의 예로 섬겼는데, 세상을 떠날 즈음에 도에게 낡은 거울 하나를 주었다[隋汾陰侯生, 天下奇士也. 王度常以師禮事之. 臨終, 贈度以古鏡]."라고 적혀 있다. 이 작품에서 화자는 '왕도(王度)' 혹은 '도(度)'라고 3인칭으로 표기되어 있지만, 사실은 작자와 동일인으로 1인칭에 가까운 역할을 담당하고 있다.

이로써 중국 고전소설에서 1인칭 화자가 서사하는 소설이 화자와 작자의 관계 및 화자의 표기 방법에 따라 크게 세 가지로 나누어짐을 알 수 있다. 그 가운데서도 「고경기」처럼 작자 자신의 이름을 화자로 표기하는 경우, 다시 말해 작자와 화자를 일치시키는 서사가 일반적인 서사 관습으로 자리 잡았다. 이러한 서사 관습은 청말민초 시기에 대량으로 번역 및 소개된 탐정소설에서도 찾아볼 수 있다. 1896년 9월부터 이듬해에 걸쳐 『시무보(時務報)』에는 셜록 홈스가 나오는 탐정소설 세 편, 즉 「셜록 홈스의 필기(譯歇洛克呵爾唔斯筆記)」, 「셜록 홈스의 필기— 왓슨의 작품(此書滑震所作)」, 「왓슨 필기(譯滑震筆記)」가 실렸다.

셜록 홈스가 나오는 탐정물인 이 세 편은 모두 셜록 홈스의 친구인 존 왓슨이 1인칭 화자로 등장한다. 그런데 첫 번째 번역 작품에서는 1인칭 화자인 왓슨을 삭제하고 3인칭 전지적 시점으로 바꾸었다. 화자인 왓슨과 작자인 아서 코난 도일(Arthur Conan Doyle)의 불일치가 역자에게 낯설게 느껴져 거부감을 주었기 때문이다. 두 번째 번역 작품의 경우, 역자는 화자인 왓슨[滑震]을 아예 작자로 둔갑시키고서 '나'라는 화자를 '滑(왓슨의 중국명 첫 글자)'로 고쳐 표기하였다. 이것은 앞의 「고경기」와 동일한 표기법으로, 작자와 화자를 일치시키는 서사라고 할 수 있다. 역자는 세 번째 번역 작품에서야 비로소 원작 그대로 1인칭 화자를 '나(余)'로 표기하였다. 이러한 예는 20세기 전후로 역자와 독자 모두가 1인칭 화자의 서사에 익숙하지 않아 심리적 거부감을 느끼고 있었다는 사실을 잘 보여준다.

1인칭 화자의 서사에 대한 심리적 거부감은 린수의 번역 소설에서도 엿볼 수 있다. 소(小) 알렉상드르 뒤마(Alexandre Dumas)의 『동백아가씨(La Dame aux camélias)』에서는 1인칭 화자인 '나'가 어느 화류계 여성의 재산 경매에 참여한 일을 계기로 아르망을 만나서 그로

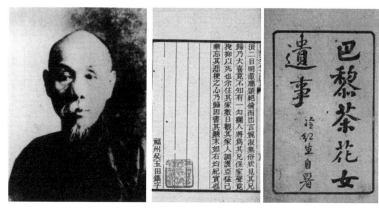

| 린수의 모습(왼쪽)과 『동백아가씨(巴黎茶花女遺事)』(오른쪽)

부터 전해 들은 마르그리트와의 애달픈 사랑 이야기를 서술한다. 그런데 린수의 번역 소설 『동백아가씨(巴黎茶花女遺事)』는 소설의 첫머리에 '나' 대신 '소 뒤마 말하기를[小仲馬曰]'이라고 덧붙인다. 린수는 화자인 '나'를 작자인 '소 뒤마'로 간주한 것이다. 이 역시 작자와 화자를 일치시키는 서사 관습에서 비롯된 오역이라고 보아야 한다. 이러한 서사 관습에 대해 천핑위안(陳平原)은 다음과 설명한다.

공교롭게도 최초로 중국 작가에게 영향을 끼친 세 부의 서구 소설 번역본, 즉 정치소설 『백년일람(百年一覽)』(1894),[83] 탐정소설 『왓슨 필기안(華生筆記案)』 두 편(1896)과 애정소설 『동백아가씨(巴黎茶花女遺事)』(1899)는 모두 1인칭 서사를 운용하고 있다. 중국 독자가 이러한 서사 방식에 익숙하지 않으리라 염려하거나 혹은 독자가 소설 속 '나'

를 역자와 동일인으로 간주할까봐 걱정한 탓이겠지만, 리처드 티머시 (Richard Timothy, 李提摩太)는 '나'를 '아무개[某]'로, 린수는 소설 속 '나'를 '소 뒤마'로, 『시무보』에서는 '나'를 '왓슨[華生]'으로 고쳤다.[84]

이처럼 강고한 서사 관습에도 불구하고, 진정한 의미에서의 1인칭 화자 서사로 번역되는 작품이 차차 등장하였다. 그 일례로 1905년 10월 14일부터 11월 23일까지 『시보』에 연재된 천징한의 『신접몽(新蝶夢)』을 들 수 있다.[85] 이 작품은 귀족 출신의 천애고아 주인공 '나'의 성장과 결혼, 뜻밖의 죽음과 회생, 아내와 친구의 불륜과 죽음, 천하 주유 등 파란만장한 삶을 그려낸 백화소설이다. 천징한은 이전까지의 번역 소설, 이를테면 앞에서 언급한 바 있는 『내일의 전쟁』이나 「식인회」에서는 다른 역자들과 마찬가지로 1인칭 화자를 3인칭 화자로 개역하였지만, 이 작품에서는 온전하게 '나'의 1인칭 시선을 끝까지 유지한다.

서구의 번역 소설과 더불어, 청말민초 시기에는 1인칭 화자의 서사를 담은 창작 소설 또한 잇달아 발표되었다. 탐정소설의 경우, 1907년에 상무인서관에서 출간한 여협(呂俠)의 문언소설집 『중국 여탐정(中國女偵探)』에는 여채부 여사가 1인칭 화자로 등장하는 몇 편의 단편이 실려 있다. 이 여성 화자는 주인공이 아니라는 점에서 셜록 홈스 시리즈의 왓슨과 비슷한 역할을 맡은 인물이다. 애정소설에서도 1인칭 화자의 서사가 등장하였는데, 쉬전야(徐枕亞)의 단편소설 「버림받은 여인의 애통한 이야기(棄婦斷腸史)」에서는 버림받은 여인이 자신의 입으로 파란만장한 일생을 서사하고, 저우서우쥐안의 「이 슬픈 한은 면면히 이어져 끊일 날이 없구나(此恨綿綿無絶期)」에서 는 여주인공 런팡이 남편과의 사랑과 사별을 회고한다.

이 밖에 장편소설로는 1906년 군학사(群學社)에서 간행한 푸린(符霖)의 『금해석(禽海石)』을 들 수 있다. 이 작품은 "중국 문학사상 최초로 장회소설 형식으로 자아의 생활 경력을 묘사하였으며, 1인칭 서사 방식을 '신소설' 창작에 진정으로 운용한 작품"[86]이라고 평가받는다. 쑤만수의 장편소설 『단홍령안기(斷鴻零雁記)』(1912), 단편소설 「강사기(絳紗記)」(1915) 역시 모두 1인칭 화자의 서사를 보여주는 자전체 작품들이다. 『단홍령안기』는 주인공 싼랑이 '나'라는 화자로 등장하여 쉐메이, 징쯔와의 비극적인 사랑을 주인공 시점에서 그려내며, 「강사기」는 연인인 멍주와 추원의 이루어지지 못한 불행한 사랑을 화자인 '나'가 관찰자 시점에서 서술한다.

이렇게 보노라면, 중국 고전소설은 기본적으로 화자를 인정하지 않은 채 작자가 서사의 헤게모니를 전적으로 행사하는 특징이 있다. 이러한 서사 관습은 역사 기술 태도부터 문언소설까지 두루 확인할 수 있으며, 청말민초 서구 소설의 번역에 이르기까지 오랫동안 강력한 영향을 미쳐 왔다. 청말민초 시기에 이르러 서구 소설의 다양한 서사 양식이 소개됨에 따라, 1인칭 화자 서사는 차츰 중국 작가들에게 받아들여져 점진적으로 운용되기에 이르렀는데, 이들의 1인칭 화자 서사는 주인공 시점 및 관찰자 시점을 모두 운용하고 있다. 이처럼 루쉰의 「광인일기」가 발표되기 전에 이미 1인칭

화자 서사가 적잖게 새로운 서사 양식으로서 운용되고 있었음을
알 수 있다.

일기체소설

———

중국에서 일기체소설의 등장은 청말민초에 흥성했던 서구 문학
사조의 유입과 소설의 대량 번역에 크게 힘입었다고 할 수 있다. 작
자 자신의 내면세계 묘사와 주관적 정서 표출을 강조하는 낭만주의
사조, 그리고 작자의 자전적 성격을 띤 작품, 특히 서신 혹은 일기가
삽입된 소설의 번역 등은 중국의 작자 및 역자가 일기체소설이라는
새로운 서사 양식을 받아들이는 데 크게 기여하였다. 게다가 청말민
초 시기에 많이 늘어난 1인칭 화자 서사 역시 일기체소설의 흥성과
맞물려 상호작용을 주고받았다고 볼 수 있다.

청말민초 시기, 일기체소설의 수용에 중요한 계기가 된 작품은
1899년 린수가 번역 및 간행한 『동백아가씨』였다. 아르망의 아버
지로부터 헤어지라는 압력을 받은 마르그리트는 자신을 잊어달라
는 편지만 남긴 채 떠나고, 까닭을 알 리 없는 아르망은 마르그리트
를 원망하며 그녀에게 모욕을 안겨준다. 마르그리트가 절망과 체념
속에서 폐병이 악화되어 숨진 후, 아르망은 그녀가 남긴 일기를 통
해 모든 사실을 알게 된다. 소 뒤마의 이 작품을 통해 중국의 역자와
독자는 소설과 일기가 결합한 새로운 서사 양식을 처음으로 감상할

수 있었다.

『동백아가씨』와 흡사한 작품으로는 대니얼 디포(Daniel Defoe)의 『로빈슨 크루소(Robinson Crusoe)』를 들 수 있다. 이 작품의 5장과 6장에는 로빈슨이 무인도에서 악전고투 끝에 집을 짓고 정착에 성공하기까지의 과정이 담겨 있는데, 그 내용이 1659년 9월 30일부터 이듬해 7월 중순까지 띄엄띄엄 쓴 일기를 통해 드러난다. 『로빈슨 크루소』의 역자는 이 작품에 대해 이렇게 밝히고 있다.

원저는 모두 로빈슨이 직접 서술한 이야기인데, 대체로 일기 체제인 터라 중국소설의 체제와는 사뭇 다르다. 만약 중국소설의 체제로 바꾼다면, 번거롭고 따분해질 것이다. 중국의 갖가지 사물이 혁신을 맞이하고 있으니, 소설 어찌 홀로 그렇지 않을 수 있겠는가! 그렇기에 원저의 일기 체제에 따라 번역하였다.[87]

이러한 진술에 비추어볼 때, 중국인 역자는 일기체소설이라는 새로운 서사 양식을 충분히 의식하고 있었다고 할 수 있다. 다만, 『동백아가씨』와 『로빈슨 크루소』 모두 소설 전편이 일기체로 구성된 것이 아니라, 작자의 서사 전략에 따라 주인공의 일기가 일부 삽입되어 있을 뿐이다. 이처럼 소설과 일기가 결합한 예는 중국인 작자의 창작 소설에도 나타나는데, 1912년에 출간된 쉬전야의 『옥리혼(玉梨魂)』이 그렇다.

『옥리혼』은 소학교 교사인 허멍샤와 청상과부인 바이리잉의 이루

| 쉬전야의 모습(왼쪽), 『옥리혼(玉梨魂)』(가운데)과 『설홍루사(雪鴻淚史)』(오른쪽)

어질 수 없는 사랑을 그린다. 바이리잉은 허밍샤의 사랑을 받아들일 수가 없어 자신의 시누이 추이윈쳰을 허밍샤에게 소개하지만, 추이 윈쳰은 두 사람이 서로 사랑하는 사이임을 알고 자살한다. 이 작품 에는 추이윈쳰이 자살하기 전 자신의 심정을 기록한 일기 열 편이 삽입되어 있다. 그녀의 일기는 죽기 전 자신의 마음을 담아 쓴 기록 이라는 점에서, 『동백아가씨』에서 마르그리트가 쓴 일기와 비슷하 다고 볼 수 있다. 『옥리혼』에 삽입된 일기는 중국의 창작 소설 가운 데 일기가 소설과 결합한 최초 사례로 추측된다.

이처럼 소설 속 일부로 일기가 나오는 경우와 달리, 작품 전편이 완전히 일기로 이루어진 소설도 등장하였다. 그것은 리한추(李涵秋) 의 장편문언소설 『설련일기(雪蓮日記)』다. 이 소설은 1912년 한커우 (漢口)의 『대한보(大漢報)』에 발표되었다가, 1915년 다시 상하이(上海)

의 『부녀잡지』에 연재되었다. 이 소설은 선통 3년(1911년) 음력 8월 20일부터 이듬해 2월 8일까지의 일기로 구성되어 있는데, 만주족 여성인 설련이 화자 '나'로 등장한다. 이 작품은 설련의 가족이 1911년 10월에 일어난 혁명파의 무창봉기 이후에 겪은 갖가지 변고를 피난길 여정에 따라 그려낸다.

발표한 시기 순으로 따지면 『설련일기』가 중국 최초의 일기체소설이라 볼 수 있지만, 대중적으로 널리 알려진 일기체소설은 쉬전야가 1914년 5월부터 1915년에 걸쳐 『소설총보(小說叢報)』에 연재한 『설홍루사(雪鴻淚史)』다. 이 작품은 모두 14개 장으로 이루어져 있는데, 13장까지는 하나의 장에 한 달의 일을 서사하고, 14장에서는 반년 동안의 일을 서사한다. 이 작품은 3인칭 화자의 서술로 이루어진 『옥리혼』을 1인칭 화자 허명샤의 일기로 바꾸어놓은 것이다. 작자 자신이 "이 책의 주지는 『옥리혼』의 오류를 바로잡는 데 있다. 동일한 사건을 문체를 달리하였으니, 하나는 소설이고 다른 하나는 일기인 바, 작법은 사뭇 다르다"[88]라고 밝히고 있듯이, 작자가 의식적으로 일기체소설로 재창작했음을 알 수 있다.

일기가 소설의 일부로 삽입되는 형태에서부터 완전한 일기체소설이 등장하는 과정을 거치면서 민국 초에는 일기체소설이 크게 성행하여 『소설월보』, 『예배륙(禮拜六)』, 『민권소(民權素)』 등의 잡지에 자주 게재되었다. 대표적인 일기체소설로는 밍페이(冥飛)의 「완운일기(浣雲日記)」(『민권소』 10집, 1915), 저우서우쥐안의 「화개화락(花開花落)」(『예배륙』 제8기, 1914)·「주주일기(珠珠日記)」(『예배륙』 제73기, 1915)·

「망국노일기(亡國奴日記)」(중화서국, 1915)·「단장일기(斷腸日記)」(『예배류』 제52기, 1915), 바오텐샤오(包天笑)의 「비래지일기(飛來之日記)」(『중화소설계』 제2기, 1915), 우치위안(吳綺緣)의 「냉홍일기(冷紅日記)」(『소설시보』, 1915)와 「가전십일기(嫁前十日記)」(『소설신보』 제4권 제9기, 1918), 위쉐룬(喩血輪)의 「혜방일기(惠芳日記)」(세계서국, 1918), 비우(碧梧)의 「병여일기(病餘日記)」(『소설신보』 제5권 제1기, 1919) 등을 들 수 있다.

이들 가운데 앞에서 언급한 장편문언소설 『설련일기』 등 몇 편을 제외하면 일기체소설은 대부분 단편소설이었다. 이들 일기체소설은 대부분 남성 작가의 작품이었는데, 주로 10대 혹은 20대의 젊은 여성을 주인공으로 내세워 남성이 요구하고 기대하는 여성상, 이를테면 현대식 교육을 받은 현모양처형 여성, 남성의 보호 본능을 자극하는 연약한 여성 등을 그려냈다. 이러한 남성중심주의 경향이 강한 일기체소설은 기본적으로 여성의 일상생활에 대한 호기심을 충족시킨다는 독서 시장의 욕구를 반영하는 한편, 독서 대중의 대다수를 차지하는 남성 지식인의 관음적 욕망을 충족시켜주는 기능도 담당하고 있었음을 부인할 수 없다.

민국 초기에 남성 작가가 쓴 일기체소설은 기본적으로 페미니즘 지향을 보이는 1920년대의 여성 작가, 이를테면 빙신(冰心), 리은(廬隱), 스핑메이(石評梅)와 딩링(丁玲) 등의 일기체소설과는 커다란 차이가 있다. 그러나 청말민초에 성행했던 일기체소설은 일기체라는 글쓰기 양식의 특성, 즉 일기를 통해 작중인물의 내면세계를 섬세하고도 사실적으로 포착하고 묘사할 수 있다는 점을 작자들이 잘 인식하고 있었음을 보여준다. 지금까지 검토한 바를 통해 우리는 루쉰의「광인일기」전에 일기체소설이 이미 중국 문단에서 새로운 서사 양식으로 여러 작가에 의해 폭넓게 운용되고 있었음을 확인할 수 있다.

액자소설

———

액자소설은 이야기 속에 하나 이상의 이야기가 삽입된 구성 방식으로, 흔히 안 이야기와 바깥 이야기로 나뉘어 바깥 이야기가 안 이야기를 에워싸는 액자 기능을 하는 서사 구조를 가리킨다. 여기에서 바깥 이야기는 대체로 안 이야기의 신빙성 혹은 사실성을 강화하는 역할을 맡는다. 아울러 바깥 이야기의 화자는 안 이야기의 화자와 일치하지 않는 것이 일반적이다. 중국 고소설에서는 작자와 화자를 일치시키는 경향이 강하므로, 화자의 존재를 인정하지 않기 때문에 현대적 의미의 액자소설을 발견하기는 쉽지 않다.

그러나 액자소설이 기본적으로 안 이야기의 신빙성 혹은 사실성을 강화하기 위한 서사 전략을 구사하는 서사 양식이라는 점을 고려한다면, 중국 고소설 중에서도 액자소설과 유사한 서사 전략을 구사하는 경우를 찾아볼 수 있다. 그 일례로 앞에서 언급했던 당대 백행간이 지은「이와전」을 살펴보고자 하는데, 이 작품의 첫머리와 끄트머리는 다음과 같다.

견국부인(汧國夫人) 이와(李娃)는 장안의 기생이었다. 그의 범절과
행실이 대단히 기특하여 칭찬할 만한 것이 있으므로, 감찰어사(監察御
使) 백행간(白行簡)이 이에 전(傳)을 만들어 적어 보기로 한다.

오호라 한낱 기생의 신분으로서 정절과 행실이 이와 같으니, 비록
옛날의 열녀라고 할지라도 이에 지나칠 수가 없으리니, 어찌 감탄하
지 않을 수 있으리요. 나의 조부의 형님 되시는 분이 일찍이 진주(晉
州)의 목사(牧使)로 계셨는데, 호부(戶部)로 전속되셨다가 수륙운사(水
陸運使)의 벼슬을 하셨다. 그런데 이 세 군데의 직위가 모두 생의 후임
으로 간 곳이었기 때문에 생의 사적(事跡)을 잘 알고 있었다. 정원(貞
元) 연중에 나는 농서(隴西)의 이공좌(李公佐)와 더불어 여성들의 정절
을 지키는 태도에 관해서 서로 이야기하다가, 마침내 견국부인의 이
야기를 했더니, 이공좌가 손뼉을 치며 감탄하고 경청하더니 나에게
그 전(傳)을 지으라고 했다. 그래서 붓을 잡고 먹을 찍어 이야기를 처
음부터 하나하나 기록한 것이다. 정원(貞元) 을해년(乙亥年) 가을 8월,
태원(太原) 백행간 적음.

「이와전」의 첫머리와 끄트머리에 작자인 백행간이 직접 등장하여
자신의 신분을 밝히는 동시에 이 작품을 전하게 된 배경을 소상하게
소개한다. 이는 이와와 관련된 이야기의 신빙성과 사실성을 강화하
기 위한 서사 전략이라 볼 수 있다. 그런데 여기에서 주목할 부분은
작자가 자신이 서사하는 인물인 이와에 대해 '대단히 기특하여 칭

찬할 만한 범절과 행실', '옛날의 열녀조차도 지나칠 수 없는 정절과 행실' 등을 거듭 강조하고 있다는 점이다. 이는 물론 이와의 빼어난 정절이 「이와전」을 짓는 이유임을 설득력 있게 설명하는 것이기도 하지만, 다른 한편으로는 독자에게 이 작품을 정절을 위한 텍스트로 읽으라고 권유 혹은 요구하는 것이기도 하다. 다시 말해, 작자 백행간은 이 작품을 남녀 사이의 연애담으로 치부하지 말고 유가 이데올로기의 충실한 수호자로서 이와를 주목해야 한다고 독자에게 거듭 요구하는 것이다. 그런데 만약 독자가 백행간을 작품의 작자로 보지 않고 작중인물 중 하나로 간주한다면, 혹은 백행간이 이 작품의 작자라는 사실을 알지 못한다면, 「이와전」의 첫머리와 끄트머리는 바깥 이야기로 훌륭하게 기능하고 있으며, 따라서 이 작품을 액자소설로 간주해도 좋다고 할 수 있다.

「이와전」에서 한 걸음 나아가 액자소설에 더 가까워진 서사구조를 청말민초의 일기체소설에서 확인할 수 있다. 몇몇 일기체소설은 일기의 사실성을 강조하기 위한 서사 전략의 일환으로 서문 형식을 통해 일기의 내력 혹은 일기를 독자에게 공개하는 이유와 과정을 설명했다. 이를테면 「완운일기」는 첫머리에서 완운이 남편과 함께 황망히 상하이로 돌아오다가 실수로 이 일기를 흘렸음을 밝힌다.

『설련일기』 역시 첫머리에서 이 일기는 '나'가 "틈나는 대로 연필을 잡아 날짜에 맞추어 적었다[暇輒執鉛筆, 按日記之]"라고 하면서, 자신의 근황과 함께 이 일기를 세상에 공개하는 이유를 설명한다. 설련은 학교에 다니던 중 작자 리한추의 사촌누이 이수를 사귀었고,

그녀를 통해 리한추를 알게 되었는데, 리한추가 설련의 일기를 소설로 꾸며야 한다고 주장했다는 것이다. 그리고 작품의 끄트머리에서 다시 '나'는 다음과 같이 밝힌다.

> 설련일기는 이에 이르러 끝이 났다. 대체로 이날 이후의 기록은 모두 내가 학교에서 활동하고 수업하는 등 자질구레한 일인데, 리한추 선생이 소설로 엮어낸 종지와 맞지 않는지라 생략하거나 잘라냈다. 이상에서 서술한 바는 모두 내가 직접 겪은 것이며, 속이는 말은 한 마디도 없다.[89]

『설련일기』의 첫머리와 끄트머리는 작품의 주인공인 설련이 서술한다. 이렇게 하여 작자와 화자가 분리되는데, 화자인 설련의 서술을 통하여 작자는 이 일기의 신빙성과 사실성을 강조한다. 그 신빙성과 사실성은 화자인 '나'의 "내가 직접 겪은 것이며, 속이는 말은 한 마디도 없다"라는 말을 통해 더욱 강조된다. 이러한 점에서 이 작품 역시 액자소설로 보아도 전혀 이상하지 않다. 다만, 이 작품의 주인공인 '나'가 안 이야기는 물론 바깥 이야기의 화자를 동시에 담당하는 점이 매우 특이하다. 그렇지만 바깥 이야기의 '나'가 작자인 리한추와 그의 사촌누이를 직접 거명하고 호출함으로써, 다시 말해 바깥 이야기에서 화자와 작자의 객관적 거리를 독자에게 각인함으로써 안 이야기를 바깥 이야기와 격리하는 데 성공한다.

여기에서 액자소설의 다양한 예를 제기할 틈은 없지만, 청말민초의 작품 중 액자소설의 서사구조를 가진 천징한의 「최성술(催醒術)」
이란 단편소설을 살펴보려고 한다. 이 작품은 천징한과 바오톈샤오
가 공동으로 주편하였던 『소설시보』의 창간호(1909년 10월 14일)에
게재되었다. 이 작품의 줄거리는 대략 다음과 같다.

> 어느 날 붓대롱 모양의 대나무 막대를 손에 든 기인이 '나'를 가리
> 키는 순간, '나'는 마음과 귀와 눈이 밝아져 모든 것이 환하게 보이기
> 시작한다. 그리하여 나의 온몸이 먼지와 때로 가득 덮여 있고, 세상 사
> 람들 역시 그러하다는 것을 알게 된다. 나는 내 온몸의 더러움을 벗겨
> 낸 후 벗들의 더러움을 깨끗이 씻어주고자 하지만, 벗들은 나를 미치
> 광이로 여긴다. 나는 세상 곳곳에 가득한 파리와 모기, 이와 벌레가 사
> 람의 피를 빨아먹고 있다고 여기고 이들을 박멸하려고 하지만, 사람
> 들은 그저 웃기만 할 뿐이다. '나'는 그 기인이 기왕에 사람을 깨우칠
> 바에야 어찌하여 나 한 사람만 깨우쳤는지 궁금하여 그 사람을 찾았
> 지만, 그는 종적이 묘연하였다.[90]

앞에서도 살펴보았듯이 천징한이 '냉혈(冷血)'이란 필명으로 루쉰
과 거의 같은 시기에 왕성한 번역 활동을 전개하였다는 점, 그리고
루쉰 형제가 그의 번역 작품에 상당 기간 심취했었다는 회고 등을
감안한다면, 천징한이 창작한 단편소설 「최성술」 또한 보았을 가능
성이 전혀 없지는 않다. 루쉰이 만약 이 작품을 읽었다면, 이 작품은
광인의 각성과 계몽, 계몽의 실패 등을 서사하고 있다는 점에서 루

쉰의 「광인일기」 창작과 전혀 무관하지 않을 것이라고 본다. 그런데 이 작품이 눈길을 끄는 이유는 단순히 광인을 그려냈다는 점뿐만이 아니다. 이 작품의 첫머리를 먼저 살펴보자.

냉(冷) 말하노니: "세상에는 최면술이 전해지는데, 나(我)는 최성술을 이야기하노라. 최면술은 과학이 허하는 바요, 최성술 또한 과학이 허하는 바이다. 최면술은 심리상 일종의 작용이요, 최성술 역시 심리상 일종의 작용이다. 중국인이 잠들어 있음이 오래되었거늘, 어찌하여 잠들도록 재촉하는가? 재촉해야 마땅한 것은 깨어남이니 최성술을 행하라. 엎드린 자는 일어나고, 서 있는 자는 엄숙하고, 걷는 자는 빨리하고, 말하는 자는 맑고도 분명하고, 일하는 자는 강하고도 힘이 넘치도다. 길에 가득한 사람들이 일시에 극약을 마신 듯, 전기에 감전된 듯, 누군가 그 송장에 정신력을 약간 부여하여 그를 돌연 떨쳐 일어나게 할 듯하도다."[91]

앞의 인용문에서 '냉(冷)'은 작자의 필명인 '냉혈'의 첫 글자다. 흔히 고전소설에서 작자가 자신의 이름 한 글자를 써서 화자로 등장하는 자신을 가리킬 때 사용하는 수법이다. 여기에서 주목할 점은 크게 세 가지이다. 첫째, 첫머리가 액자소설의 바깥 이야기 기능을 담당하고 있다는 점이다. '나(我)'는 최면술과 최성술을 함께 거론하면서 중국에 필요한 것이 최성술임을 강조하고, 최성술을 운용하였을 때 거둘 수 있는 정신적·육체적 효과를 설명한다. 둘째, 작자는 바깥 이야기인 첫머리가 안 이야기와 구별되어 보이도록 문체를 달리하고 있다. 앞의 바깥 이야기는 문언으로 써진 반면, 안 이야기는 백화로 써졌다. 셋째, 작자는 안 이야기와 바깥 이야기를 구분하기 위해 바깥 이야기의 화자를 '나(我)'로, 그리고 안 이야기의 화자를 '나(予)'로 표기하고 있다.

이렇게 보노라면, 천징한의 단편소설 「최성술」은 여러 면에서 루쉰의 「광인일기」와 닮았다. 루쉰이 이 작품을 읽었는지 아닌지는 결코 중요하지 않다. 중요한 것은 이미 20세기 초에 광인 혹은 광기가 작품의 주요 모티프로 운용되기 시작하였다는 사실, 그리고 액자소설의 안 이야기와 바깥 이야기 구분을 통해 나름의 서사 전략을 구사하기 시작하였다는 사실, 나아가 안 이야기와 바깥 이야기를 구분하기 위한 소설적 장치를 마련하기 시작하였다는 사실이다. 루쉰의 「광인일기」는 어쩌면 바로 이처럼 새로운 소설 창작을 가능케 하는 다양한 배경 속에서 생산될 수 있었던 것인지도 모른다.

그렇다면 결론적으로 루쉰의 「광인일기」는 그의 관념 세계에서 어느 날 돌연 뛰쳐나온 것이 아니라, 오랜 독서 체험과 현실 인식, 그리고 당시의 문화 담론이 담지한 시대 의식, 새로운 서사 양식의 시도 등이 결합해서 탄생한 독창적인 작품이라고 할 수 있다. 그리하여 루쉰의 광인은 광기라는 위험한 통찰력으로써 '철로 만든 방'으로 상징되는 봉건 이데올로기를 깨부수고 '죽음의 슬픔조차 느끼지는 못하는 사람들'을 일깨우는 시대적 상징이 된다. 이렇게 볼 때,

루쉰의 「광인일기」는 자칫하면 잉여 인간에 머물 수도 있는 광인의 형상이 역사와 문명에 대한 새로운 해석 위에 놓일 때 비로소 강력한 현실적 의미를 지니게 된다는 점을 잘 보여준다.

바로 이 지점에서 우리는 '「광인일기」가 왜 중국 최초의 현대소설인가?'라는 물음에 맞닥뜨린다. 문체 면에서 문언을 대신한 백화의 운용, 서사 양식에서 새로운 시도, 신문화운동 혹은 문학혁명의 성공을 담보하는 실질적인 성과 등 다양한 견해가 해답으로 제시되어 왔다. 그러나 「광인일기」 이전에도 백화를 운용한 작품이 있고, 새로운 서사 양식 역시 이미 살펴보았듯이 먼저 시도한 작가들이 많이 있으며, 신문화운동 측면에서 갖는 의미가 곧 현대소설로서의 성공을 의미하는 것은 결코 아니라는 점에서, 이러한 견해는 여전히 온전한 대답이 되기에는 부족하다.

지금까지 살펴봤던 사실들을 토대로 하면서 소설의 근대성이라는 관점에서 출발하여, 크게 다섯 가지 면에서 이 문제에 접근하고 싶다. 첫째, 중국 사회의 변혁을 바라는 출발점으로서 그동안 논리적으로 사유해왔던 국민성 개조라는 시대 의식을 형상적으로 사유한 최초의, 그리고 성공적인 작품이라는 점이다. 둘째, 중국의 역사와 문명에 대한 진지한 해석을 바탕으로 중국 사회의 본질적 모순을 '식인성'으로 파악해내고, 이를 광인의 광기를 빌려 드러내는 전복적 상상력을 발휘하고 있다는 점이다. 셋째, 식인과 광기라는 모티프가 궁극적으로 자유의지를 가진 개인이라는 근대적 인간의 확립을 지향하고 있다는 점이다. 넷째, 작품에서 어떠한 창작 방법의 요소도 간취할 수 있지만 하나의 창작 방법만으로 귀결할 수 없는 전위적 성격을 지녔다는 점이다. 다섯째, 근본적으로 국가 폭력, 혹은 제도화된 폭력(institutionalized violence)의 문제를 제기함으로써 이를 인류 사회의 보편적 문제로 포착해낸 계기적 작품이라는 점이다.

 **3장**

세계문학 속 광인

앞에서 언급하였듯이, 루쉰의 「광인일기」 창작에는 그의 오랜 독서 체험이 중요한 자원으로 활용되었다. 그의 독서 체험 가운데는 삶의 극한에 내몰린 인간의 절망적 상황과 그 내면 세계를 다룬 작품이 적지 않았지만, 특히 광인의 광기를 다루는 작품은 각별히 중요한 의미를 지니고 있을 터이다. 안드레예프의 『붉은 웃음』, 「기만」과 「침묵」, 그리고 가르신의 「나흘」과 「붉은 꽃」, 고골의 「광인일기」 등이 그 대표적인 예다.

광인 혹은 광기를 다룬 세계문학을 중심으로 광인의 계보를 살펴보는 것은 퍽 흥미로운 작업이다. 이와 함께 광인 혹은 광기를 다룬 여러 작가의 작품을 비교하여, 다양한 작품에서 광인의 광기를 통해 작가가 무엇을 말하고 있는가를 견주어 보아도 의미 있을 것이다. 루쉰 역시 광인 혹은 광기를 다룬 작품, 이를테면 「흰빛(白光)」과 「장명등(長明燈)」 등을 남겼다는 점에서, 이들 작품을 「광인일기」와 비교하거나 광인의 계보를 그려보는 작업도 그만한 가치가 있을 것이다.

광인의 광기를 다룬 작품 중 우선 떠오르는 서구 소설은 레프 톨스토이(Лев Толстой)의 「광인의 수기(Записки сумасшедшего)」와 헤르만 헤세(Hermann Hesse)의 『황야의 이리(Der Steppenwolf)』이다. 우리나라 소설로는 김동인의 「광염소나타」, 강용준의 「광인일기」와 류양선의 「광인일기」가 있다. 류양선의 「광인일기」는 작품 속에서 루쉰의 「광인일기」를 직접 언급하고 있다는 점에서 특별히 주목할 만하다. 일본 소설로는 아쿠타가와 류노스케(芥川龍之介)의 1927년 작 「어느 바보의 일생(或阿呆の一生)」과 「갓파(河童)」가 있다. 루쉰의 「광인일기」와 비교연구를 위해 여기에서는 니콜라이 고골(Николай Гоголь)의 「광인일기(Записки сумасшедшего)」, 기 드 모파상(Guy de Maupassant)의 「오를라(Le Horla)」, 다니자키 준이치로(谷崎潤一郎)의 『미친 노인의 일기(瘋癲老人日記)』를 각각 간략히 살펴보기로 한다.

1

고골의 「광인일기」

       니콜라이 고골(Николай Гоголь, 1809~1852)은 우크라이나 출신의 현실주의 작가로, 19세기 러시아문학을 대표하는 한 사람이다. 그는 한때 페테르부르크(Петербург)의 관공서에서 하급 관리로 일하기도 하였으나, 1831년에 여덟 편의 단편소설을 모은 『디칸카 근교의 야화(Вечера на хуторе близ Диканьки)』를 발표하면서 작가로서 명성을 얻기 시작하였다. 이어 1835년에 글 모음집 『아라베스키(Арабески)』와 단편소설집 『미르고로드(Миргород)』를 출간하였으며, 풍자성이 강한 『검찰관』을 초연하기도 하였다. 이후 그는 『죽은 혼』과 「외투(Шинель)」 등의 소설을 발표하여 절대적인 호평을

고골 사후의 석판 초
상화(왼쪽)와 『아라베
스키(Арабески)』 표지
(오른쪽)

받았지만, 『죽은 혼』 2부를 집필한 후 차츰 작가로서의 재능에 회의
를 느끼기 시작하면서 극심한 우울증에 빠져 일찍 세상을 떠났다.

고골의 「광인일기(Записки сумасшедшего)」는 1835년에 출판된 『아
라베스키』의 마지막에 실려 있는 작품이다. 『아라베스키』는 1부
와 2부에 각각 여덟 작품씩 모두 열여섯 작품을 수록하고 있는데,
예술과 역사, 시 등에 관한 에세이들과 세 편의 소설 「넵스키 거리
(Невская улица)」, 「광인일기」, 「초상화(Портрет)」를 담고 있다. 「광인
일기」의 주인공 포프리신은 42세의 노총각으로, 페테르부르크 관청
에서 서류 정서를 맡은 9등관이다. 「광인일기」는 이 인물이 보여주
는 광기를 통해 러시아 사회의 축소판인 페테르부르크 관료 사회를
풍자하고 있다. 이 작품의 대략적인 줄거리는 다음과 같다.

'나'는 늦잠을 자는 바람에 관청에 뒤늦게 출근하던 중 평소 사모하

던 국장의 딸이 탄 마차를 본다. '나'는 가게 밖에 있던 아가씨의 강아지 멧치가 다른 강아지 피제리와 인간처럼 말하는 걸 듣고, 개가 편지를 쓴다는 사실도 깨닫는다. 얼마 후 '나'는 피제리를 찾아가 멧치가 쓴 편지를 빼앗아오고, 이 편지를 통해 국장의 딸이 시종무관과 곧 결혼한다는 사실을 알게 된다. 평소 9등관 신분에 불만을 품고 있던 '나'는 자신이 스페인 왕이라는 사실을 깨닫고서 남들 앞에서 스페인 왕을 자처한다. 마침내 '나'는 정신병동에 갇히고, 그 후에도 여전히 스페인 왕으로 행세하지만, 간수들에게 흠씬 두들겨 맞는다.

고골은 왜 하필 주인공을 9등관으로 설정하였을까? 고골의 작품 가운데 「광인일기」의 주인공과 똑같이 9등관 정서가를 주인공으로 삼은 경우가 있는데, 「외투」의 주인공 바쉬마치킨이 바로 그러하다. 바쉬마치킨은 페테르부르크 관료 사회에서 살아남기 위하여 몸부림치는, 러시아 사회 내 '초라한 인간'의 전형이다. 표트르(Пётр) 대제 이후 러시아 공직의 등급 체계를 살펴보면, 무관과 문관, 궁내관 등 모든 공직은 14관등으로 구성되어 있었다. 이 가운데 1~5관등이 장성급, 6~8관등이 영관급, 9~14관등이 위관급이다. 문관의 경우, 세습 귀족의 권리를 부여받는 것은 8등관부터이다.[1] 두 작품 모두 9등관을 주인공으로 삼은 것은, 9등관부터가 세습 귀족의 특권을 가질 수 없는 말단이라는 점에서 그 경계에 놓인 9등관은 8등관으로의 신분 상승 욕구가 훨씬 강하기 때문이다.

「광인일기」는 주인공 포프리신의 일기로 이루어져 있다. 그의 일기는 10월 3일부터 시작되는데, 현실적으로 가능한 일자는 12월 8일까지일 뿐이고, 이후의 일시는 '2000년 4월 43일', '30월 86일 낮과 밤의 경계', '며칠도 아니다, 날짜에 들지 않는 날이다', '날짜가 기억나지 않는다, 월도 기억나지 않는다. 악마만이 날짜를 알고 있다', '마드리드에서. 2월 30일', '음력 2월 다음에 찾아오는 같은 해 1월', '349년 2월 34일' 등 현실상 도저히 불가능한 일자이다. 특히 맨 마지막 일자의 '2월'은 거울에 비쳐 거꾸로 보이는 글자의 위아래를 다시 뒤집은 형태이다. 이로써 12월 8일 이후 포프리신의 광기가 이전보다 훨씬 심해졌음을 알 수 있다. 여기에서는 이 작품을 크게 두 단계, '망상에 의한 자아 구축'과 '망상의 붕괴로 인한 새로운 자아 찾기'로 나누어 주인공의 의식 세계 양상을 살펴보기로 한다.

망상과 욕망

이 작품의 주인공인 '나' 포프리신의 성격을 먼저 살펴보자. '나'의 성격 중 가장 특징적인 점은 타인에 대한 우월의식이 매우 강하다는 것이다. 우월의식은 흔히 타인이 속한 집단이나 계층에 대해 배타적 차별의식으로 나타나기 마련이다. '나'는 비 오는 길에서 마주치는 사람들 가운데 "고등 인간이라곤 겨우 나 같은 관리 한 사람만이 눈에 띌 정도"[2]라고 말한다. 또한, 양배추 냄새가 물씬 풍기는 메시찬스카야 거리를 지나는 동안 집집마다 풍기는 메스꺼운 악취에 "점잖은 사람이 산책할 데가 아니다"라고 생각한다.[3] 국장댁 하인들에 대해서도 역시 다음과 같이 우월감을 드러낸다.

아무래도 이 하인 놈들만큼 참을 수 없는 상대는 없다. 언제나 현관에 버티고 있을 뿐 인사 한 번 변변히 하지 않는다. 그뿐이라면 또 모르겠지만, 한 번은 그놈들 중 한 놈이 엉덩이도 들썩거리지 않은 채 코담배 한 대 하지 않겠느냐고 하는 것이다. 사람을 뭐로 보는 건지, 바보 같은 상놈 자식. 이래 봬도 나는 버젓한 관리란 말이다. 도대체가 네놈들과는 신분이 다르단 말이다![4]

이러한 배타성은 자기와 동일한 관료 사회에 적용되기도 한다. 자신이 맡은 "본청 근무는 점잖기 이를 데 없고 만사가 깨끗하여 도청이나 구청, 세무서에서의 근무와는 비할 바가 아니"[5]라고 말하고, 아가씨 뒤를 따라가는 관리 같은 사내를 보고서 아가씨 꽁무니를 쫓아 아가씨의 다리를 훔쳐보려는 속셈이라고 깎아내리면서 "우리네 관리라는 작자들은 모두 망나니뿐"이라고 비난한다. 또한, 자신이 연극 구경을 좋아하는 것을 내세워 "우리 관리 중에는 실로 구제 불능인 놈이 있어. 극장 같은 곳에는 발도 들여놓지 않는 촌뜨기 놈들"[6]이라고 욕한다. 이러한 배타적 우월의식은 '나' 주변의 특정 동료나 상사에게도 향한다. 그리하여 '나'의 허물을 지적하는 관청 상사인 과장은 '지긋지긋한 왜가리 같은 놈', '등신 같은 놈'이고, 회계를 보는 경리는 '구두쇠'에 '허연 머리의 악마', '제집 식모에게 따귀를 얻어맞는 위인'이다.

타인에게 느끼는 '나'의 우월의식은 자신의 업무, 즉 서류를 정서하는 것, 글을 읽고 쓸 수 있는 능력을 통해 더욱 강화된다. '나'는 서류 정서에 필요한 거위 깃털 펜을 깎는 행위를 터무니없이 자랑스러워하며, '문장을 정확하게 쓸 수 있는 건 귀족뿐'이라고 여긴다. 따라서 '나'는 자신이 잡지와 신문을 읽고 있음을 자주 드러내고 시를 옮겨 적기도 하며, 이러한 문화인으로서의 역량을 잦은 연극 관람과 연결 짓기도 한다.

'나'가 우월의식을 느끼지 않는 인물은 오직 국장과 그의 딸뿐이다. '나'는 국장을 현명한 사람으로 여기고 그의 눈에 서려 있는 형언할 수 없는 위엄을 느낀다. '나'는 국장을 "어쨌든 훌륭한 분임에 틀림없"고 "언제나 묵묵히 계시지만 마음속으로 온갖 일을 다 생각하고 있을 것"이라고 확신하고서 "이런 높은 분들은 늘 무슨 일을 하고 무슨 얘기를 주고받는지 알고 싶다"[7]라는 호기심에 가득 차 있다. '나'는 국장이란 직위와 그것에 부수된 그의 위엄을 선망하고 욕망한다. 국장에 대한 선망과 욕망은 그대로 국장의 딸에게도 투영된다. '나'의 눈에 비친 아가씨는 '마치 백조처럼 희고 화사한 옷차림'에 '태양이 비친 것처럼 눈이 부시도록 아름다운 용모'와 '카나리아처럼 옥구슬이 구르는 듯한 목소리'를 갖고 있다. '나'는 아가씨의 거실을 엿보고 싶고 침실도 엿보고 싶고 "도대체 아가씨는 어떤 모습으로 무엇을 하고 있는지" 알고 싶어한다.[8] 그러나 국장의 딸을 연모하는 '나'는 그녀에 대한 욕망을 언제나 '아무것도 아니다. 비밀!'이란 반복적 어휘 속에 억누른다.

'나'는 자신이 타인의 질투를 받을 만큼 국장으로부터 각별한 호의를 받고 있다고 생각하며, 국장의 관저 서재에 앉아 그의 거위 깃털 펜을 깎고 있는 자신을 남들이 부러워한다고 생각한다. 심지어 국장의 딸도 자신을 각별히 마음에 두고 있지 않을까 추측한다. '나'가 바라보는 자신의 모습은 이처럼 타인의 부러움과 질투의 대상이다. 이러한지라 '나'가 타인에게 우월의식을 갖는 것은 매우 당연하다. '나'의 우월의식은 국장과 그의 딸에 대한 '나'의 선망과 욕망이 더해져 '나'의 신분 상승 욕구를 더욱 부채질한다. 그리하여 '나'는 과장에게 야단을 맞은 후 이렇게 뇌까린다.

> 7등관이 잘나봐야 얼마나 잘났다고! 시계에 금줄을 달아 늘어뜨리고 30루블짜리 장화를 주문했다고 그게 어쨌다는 거야! 그래, 내가 하찮은 평민 출신이란 말인가? 나는 재봉사 출신도, 하사관의 자식도 아니다. 이래 봬도 나는 귀족이란 말이다! 앞으로 얼마든지 출세할 수 있다. 나이도 이제 마흔둘이니 관청 근무도 사실 이제부터다. 두고 봐! 나도 대령급의 관등까지는 올라가고 말 거야. 운이 좋으면 더 훌륭하게 될지도 몰라. 그렇게 되면 너 같은 건 상대도 되지 않을 거다.[9]

이처럼 우월의식에 사로잡혀 신분 상승을 욕망하는 '나'는 타인에게 어떻게 비칠까? '나'는 관청에 가면 늘 오만상을 찌푸린 과장에게 야단을 맞는다. 가스에 중독된 것처럼 멍해 있기도 하고, 서류의 표제에 소문자를 써넣기도 하고, 날짜나 문서 번호를 써넣지 않는 등 근무태도와 업무수행능력이 형편없기 때문이다. 그래서 과장에게 '머릿속이 엉망이 된 게 아니냐?'라는 질책을 받는 것이다. 게다가 국장의 딸에 대한 품행 문제로 다시 과장에게 다음과 같은 비난을 듣는다.

> 잘 생각해 봐! 자넨 벌써 사십 고개를 넘지 않았나. 이젠 분별력이 생길 때도 되었을 텐데, 도대체 무슨 생각을 하고 있는 건가? 내가 자네의 못된 장난을 전혀 모르고 있다고 생각하나? 자네가 국장 따님을 집적거리고 있지 않은가! 흠, 사람이 분수를 알아야지. 도대체 자넨 뭔가? 영점 이하의 인간 아닌가. 한 푼도 없는 빈털터리 가난뱅이가 아니냐 말일세. 하다못해 거울이라도 비춰 보게. 그 낯짝으로 어떻게 그런 부끄러운 짓을 할 수 있나?[10]

요컨대 과장이 바라보는 '나'는 업무수행능력이 뒤떨어지고 근무태도가 불량한 무능력자일 뿐만 아니라 경제적으로도 형편없이 가난하고 품행 또한 건실하지 못한 못난이다. 이런 '나'가 도대체 무엇을 근거로 타인을 깔보고 꾸짖는 우월의식을 지니는 것일까? 실제로 타인에게 느끼는 '나'의 우월의식은 타인과 그들의 행위에 대한 '나'의 주관적이고 불합리한 해석에 기초하고 있을 따름이다. 이를테면 과장의 질책을 '나'에 대한 질투와 시샘이라고 터무니없이 해석하는 것이 일례다. 또한, '나'가 국장을 현명한 사람이라고 여기는 근거 역시 "서재는 책이 가득 꽂혀 있는 책장으로 꽉 차 있"고 "두세 개의 표제를 읽어보니 모두 어려운 것뿐으로 우리 따위는 아예 손도 못 대볼 지경"이며 "거의 프랑스어나 독일어 원서들"[11])이라는 피상적 사실에서 비롯한다. 이처럼 '나'의 우월의식이든, '나'의 선망과 욕망이든, 모두 '나'의 즉자적이고 자의적인 억측과 망상에 근거할 따름이다. 이와 같은 억측과 망상에 따라 실제와 괴리된 세계와 자아가 공고하게 구축된 것이다.

광기와 자아 찾기

'나'의 망상 속에 구축된 세계와 자아의 모습은 강아지 피제리에게서 빼앗아온 멧치의 편지에 의해 흔들린다. '나'는 멧치의 편지를 통해 "이번에야말로 온갖 사정과 그 동기를 죄다 알게 될 것이며, 따라서 모든 것이 속 시원히 밝혀질 것"이라고 기대하는데, 특히 '나'가 관심을 가진 것은 국장과 그의 딸에 관한 상세한 정보이다.

멧치의 편지에 따르면, 국장은 무슨 리본 같은 것이 달린 물건을 받자 몹시 기뻐하며, 예복을 갖추어 입은 관리들로부터 축하 인사를 받는다. 그는 무슨 일이 있어도 자신의 딸을 장군이나 시종무관, 그렇지 않으면 적어도 대령 정도와 결혼시킬 생각을 품고 있다. 또한, 국장의 딸은 무도회에 흠뻑 빠져 있는지라 밤새도록 놀다가 아침에야 녹초가 되어서 돌아온다. 최근 그녀는 시종무관에게 반하여 그와 곧 결혼할 예정인데, 그녀가 시종무관과 나누는 이야기는 시시하기 짝이 없는 내용이다. 그런데 멧치의 편지는 '나'에 대해서도 다음과 같이 언급하고 있다.

그 풋내기 관리는 정말 지지리도 못생겼어요. 꼭 거북이가 자루를 뒤집어쓴 것 같거든요. (……) 이름부터가 이상해요. 언제나 서재에 앉아서 거위 깃털 펜만 깎고 있어요. 머리카락은 흡사 건초 같고요. 이따금 하인처럼 뛰어다니며 주인님의 심부름도 하고…….[12]

멧치의 편지는 그동안 '나'의 망상 속에 구축돼온 세계를 깡그리 부숴버린다. 국장은 '나'가 생각했던 '현명한 분'이 아니라 출세에 안달하는 야심가에 지나지 않는다. 국장의 딸은 속물근성으로 가득 차 있으며 이미 시종무관에게 빠져 머잖아 결혼할 예정이다. '나'는 국장과 그의 딸이 각별하게 여길 만큼 잘나거나 훌륭한 인물이 결코 아니다. 강아지가 보기에 '나'는 평소 '신분이 다르다'라고 여겨왔던 하인과 같은 신분이다. 국장과 그의 딸에 대한 '나'의 추측은 물론, '나' 자신에 대한 생각 또한 모두 터무니없는 착각에 지나지 않았던 것이다. 심지어 국장의 딸은 '나'의 얼굴만 보면 웃음을 터뜨린다고 하지 않는가! '나'는 시종무관이니 장군이니 하는 말 따위가 참으로 듣기 싫다. 그리하여 "우리 같은 것들이 무슨 쥐꼬리만한 행복이라도 발견해서 손에 넣어보려고 하면 어김없이 시종무관이나 장군 같은 자들이 나타나 가로채고 만다"[13]라고 생각한다.

'나'를 둘러싼 세계가 '나'에 대해 적대적이라는 사실을 깨닫는 순간, '화가 나서 견딜 수가 없는' '나'는 강력한 신분 상승 욕구를 느끼면서 "나도 장군이 되고 싶다"라고 말한다. 장군이 되어 청혼하겠다는 것이 아니라, 장군인 '나'에게 다가와 아양을 떠는 추태를 보고 싶고 침이라도 뱉어주고 싶어서다. 이러한 '되고 싶다'라는 '나'의 바람은 "왜 인간에게는 이렇게 신분의 차이가 있는 것일까?", "나는 어떤 이유로 9등관일까?"라는 물음으로 이어진다. 이 물음은 "어쩌면 나는 9등관이 아닐지도 모른다", "어쩌면 나는 백작이나 장군의 신분이면서 이렇게 9등관으로 보일 뿐인지도 모른다"라는 의혹으로 발전하고, 그리하여 마침내 "내가 9등관이어야만 할 이유가 어디 있는가"라고 현존의 자아를 부정하기에 이른다.[14] 이렇게 현존하는 자아를 부정한 이상 새로운 자아를 찾아 나서야 할 것이다.

그런데 여기에서 주목할 만한 것은 '나'의 망상 속 세계와 자아를 부정하게 만든 계기가 강아지 멧치의 편지라는 점이다. 강아지가 말을 하는 일은 현실에서 불가능하지만, '나'는 영국에서 물고기가 떠올라 괴상한 말을 두어 마디 했다는 사실, 그리고 소 두 마리가 차를 달라고 했다는 신문 기사를 근거로 이것을 가능한 일로 만들어버린다. 아울러 강아지의 말을 알아듣는 것 또한 현실에서 불가능한 일이지만, "요즘 나는 가끔 다른 사람에게는 들리지도 보이지도 않는 것들이 잘 보이거나 들리거나 한다"라는 '나'의 망상으로 이것 또한 가능한 일로 바꾸어버린다.

사실, 강아지의 편지는 '나'의 망상이 만들어낸 허상에 지나지 않는다. 그러나 '나'는 허상인 강아지의 편지에 권위를 부여하기 위하여 강아지의 글쓰기에 대해 여러 차례 비평적 언급을 한다. 이를테면 '제법 틀이 잡힌 문장'이라거나 '대체로 문장은 훌륭한 편'이고 '구두법도 잘 맞았거니와 맞춤법 역시 정확하다'라는 등의 평가가 그러하다. 편지 일부에 대해 "이건 제목은 기억나지 않지만 독일 책을 번역한 어느 논문에서 인용한 의견"이라고 주석 같은 의견을 제시하기도 한다. 이리하여 글을 쓰는 강아지는 '문장을 정확하게 쓸 수 있는 건 귀족뿐'이라는 '나'의 사고와 맞물려 권위를 갖게 된다.

그렇다면 강아지는 '나'의 저편에 있는 또 다른 '나'의 대체물이다. 흥미롭게도 '나'의 망상이 만들어낸 세계 인식은 '나'에 의해 권위를 갖게 된 강아지의 편지로 인해 거짓으로 밝혀진다. 다시 말해, 지금까지의 세계와 자아에 대한 '나'의 인식은 외부 세계 혹은 타인에 의해서가 아니라, 바로 또 다른 '나'에 의해 부정되는 셈이다. 이렇게 하여 '나'는 독자적이고 자율적인 '나'의 세계 속에서 새로운 자아를 탐색하는 여행을 시작할 수 있게 되었다.

신분 상승 욕구가 '내가 9등관이어야만 할 이유'를 찾지 못하여 자아를 부정하는 단계에 이르렀을 때, '나'가 또 다른 '나'에 의해 부정되었을 때, '나'는 비로소 새로운 자아를 찾아 떠난다. 자아를 찾아 떠나는 행위는 '오전 내내 신문만 읽으며 시간을 보내는' 일이다. 이미 밝혔듯이, '나'에게 귀족의 권위를 부여하는 일은 늘 글을 읽고 쓰는 행위와 관련되어 있다. 신문 읽기의 권위에 의지하여, '나'는 스페인 국왕이 사라져 왕위 계승자를 선택하는 일을 현실의 사실로 확정한다.

'나'가 새로운 자아를 찾아 떠나기까지 '나'의 시공간은 객관적이고 물리적인 시공간, 즉 10월 3일부터 12월 8일까지의 페테르부르크이다. 그러나 스페인 국왕 사건이 머릿속을 차지한 이후 '나'의 시공간은 우리의 경험적 지식과 논리를 넘어서 버린다. '2000년 4월 43일', '30월 86일 낮과 밤의 경계', '며칠도 아니다, 날짜에 들지 않는 날이다', '날짜가 기억나지 않는다, 월도 기억나지 않는다. 악마만이 날짜를 알고 있다', '마드리드에서. 2월 30일', '음력 2월 다음에 찾아오는 같은 해 1월', '349년 2월 34일' 등은 이미 '나'의 안에서 시공간의 경계가 붕괴해버렸음을 보여준다. '나'는 완전히 주관적이고 심리적인 시공간 속에 진입한 것이다.

이러한 객관적이고 물리적인 시공간에서 주관적이고 심리적인 시공간으로의 전환 속에서 '나'는 9등관에서 스페인 왕으로의 신분 상승을 이룬다. '나'에게는 자신을 9등관이라 생각했던 것 자체가 '미치광이 같은 공상'으로 여겨지고, 따라서 '나를 정신병원에 집어넣지 않은 것이 천만다행'이라 여겨진다. 그리고 지금까지는 안개에 휩싸인 듯 아득했던 일들이 이제 손바닥 들여다보듯 명백하게 알 수 있게 되었다. 여기에서 광인임에 대한 '나'의 부정은 곧 광인임의 긍정이며, '나'의 각성은 곧 '나'의 광기의 심화이다.

광기에 사로잡힌 '나'에 따르면, 인간의 뇌란 머릿속에 있는 것이 아니라 카스피해 쪽에서 바람을 타고 오는 것이며, 주간 제도란 유대의 수도사가 이레에 한 번씩 목욕재계를 해야 하기에 발명된 것이며, 여자가 홀딱 반하는 상대는 악마일 뿐이며, 허영심이란 혀뿌리에 난 작은 종기 속에 사는 작은 벌레 때문에 생기는 것이다. 또한, 편지란 약제사 따위가 빙초산에 혀를 적셔서 쓰는 것으로, 편지를 쓰지 않으면 얼굴 전체에 물집이 생겨 견딜 수 없게 된다. 이처럼 터무니없는 논리는 정신병동으로 끌려온 '마드리드에서. 2월 30일' 이후 더욱 심해진다. 중국과 스페인은 같은 나라이며, 종이에 스페인이라 쓰면 금방 중국으로 바뀌며, 달에는 코만 살고 있는데 내일 지구 달 위에 올라앉으면 코가 가루가 되어버릴 것이며, 수탉의 꼬리 근처 죽지 아래에 스페인이 감추어져 있다.

광기로 인해 터무니없는 소리를 지껄이는 '나'는 간수에게 폭행을 당한다. 폭행의 고통을 도저히 참을 수 없어 '나'는 하소연한다. "왜 이렇게 나를 학대하는 것일까? 나 같은 가난뱅이에게 무엇을 빼앗으려는 걸까? 도대체 내가 무엇을 줄 수 있단 말인가?"[15] 마침내 시공간을 초월해버린 '나'의 눈과 귀에는 "하늘이 눈앞에서 날아오르고 멀리서 별이 반짝이"며, "발밑에는 잿빛 안개가 펼쳐지고 안개 속에서는 현악기의 줄이 울린다. 한쪽에는 바다가 깔려 있고 한쪽으로는 이탈리아가 보인다." 이 초월적인 상상의 시공간 속에서 '나'에게 보이는 것은 '창가에 앉아 있는 어머니'이다. '나'는 어머니에게 "넓은 세상에 몸 둘 곳 없고 모든 사람에게 학대받고 있어요! 어머니, 이 병든 아들을 불쌍히 여겨주세요!"[16]라고 외친다.

이 작품은 10월 3일의 일기에서 "오늘은 아주 이상한 일이 있었다"로 시작하여, 마지막 날의 일기에서 "어머니, 알제리 총독 코 밑에 혹이 있다는 걸 아시나요?"로 끝난다. 10월 3일의 '오늘 있었던 이상한 일'은 말을 하고 편지를 쓸 줄 아는 강아지들의 대화를 '나'가 엿듣게 된 일인데, '나'가 과대망상에 빠져 있음을 보여준다. 그리고 '알제리 총독 코 밑에 혹이 있다'라는 말은 '나'의 터무니없는 논리의 연장으로, '나'가 여전히 광기에 갇혀 있음을 보여주는 장치이다. 이렇게 보노라면, 이 작품은 객관적이고 물리적인 시공간이 주관적이고 심리적인 시공간으로 전환되는 가운데 '나'의 망상과 광기가 차츰 심화하는 과정을 보여준다고 할 수 있다.

2

모파상의 「오를라」

기 드 모파상(Guy de Maupassant, 1850~1893)은 19세기 프랑스 현실주의 문학을 대표하는 소설가다. 장편소설 『여자의 일생(Une vie)』은 그의 대표적인 현실주의 걸작으로 알려져 있다. 그는 어머니의 친구인 귀스타브 플로베르(Gustave Flaubert)로부터 직접 가르침을 받았으며, 플로베르의 소개를 통해 당대의 유명 작가인 에밀 졸라(Émile Zola), 알퐁스 도데(Alphonse Daudet) 등과도 교유하였다. 그는 1880년에 발표한 중편소설 『비곗덩어리(Boule de suif)』를 통해 작가로서 널리 인정받게 되었으며, 1880년대에 대단히 왕성한 창작 활동을 펼쳤다. 이 무렵에 그는 매독으로 인해 시력장애

모파상의 모습(왼쪽)과 「오를라」의 표지(오른쪽)

를 겪고 있었으며, 이 증세는 1890년대에 더욱 심해져 정신착란 증상을 보이고 자살을 시도하기도 하였다.

　모파상은 현실주의적인 작품 외에도 환상과 광기를 다루는, 이른바 환상소설(Contes fantastiques)을 다수 창작하였다. 이를테면 「물 위에서(Sur l'eau)」(1876), 「유령(Mystr)」(1883), 「머리카락(La chevelure)」(1884), 「광인(Un fou)」(1884), 「어느 미치광이의 편지(Lettre d'un fou)」(1885), 「오를라(Le Horla)」 제1판(1886), 「오를라」 제2판(1887) 등이 바로 그것이다. 환상소설은 우리의 과학적 지식이나 이성적인 논리로 설명되지 않거나 실체가 분명하지 않은, 그리하여 원인을 정확하게 알 수 없어 여러 가지로 해석할 수밖에 없는 현상을 중심으로, 작중인물 혹은 화자가 진술하는 현실과 환상 사이의 모호함, 그 모호함이 지속시키는 긴장 등을 장르적 특징으로 갖는 소설이다.

　모파상의 작품들 가운데 유독 이러한 환상소설이 많은 까닭을 흔히 그의 가계력에서 찾곤 한다. 모파상의 어머니가 히스테리 발작을 종종 일으켰다는 사실, 그리고 모파상의 동생 에르베가 33세의 나이에 정신질환으로 사망하였다는 사실 등을 들어 유전적인 요인에 의해 모파상 역시 환각과 광기에 시달렸다고 하는 설명이다. 이 밖에 그가 매독균 때문에 시력장애를 겪게 된 후 정신착란 증세를 보였으며, 자살을 기도할 만큼 정신적·육체적 고통을 심하게 겪었다는 사실로 그의 광기를 설명하기도 한다. 그는 광기에 대한 자신의 관심을 이렇게 피력하기도 했다.

미친 사람들은 나의 관심을 끈다. 그들은 기이한 몽상으로 차 있는 신비스러운 나라에, 그리고 타인이 들어갈 수 없는 착란상태라는 구름 속에서 산다. (……) 그들의 상상력 앞에서 논리라는 낡은 울타리, 이성이라는 낡은 벽, 양식이라는 낡은 사고의 난간은 깨어지고 부서지고 무너질 따름이다. (……) 어쨌든 미친 사람들은 항상 나의 관심을 끈다. 나는 착란상태라는 진부한 신비에 나도 모르게 끌려 그들에게 달려가곤 한다.[17)

모파상이 쓴 여러 편의 환상소설 중 특별히 눈길을 끄는 것은 광인 혹은 광기를 다루는 일련의 작품들이다. 이를테면 「광인」은 청렴한 법관으로, 고등법원장까지 지낸 인물을 통해 인간 내면에 감추어진 폭력성을 드러낸다. 세상 사람들의 존경을 받던 고등법원장이 세상을 떠난 후 소송기록을 보관했던 그의 사무용 책상에서 기괴한 문서가 발견되는데, 일기체의 이 문서가 바로 소설 「광인」이다. '나'는 '생명을 끊는 것이 최대의 쾌락'임을 느끼면서 자신의 폭력성을 정당화하고 합법화한다. 그리하여 '나'는 사형 판결이라는 간접 살인에서 출발하여, 새 한 마리를 죽이는 것으로부터 직접 살인을 시작한다. 이어 '나'는 어린 소년을 목 졸라 죽이고 낚시꾼을 삽으로 내리쳐 죽이며, 범인으로 몰린 낚시꾼 조카에게 사형을 선고하여 단두대로 보낸다. 이러한 살인을 통해 느끼는 기쁨을 "인간의 목을 자르는 것을 보는 것은 정말 멋진 일"이며 "가능하다면 나는 뿜어 나오는 피를 뒤집어쓰고 싶다"[18]라고 표현한다.

그러나 광인과 광기의 세계를 가장 잘 보여주는 작품들은 1885년부터 1887년까지 잇달아 발표된 「어느 미치광이의 편지」, 「오를라」 제1판, 「오를라」 제2판이다. 「어느 미치광이의 편지」는 1885년 파리(Paris)의 『질 블라스(Gil Blas)』라는 잡지에 발표하였으며, 「오를라」 제1판은 1886년 10월 『질 블라스』에 발표하였다가 다시 12월 『대중생활(La Vie Populaire)』에 발표하였다. 「오를라」 제2판은 1887년 5월 『프랑스 서목(Bibliographie de la France)』에 수록되었고, 그해 5월 29일부터 6월 12일까지 세 차례에 걸쳐 파리의 『문학정치연감(Annales politique et littéraire)』에 발표되었다.

이 세 작품은 각각 서사 형식이 서신체, 환자인 '나'의 고백담, 일기체 등으로 서로 다르지만, 화자의 내면세계를 직접적으로 진술한다는 점에서는 동일한 성격을 지니고 있다. 이 세 작품은 제목과 발표 시기의 차이는 물론, 「어느 미치광이의 일기」에서 「오를라」 제1

판과 제2판으로 가면서 에피소드와 사건이 차츰 추가되어 완전한 이야기를 만들어간다는 점에서도 다르다. 이를테면, 보이지 않는 누군가의 존재를 알려주는 에피소드로 「어느 미치광이의 일기」에서는 바다의 삐걱거리는 소리와 거울 속 사라진 주인공의 모습을 언급한다. 그러나 「오를라」 제1판과 제2판에서는 흔적 없이 사라진 물과 우유, 저절로 꺾이는 장미꽃, 저절로 넘어가는 책 페이지, 거울 속 사라진 주인공의 모습 등으로 묘사가 늘어난다. 이 밖에도 「오를라」 제1판에는 「어느 미치광이의 편지」와 달리 물과 우유만 마시며 보이지 않는 흡혈귀와 관련한 리우데자네이루 지역 기사가 에피소드로 추가되며, 「오를라」 제2판에는 제1판과 달리 집에 방화하는 사건이 추가된다. 이러한 차이에도 불구하고 동일한 모티프를 사용하고 있다는 점에서 이 세 작품은 한 작품의 세 가지 버전이라 해도 크게 틀리지 않을 것이다. 「오를라」 제2판의 내용을 살펴보면 다음과 같다.

나는 어느 날 몸에 열이 약간 나면서 아프기 시작한 이래, 알 수 없는 두려움과 악몽 속에서 무언가의 존재를 느낀다. 건강을 되찾기 위해 몽생미셸(Mont-Saint-Michel)로 여행을 떠난 나에게 신부는 우리 아닌 다른 존재에 관해 이야기해준다. 집에 돌아온 뒤 물, 우유, 포도주, 빵 등이 사라지면서 나는 정신착란 상태에 이른다. 파리에 온 나는 불안과 공포에서 벗어나지만, 사촌 집에서 최면 실험을 목도하고 충격을 받는다. 파리에서 집으로 돌아온 뒤, 나는 장미꽃이 저절로 꺾이는 것을 목도하고서 보이지 않는 존재를 확신한다. 나를 지배하는 그의 존재에서 벗어나기 위해 나는 루앙(Rouen)으로 도망치지만, 나의 의지와 달리 다시 집으로 돌아오게 된다. 나는 책을 보다가 책의 페이지가 저절로 넘어가는 것을 목도하고서 그를 잡으려고 한다. 리우데자네이루에서 왔으며 물과 우유만 마신다는 흡혈귀 같은 존재에 관한 소식을 잡지에서 읽은 날, 자신의 이름이 '오를라'라고 외치는 그놈의 목소리를 듣는다. 그를 죽이기 위해 나는 덧문과 문을 쇠로 만든 방에 그를 가두고서 불을 지른다. 나는 불길이 타오르는 집 안에서 미처 빠져나오지 못한 하인들의 아우성을 듣는다.

여기서는 「오를라」 제2판을 중심으로 광기의 발현과 심화 과정, 감각의 불확실성과 새로운 존재의 확실성 사이의 관계에 주목하고자 한다. 이를 위해 주인공인 '나'의 광기가 발현되는 정도에 따라 전체적인 과정을 네 단계로 나누어 살펴본다. 아울러 「오를라」 제2판에 네 차례의 여행, 즉 공간 이동이 추가되었다는 특징에 착안하여 인간 감각의 불완전성과 공간 이동의 관계를 살펴보기로 한다.

환각과 이성의 경계

「오를라」 제2판의 첫머리에 나오는 5월 8일 일기는 '날씨가 너무나 환상적이다'라는 말로 시작하며, 일기 중간에 다시 한 번 '오늘 아침은 얼마나 날씨가 좋았는지!'라고 반복한다. 이후 5월 12일 "며칠 전부터 열이 약간 있다. 몸이 아프다. 아니 기분이 슬프다"[19]라고 자신의 신체와 감정의 미묘한 변화를 기록하더니, 5월 16일 "결국 병이 났다! 지난달에는 아주 건강했는데! 열이 있다, 지독한 열이"라고 기록하면서 '뭔가 불행한 일이, 죽음이 다가오는 예감'을 토로한다.[20] 이러한 상태에서 비롯한 '나'의 공포와 불안, 마비와 무기력, 악몽과 발작은 다음과 같이 기록되어 있다.

나는 잠을 잔다, 오랫동안, 두세 시간 정도, 그리고 꿈을, 아니 악몽을 꾼다. 내가 누워 있고 그리고 자고 있다는 것을 느낀다 … 그렇게 느끼고 알고 있다 … 그리고 누군가가 내 곁에 다가온다는 것도 느낀다. 나를 쳐다보고, 만지고, 침대 위로 올라오고, 내 가슴 위에 무릎을 꿇고, 손으로 내 목을 잡고, 조른다 … 목을 조른다 … 나를 목 졸라 죽이려고 있는 힘을 다해서.[21]

공포와 불안, 악몽과 발작에서 벗어나기 위해 '나'는 몽생미셸을 다녀온다. 그러나 공포와 불안을 조성하는 상황은 전혀 달라지지 않았으니, '나'의 마부 역시 나와 똑같은 고통과 불안에 시달리고 있던 것이다. 또다시 악몽에 시달리던 '나'는 피를 빨아먹는 거머리처럼 내 목에서 내 생명을 빨아먹는 그를 느낀다. 그러고 나서 악몽에 시달리다가 잠에서 깨어난 '나'는 물병에 가득했던 물이 전부 없어졌다는 사실을 깨닫고서 이렇게 말한다.

나는 미쳐가고 있다. 지난밤 누군가가 내 물병의 물을 모두 마셨다. 아니, 내가 마셨다. 그런데 그게 나인가? 나란 말인가? 그게 누구란 말인가? 누구? 오! 하느님! 내가 미친 건가? 누가 나를 구해줄까?[22]

'나'는 텅 빈 물병을 바라보면서 자신이 몽유병 상태에서 물을 마셨을 것이며, 그렇기에 '확실히, 나는 미쳤다!'라고 믿는다. 그러나 이렇게 믿고 있음에도 불구하고, 다시 말하자면 도저히 자신이 미쳤음을 인정할 수 없기에 실험을 하기로 한다. 테이블에 포도주와 우유, 물, 빵과 딸기를 놓아두고서 누가 무엇에 손을 대는지 알아보기 위해 나아가 자신의 신체에 흑연을 칠해놓고 물병과 우유병을 하얀 천으로 감싸놓고서 잠자리에 든다. 이 실험 결과로 '나'는 물과 우유를 마셔서 없앤 것이 자신이 아닌 다른 존재임을 알게 되고 정신착란 상태에 빠진다.

'나'는 불안과 공포를 떨쳐버리기 위해 파리를 다녀오지만 괴이한 일은 계속 벌어진다. 밤에 찬장에 있는 접시가 누군가에 의해 깨지는 바람에 하인들 사이에서 다툼이 일어난다. 급기야 산책길에서 장미꽃이 코앞에서 꺾이는 모습을 목도하면서 보이지 않는 존재가 곁에 존재하고 있음을 확신하게 된다. 그렇기에 8월 6일 일기에 '나'는 이날의 사건이 안겨준 충격을 이렇게 적고 있다.

이번에는, 내가 미친 것이 아니다. 보았다 … 보았어 … 보았어 … 더 이상 의심하지 않는다 … 보았다 … 아직까지도 손톱 끝까지 얼어붙는

것 같다 … 아직까지 뼛속까지 두려움에 떨린다 … 나는 보았다 …[23]

하지만 '보았다'의 반복이 보여주듯이 시각에 의한 포착은 '나'의 이성으로 해석할 수 없기에 '나'는 여전히 '내가 미친 것인지 자신에게 물어본다.' 그럼에도 불구하고 '나'는 설명할 수 없는 불안감, 엄습하는 고통스러운 압박감을 느끼면서 뭔가 환상에 사로잡힌 게 아닌가 하고 더욱 놀라고 불안해한다. '나'는 자신을 지배하는 무언가가 '보이지 않지만, 지속적인 존재를 초자연적인 현상으로 드러낸다'라는 것을 느낀다. '나'는 "누군가가 내 영혼을 차지하고 마음대로 뒤흔들고 있다! 누군가가 나의 모든 행동, 모든 움직임, 모든 생각을 명령하고 있다"라고 느낀다. 두려움에 사로잡힌 '나'는 이렇게 부르짖는다.

오! 하느님! 하느님! 하느님이 맞는가? 하느님이 존재한다면 나를 여기에서 벗어나게 해주세요! 구해주세요! 살려주세요! 제발 용서를! 불쌍히 여기소서! 은총을! 구해주세요! 아! 얼마나 고통스러운지! 얼마나 가혹한 형벌인지! 얼마나 끔찍한지![24]

'나'는 자신을 지배하고 있는 존재, 알 수 없는 존재를 피하여 루앙으로 도망친다. 그러나 그것도 잠시뿐이고 다시 보이지 않는 존재에 이끌려 집으로 돌아온다. 한밤중에 '나'는 저절로 넘어가는 책의 페이지를 보면서 다시 한 번 그의 존재를 확신한다. 리우데자네이루에서 전해진 이상한 소식을 통해 '나'는 보이지 않는 존재들이 일종의 흡혈귀처럼 물과 우유만 먹으며 사람을 짐승처럼 지배한다는 것을 알게 된다. 그리고 마침내 보이지 않는 존재의 이름이 '오를라'이며, 그의 의지에 따라 인간은 그의 하인이 되고 먹이가 되리라는 것을 깨닫는다. '나'는 우리 인간의 보잘것없음을 떠올리면서, 오를라가 '나'를 통제하는 사실을 잘 알고 있음을 이렇게 보여준다.

> 내가 뭘 하고 있는 거지? 그놈이야, 그놈, 오를라, 나를 사로잡고 있는 그놈. 그놈이 이런 미친 생각을 하게 만들고 있어! 그놈이 내 안에 있어, 내 영혼이 되었어, 그놈을 죽여버릴 거야![25]

'나'는 자신을 통제하는 오를라를 거부하고 제거하고자 한다. 그러나 오를라는 결코 만만한 상대가 아니다. 그는 거울 속에 비친 나의 모습을 삼켜버릴 정도로 강력한 존재이다. '나'는 그를 불로 태워 죽일 계획을 세우고 마침내 이를 실행에 옮긴다. '나'는 불덩어리로 변한 집이 오를라를 태워 죽이는 화형대가 되기를 원하지만, '나'가 목도한 것은 집에서 빠져나오지 못한 채 불길 속에서 공포에 질려 비명을 지르는 하인들의 모습뿐이다. '나'는 끝내 "우리 인간을 죽일 수 있는 방법으로는 빛이 통과하는 그의 몸을 죽일 수 없는 것이 아닐까?"[26]라고 그의 생존을 확신한다.

이 작품은 주인공 '나'의 '보이지 않는 무언가의 존재'에 대한 인식이 심화하는 정도에 따라 전체 과정을 네 단계로 나누어 볼 수 있다. 첫 번째 단계는 일기가 시작되는 5월 8일부터 몽생미셸에 다녀오는 7월 2일까지이며, 두 번째 단계는 7월 3일부터 파리를 다녀오는 7월 29일까지이며, 세 번째 단계는 7월 30일부터 루앙의 도서관에 다녀오는 8월 16일까지이며, 네 번째 단계는 8월 17일부터 9월 10일 루앙의 콘티넨털 호텔에 가기까지이다.

첫 번째 단계에서 '나'의 의식은 무엇인지 알 수 없는 존재에 대한 막연한 불안과 공포에 사로잡혀 있다. 이어 두 번째 단계에서 '나'의 불안과 공포는 물과 우유가 감쪽같이 사라짐으로써 구체화하지만, 환각과 이성 사이, 환상과 현실 사이의 경계에 놓인 모호한 형태의 의구심으로 정신착란 상태에 빠진다. 세 번째 단계에서 '나'는 비로소 불안과 공포를 안겨주는 대상과 직접 대면함으로써 보이지 않는 존재를 확신함은 물론, 그가 자신을 통제하고 있음을 깨닫는다. 네 번째 단계에서 '나'는 자신을 지배하는 오를라를 제거하기 위해 집에 불을 지르지만, 끝내 그를 죽이지 못했음을 인정할 수밖에 없다. 보이지 않는 무언가의 존재를 느끼고, 확인하고, 확신하고, 나아가 제거하려는 과정은 환각과 환상이 이성과 현실을 밀어내는 과정, 다시 말해 '나'의 광기가 점점 심화하는 과정이라 할 수 있다.

네 차례의 공간 이동

「오를라」 제2판이 「어느 미치광이의 편지」 및 「오를라」 제1판과 여러 면에서 다르다는 사실은 이미 언급한 바 있다. 그런데 여러 차이 가운데서도 「오를라」 제2판은 다른 작품과 달리 주인공 '나'가 현재 사건이 진행되고 있는 장소를 떠나 다른 장소로 이동하였다가 되돌아온다는 점이 특이하다. 「오를라」 제2판에서 '나'는 네 차례의 여행을 통해 현재의 장소를 떠났다가 되돌아온다. 첫 번째 여행에서 '나'는 몽생미셸을 다녀왔고, 두 번째 여행에서 파리를 다녀왔으며, 세 번째 여행에서 루앙의 도서관을 다녀왔고, 네 번째 여행에서 루앙의 콘티넨털 호텔에 머문다. 작가는 왜 「오를라」 제2판에 네 차례 여행을 주요 사건으로 추가하였을까? 이 네 차례 여행은 작품에서 어떤 기능을 수행할까?

첫 번째 여행: 몽생미셸

'나'의 공간 이동과 함께 이 작품에서 주목할 만한 것은 인간 감각의 불완전성 혹은 불확실성에 대한 진술들이다. 작품 첫머리에서 '나'는 어느 날부터 열이 약간 오르면서 몸이 아프고 기분이 슬퍼졌다고 한다. 이러한 신체와 감정의 미묘한 변화를 느낌에 따라 '나'는 "우리의 신체 기관에, 우리의 영혼에, 설명할 수 없는, 놀라운, 순식간의 효과를 일으킬 수 있는" '그것이 무엇인지 식별하지 못하면서 마주치는 모든 것들'을 언급하면서 인간의 감각에 대해 이렇게 말한다.

보이지 않는 것의 신비는 얼마나 대단한가! 우리의 한심한 감각을 가지고는 가늠할 수 없다. 너무 큰 것도, 너무 작은 것도, 너무 가까이 있는 것도, 너무 멀리 있는 것도, 다른 별에 사는 것들도, 물방울 속에 사는 것들도 보지 못하는 눈을 가지고는 측정할 수 없다. 우리를 속이는 귀도 마찬가지다. (……) 개의 후각보다 약한 우리의 후각도 마찬가지다. 겨우 포도주의 햇수를 구별해내는 우리의 미각도 마찬가지고.[27]

첫 번째 단계에서 '나'는 주위를 감도는 보이지 않는 존재에 대한 공포와 불안에서 벗어나기 위해 몽생미셸을 찾는다. 그곳에서 바라본 아브랑슈 마을의 장관을 '나'는 매우 구체적으로 진술한다. 양쪽으로 벌어진 해안, 멀리 안개 속으로 사라지면서 그 사이로 끝없이 펼쳐진 커다란 만. 노란색의 거대한 만의 중앙에, 맑은 황금빛 하늘 아래, 모래밭 한가운데에 서 있는 어둡고 뾰족하고 이상한 산. 해는 방금 사라지고, 아직도 붉게 타오르는 지평선 위로, 꼭대기에 환상적인 건물이 서 있는 환상적인 바위산의 옆모습.

외부 세계에 대한 감각적 서술은 수도원에 대한 묘사에서도 마찬가지로 이어진다. 가느다란 기둥들이 받치고 있는 높은 회랑과 둥근 천장들, 그 아래 눌려 있는 거대하고 수많은 방. 우아한 종루와 탑으로 덮여 있는, 레이스처럼 가벼운, 어마어마한 화강암 덩어리로 된 보석 같은 건물. 빙글빙글 돌아가는 계단, 섬세하게 조각된 아치들에 의해 서로 연결된 괴물 같은 꽃과 신기한 동물들. 대낮의 파란 하늘과 어두운 밤하늘 속에 내밀고 있는 악마와 키메라의 이상하게 생긴 머리들.

요컨대 몽생미셸에 도착한 뒤 '나'의 진술에는 인간이 눈을 통해 감각할 수 있는 세계가 선명하고도 아름답게 묘사되어 있다. 다시 말해 '나'는 몽생미셸에 도착한 뒤, 인간의 감각이 지닌 확실성과 완전성을 회복한 듯한 느낌을 받은 것이다. 그런데 그곳에서 '나'는 수도승으로부터 '모래밭에서 이야기를 나누는 누군가'에 관한 전설을 듣는다. '나'는 지상에 우리 말고 다른 존재가 있다는 사실을 강력하게 부정하지만, 수도승은 이렇게 반박한다.

> 우리가 지상에 존재하는 것들 중 십만 분의 일이라도 볼 수 있습니까? 보세요, 여기 바람이 있습니다. 자연 중에 가장 큰 힘을 가졌고, 인간을 넘어트리고, 건물을 부수고, 나무를 뿌리째 뽑고, 바다를 거대한 산처럼 들어 올리고, 폭포를 부수고, 커다란 배를 암초에 던져버리고, 사람을 죽이고, 휘파람 소리를 내고, 신음하고, 윙윙 소리 내는 바람, 그 바람을 봤습니까, 볼 수 있습니까? 그렇지만 바람은 존재합니다.[28]

인간 감각의 불완전성과 불확실성에 대한 수도승의 간단한 논리에 대해, '나'는 비록 입을 다물고 있었지만, 마음속으로는 그가 현자이거나 어쩌면 바보이리라 생각한다. 적어도 '나'는 이곳에 와서 인간의 감각이 지닌 완전성과 확실성을 경험했기 때문이다. 그러나 보이지는 않지만 그 존재를 느낄 수 있는 바람은 '나'에게 공포와 불안을 안겨주는 '보이지 않는 무언가의 존재'를 입증해주는 것이기도 하다. 따라서 이 여행을 통해 '나'는 "다 나았다. 게다가 멋있는 여행을 했다"라고 적으면서도 "수도승이 그곳에서 한 말을 자주 생각해

보았다"라고 꺼림칙한 느낌을 7월 2일 자 일기에 드러낸 것이다. 이렇게 본다면 몽생미셸 여행은 '나'를 공포와 불안으로부터 완전히 벗어나게 해주지는 못했다고 할 수 있다.

두 번째 여행: 파리

뒤이어 두 번째 단계에서 '나'는 물과 우유가 감쪽같이 사라지는 괴이한 현상으로 말미암아 정신착란에 이르고, 이러한 고통스러운 공포와 불안에서 벗어나기 위해 파리로 여행을 떠난다. 파리에 도착한 지 하루 만에 '나'는 자신의 정신착란 상태에 관해 자신이 몽유병 환자이거나 암시 작용의 영향을 받았거나 그렇지 않으면 흥분한 상상력에 스스로 놀아난 것이 분명하다고 진단한다. 그러고는 "파리에서의 하루는 나를 다시 제정신이 들게 하기에 충분했"으며, "내 영혼에 새롭고 생동감 넘치는 기운을 불어넣어 주었다"라고 술회한다.[29]

심지어 '나'는 자신의 공포와 불안이 '우리 집에 보이지 않는 존재가 살고 있다고 믿었기 때문에 비롯된 것'이라고 분석하면서 "무언가 이해할 수 없는 일에 부딪히자마자 우리의 정신은 얼마나 약해지고 겁에 질리고 금방 길을 잃고 방황하는가!"[30]라고 탄식할 만큼 자신감을 되찾는다. 요컨대 '나'는 파리에 도착한 이후 보이지 않는 존재가 안겨준 공포와 불안으로부터 완전히 해방된 것이다. 그런데 7월 15일, 최면과 암시를 실험하고 신경증을 연구하는 의사 파랑 박사와 만나서 '나'는 매우 당혹스러움을 느낀다. 파랑 박사는 지상에서 가장 중요한 비밀을 발견했다면서 이렇게 말한다.

인간이 생각을 하기 시작한 이래로, 그러니까 인간이 자신의 생각을 쓰고 말하기 시작한 이래로, 인간은 자신의 둔하고 불완전한 감각으로는 파헤칠 수 없는 신비한 것이 가까이 있음을 느끼고 있습니다. 그래서 자신의 무기력한 신체 기관을 지능으로 보완해보려고 노력하고 있습니다. 아직 지능이 발달되지 않은 상태에 있을 때는 보이지 않는 형상들에 대한 강박관념은 그저 공포의 형태를 띠었습니다.[31]

파리에서의 '나'는 인간이 감각할 수 없는 '보이지 않는 무언가의 존재'를 부정하기 때문에 '인간의 둔하고 불완전한 감각'을 전제로 하는 파랑 박사의 이야기를 전혀 믿지 않는다. 그러나 파랑 박사가 보여준 최면에 '나'는 충격을 받지 않을 수 없었다. 최면은 '보이지 않는 무언가의 존재'를 인정하게 만들기 때문이다. '보이지 않는 무언가의 존재'에 대한 부정과 인정 사이에서 '나'는 "확실히, 모든 것은 장소와 환경에 달려 있다"[32]라고 진술함으로써 판단을 유보한다.

세 번째 여행: 루앙의 도서관

그러나 세 번째 단계에서 '나'는 공포와 불안을 안겨주는 대상과 직접 대면하면서 '보이지 않는 무언가의 존재'를 확신할 뿐만 아니라 그 무언가가 '나'를 통제한다는 것을 깨닫는다. 나는 그 무언가로부터 도망쳐 영원히 돌아오지 않으려 한다. 그리하여 마침내 8월 16일 '나'는 집에서 도망쳐 루앙의 도서관에 간다. 도망친 시간은 고작 두 시간에 지나지 않지만, '나'는 마치 감옥 문이 열려 있는 것을 발견한 죄수처럼 자유로움을 느끼고, 마차를 타고서 '루앙으로 가자'라고 말할 수 있는 것에 커다란 기쁨을 느낀다.

짧은 자유 시간이 지난 후 '보이지 않는 무언가의 존재'에 다시 점령당한 '나'는 마차에 오른 순간 자신도 모르게 '집으로 가자'라고 소리를 지른다. 인간이 너무나 약하고 무지하고 보잘것없는 존재임을 깨달은 '나'는 몽생미셸의 수도승이 했던 말을 기억해내고, 자기 눈의 불완전함을 새삼스럽게 인식한다. 그리하여 빛을 통과시키는 새로운 육체를 지닌 새로운 존재를 인정하면서 이렇게 생각한다.

하나의 종이 더 생기는 것이 왜 안 되는가? (……) 불, 물, 공기, 흙 말고 다른 원소가 있을 수도 있지 않은가? 인류의 근원이 되는 이 원소들은 고작해야 네 가지이다. 얼마나 불쌍한가! 왜, 40가지, 400가지, 4000가지가 아니란 말인가? 모든 것이 얼마나 초라하고, 인색하고, 보잘것없는지! 초라한 재료를 가지고 아무렇게나 생각해내서 어설프게 만들어진 존재![33]

네 번째 여행: 루앙의 콘티넨털 호텔

이제 인간 감각의 불완전성과 불확실성은 '보이지 않는 무언가의 존재'를 인정할 수밖에 없게 만들고, '나'는 인간이라는 어설픈 존재를 뛰어넘는 새로운 종의 존재에 대한 확신으로 나아간다. 그리하여 네 번째 단계에서 '나'는 '보이지 않는 존재'인 오를라를 죽이기 위해 집에 불을 지른 후 루앙에 있는 콘티넨털 호텔로 향한다. "드디어

했다 … 해냈어 … 그런데 죽었을까?"라는 일기가 말해주듯이, '나'
는 루앙에 온 뒤로 짧은 순간 오를라를 죽였다는 만족감에 사로잡혔
으나 곧바로 그의 죽음에 의문을 품는다. 그러고는 마침내 "아니 …
아니야 … 틀림없어, 틀림없어 … 그는 죽지 않았어 …"라고 중얼거
림으로써 '나'의 계획이 실패하였음을 자인한다.[34]

전체적으로 살펴보면, 이러한 공간 이동은 '보이지 않는 무언가의
존재'에 대한 '나'의 인식이, 비록 그것이 다른 사람에게는 광기로
받아들여질지라도, 단선적이 아니라 외부와의 교감을 통해 복잡한
방식으로, 때로 변증법적으로 발전되고 확장된다는 것을 보여주기
위한 작가 나름의 서사 전략이라고 할 수 있다. 네 번의 공간 이동은
늘 '보이지 않는 무언가의 존재' 때문에 생긴 공포와 불안에서 탈출
하기 위해 행해지며, 그때마다 일시적인 기쁨과 자유, 순간적인 심
리적 안정을 가져다주지만, 곧바로 다시 공포와 불안이 엄습하면서
공간 이동의 의도는 실패로 돌아간다. 그렇지만 공간 이동이 행해짐
에 따라 '나'가 어렴풋이 느끼는 인간 감각의 불완전성과 불확실성
이 분명해지면 분명해질수록, '보이지 않는 무언가의 존재'의 확실
성도 더욱 분명해진다. 인간 감각의 불완전성과 '보이지 않는 무언
가의 존재'의 확실성 사이의 비례 관계 속에서 '나'의 이성과 현실은
환각과 환상에 자리를 내주고 밀려난다. 이것이 곧, 다른 사람에게
는 '나'의 광기가 발현되는 양상으로 보일 터이다.

3

다니자키 준이치로의
『미친 노인의 일기』

다니자키 준이치로(谷崎潤一郎, 1886~1965)는 메이지 말기부터 쇼와 중기에 걸쳐 왕성하게 활동한 소설가이자 극작가이다. 그는 근대 일본문학을 대표하는 소설가 중 한 사람으로서 인정받고 있으며, 그의 작품의 예술성은 해외에서도 높은 평가를 받고 있다. 그의 문학 세계의 특징은 흔히 탐미주의라고 일컬어지는데, 여성에 대한 에로티시즘(eroticism), 마조히즘(masochism), 페티시즘(fetishism) 등을 단아하면서도 유려한 문체로 담아냈다.

다니자키의 『미친 노인의 일기(瘋癲老人日記)』는 『중앙공론(中央公論)』 1961년 11월 호부터 이듬해 5월 특별호에 이르기까지 총 7회에

다니자키 준이치로의
모습(왼쪽)과 『미친 노
인의 일기(瘋癲老人日
記)』의 표지

걸쳐 연재되었으며, 1962년 5월 중앙공론사(中央公論社)에서 단행본
으로 출간되었다. 이 작품을 『중앙공론』에 연재하기 시작했을 때 다
니자키의 나이는 75세였으며, 당시 그는 고혈압 후유증으로 인해 시
력이 약해졌을 뿐만 아니라 손도 제대로 사용할 수 없었다. 이로 인
해 이 작품의 원고는 다니자키의 비서로 근무했던 이부키 가즈코(伊
吹和子)가 다니자키의 구술을 받아 적어 작성되었다.

이 소설은 우쓰기 도쿠스케가 쓴 일기 형식을 취하고 있다. 소설
의 시작은 '16일'로 적혀 있을 뿐 몇 월인지가 밝혀져 있지 않다. 일
기가 진행되어 달이 세 번 바뀌고서야 처음으로 9월 1일이라고 기
록되어 있다. 이로써 일기의 시작이 6월 16일이었음을 알 수 있다.
이렇게 기록된 일기는 11월 18일에 끝나고, 그 뒤로 「사사키 간호사
의 간호 기록 발췌(佐佐木看護婦看護記錄拔萃)」, 「가쓰미 의사 병상 일
기 발췌(勝海醫師病床日記拔萃)」, 「야마시로 이쓰코의 수기 발췌(城山五

子手記拔萃)」가 잇달아 실려 있다. 이 소설의 줄거리는 다음과 같다.

77세의 노인 우쓰기는 할멈, 큰아들 조키치와 며느리 사쓰코, 손자 게이스케와 함께 산다. 그는 뇌졸증을 앓은 후유증으로 가벼운 보행 장애를 겪고 있고 왼손의 고질적인 통증으로 고통받고 있다. 하지만 그는 부동산소득과 배당소득으로 생계를 책임지면서 집안 어른의 권위를 유지한다. 그의 하루하루는 며느리 사쓰코의 육체에만 관심이 쏠려 있다. 사쓰코의 매혹적인 육체를 만지고 싶어하던 그는 마침내 자신의 소원을 이루지만, 그 대가로 300만 엔짜리 묘안석을 사준다. 그 돈은 원래 집을 신축하고자 저축해놓은 돈이었다. 그러나 사쓰코를 향한 그의 욕망은 그칠 줄 모르고 점점 커지고, 끝내 자신의 묏자리 아래에 사쓰코의 발바닥을 본뜬 불족석(佛足石)을 놓기로 마음먹는다. 그는 사쓰코의 발바닥을 탁본하는 데 성공하지만, 나흘 뒤 뇌혈관 경련으로 쓰러지고 만다.

이 소설은 우쓰기가 며느리 사쓰코에게 느끼는 성적 욕망의 고조, 특히 며느리의 발에 대한 페티시즘을 세밀한 내면 심리 묘사로 리얼하게 그려내고 있다. 특히 우쓰기와 사쓰코 사이에서 발생하는 마조히즘과 새디즘, 성적 욕망과 물질적 욕망의 교환 등은 노년의 성을 둘러싼 섹슈얼리티 혹은 섹슈얼 아이덴티티 등에 관해 다양한 논의를 불러일으켰다. 이 소설을 발표했을 당시 다니자키의 나이가 75세였고 작중인물 우쓰기의 나이가 77세인지라 작가와 작중인물을 동

일시하는 견해도 적지 않으나, 초기작을 비롯하여 그의 작품 중에는 노년의 성을 다룬 이야기가 적지 않다. 「후미코의 발(富美子の足)」(1919), 「여뀌 먹는 벌레(蓼食う蟲)」(1928), 「소장 시게모토의 어머니(少將滋幹の母)」(1949), 「열쇠(鍵)」(1955) 등이 그것이다. 또한, 발에 대한 성적 도착, 이른바 풋 페티시즘(foot fetishism)을 다룬 작품으로는 「문신(刺青)」(1910), 「후미코의 발」, 「열쇠」 등을 들 수 있다.

욕망의 사다리

우쓰기는 성적 능력을 상실하였지만, 그렇다고 성적 욕망의 충족을 포기한 것은 결코 아니다. 그는 여러 차례에 걸쳐 자신의 섹슈얼리티를 토로한다. 그는 여자 역할을 하는 젊은 가부키 배우와 여장을 한 미소년에게 성적 매력을 느끼는 등 패데라스티(paederasty) 취향을 가졌음을 자인한다. 한편으로 그는 삶에 집착하진 않지만 "살아 있는 한 이성에게 끌리지 않으면 안 된다"고 여기면서 "이미 완전한 무능력자지만 그렇기에 갖가지 변형되고 간접적인 방법으로 성적 매력을 느낄 수 있다"[35]라고 한다.

그의 섹슈얼리티는 통증을 느낄수록 성욕을 더 느끼는 마조히즘 성향을 드러낸다. 그리하여 그는 "어쩌면 따끔한 맛을 보여주는 이성에게 더 매력을 느끼고 끌린다고 해야 할 것이다. 이것도 일종의 피학적 성향이라고 볼 수 있을 것이다"[36]라고 고백한다. 게다가 그는 "무엇보다 발이 희고 화사할 필요가 있다"라고 발에 대한 페티시즘을 드러내면서 "여러 가지 아름다운 요소가 엇비슷할 경우, 성질이 나쁜 여자에게 한결 강하게 끌린다"[37]라고 강조한다.

우쓰기가 며느리 사쓰코를 사랑하는 것은 바로 '성질이 나쁜 여자'의 환영(幻影)을 그녀에게서 느끼기 때문이다. 그가 보기에도 "그녀는 약간 심술궂다. 조금 빈정거린다. 그리고 거짓말을 곧잘 한다." 그녀가 "지금도 본심은 선량하겠지만, 어느새 위악을 부리며 그것을 자랑스럽게 여겼다. 그렇게 하는 것이 이 노인의 마음에 드는 일이라는 사실을 간파했기 때문"[38]이라는 것을 그 역시 잘 알고 있다. 어쨌든 우쓰기와 사쓰코가 교묘하게 겹쳐지는 지점, 서로를 받아들일 수 있는 공통분모는 바로 환영과 위악(僞惡)의 심리 상태이다.

그렇다면 이 환영과 위악의 심리 상태는 두 사람의 욕망 속에서 어떤 모습으로 자라날까? 할멈은 일찍 거실로 가버리고 간호사 사사키도 외출하였던 7월 23일 밤, 우쓰기는 침실 수발을 들기 위해 와서 잠자리에 누운 사쓰코의 옆 침대에 누워서 잠든 척을 하면서 사쓰코의 가운 끝으로 삐져나온 신발 끝 뾰족한 부분을 주의 깊게 바라본다. 사쓰코와 가벼운 희롱을 나눈 후 우쓰기는 잠이 들었다가, 이튿날 아침 샤워를 마친 사쓰코에게서 "나, 이 문을 잠근 적이 한 번도 없어. 샤워할 때도 항상 여기는 열어 놔요"[39]라는 말을 듣는다. 사쓰코의 이 말은 이틀이 지난 26일에도 그의 뇌리를 떠나지 않는다.

그리하여 7월 26일 우쓰기는 사쓰코가 샤워를 하고 있을 때 욕실 안으로 들어간다. 그를 맞이한 사쓰코는 등을 밀어달라고 요구하지만, 우쓰기는 타월 위로 그녀의 양어깨를 잡고 오른쪽 어깨에 입술을 대고 혀로 빨기 시작한다. 그러나 그 순간 사쓰코는 그의 왼뺨에 따귀를 날리면서 "늙은이 주제에 건방지게"라고 말한다.[40] 성적 욕망에 따른 충동적인 행위는 무참하게 좌절되고 만다. 첫 번째 시도는 실패로 돌아갔지만, 그의 성적 욕망은 더욱 강해진다. 반면 사쓰코는 시아버지의 성적 욕망을 억누름으로써 자기 욕망과의 거래에 유리한 형세를 조성한 셈이다.

이어서 7월 28일, 우쓰기의 두 번째 시도가 이루어진다. 물론 이 시도는 사쓰코가 허락한 유혹의 덫인 욕실에 들어가는 행위이다. 우쓰기는 이틀 전의 일을 염두에 두고서 이렇게 말을 꺼낸다.

"그제 차였으니 뭔가 좀 변상을 해줘도 좋을 텐데."

"농담하지 마, 이제 그런 짓은 절대로 하지 않겠다고 맹세해."

"목에 키스하는 정도야 허락해 줘도 될 텐데."

"목은 약하다고."

"어디라면 괜찮을까?"

"어디든지 안 돼. 달팽이가 핥는 것 같아서 하루 종일 기분이 나빴단 말이야."

(……)

"한 번 더 묻겠는데, 목이 안 된다면 어디면 괜찮겠어?"

"무릎 아래라면 한 번만 허락할게. 딱 한 번만이야. 혀는 대지 말고 입술만 대는 거야."[41]

이제 두 사람의 관계는 결코 평등하지 않다. 우쓰기는 애걸하고 사쓰코는 허락한다. 이로써 두 사람의 관계는 지배와 피지배의 권력관계로 전화된다. 사쓰코는 7월 26일 "늙은이 주제에 건방지게"라고 말했듯이, 이번에는 "다루기 힘든 불량노인, 끔찍한 늙은이" 혹은 "늙은이한테는 딱 거기까지가 적당해"라고 말한다. 이렇게 거듭 '늙음'을 환기함으로써 사쓰코는 우쓰기에게 변명할 수 없는, 무엇으로도 대신할 수 없는 '육체의 늙음', 다시 말해 '성적 무능력'을 지속해서 각인시키고, 대신 사쓰코 자신의 '육체의 젊음'을 더욱 돋보이게 만든다. 이제 우쓰기는 사쓰코의 젊은 육체를 더욱 갈망하게 되고, 이 사실을 알고 있는 사쓰코는 그의 욕망을 이용하여 자신의 욕망을 충족시키고자 한다.

7월 28일, 사쓰코는 자신의 젊은 육체가 지닌 교환가치를 적극적으로 활용한다. 우쓰기의 조카이자 사쓰코의 정부인 하루히사가 공공연히 욕실을 사용할 수 있도록, 다시 말해 두 사람이 밀회를 즐길 수 있도록 우쓰기의 허락을 받은 것이다. 무릎 아래 키스는 우쓰기가 가족 내 가부장으로서의 권위를 포기함으로써 교환된다. 일단 교환이 성립하고 나자 사쓰코와 하루히사의 밀회는 공공연해지고, 8월 11일 우쓰기는 이를 눈감아주는 대가로 무릎 아래에 혀를 대어 키스할 수 있도록 허락받는다. 이날 우쓰기는 사쓰코의 발을 마음껏 혀와 입술로 애무하여 풋 페티시즘을 확실하게 보여준다.

8월 11일의 세 번째 시도 및 욕망의 교환 성공은 우쓰기의 성적 욕망을 더욱 고조시킨다. 그리하여 8월 13일에도 8월 11일과 똑같은 핑키 스릴러를 경험한다. 그러나 '혈압은 보통인 채 약간 맥이 풀린 느낌'이 들고, 이제 "혈압이 200 정도가 될 만큼 흥분하지 않으면 뭔가 아쉽다"[42]라는 기분이 든다. 성적 욕망의 일시적 충족은 더욱 강한 성적 자극을 갈망하기 마련이다. 그러한 사실을 알고 있는 듯, 8월 18일 사쓰코는 굽이 높은 샌들을 신은 채 샤워를 하여 우쓰기를 흥분시키고 목에 키스(네킹, necking)를 하도록 허락한다. 네킹이 끝난 후 사쓰코는 우쓰기에게 300만 엔짜리 묘안석을 사달라고 요구하는데, 두 사람은 다음과 같은 대화를 나눈다.

> "네킹이 그렇게 비싸리라고는 생각지 못했어."
> "그 대신 오늘만으로 한정하진 않겠어. 앞으로 언제라도 하게 해줄게."
> "고작 네킹이라서 말이야. 진짜 키스라면 가치가 있겠지만."
> "뭐야, 사정사정할 때는 언제고."[43]

우쓰기는 가옥 신축을 위해 저축해놓았던 돈을 써서 네킹의 대가로 15캐럿짜리 묘안석을 사주고, 사쓰코는 다시 그 대가로 네킹을 언제라도 즐길 수 있도록 허락해준다. 하지만 이미 네킹으로 성적 욕망의 충족감을 맛보았던 우쓰기는 그보다 더 강한 자극인 진짜 키스를 갈망한다. 그리하여 10월 12일 밤, 그는 아프다는 핑계로 사쓰코를 '사쓰 짱'이라 부르고 엉엉 울면서 키스를 해달라고 떼를 쓴다. 그러나 "결국 키스는 물 건너가 버렸다. 입과 입을 맞추지 않고 1센티미터 떨어져서 아 하고 입을 벌리고 내 입안에 타액을 한 방울 똑

떨어뜨려 주었을 뿐"[44]이었다.

사쓰코의 육체에 대한 우쓰기의 성적 욕망은 더 진척되지 않는다. 사쓰코가 교환을 통해 우쓰기에게서 얻을 수 있는 이익이 더는 없기 때문이다. 우쓰기의 욕망은 방향을 달리하는 수밖에 없다. 묏자리를 보러 교토에 간 그는 묘비석에 대한 책을 살펴보다가 문득 기발한 생각을 하게 된다. "가능한 한 사쓰코의 용모와 자태를 이와 같은 보살상으로 새겨서 몰래 관음이나 세지로 본떠 그것을 내 묘비로 삼을 수는 없을까?"[45]라는 생각이다. 이렇게 할 수 있다면 "나는 저 사쓰코 보살상 아래에서, 머리 위에 보관을 쓰고 가슴에 영락(瓔珞)을 걸고 천의를 바람에 나부끼는 사쓰코의 석상 아래에서 영원히 잠들 수 있을 것이다."[46]

그러나 우쓰기는 사쓰코 보살상을 만들려는 생각을 포기하고, 그 대신 사쓰코의 발을 본뜬 불족석을 만들기로 한다. 자신이 죽은 후에 뼈를 그 돌 아래에 묻겠다는 것이다. 이러한 사실을 사쓰코가 알게 되면 통쾌함과 함께 불쾌함 또한 가질 터인데, 기분이 나쁘기에 그녀가 평생 기억을 떨쳐 버릴 수 없으리라고 그는 생각한다. 이렇게 함으로써 사쓰코의 육체에 대한 성적 욕망은 사후에도 그녀에게 영원히 잊히지 않으려는 욕망으로 전화된다. 그는 사후에 사쓰코의 불족상 아래 묻힌 마조히즘적인 느낌을 이렇게 보여주고 있다.

그녀가 돌을 짓밟으면서 '나는 지금 노망난 그 늙은이의 뼈를 이 땅바닥 아래에서 짓밟고 있다'라고 느낄 때, 내 혼도 어디에선가 살아서 그녀 온몸의 무게를 느끼고 고통을 느끼며, 발바닥 살결의 반드러움을 느끼리라. (……) 마찬가지로 사쓰코도 땅속에서 기꺼이 그녀의 무게를 견디고 있는 내 혼의 존재를 느끼리라. 어쩌면 땅속에서 뼈와 뼈가 딱딱 소리를 내며 뒤얽혀서 서로 웃고 노래하고 삐걱거리는 소리도 들리리라. 꼭 그녀가 실제로 돌을 밟고 있을 때라고만은 할 수 없다. 자신의 발을 모델로 한 불족석의 존재를 생각하는 것만으로도 그 돌 아래의 뼈가 우는 소리를 들을 터이다. 울면서 나는 '아파, 아파'라고 외칠 것이며, '아프지만 즐거워, 더할 나위 없이 즐거워, 살아 있을 때보다 훨씬 더 즐거워'라고 외치고, '더 밟아 줘. 더 밟아 달라고'라고 외치리라.[47]

이 소설에 나타난 우쓰기의 욕망을 전체 구도에서 살펴보면, 크게 두 층위로 나뉨을 알 수 있다. 하나의 층위는 삶의 시공간 속에서 충족하고자 하는 욕망이고, 다른 하나의 층위는 죽음의 시공간 속에서도 이를 지속시키고자 하는 욕망이다. 삶의 시공간 속에서 충족하려는 우쓰기의 성적 욕망은 사쓰코의 욕망과 맞닿아 상승하면서 맞교환된다. 두 사람의 관계가 지배와 피지배의 권력관계로 전화된 이후, 두 사람의 욕망은 '무릎 아래의 혀 키스-하루히사와의 밀회', '목에 키스-묘안석 구입'이란 형태로 맞교환되며, 이 욕망의 교환 사이에는 각각 '집안 내 가부장적 권위의 포기'와 '경제적 손실의 감수'라는 우쓰기의 희생이 매개되어 있다. 죽음의 시공간 속에서 충족하려는 우쓰기의 욕망은, 사쓰코의 발에 대한 성적 집착이 사후

세계의 불족석으로 지속되며, 그의 마조히즘적 섹슈얼리티 또한 불
족석 아래에 놓인 자신의 주검을 통해 지속된다는 점에서, 여전히
성적 욕망의 연장선에 놓여 있다고 할 수 있다.

일기와 부록, 가타카나와 히라가나

이 소설의 제명은 '미친 노인의 일기'이다. 이 제명은 누가 붙인
것인가? 우쓰기 노인인가, 사쓰코인가, 아니면 간호사 혹은 의사인
가, 아니면 작가인가? 독자가 이 소설을 손에 들고 읽는 첫 순간, 소
설의 내용을 알 길이 없는 독자는 작가가 제명을 붙였으리라 믿을
것이며, 또한 노인이 미쳤으리라 믿을 것이 틀림없다. 이 소설에도
노인이 비정상임을, 제정신이 아님을 스스로 고백하거나 남에게 미
쳤느냐는 질책을 받는 대목이 있다. 이를테면 9월 5일, 그러니까 사
쓰코에게 네킹을 한 대가로 묘안석을 사주고 난 후의 일기에서 우쓰
기는 꿈에서 어머니를 만난 일을 서술하면서 다음과 같이 고백한다.

어머니는 메이지 16년(1883년)에 낳은 당신의 아들 도쿠스케가 아
직도 이 세상에 생존하여 이 사쓰코 같은 여자, 더욱이 어머니의 손자며
느리, 손자의 정실인 여자—에게 매력을 느끼며 한심하게도 그녀에게
괴롭힘당하는 것을 즐기고, 내 아내, 내 자식들을 희생하더라도 그녀의
사랑을 얻고자 하는 것을 어떻게 생각하실까? 어머니가 돌아가신 쇼와

3년(1928년)에서 햇수로 33년 후에 아들이 이런 미치광이가 되고, 이런 손자며느리가 우리 집안에 들어오게 되리라고 꿈에라도 생각하셨을까? 아니, 나조차도 일이 이렇게 되리라고는 생각지도 못했다.[48]

우쓰기는 며느리에게 성적 매력을 느끼고 마조히즘에 빠진 채 그녀의 사랑을 얻고자 아내와 자식을 희생한 자신을 '미치광이'라 일컫는다. 하지만 '미치광이'와 같은 '나' 자신 외에도, '일이 이렇게 되리라고는 생각지도 못했다'라는 '나', 즉 자아를 성찰하는 '나' 자신이 동시에 존재한다. 이 밖에도 우쓰기가 자신이 미쳤다고 여기는 대목은 10월 13일의 일기에서 사쓰코에게 진짜 키스를 하게 해달라고 어린애처럼 엉엉 울면서 떼를 쓴 일을 서술할 때도 나온다. 우쓰기는 이 당시 자신의 내면세계를 이렇게 서술하고 있다.

나는 갑자기 장난꾸러기 응석받이로 돌아가 하염없이 울부짖기 시작했고 그만두려야 그만둘 수도 없게 되었다. 아, 나는 정말로 미친 게 아닐까? 이게 바로 미친 게 아닐까? "엉엉, 엉엉, 엉엉." 미쳤다면 미쳐도 좋아. 이제 어찌 되든 무슨 상관이람? 나는 그렇게 생각했지만, 난처하게도 그렇게 생각한 순간 갑자기 자성하는 마음이 솟아나 미치게 될까 두려워졌다.[49]

여기에서 '나'는 '미친 것이 아닐까?'라고 의심하면서 자성하는 자아이기도 하며, 미치는 것 자체를 두려워하는 '나'이기도 하다. '나'

는 자신의 행위를 성찰할 수 있는 존재이며, 자신을 타자화할 수 있는 존재이자 미침을 객관화할 수 있는 존재인 것이다. 이러한 '나'를 미친 사람이라 일컬을 수 있을까? 그런데 진짜 키스를 하게 해달라고 떼를 쓰는 자신을 사쓰코가 나무라는 장면을 우쓰기는 이렇게 서술한다.

> 아까부터 약간 언짢은 듯 말없이 가만히 내 표정을 바라보던 사쓰코는 우연히 나와 눈이 마주치자 순간적으로 내 마음의 변화를 눈치챈 것 같았다.
>
> "미친 척하면 정말로 미쳐."
>
> 내 귓가에 입을 갖다 대고서 기묘하도록 차분한 냉소를 띤 낮은 목소리로 말했다.
>
> "이런 바보 같은 흉내가 가능하다고 생각하는 것 자체가 이미 미치기 시작했다는 증거야."[50]

사쓰코는 어린애처럼 떼를 쓰는 우쓰기가 미친 척을 가장하고 있다고 여긴다. 그렇게 여기는 사쓰코의 심리를 우쓰기는 '내 마음의 변화를 읽은 것 같다'라거나 '차분한 냉소를 띤 낮은 목소리'라고 서술하는데, 여기에는 사쓰코의 심리 분석이 매우 논리적이고 타당하다는 판단이 깔려 있다. 우쓰기가 자신을 미치광이라 언급하는 대목은 11월 14일 일기에서 자신의 묘비석으로 사쓰코의 보살상을 제작하겠노라고 생각하는 장면에서 "그렇게 부처님을 모독하는 미치광이 같은 발상의 실현에 그 사람이 기꺼이 손을 빌려줄까?"[51]라고 중얼거리는 독백이다. 여기에서 '미치광이' 역시 자신을 타자화한, 자기성찰적인 용어에 지나지 않음은 물론이다.

이렇게 일기 내용만을 본다면 우쓰기가 자신을 '미치광이'로 일컫거나 '미친 것이 아닐까'라고 자문하는 것은 스스로를 정말로 미쳤다고 여겨서가 아니라, 자신의 행위나 사고가 지닌 비일상성, 비현실성, 비상식성을 자조적으로 표현한 것에 불과하다. 실제로 우쓰기의 일기에는 그가 미쳤다고는 믿을 수 없을 만큼 논리적이고 체계적인 인식을 보여주는 예가 많이 있다. 이를테면 소설의 첫날인 6월 16일 일기에서 우쓰기는 가부키 작품과 배우에 대해 정확하고도 상세하게 설명하고 있다. 또한, 11월 14일 일기에서는 묘비석 양식에 대해 세밀하게 서술하고 있다. 요컨대 우쓰기의 일기를 읽는 독자는 독서가 진행됨에 따라 처음 제목을 접하였을 때와는 달리 우쓰기가 미친 노인이 아닐 수도 있다는 사실을 깨닫게 되는 것이다.

그렇다면 독자는 우쓰기의 일기를 모두 신뢰해도 될까? 이 소설의 말미에 부록 형태로 세 사람의 기록 발췌가 덧붙여져 있다. 「사사키 간호사의 간호 기록 발췌」는 우쓰기가 뇌혈관 경련으로 쓰러진 11일 20일의 간호 일지이고, 「가쓰미 의사 병상 일기 발췌」는 12월 15일 우쓰기가 도쿄대학병원에 입원한 이후부터 1961년 2월 7일 퇴원하기까지의 병상 일지이다. 그리고 「야마시로 이쓰코의 수기 발췌」는 2월 7일 도쿄대학병원 퇴원 이후부터 4월 중순까지 우쓰기의 일상생활과 병세 변화를 딸이 기록한 내용이다.

이 세 사람의 발췌를 읽으면서 독자는 혼란에 빠질 수밖에 없다. 이를테면 「사사키 간호사의 간호 기록 발췌」에서는 우쓰기가 사쓰코의 발바닥 탁본을 뜬 그날 오후, 사쓰코가 집으로 돌아와서 남편에게 전화로 했던 말을 이렇게 전한다. "노인의 정신상태가 점점 이상해져서 이제 자신은 하루도 행동을 함께하는 걸 참을 수가 없기 때문에 자기 멋대로 자기만 먼저 돌아왔다." 아울러 사쓰코 부부가 정신과 의사를 찾아가 의견을 묻자, 교수는 "노인의 병은 이상성욕이라는 것으로, 현재 상태로는 정신병이라고는 할 수 없다"라는 견해를 밝혔다고 서술한다.[52]

게다가 「사사키 간호사의 간호 기록 발췌」에서 11월 20일 기록에 따르면, "오전 10시 55분. 이상하게 흥분한 상태로 서재에서 침실에 나타났다. 뭔가 말을 하는 것 같은데 나로서는 이해가 되지 않는다"라거나 "오전 11시 40분. (……) 주사를 다 놓고 스기다 씨가 아직 현관에 있을 때, 환자는 갑자기 고성을 지르다 의식불명이 되었다. 전신 경련이 격심해지고, 입술이나 손가락 끝에 티아노제가 현저해짐"이라고 한다.[53] 아울러 23시 5분 기록에는 "될 수 있는 한 정신을 멍하게 해서 뭔가를 깊이 생각하거나 골똘히 생각하지 않게 할 것"이라는 의사의 주의가 쓰여 있다. 「가쓰미 의사 병상 일기 발췌」에도 우쓰기의 빈발하는 두통, 경련 및 의식장애 발작, 심장부 혹은 흉부 통증 등이 기록되어 있다.

간호사와 의사의 기록은 모두 우쓰기가 간헐적으로 비정상적인 상태에 빠져 있었음을 증명한다. 물론 우쓰기의 비정상은 고혈압에 따른 뇌혈관, 협심증, 심근경색 등이 근본 원인으로 지적되며, 이러한 병인이 심한 흥분, 의식장애, 경련과 발작을 수시로 불러일으키고 있다. 그러나 정신과 면에서는, 비록 '현재 상태로는 정신병이라고는 할 수 없지만'이라는 단서가 붙어 있기는 하지만, 이상성욕이라고 진단한 의사의 소견이 있다. 그렇다면 우쓰기는 일기에 쓰여 있던 모습과 달리 신체 건강뿐만 아니라 정신 건강 면에서도 상당히 심각한 문제를 안고 있는 인물이며, 이 사실은 간호사와 의사라는 전문가 기록의 권위에 힘입어 신뢰도가 더욱 높아진다.

「야마시로 이쓰코의 수기 발췌」에는 우쓰기가 사쓰코를 대하면서 흥분을 하거나 발작을 일으킨 일이 종종 있어서 "사쓰코의 입장은 매우 미묘하고도 곤란한 것이었다"[54]라고 적혀 있다. 이 기록에서 주목할 만한 점은 사쓰코에 대한 서술이다. 지금까지 사쓰코에 대한 서술은 모두 우쓰기의 일기에서 엿볼 수 있었는데, 처음으로 우쓰기가 아닌 제3자에 의한 서술이 이루어진 것이다. 우쓰기 일기에서 사쓰코가 자신의 욕망을 충족시키기 위해 그의 성적 욕망을 도발하고 이용하는 매력적이고 가학적인 인물이었던 것과 달리, 여기에서 사쓰코는 의사의 주의에 따라 상냥한 태도를 보이려고 애쓸 뿐만 아니라 우쓰기를 흥분시킬 정도로 지나치게 상냥하기까지 하다.

이처럼 사쓰코가 우쓰기에게 전혀 다른 모습을 보이는 것은, 정신과 의사가 "환자를 함부로 흥분시키거나 환자의 뜻을 거스르지 않도록 될 수 있는 한 친절하게 간호를 해 드렸으면 한다. 그것이 유일한 치료법"[55]이라고 조언했기 때문이다. 사쓰코가 말없이 집으로 돌아와 버린 사정을 설명하면서 유달리 미안하다고 사과하는 말을 듣고서, 우쓰기가 11월 18일 마지막 일기에서 "목소리에 평소의 그녀답지 않은 꾸며 낸 티가 났다"[56]고 기록하였던 것도 이러한 사정과 관련이 있을 것이다. 어쨌든 이쓰코의 수기에 따르면 여전히 하루히사와의 밀회를 즐기는 사쓰코가 우쓰기에게만은 이전과 다른 태도를 취하고 있음을 알 수 있다. 결국 이 세 사람의 기록 발췌를 읽고 난 독자는 우쓰기 일기의 진실성에 대해 의문을 품을 수밖에 없다.

여기에서 우리가 주목할 만한 점은 우쓰기 일기가 가타카나(+한자)로 적혀 있는 반면, 세 사람의 기록 발췌는 모두 히라가나(+한자)로 적혀 있다는 사실이다. 한 작품에서 문체를 달리하는 경우는 결코 흔한 일은 아니지만, 다니자키의 작품 중에는 이와 똑같은 경우가 있다. 「열쇠」는 노년의 성 문제와 함께 풋 페티시즘을 보여주는 소설인데, 남편인 '나'의 일기는 가타카나로, 아내인 이쿠코의 일기는 히라가나로 적혀 있다. 이렇게 보면 『미친 노인의 일기』는 가타카나로 적힌 우쓰기 일기와 히라가나로 적힌 세 사람의 기록 발췌라는 두 부분으로 구성되어 있다고 할 수 있다. 그리고 가타카나로 보여주는 두 사람의 모습은 히라가나로 보여주는 두 사람의 모습과는 사뭇 다르다. 작가는 아마도 문체 차이를 빌려 이 다름을 돋보이게 하고 싶었을 것이다.

가타카나와 히라가나의 문체 차이는 근본적으로 다름을 나타내기 위한 서사 전략이다. 가타카나가 남성의 언어, 공적 영역의 언어라고 한다면, 히라가나는 여성의 언어, 사적 영역의 언어라고 할 수 있다. 우쓰기는 가타카나가 지닌 이러한 문체적 특징과 상징이 부여하는 권위에 의지하여 일기의 진실성을 강조하는 반면, 세 명의 발췌자는 문체적 특징과 상징보다는 의료진 혹은 가족(딸)이라는 직위와 신분의 권위에 의지하여 기록의 신빙성을 강조한다.

그렇다면 작가는 무엇 때문에 이 소설의 제명을 '미친 노인의 일기'라고 붙였을까? 제목을 본 독자는 처음에 당연히 노인이 미쳤으리라 짐작하였을 터이지만, 우쓰기의 일기를 읽어가면서 그의 인지능력과 판단능력을 근거로 하여 그가 미치지 않았다고 믿었다가, 마침내 세 사람의 기록 발췌를 읽고 난 뒤에는 우쓰기 일기의 신뢰성에 의문을 품게 된다. 작가는 도대체 왜 이러한 서사 전략을 구사하였을까? 혹시 자신과 비슷한 연령대의 우쓰기를 통해 작가는 노인의 성에 대한 일반인의 부정적 혹은 비판적 인식을 희화화하고 싶었던 것은 아닐까?

이제 우쓰기가 정말로 미친 노인인지 아닌지, 사쓰코가 우쓰기의 성적 욕망을 도발하고 이를 이용하여 자신의 욕망을 채우는 여인인지 아닌지는 독자가 스스로 판단해야 할 몫이다. 여기에서 우쓰기가 며느리를 성적 욕망의 대상으로 삼아도 괜찮은지, 그리고 사쓰코가 시아버지를 상대로 가학적 섹슈얼리티를 드러내도 괜찮은지 등 도덕적·윤리적 문제는 별도로 다루어야 한다. 노인의 성적 욕망을 건전하고 당연한 것으로 인정하고 받아들일 수 있는지 또한 독자 각자의 도덕 윤리관이나 섹슈얼 아이덴티티에 따라 다를 것이다.

 **4장**

「광인일기」
연구 현황

　　　　루쉰에 관한 연구를 살펴보노라면, 그에 대한 평가가 결코 일정하지 않았다는 사실을 확인할 수 있다. 루쉰 생전에도 그러했거니와 사후 지금까지도 그러했다. 이러한 가운데서도 한때 중국에서는 루쉰에 대한 평가가 신격화로 나아간 적도 있었다. 특히 마오쩌둥(毛澤東)이 그를 '위대한 문학가, 사상가이자 혁명가'요 '중화민족 신문화의 방향'이라고 추켜세운 이래, 중국 대륙에서 루쉰은 도그마로서 정치적·이데올로기적 기호로 변모하였다. 그러나 타이완에서 루쉰은 한때 이와 정반대 평가를 받았다. 타이완에서는 1950년을 전후하여 '대륙 수복'과 '반공'의 기치 아래 루쉰을 '행위가 비열한 인간', '인격에 문제가 있는 작가'로 금기시하였다. 루쉰에 대한 평가의 이러한 양극화 현상은 1980년대 이래 빠른 속도로 극복되었으며, 이로써 루쉰의 참모습에 바탕을 둔 '인간 루쉰'에 대한 담론이 풍성해졌다.

한국과 중국, 일본은 서로 다른 역사적 경험을 겪어왔고 그에 따라 루쉰에 대한 평가 또한 달리하고 있다. 일본은 루쉰이 20대에 유학하여 당시의 지식 담론과 문화 담론을 적극적으로 수용하여 문학적 자각을 형성하였던 곳이다. 따라서 일본은 루쉰 연구가 성장할 수 있는 기본 토양을 갖추고 있는 셈인지라 일찍부터 루쉰에 관한 본격적인 연구를 활발하게 진행하였다. 반면 우리나라의 경우에는 일제 강점기에도 루쉰에 관한 연구가 계속되긴 했지만, 한국전쟁 이후 반공 이데올로기와 냉전 체제의 고착화로 말미암아 상당 기간 왜곡되고 위축되었다고 볼 수 있다. 여기에서는 한국과 중국, 일본에서의 「광인일기」 연구 현황을 간략히 정리하는 바, 앞으로의 연구에 조그마한 징검다리가 되기를 소망한다.

1

중국의 「광인일기」 연구

1918년 5월 「광인일기」가 『신청년』에 발표된 뒤, 이 작품에 대한 최초의 반향은 1919년 2월 1일 『신조(新潮)』 제1권 제2호에 실린 기자 푸쓰녠(傅斯年)의 「서간 소개(書報介紹)」일 것이다. 푸쓰녠은 이 글에서 "문장을 논하면 탕쓰(唐俟) 군의 「광인일기」는 사실적 필법으로 기탁적(symbolism) 지취(旨趣)를 전달하는데, 참으로 중국 최초의 뛰어난 소설이다"라고 「광인일기」를 평가하고 있다. 뒤이어 푸쓰녠은 1919년 4월 「미친 소리 한 대목(一段瘋話)」[1]이라는 글에서 「광인일기」를 다음과 같이 평하고 있다.

문화의 진보는 모두 가능한지 불가능한지를 따지지 않고 사람들이 원하는가 원치 않는가에 관계없이 홀로 남들이 걷지 않은 길을 개척하는 몇몇 광인에 의해 이루어진다. 처음에 사람들은 그를 비웃고 싫어하고 미워하지만 잠시 뒤에는 그에게 놀라 괴이쩍게 여기고 그를 찬탄하며 끝내는 그를 사랑하고 신처럼 떠받든다. 나는 감연히 단정한다. 미치광이는 유토피아의 발명가요 미래 사회의 제조자라고.

「서간 소개」의 평가는 독후감 수준의 인상비평에 지나지 않지만, 「미친 소리 한 대목」의 평가는 당시의 비평 수준을 고려해볼 때 작품의 요체를 상당히 정확히 찌르고 있다. 「광인일기」속 광인의 광기가 지닌 인류문명사적 의미를 나름대로 파악하고 있기 때문이다. 푸쓰녠 다음으로 「광인일기」를 평가한 이는 '봉건 이데올로기의 도로 청소부'라고 불리면서 『신청년』에서 반공교(反孔敎)운동을 주도하던 우위(吳虞)였다. 그는 1919년 11월 「식인과 예교(吃人與禮敎)」[2]에서 다음과 같이 설파하였다.

공자의 예교를 극단적으로 이야기하면 사람을 죽여 잡아먹지 않으면 안 된다는 것이니, 이는 진실로 참혹한 것이다. 역사 속에서 도덕인 의를 이야기하는 사람은 일단 때만 오면 직접, 간접으로 사람 고기를 먹기 시작하는 것이다. (……) 우리 중국인은 한편으로 사람을 잡아먹으면서 다른 한편으로 예교를 늘어놓는 데 아주 능하다. (……) 나는 그의 이 일기가 식인의 내용, 그리고 인의도덕의 겉모습을 명확히 꿰

뚫어 보고 있다고 생각한다. 예교의 가면을 쓰고서 사람을 삽아먹는
사기꾼의 술수는 그에 의해 흑막이 벗겨지고 말았다. (……) 우리는 이
제 깨달아야 한다! 사람을 잡아먹는 이는 예교를 떠드는 자이다! 예교
를 떠들어대는 자가 바로 사람을 삽아먹는 자이다!

우위는 1917년 2월 『신청년』에 「가족제도가 전제주의의 근거임
을 논함」[3]이라는 글을 발표한 적이 있었는데, 그가 주장하는 봉건
예교적 가족제도의 폐해를 루쉰이 「광인일기」에서 식인성으로 추상
화하여 제시해준 것이다. 다시 말해, 우위가 중국의 사회구조에 제
기한 비판에 대해 루쉰이 소설이란 형식으로 응답한 셈이었다. 따라
서 우위는 루쉰의 「광인일기」에 대해 '식인'과 이의 근원인 '예교'라
는 두 가지 키워드를 중심으로 재차 풀이하였다.

그러나 푸쓰녠과 우위의 글은 문화비평이나 시사평론의 성격을
지니고 있을 뿐 엄밀한 의미에서 본격적인 문예비평 수준까지 오르
지는 못하였다. 「광인일기」에 대한 문예비평적 접근은 선옌빙(沈雁
冰, 茅盾)에 의해 이루어졌다. 1923년 10월, 선옌빙은 「『외침』을 읽고
(讀『吶喊』)」[4]를 발표하였다. 그는 「광인일기」에 대해 "기묘한 글 속
에 썰렁하면서도 멋진 글귀, 꼿꼿한 어조가 그 함축적인 의미 및 옅
은 상징주의적 색채와 대비되면서 이색적인 풍격을 이루"고 있으
며, "이 글은 기괴하고도 준칙으로 삼기에는 부족한 체식(體式) 외에
'이경반도(離經叛道)'의 사상을 지니고 있다"라고 평가하면서 "청년들
에게 있어서 「광인일기」의 최대 영향은 체재(體裁) 면에 있다"라고

견해를 밝혔다.

선옌빙의 뒤를 이어 1924년 6월 양춘런(楊邨人)은 「루쉰의 『외침』을 읽고(讀魯迅的『吶喊』)」[5]를 발표하였다. "이 작품은 '박해광(迫害狂)'이란 병을 앓고 있는 사람의 심리와 거동을 묘사하였으며, 자술의 방법을 이용하여 일기 체재를 이루었다"고 평한 뒤, "우리 모두 사리에 어둡고 멍청한데, 오직 광인만이 각성한 자임을 나는 이제야 알았다"라면서 "1 광인의 심리를 진실하게 분석하여 표현해냈다는 점. 2 과거 역사와 현실 사회에 대한 비방과 저주가 대단히 정곡을 찌르고 있다는 점"을 이 작품의 뛰어난 점으로 꼽았다.

「광인일기」에 대한 비평 중 작품의 주제 사상을 본격적으로 다룬 글은 1930년 2월에 발표된 첸싱춘(錢杏邨)의 「루쉰─『현대중국문학론』(魯迅─『現代中國文學論』)」 제2장[6]이다. 첸싱춘은 "그의 「광인일기」 발표는 당시 봉건 세력에 맹렬한 폭탄을 던진 것에 못지않았다"라고 하면서 "루쉰이 봉건 세력에 맞서 싸운 최초이자 마지막 선언"이라 평가하였다. 그의 이러한 평가는 루쉰의 「광인일기」에 '반(反)봉건성'을 부여해주었다고 할 수 있다.[7]

「광인일기」가 발표된 이래 이 작품에 대해 언급한 문예평론 혹은 문예비평 성격의 글은 결코 적지 않다. 그러나 이 가운데 「광인일기」만을 대상으로 한 문예비평이나 전문적 연구는 그리 많지 않다. 「광인일기」에 대한 1920~1930년대의 글은 대부분 소설집 『외침』을 평가하는 전체적인 맥락에서 간략히 논의한 것이었다. 「광인일기」에 대한 전문적 평론이 나온 것은 1940년대 초에 이르러서였다.

1942년 4월에 어우양판하이(歐陽凡海)의 『루쉰의 책(魯迅的書)』이 출판되었는데, 이 책의 제4장 제8절에서 '「광인일기」 및 예재의 사상을 논함'이라는 제목 아래 꽤 전문적으로 「광인일기」를 논하고 있다. 그는 「광인일기」를 현실주의 작품으로 간주하면서 "그의 현실주의적 수완에서 가장 경탄을 자아내는 것은 내심의 모든 열량을 광인의 입에 기울였으며 자신 역시 미치광이로 전화하였다는 점"이라고 평하였으며, "「광인일기」의 주인공은 루쉰의 독특한 방식 위에서 중국화된 니체의 자라투스트라이다"라고 주장하였다. 어우양판하이의 이 평론은 「광인일기」의 창작 방법은 물론, '광인=작가'라는 논점을 제시하였다는 점에서 대단히 의미 있는 글이라 할 수 있다.

1946년 10월, 루쉰 서거 10주년을 기념하여 후정(胡徵)은 「「광인일기」의 시대와 예술(「狂人日記」的時代和藝術)」[8]을 발표하였다. 「광인일기」에 대한 전문적 논문 성격의 이 글에서 후정은 「광인일기」의 성공 요인으로 '주제의 심오함과 개괄력의 거대함', 그리고 '진리와 예술의 융합'을 들고 있다. 그는 「광인일기」의 창작 방법을 "고도의 현실주의에 이르렀으며, 새로운 현실주의의 정신을 지닌" '신현실주의' 창작 방법이라 일컫는 한편, 루쉰을 "중국 문예사에서 최초의 계몽자, 가장 앞선 시도자이자 성공자"라고 높이 평가한다.

이렇게 본다면 「광인일기」에 대한 본격적이고 전문적인 평가와 연구는, 비록 작품의 표층 구조 분석에 여전히 머물러 있기는 하지만, 「광인일기」가 발표된 지 거의 30년이 흘러서야 가능해졌다고 볼 수 있다. 여기서는 「광인일기」에 대한 신중국에서의 연구 현황을 크게 두 가지 측면, 즉 광인의 형상 문제와 창작 방법 문제로 압축하여 그동안의 연구 성과를 정리하고, 「광인일기」의 비교연구 현황을 검토하고자 한다. 아울러 「광인일기」에 대한 꼼꼼한 읽기를 통해 새로운 연구방법론을 모색하고 있는 네 편의 논문을 살펴보고, 최근의 연구 동향을 보여주는 일례로서 메이지 시대의 '식인' 담론과 루쉰의 「광인일기」 창작의 관계를 둘러싼 논쟁을 살펴보고자 한다.

「광인일기」 속 광인 형상

'광인 형상을 어떻게 규정할 것인가'는 그동안 중국의 「광인일기」 연구에 있어 매우 중요한 문제로서 지속해서 논의되어왔다. 「광인일기」의 '광인'이라는 인물 형상을 어떻게 규정하느냐 하는 문제는 「광인일기」의 주제 사상을 어떻게 정리하는가 하는 문제와 직결되어 있기 때문이다. 따라서 '광인' 형상의 규정은 「광인일기」 연구사에서 가장 근본적인 문제이다. 지금까지의 연구 성과를 정리해보면 크게 세 가지, 즉 전사설(戰士說), 광인설(狂人說), 기탁설(寄託說)로 개괄할 수 있다.

전사설

먼저, 전사설을 살펴보자. 광인이 정말로 미친 것은 아니며, 그는 진실을 용기 있게 말할 수 있는 '정신계의 전사'인데, 다만 주위 사람들이 그의 언행을 받아들이고 싶지 않기 때문에 그를 미치광이로 간주한다는 견해이다. 이러한 견해에는 기본적으로 「광인일기」의 사상적 가치를 긍정하기 위해서는 광인이 미치광이여서는 안 된다는 전제가 깔려 있다. 다시 말해 광인이 정말로 미쳤다면 정신이 맑게 깬 전사로서 외침을 발할 수 없다는 것이다. 이러한 태도는 전사설을 처음으로 제기했던 쉬중위(徐中玉)의 글에서 엿볼 수 있다.

이처럼 용감한 전사가 어찌 광인일 수 있으며, 어찌 광인이라 칠 수 있겠는가? 사실상 그는 '지금껏 그래 왔던' 도리를 믿지 않았기 때문에 광인으로 간주되고 모함 받아 미쳤다는 겉모습을 갖게 된 것이다. 사실 그는 누구보다도 잘 알고 있고 누구보다도 맑게 깨어있다. 어찌 광인이 아닐 뿐이겠는가, 참으로 혁명적인 선지선각자이다.[9]

평쉐평(馮雪峰) 역시 "이 광인은 참된 광인이 아니라 위대한 현실주의자 루쉰이 최초로 창조해낸 반봉건주의자의 성공적 예술 형상"[10]이라고 주장했다. 1956년에는 리쌍무(李桑牧)도 광인을 "반봉건 정신을 지닌 전투자의 전형"[11]으로 간주하였으며, 쉬친원(許欽文)도 "이 광인은 실제로 루쉰 선생이 창조해낸 반봉건 전사인데, 다만 통치 계급의 억압에 우롱되어 마비된 주위 사람들이 오히려 그를 미쳤다고 말했던 것뿐"이라고 주장하였다.[12]

광인 형상의 전사설에는 루쉰이 정신이 맑게 깬 전사를 일부러 미친 척 가장하여 전투적인 과격한 언행을 감행하도록 하였다는 견해,

이른바 양광(佯狂) 전사설도 포함된다. 이를테면 1954년 주통(朱彤)은 "광인은 분명 피와 살이 있는, 성격이 선명한 전사이며, 그의 정신세계는 충분히 묘사되었다"라고 하면서 "루쉰은 풍부한 의학 지식과 소박한 예술 수완을 운용하여 일부 장면에서 그를 미치광이로 분장하였으나 내심은 결코 미치지 않았다"[13]라고 주장하였다. 이러한 양광 전사설은 기본적으로 아무것에도 구속받지 않고서 거리낌 없이 언행하는 '방탄불기(放誕不羈)'형 전사의 모습을 그리고 있다고 볼 수 있다.

1979년 장후이런(張惠仁)은 "작품의 주인공 '나'는 의광화(擬狂化)된, 시화(詩化)된, 상징화된 형상으로서, 반동 통치자에게 협조하지 않은 채 '이제껏 그래 왔던' 전통 관념을 부정하고 새로운 견해를 제기한 동서고금의 수많은 혁명가, 사상가, 문학가의 '낡은 것을 깨트리고 새로운 것을 세우는' 성격 특징을 지니고 있으며, 주로 신해혁명 전후로부터 5·4 전야에 이르는 반봉건 전사와 시대의 선각자의 모습"[14]이라고 주장하였다. 쉬제(許杰) 역시 "광인은 사실 본성을 잃지 않은 사람, 순수한 사람, 고결하고 선견이 있는 사람"이라면서 "광인을 미치광이로 여긴다면, 이는 루쉰 선생의 원저의 의미를 부정하는 것"[15]이라 주장하였다.

이처럼 광인을 '전혀 미치지 않은[不狂]' 전사, 혹은 '미친 척하는 [佯狂]' 전사로 간주하는 논지는 필연적으로 '광인=루쉰'의 관계를 부각한다. 즉 광인의 언행을 통해 구현되는 사상이 곧 루쉰이 하고자 하는 말이며, 광인은 실제로 루쉰의 자화상이라는 논리이다. 따라서 이러한 전사설 속 광인은 투철한 반항 정신을 지닌 정신계의 전사 혹은 반봉건 전사로 해석되어 왔지만, 1980년대 이후로 전사설은 학계에서 대체로 부정되고 있는 실정이다.

광인설

둘째로 광인설에 대해 살펴보기로 하자. 앞에서 본 대로 1950년대 초에 주퉁과 쉬중위가 맨 처음으로 '전사설'을 제기함에 따라, 광인이 미쳤는가 여부가 의문시되면서 일반적으로 광인을 정신계의 전사 혹은 반봉건 전사로 해석하게 되었다. 이러한 전사설에 대해, 1957년에 루야오둥(陸耀東)은 의문을 던지면서 광인설을 제기하였다. 그에 따르면, "광인은 살아 숨 쉬는 광인이며, 꾸민 것도 아니고 통치자가 일부러 그에게 광인이란 모자를 씌운 것도 아니며, 더욱이 작가 마음속 개념의 화신도 아니다."[16]

그 후 많은 연구자는 「광인일기」의 서문과 본문의 내용 속에서 광인이 보이는 '피해망상증'의 다양한 증세를 구체적으로 논증함으로써 광인이 '정말로 미쳤다'라는 견해를 뒷받침하였다. 그러나 '광인설'을 주장하는 연구자들이 '전사설'과 완전히 대립한 것은 아니었다. 광인설 주창자들은 '광인은 미치지 않았다거나 미친 척했다'라는 것에 대해서는 동의하지 않았지만, 광인이 '정신계의 전사' 혹은 '반봉건 전사'라는 점에는 동의했다. 이러한 관점은 바로 1962년에 발표된 린페이(林非)의 글에 잘 나타난다. 그는 '광인은 확실히 미쳤다'라는 논점에 동의하는 동시에, 광인을 반봉건 전사로 간주하는

관점에도 합리적 요소가 있음을 아울러 지적하였다.[17]

그럼에도 불구하고 광인설을 주장하는 논자들은 '광인이 정말로 발광했다면 어떻게 전사로서 계속 투쟁할 수 있고 정신계 전사의 함성을 내지를 수 있겠는가?'라는 질문에 대답하지 않으면 안 되었다. 그리하여 1978년 옌자옌(嚴家炎)은 광인설에 동의를 표하면서도 동시에 "광인은 미치기 이전에 전사라고 하기에는 부족하지만 초보적으로 각성된 봉건 가족의 반역자"라고 보았다.[18] 1978년 우중제(吳中杰)와 가오윈(高雲)은 "미치광이의 외모로써 맑게 깬 전사의 성격을 표현했다는 점"을 루쉰 예술 수법의 오묘함이라 평가하면서 다음과 같이 주장하였다.

사용한 것이 광인의 외모인 이상, 인물의 사상과 언행은 모종의 광태(狂態)의 특징을 띠지 않을 수 없다. 그러나 작자의 목적은 맑게 깬 전사를 빚어내는 데 있다. 이리하여 이 광인은 덮어놓고 미칠 수만은 없었으며, 미치광이의 말 속에 맑게 깬 전투 역량을 포함하지 않으면 안 되었다.[19]

이러한 '광인+전사'의 견해는 이후 끊임없이 반복되는 바, 웨이쩌리(魏澤黎)는 "광인 형상은 신경병 환자와 반봉건 전사라는 상이한 형상의 통일"이라 주장하였다.[20] 이러한 주장은 광인에게 전사의 품격을 덮어씌운, 다소 억지스러운 주장이라 할 수 있다. 이리하여 '정말로 미친 광인'과 '정신계의 전사', '반봉건 전사' 사이의 간극을 어떻게 메울지 고민해야 했다. 이에 대한 해답으로 제시되었던 것이 광인은 발광하기 전에 '구주(古久) 선생의 출납 장부를 짓밟을 정도로 반항적이었으나 훗날 사회의 괴롭힘으로 인해 발광하였다'라는 점, 그리고 '일기에서 엿보이듯이 때때로 맑게 깬 정신을 드러내고 있다'라는 점을 근거로 광인과 전사의 통일을 시도하였다.

이러한 시도는 광인설을 최초로 제기했던 루야오둥과 탕다후이 (唐達暉)의 글이 대표적인데, 그들은 "이 인물의 언론, 행동, 심리 활동으로 볼 때 광인의 병태를 지니고 있다. 그의 느낌은 명석한 관념을 지녔던 인물이 괴롭힘을 당하여 정신이상을 얻은 후의 느낌"이며, "그의 이상은 시대의 서광의 반사이자, 인민 각성의 상징"이라고 주장하였다.[21] 천밍수(陳鳴樹) 역시 「광인일기」 속 한 명의 반봉건 전사와 한 명의 광인의 전형'을 강조하면서 "그는 비록 정신적 박해를 당하고 있었지만 봉건 예교와 봉건 가족제도에 항쟁하여 비참하기 그지없는 고발을 행했다"라고 주장하였다.[22]

여기에서 한 걸음 더 나아가 1985년 관시슝(管希雄)은 지크문트 프로이트(Sigmund Freud)의 정신분석학에 의지하여 광인의 심층 심리를 분석하면서 "사람이 정신병을 앓을 때 억압된 관념과 정감은 강대한 힘을 갖게 되고, 그리하여 '감금'의 제약을 깨뜨리고 의식의 경계로 들어서게 되는데, 그 표현 형식은 비록 미친 언어이지만 그 기본 내용은 봉건사회의 본질에 대한 심오한 인식과 인간의 선악에 대한 강렬한 애증"이라고 주장하였다.[23] 이어 1986년 첸비샹(錢碧湘)은 "현실 세계에 대한 미치광이의 환각을 현실 세계에 대한 고발로 성공적으로 전화하였다는 점"을 「광인일기」의 뛰어난 점으로 꼽으면서 "미치광이의 미친 언행이 정상인의 사유에 신기(神奇)한 분발 작용을 일으켰다"라고 평가하였다.[24] 이 모두는 광인의 광기에 적극적인 의미를 부여함으로써 반봉건 전사와 통일시키려는 노력이라 볼 수 있다.

기탁설

마지막으로 기탁설을 살펴보자. 이 견해는 루쉰이 광인에게 자신의 사상을 기탁했다는 견해로서, 장언허(張恩和)가 1963년에 제기하였다. 그는 "「광인일기」 속 광인은 맑게 깬 반봉건 전사도 아니고 미쳐버린 시대의 선각자도 아니며, 완전히 평범하기 그지없는 광인"인데, 다만 이렇게 평범한 광인을 통해 탁월한 전투성을 보이게 된 것은 "일기 속에 드러난 심오한 사상이 광인의 사상이 아니라 작가가 독특한 예술 방법을 통하여 작품 속에 기탁한 것이며, 독자의 연상을 통하여 이해하고 발굴해낸 작자 자신의 사상"이기 때문이라고 보았다.[25]

이로써 알 수 있듯이 기탁설은 기본적으로 평범한 광인과 정신계의 전사인 작자를 분리하고 있으며, 광인을 작가의 사상을 선전하고 전달하는 수단으로 간주하고 있다. 이렇게 볼 경우 광인 형상은 지금까지의 다른 견해와 달리, 특히 전사설에 비해 매우 왜소해질 수밖에 없다. 이를 해결하기 위해 제시된 견해가 광인을 하나의 상징으로 간주하여 특별한 의미를 부여하는 것이다.

이를테면 천융(陳涌)은 "광인은 하나의 상징, 루쉰이 가정한, 낡은 세계와 맞서 싸우는 역량의 상징"이라고 간주하면서 "루쉰은 그를 결코 현실주의의 정면 인물이나 영웅 인물로 창조한 것이 아니"라고 주장한다. 그렇지 않다면 '광인'이 병리학적으로 광인의 특징을 지닌 사실을 설명할 길이 없다는 것이다.[26] '광인'을 평범한 미치광이로 보면서도 그를 상징으로 간주하는 것은 구능(顧農) 역시 마찬가지다. 그 역시 "광인은 하나의 상징으로서, 광인은 기본적으로 루쉰이 허구한 인물이며, 루쉰이 이 인물을 창조해낸 것은 그의 입을 통하여 자신이 하고 싶은 말을 드러내기 위함"이라고 설명한다.[27]

위의 기탁설이 '평범한 광인'에게 작가의 사상을 기탁하였다고 보는 견해라면, '반쯤 미치고 반쯤 깨어 있는[半狂半醒]' 광인에게 작가가 사상을 기탁하였다고 보는 견해도 있다. 옌자옌의 견해가 대표적인데, 그는 '광인'이 미치지 않았다는 데 동의하지 않으며, 미치긴 하였어도 완전히 미친 것은 아니라고 주장한다. 그는 '광인'이 미쳤든 미치지 않았든 그를 전사로 간주하는 견해에도 반대하지만, 그를 평범한 광인으로 간주하는 견해에도 반대한다. "정신계의 전사만이 할 수 있는 이야기 가운데 일부는 그가 발광하기 전 진보 사상의 연속이지만, 훨씬 더 많은 경우는 루쉰이 '기탁'한 사상"이라고 주장한다. 여기에서 루쉰의 기탁은 매우 선택적이었는 바, 평범한 광인이나 전사가 아닌 반쯤 미치고 반쯤 깨어있는 '광인'을 향했다는 것이다.[28]

작가 루쉰이 자신의 사상을 '광인'에게 기탁하였다는 견해는 기본적으로 '광인은 곧 전사이자 작가'라는 등식에서 벗어나 있다는 점에서 매우 중대한 의의를 지니고 있다. 평범한 광인이든 반쯤 미친 광인이든 광인을 작가와 분리하여 이해하는 일은 '광인=전사=작가'라는 단순 도식의 독해 관습을 깨뜨리는 것이기에 당시의 연구자로서는 결코 제기하기가 쉽지 않았다. 이 도식을 깨뜨려야만 광인은 물론, 광인의 광기에 대한 새로운 해석이 가능해질 터이기 때문이다.

통일설(이중설)

이 밖의 견해로는 통일설(혹은 이중설)을 들 수 있는데, 「광인일기」를 독해할 때 이원대립 요소들, 이를테면 광인과 전사, '미침[狂]'과 '깸[醒]'의 통일을 바탕으로 작품의 의미를 읽어내려는 시도이다. 이 견해는 왕셴융(王獻永)과 옌언투(嚴恩圖)가 1962년에 제기하였다. 이들에 따르면, "'맑게 깸[淸醒]'과 '병들어 미침[病狂]'은 모순되는 양극단인데, 이것이 광인이라는 형상 안에 어떻게 조화롭고 유기적으로 통일되는가, 이것이 토론되어야 할 문제"라는 것이다.[29] 1979년 왕야오(王瑤)는 광인의 성격 중에 "광인이면서도 또한 혁명자라는 두 가지 특징"이 있다고 지적하였으며,[30] 쑨중톈(孫中田)은 "이 박해광의 광인과 '공가점(孔家店)'에 반대하는 맹사(猛士)는 얼핏 보기에 대립적이지만, 실상 선명한 개성을 지닌 전형 형상"이라고 주장하였다.[31] 웨이쩌리에 따르면, "광인 형상은 신경병 환자와 반봉건 전사라는 두 가지 상이한 형상의 통일"이다.[32] 저우충슈(周蔥秀) 역시 '이중설'로 광인 형상을 해석해야 옳다고 주장하였다.[33] 1980년 궁란구(公蘭

谷)의 글에서는 "미치광이는 거짓 상[假象]이고 전사가 실질이다"라고 강조하였다.[34] 1981년 쑹쉐즈(宋學知)는 광인 형상을 탄생시킨 관건적 고리 중 하나는 "작가가 박해광 환자와 반봉건 전사를 통일시키는 계기를 포착하는 데 대단히 뛰어났다"라는 점이라고 보았다.[35]

광인의 형상을 둘러싼 여러 논자의 견해를 1980년대까지의 주요 논문을 중심으로 정리해보았다. 지금까지의 논의를 살펴보면, 광인의 형상은 여러 기준에 따라 상이하게 해석될 수 있다. 가장 중요한 기준은 광인의 발광 여부와 관련된 것으로서, 광인이 정말로 미쳤는가, 미친 척하는가, 반쯤 미쳤는가, 아니면 미치지 않았는가 등이다. 또 다른 기준으로는 발광하기 전 광인의 몇몇 행위와 발광한 후 광인의 몇몇 언행을 정신계의 전사 혹은 반봉건 전사의 행위로서 얼마나 중시하느냐의 차이를 들 수 있다. 이러한 기준들에 의해 광인은 정신계의 전사나 반봉건 전사, 혹은 작가 사상의 기탁물, 상징 등으로 해석된다. 이에 따라 광인과 작가의 관계 역시 '광인이 곧 작가'라고 규정되기도 하고, 광인과 작가가 분리되기도 한다.

「광인일기」의 창작 방법

루쉰은 1935년 3월에 작성한 「『중국신문학대계』 소설2집 서문」에서 "1918년 5월부터 「광인일기」, 「쿵이지(孔乙己)」, 「약」 등을 연속적으로 발표하여 '문학혁명'의 성과를 드러낸 것으로 간주되었고, 또 당시 사람들에게 '표현이 심각하고 격식이 특이하다'라고 여겨져 일부 청년 독자들의 마음을 격동시켰다"[36)]라고 밝혔다. 이 언급은 「광인일기」에 한정하는 것은 아니며, 여기에서의 '표현의 심각함과 격식의 특이함'은 서사 내용의 사회적 의미의 심각함, 그리고 서사 형식의 특이함(일기체, 서문과 본문의 분리 등)을 의미한다. 루쉰은 작품에 대한 자평이 흔치 않았던지라, 이 언급은 이후 「광인일기」의 창작 방법을 둘러싼 논의에서 많은 연구자에게 다양하게 변주되고 해석되었다. 「광인일기」의 창작 방법과 관련하여 크게 여섯 가지 견해를 살펴보기로 하자.

현실주의

첫 번째 견해는 현실주의 창작 방법에 속하는 작품이라는 것으로, 1942년 어우양판하이가 제기하였다. 그는 "「광인일기」 속에는 인류에 대한 항의의 소리에 열광적인 감성이 가득 차 있지만, 현실주의적 작품이라 하지 않을 수 없다"라고 주장하였다.[37)] 1946년 후정은 「광인일기」가 "고도의 현실주의에 이른 작품이며, 신현실주의의 정신을 지니고 있다"라고 강조하였다.[38)] 1930년대 이래 현실주의 창작 방법이 곧바로 작품의 세계관과 등치됨으로써 현실주의 독존론이 팽배했던 사실을 상기한다면, 「광인일기」의 현실주의 성격을 강조하는 것은 당연하다고 볼 수 있다.

신중국 수립 이후에도 「광인일기」의 창작 방법을 현실주의로 간주하는 데는 변함이 없었다. 1954년 펑쉐펑은 「광인일기」를 "중국 신문학의 전투적 현실주의의 길을 개척한" "현대문학사상 현실주의의 초석"[39]이라 주장하였으며, 쉬중위는 "「광인일기」 속에서도 사회주의 현실주의의 기본 방향(요소)의 최초 맹아를 명확하게 엿볼 수 있다"[40]라고까지 주장하였다. 쉬중위가 「광인일기」와 사회주의 현실주의의 관련성을 언급한 것은 1953년 9월에 열린 제2차 전국문학예술공작자대표대회에서 문예창작과 비평의 최고 준칙으로서 사회주의 현실주의가 제시된 사실과 연관이 있을 터이다.

이러한 평가는 문화대혁명이 종식된 이후에도 이어졌다. 1979년 왕야오는 「광인일기」가 현실주의 작품임을 지적하였으며, 1981년 가오쑹녠(高松年)은 「광인일기」가 "형식이 참신한 진선미 삼자가 서로 스며들어 조화와 통일을 이룬 탁월한 현실주의 소설"이라고 주장하였다.[41] 1982년 탕타오(唐弢)는 「광인일기」가 지닌 현실주의 성격을 다음과 같이 피력하였다.

「광인일기」가 묘사한 모든 생활환경과 인물 형상으로부터 분석해본다면, 나는 이 소설이 진실하며 현실주의적이라고 생각하며, 생활과 환경에 대한 '피해망상증' 환자의 반응이란 점에서 분석해본다면 역시 진실하며 현실주의적이라고 생각한다. 「광인일기」는 루쉰이 문학창작에 종사한 최초의 현실주의 소설이다. (……) 「광인일기」는 현실주의의 위대한 역량을 드러냈다.[42]

이처럼 탕타오는 「광인일기」가 지닌 현실주의 성격을 강조하면서도, 당시 「광인일기」의 창작 방법을 둘러싸고 제기된 다양한 관점을 의식한 듯 "「광인일기」는 통상적인 현실주의와는 다른 표현 수법을 채택하였지만, 전체적으로 볼 때 여전히 걸출한 현실주의 작품이라 생각한다"[43]라고 밝혔다. 이러한 태도는 류정창(劉正强)의 글에서도 엿보인다. 류정창은 「광인일기」 속 상징수법과 상징주의를 구별해야 한다고 강조하면서, "요컨대 「광인일기」는 창신에 과감하고 여러 장점을 두루 갖춘, 일반적 의미를 뛰어넘는 탁월한 현실주의 작품"이라고 주장하였다.[44]

「광인일기」의 창작 방법으로 현실주의를 강조하는 견해에는 대체로 중국현대문학의 현실주의 전통을 유지하려는 의식이 알게 모르게 전제되어 있다. 이들 연구자에게는 「광인일기」가 중국현대문학의 출발점이라면 당연히 현실주의적이지 않으면 안 되며, 현실주의로 설명되지 않으면 안 된다는 의식이 은연중에 깔린 것이다. 따라서 설사 다른 창작 방법으로 설명할 수 있는 중요한 요소가 발견될지라도, 그것은 '창신에 과감하고 장점을 두루 갖춘' 현실주의의 '걸출함'과 '탁월함'을 입증해주는 증거에 지나지 않는다.

현실주의와 상징주의의 결합

두 번째 견해는 현실주의와 상징주의가 결합한 작품이라는 것이다. 앞에서도 언급하였듯이, 일찍이 1919년 푸쓰녠은 "「광인일기」는 사실적 필법을 이용하여 기탁적 지취를 전달하였다"라고 지적한 바 있다.[45] 푸쓰녠이 지적한 '사실적 필법'과 '기탁적 지취'의 결합은 「광인일기」가 단일한 창작 방법이나 현실주의 창작 방법을 따른 것이 아닐 수도 있다는 논리의 근거가 될 수도 있는 최초의 언급이라는 점에서 주목할 만하다.

그리하여 1951년에 쑨푸위안(孫伏園)은 "「광인일기」의 형식은 꽤 특수한데, 일기체이자 격언체이며, 비유적이고 상징적이면서도 사실적"[46]이라고 평가하였다. 리쌍무(李桑牧) 역시 '광인은 상징적 형상'이면서도 '현실적인 피와 살'을 갖고 있음을 강조하면서, 「광인일기」는 "광인이라는 이 현실성과 상징성이 결합한 예술 형상을 통하여, 문학에서 흔히 보이는, 아름다움이 훼멸되는 비극적 주제를 매개로 하여 아름다움이 장차 승리하리라는 새로운 즐거움의 주제를 전례 없이 표현했다"라고 평가하였다.[47]

이러한 견해는 1960년대에도 끊임없이 제기된 바, 1962년 부린페이(卜林扉, 林非)는 「광인일기」가 줄거리 곳곳에서 상징주의 수법의 도움을 받고 있으며 철리의 개괄적 의미를 갖고 있다고 지적하였다.[48] 왕셴융과 옌언투 역시 「광인일기」가 충분한 현실성을 갖추고 있을 뿐만 아니라, 동시에 우의(寓意)가 깊은 상징성을 포함하고 있다고 지적하였다.[49] 문화대혁명이 종결된 이후인 1982년, 옌자옌은 「광인일기」가 두 가지 창작 방법을 병용하고 있음을 다음과 같이 주장하였다.

인물의 사실적 묘사[實寫]에는 현실주의를 운용하고, 우의의 허구적 묘사[虛寫]에는 상징주의를 운용하였다. 작품의 사상성은 주로 상징주의 방법을 통하여 체현하였지만, 일반적인 상징주의 작품과 다르게 「광인일기」의 상징주의 방법은 독립적이지 않고, 마치 그림자가 형체에 종속되어 존재하듯이 현실주의에 종속되어 존재할 뿐이라는 것이다. (그리하여) 현실주의 방법이 소설의 뼈대와 혈육을 구성하고 상징주의 방법은 소설의 영혼을 구성하였다고 할 수 있다. 두 종류 창작 방법이 병행되어[雙管齊下] 각자 자신의 임무를 담당하는데, 서로 없어서는 안 될 상태이다. 즉 만약 상징주의 방법만을 운용하고 현실주의 방법을 통하지 않은 채 진실한 미치광이를 그려내고 식인의 문제를 제기한다면, 이른바 '예교식인'의 사상은 추상화되고 공허해져 작품은 쉬이 개념화의 길로 나아가게 될 것이다. 그러나 만약 소설이 현실주의 방법만을 운용하여 식인의 문제를 제기하는 데 그쳤다면, 이 역시 강렬하고 심각한 사상성을 잃어버려 평범하고 무미건조한 작품이 되어버렸을 것이다.[50]

옌자옌의 견해는 「광인일기」에 현실주의와 상징주의의 창작 방법이 병용되었다는 논지를 가장 논리적이고 체계적으로 기술한다. 그의 견해는 1993년 탕위안(唐沅)의 관점에 의해 보다 치밀하게 계승되어 '사실적 상징주의'라는 용어로 정립되었다. 탕위안은 "「광인일기」에서의 현실주의와 상징주의의 결합은 각자의 경계를 녹여버린 유기적 결합이며, 그 결과 혼연일체가 된, '사실적 상징주의 방법'이라고 부를 수 있는 새로운 예술 표현 방법을 형성하였다"라고 지적하면서, "광인의 생존 환경에 대한 묘사이든, 아니면 광인에 대한 형상화이든, 여기에서 전해지는 깊고 넓은 우의(寓意)이든 모두 (……) '사실-상징'이 서로 결합한 총체적 작용"이라고 주장하였다.[51]

상징주의

세 번째 견해는 상징주의가 창작 방법의 주요 부분을 이루고 있다는 것이다. 상징주의 창작 방법에 대해 처음으로 언급한 이는 선옌빙이다. 그는 1923년 「광인일기」에 관해 "기묘한 글 속에 썰렁하면서도 멋진 글귀, 꼿꼿한 어조가 그 함축적인 의미 및 옅은 상징주의적 색채와 대비되면서 이색적인 풍격을 이루어 이를 보는 순간 형언할 수 없는 비애의 유쾌함을 느끼게 한다"라고 기술하였다.[52] 그가 언급한 '상징주의적 색채'가 구체적으로 무엇을 가리키는지 알 수 없으나, 「광인일기」의 전반적인 서사 분위기를 가리킨다고 보아도 좋을 것이다.

선옌빙의 견해는 「광인일기」에 대한 본격적인 문예비평을 알리는 글이었음에도 불구하고, 오랫동안 연구자들의 주목을 받지 못했다. 이는 아마 현실주의 독존론에서 비롯한 상징주의에 대한 편견이나 거부감 때문이리라 생각한다. 「광인일기」의 상징주의적 창작 방법에 대한 견해는 선옌빙의 언급으로부터 50년이 훌쩍 넘은 1979년에야 천융에 의해 다시 제기되었다. 그는 앞에서 광인의 형상과 관련된 기탁설에서 살펴보았듯이, 광인을 하나의 상징으로 간주하였다. 그는 「광인일기」가 상징적 방법을 운용하고 있음을 지적하면서 상징과 현실 생활의 관계에 대해 "상징적 방법은 흔히 삶의 한구석을 표현하는 것이 아니라 삶 전체에 착안하기 때문에, 작자가 이 전체를 붙잡아낼 수 있느냐 여부가 문제이다. 이러한 의미에서 그것은 예술 위에서 현실주의 방법보다 훨씬 심오한 진실에 이를 수도 있다"라고 주장하였다.[53]

천융의 글이 발표되자 그의 견해에 반대하는 의견이 잇달아 제기되었는데, 가장 중요한 논점은 상징적 방법과 상징주의가 동일하지 않다는 것이었다. 그러나 이러한 이의 제기에도 불구하고 1981년 구능은 「광인일기」에 대해 "전편의 곳곳마다 상징 수법으로 채워져 있으며, 따라서 상징주의 분위기가 넘친다"라고 지적하면서, "현실주의의 진실성 문제를 죽어라 움켜쥐게 되면 결국 평론 작업은 극히 곤란한 경지로 빠져들 수밖에 없다"라고 비판하였다.[54] 또한, 1986년 판보췬(范伯群)과 쩡화펑(曾華鵬)은 「광인일기」에 대해 "현실주의적이기도 하고 상징주의적이기도 한데, 「광인일기」에서 어느 수법이 주도적 지위를 차지하여 국세를 좌우하는 작용을 하는지 살펴본다면 우리는 상징주의 수법이라고 생각한다"라고 의견을 밝히면서 다음과 같이 지적하였다.

상징주의가 핵심 작용을 일으키기 때문에 「광인일기」의 주지(主旨)를 해독 혹은 이해할 수 있느냐 없느냐는 작자가 광인의 입에 집어넣은 '비밀번호'—상징 우의(寓意)를 독자가 '해독'해낼 수 있느냐 없느냐에 달려 있다. 「광인일기」 최대의 특수성은 바로 이 상징주의적 '비밀번호'가 거시적인 역사 진리를 틀어쥐고 있다는 점에 있으며, 미시 적인 세부 묘사의 진실성에 있지 않다.[55]

상징주의 창작 방법에 대한 견해는 이후 여러 연구자에게 긍정적 으로 받아들여졌다. 이는 광인 형상을 둘러싼 논의에서 광인을 상징 으로 간주하였던 기탁설과 맞물려 기존의 '광인=전사=작자'라는 경 직된 공식을 해체시킨 것과 동일한 맥락에서 받아들여졌기 때문이 다. 그 일례로 1993년 이이(伊漪)는 「광인일기」의 예술적으로 두드 러진 특색은 선명한 상징주의 색채"라고 주장하면서 「광인일기」는 주제를 표현하고 창작 의도를 완성할 때 현실주의 소설처럼 전형적 인물의 창조에 힘을 쏟는 것이 아니라, 광인의 형상 속에 상징적 함 의를 녹여 부어 작자의 관점과 사상을 암시한다"라고 지적하였다.[56]

낭만주의

네 번째 견해는 낭만주의 창작 방법이 운용되었다는 것이다. 이 견해는 1979년 우샤오메이(吳小美)가 제기하였다. 그는 "이러한 최 초의 '외침'이 전형 환경 중의 전형 성격을 차분하게 빚어낼 가능성 은 없으며, 단지 「광인일기」식으로 격정의 직접적 토로로서 낭만주 의 창작 방법의 거대한 충격력의 도움을 받았을 가능성은 높다"라고 밝히면서 "광인은 낭만주의 방법으로 창조한, 상징 의미가 아주 강한 문학 형상"이라는 점을 강조한다.[57] 1980년 사오보저우(邵伯周) 역시 「광인일기」를 낭만주의 소설로 간주하면서 다음과 같이 지적하였다.

비록 생활의 진실에 부합되지 않은 묘사가 적지 않지만, 구상, 환경 묘사, 인물 형상의 창조와 줄거리 안배 등 여러 방면에서 보았을 때 현실주의와는 사뭇 다르다. 상징수법의 운용은 작품 안에서 두드러진 지위를 차지하고 있지만, 그것은 '유미'적이지도 않고 '신비'적이지도 않으므로 상징주의와는 본질적 차이가 있다. 그러나 낭만주의와는 서로 부합되거나 기본적으로 일치한다. 그러므로 우리는 이 작품을 낭만주의 작품이라 생각한다.[58]

사오보저우의 이러한 견해에는 상징수법이나 상징주의에 대한 이해가 적잖이 편파적이라는 혐의가 있긴 하다. 그럼에도 불구하고 '내면세계의 묘사'와 '주관 정서의 표출', 그리고 '기성 질서와 권위에 대한 부정 의식'을 낭만주의의 특징으로 중시한다는 점에서 볼 때, 「광인일기」가 낭만주의 창작 방법을 운용한 결과라고 판단할 근거가 충분했을 것이다. 「광인일기」의 일기체 형식과 이에 따른 강렬한 자아의 표출, 광인의 언행으로 표현되는 강력한 반봉건 정신은 이 작품의 창작 방법을 낭만주의로 규정하는 기본 전제가 된 셈이다.

현실주의와 낭만주의의 결합

다섯 번째 견해는 현실주의와 낭만주의의 결합으로 보는 것이다. 1961년 천밍수는 「광인일기」를 포함하여 『외침』에 실린 작품들은 "기본적으로 5·4시대 혁명 정신을 체현한 현실주의와 낭만주의가 결합한 작품"이라고 평가하였다. 그는 「광인일기」에 대해 "미래에

대한 조망, '식인'의 역사에 대한 분노, 구세계와의 단호한 결별 태도
는 모두 낭만주의 정신을 고양하고 있다"라고 이 작품의 낭만주의적
특색을 강조하면서도 "적극적 낭만주의 정신과 낭만주의 수법이 이
작품의 주요 기조이고, 현실주의 정신과 현실주의 수법은 이 작품의
배색(配色)"이라고 주장한다.[59]

뒤이어 1962년 왕셴융과 옌언투 역시 「광인일기」의 창작 방법을
현실주의와 낭만주의의 결합으로 간주하였다. 이들에 따르면, 광인
은 "충분한 현실성을 갖고 있음과 동시에 우의(寓意)가 깊은 상징성
을 내포하고 있다. 후자는 전자를 기초로 하고, 양자는 유기적으로
한데 결합하여, 현실주의의 기조 속에서 낭만주의의 음향이 메아리
치고 있다." 천밍수의 견해가 낭만주의를 「광인일기」의 주요 기조로
간주하는 반면, 이들은 현실주의를 주요 기조로 간주하고 있다는 점
이 다를 뿐이다.

이들이 주장하는 '현실주의와 낭만주의 결합'은 당시 문단의 현실
주의 독존론을 돌파하였다는 점에서 일부 긍정적으로 평가할 수 있
다. 그러나 다른 한편 이들의 견해가 당시 최고 권위자 마오쩌둥의
문학 담론인 '혁명적 현실주의와 혁명적 낭만주의의 결합'이라는,
이른바 '양결합(兩結合)'의 창작 방법을 「광인일기」에 그대로 적용한
것이 아닌가 하는 의구심을 지울 수 없기도 하다.

현실주의와 낭만주의의 결합이라는 창작 방법은 이후 1980년 루
야오둥과 탕다후이에 의해 다시 제기되었다. 이들은 "「광인일기」 형
상의 진실성, 현실의 명료한 인식과 개조를 계발하는 예술 역량은

모두 현실주의의 특징을 체현하고 있다"라고 지적하면서도 "이 작품의 특별한 격식과 수법, 밝은 미래에 대한 동경은 이 작품에 낭만주의적 색채를 갖게 해주었다"라고 평가하였다.[60] 또한, 1986년 린즈하오(林志浩)는 「광인일기」의 창작 방법을 현실주의와 상징주의의 결합으로 보는 견해에 동의하지 않는다고 하면서, 현실주의와 낭만주의가 결합한 창작 방법을 운용하였다고 주장했다.[61]

의식의 흐름

여섯 번째 견해는 의식의 흐름(stream of consciousness)을 운용했다는 것이다. 이 견해는 다른 견해들에 비해 꽤 늦게 제기된 편으로, 1970년대 말에 현실주의 독존론에서 벗어나 창작 방법의 다양화를 모색함에 따라 제기되었다. 특히 이 시기에 서구 모더니즘에 대해 가졌던 문단의 관심이 이 견해에 일정 정도 반영되어 있다고 볼 수 있다. 이 견해는 1981년 양장주(楊江柱)가 최초로 제기하였다. 그는 "「광인일기」는 중국 최초 의식의 흐름 소설"이라고 주장하면서 다음과 같이 그 근거를 밝힌다.

첫째, 전체 작품에 전통 소설 속 이야기의 줄거리가 없으며, 처음부터 끝까지 모두 인물의 의식의 흐름이다. (……) 둘째, 전체 환경이 광인의 의식의 흐름 속에 용해되어 있으며, 완전히 광인의 의식의 흐름의 스크린 위에 반영된 것이다. (……) 셋째, 시간의 논리 순서가 완전히 어지럽혀져 있다. (……) 넷째, 광인의 의식의 흐름 속에 나타난 경

관 중에 어떤 것은 은유이고 어떤 것은 상징적 색채를 띠고 있다.[62]

의식의 흐름을 운용했다는 주장은 1983년에 타오푸덩(陶福登)에 의해 다시 제기되었다. 그는 「광인일기」에 대한 새로운 독해 방식을 모색해야 함을 강조하면서 "의식의 흐름의 길에 비추어 읽고 감상할 것"을 제안했다. 그는 "의식의 흐름 소설은 흔히 이미지, 비유, 연상 등의 방식으로 추상적인 잠재의식의 흐름을 상징하기를 즐겨한다. 「광인일기」의 '심각하고 절실한 주제 역시 이러한 대량의 상징 수법 속에서 표현된 것"이라고 주장한다.[63]

사실, 의식의 흐름은 창작 방법이라기보다는 창작 기법 중 하나로 서, 흔히 몽타주와 함께 모더니즘의 대표적인 실험적 기법으로 알려 져 있다. 창작 기법으로서 의식의 흐름은 자유 연상(free association) 과 내적 독백(interior monologue)을 구체적 기법으로 운용하며, 유사 성(similarity)과 인접(neighborhood)의 원리를 중시한다. 바로 이러한 기법과 원리가 어떻게, 그리고 얼마나 작품에 녹아들어 있는가로 판 단해볼 때, 단순히 인물의 내면 심리, 특히 잠재의식을 주로 묘사하 거나 표출했다고 해서 곧바로 이를 의식의 흐름을 운용하였다는 근 거로 삼아서는 곤란하다.

창작 방법을 둘러싼 논의 외에도, 「광인일기」에 내재된 사상의 성 격을 둘러싸고 깊이 있는 논의가 진행되었다. 「광인일기」의 사상성 에 대해서는 크게 세 가지 견해로 압축할 수 있다. 첫째, 「광인일기」

에 계급론 관점이 드러나 있다는 견해이다. 즉 「광인일기」가 '중국 사회는 사람을 잡아먹는 사회'임을 지적하고 있을 뿐만 아니라, 계급 대립의 관계 속에서 중국의 낡은 사회를 해부했다는 것이다. 둘째, 「광인일기」에 계급론이 아니라 진화론 사상이 드러나 있다는 견해이다. 즉 개성주의를 기초로 하는 국민성 개조의 한계를 드러낸채 반봉건 수준을 뛰어넘어 마르크스레닌주의 단계에 이르지 못했다는 것이다. 이처럼 진화론 세계관을 강조하는 경우 이 작품에서 인도주의적 성향에 주목하기도 한다. 셋째, 「광인일기」에 혁명민주주의 사상이 드러나 있다는 견해이다. 즉 봉건사회와 봉건 이데올로기에 대한 심각한 저항 의식을 지니고 있으나, 5·4신문화운동의 인식상 한계 또한 지니고 있다는 것이다.

「광인일기」의 사상성을 둘러싼 논의는 단순히 텍스트 자체에 내재된 사상으로 그치지 않고, 텍스트 속 광인과 텍스트 밖 작자의 관계 또한 포함하기 때문에 매우 복잡한 양상을 보여준다. 즉 광인의 세계관을 작자의 세계관과 동일한 것으로 간주할 수 있는지 여부에 따라 텍스트의 사상성이 달리 파악될 수 있다는 말이다. 게다가 「광인일기」 창작 당시 루쉰의 사상이 어느 단계에 이르렀는가 역시 문제의 초점이 되기도 한다. 당시 루쉰이 마르크스를 제대로 이해하고 있었는가, 혹은 계급 분석의 방법을 운용하여 중국 사회를 해석해냈는가, 그렇지 않다면 중국 사회 인식에 있어서 어떤 한계를 보이고 있는가 등이 텍스트의 사상성을 규정하는 또 다른 주요 요인이 된다.

이외에도, 「광인일기」에 형상화된 식인에 대해서 크게 세 가지 견해가 제기되었다. 첫째는 심볼설이다. 식인은 실제로 인육을 먹는 행위가 아니라 봉건사회에서의 착취와 억압, 인간성 파괴를 상징하는 표현이라는 견해이다. 둘째는 역사설이다. 중국에서 역사적으로 식인 행위가 실재했다는 것을 중시하는 견해이다. 셋째는 현실설이다. 즉 식인 행위는 과거에 역사적으로 있었을 뿐만 아니라, 현재에도 여전히 계속되고 있다는 견해이다. 루쉰의 다른 글들에서도 중국 역사 속 식인 행위는 물론, 현실에서 일어나는 식인 행위 역시 심각한 문제임을 지적하는 부분을 찾을 수 있다.

지금까지 개괄적으로 살펴보았듯이, 중국에서의 「광인일기」에 대한 연구 성과는 문학과 정치의 관계 및 중국 사회의 전반적인 문화 심리구조 변화를 반영한다. 이러한 변화는 최근에 「광인일기」의 사상성이나 창작 방법에 대한 연구가 줄어드는 대신, 텍스트 자체에 대한 관심과 시공의 확장을 통한 비교연구가 상대적으로 증가하는 추세로 나타나고 있다. 표층구조에 대한 분석에서 심층구조에 대한 분석으로 나아가고 있으며, 텍스트 밖의 사실보다는 텍스트 안의 질서에 관해 차츰 관심을 기울이고 있다. 하지만 그렇다고 해서 「광인일기」가 발표된 이후 100년 동안 계속돼온 연구 태도와 문화심리의 관성이 완전히 사라진 것은 결코 아니다. 「광인일기」의 연구 경향이, 여전히 루쉰 작품 사상과의 결합에 있어 정합성을 추구하려는 데서 크게 벗어나 있지 않아 보이기 때문이다.

「광인일기」와의 비교연구

———

루쉰의 「광인일기」에 대한 비교문학적 관심은 아마도 루쉰 자신이 밝힌 창작담 및 독서 경험담과 깊은 관련이 있을 것이다. 루쉰은 소설 창작에 뛰어들었을 당시의 독서 경험에 대해 1933년 3월에 쓴 「나는 어떻게 소설을 쓰게 되었는가」에서 이렇게 다음과 같이 밝히고 있다.

그래서 읽어본 것으로는 러시아, 폴란드, 발칸의 여러 작은 나라 작가 것이 특히 많았다. 인도와 이집트 작품도 열심히 찾아본 적은 있지만 여의치가 않았다. 당시 가장 애독한 작가는 러시아의 니콜라이 고골과 폴란드의 헨리크 시엔키에비치로 기억한다. 일본 작가로는 나쓰메 소세키와 모리 오가이가 있었다.[64]

또한, 1935년 3월에 쓴 「『중국신문학대계』 소설2집 서문」에서는 「광인일기」 창작과 관련하여 다음과 같이 언급하고 있다.

1918년 5월부터 「광인일기」, 「쿵이지」, 「약」 등을 연속적으로 발표하여 '문학혁명'의 성과를 드러낸 것으로 간주되었고, 또 당시 사람들에게 "표현이 심각하고 격식이 특이하다"라고 여겨져 일부 청년 독자들의 마음을 격동시켰다. 하지만 이 격동은 종래 유럽대륙문학을 소개하는 일에 게을렀던 데서 연유했다. 1834년경 러시아의 고골이 이미 「광인일기」를 발표했고, 1883년경에는 니체가 일찍이 자라투스트라의 입을 빌려 "너희는 이미 벌레에서 사람으로의 길을 걸어왔다. 너희 안에는 아직도 벌레가 많다. 일찍이 너희는 원숭이였다. 지금도 인간은 어떤 원숭이보다 더 원숭이다"라고 했다. 게다가 「약」의 결말은 분명히 안드레예프의 음울을 담고 있다. 하지만 뒤에 나온 「광인일기」는 가족제도와 예교의 폐해를 폭로하는 데 의미를 두었는데, 고골의 울분보다는 더 깊고 넓으나 니체적 초인의 묘망(渺茫)보다는 못했다.[65]

이 밖에도 루쉰이 자신의 창작에 영향을 미친 외국 작가나 작품을 언급한 글이 적지 않지만, 앞의 두 글만 보더라도 그의 창작에 영향을 미쳤을 법한 작가들이 대거 등장한다. 게다가 이 글에는 「광인일기」와 관련지어 '표현이 심각하고 격식이 특이하다[表現的深切]', 고골의 '울분보다 더 깊고 넓다[憂憤深廣]'라거나 니체의 초인만큼 '묘망하지 않다'라는 식으로 자아비평이 들어있다. 그뿐만 아니라 「광인일기」에서 진화론적 관점을 표명한 광인의 진술이 자라투스트라의 말을 인용하고 있다. 바로 이러한 자아비평과 니체 인용은 이후 「광인일기」와의 비교연구에서 주요 논점이 되기도 하였다.

저우쭤런의 회고록에 실린 다음의 회고 역시 루쉰의 독서 경험을 구체적으로 진술하고 있다.

　수많은 작가 가운데 예재(豫才)가 가장 좋아했던 사람은 안드레예프였다. (……) 이 밖에도 가르신이 있는데, 그의 「나흘」이란 작품은 이미 『역외소설집』에 번역되어 실렸으며, 또 『붉은 웃음』도 있는데, 미하일 레르몬토프(Михаи́л Ле́рмонтов)의 「우리 시대의 영웅(Герой нашего времени)」, 체호프의 「결투(Дуэль)」와 함께 모두 아직 번역되어 있지는 않았다. 그리고 블라디미르 코롤렌코(Влади́мир Короле́нко)도 아주 좋아했는데, 몇 년 후에 내가 그의 「마카르의 꿈(Сон Макара)」을 번역하였을 따름이다. 막심 고리키(Макси́м Го́рький)는 이미 널리 알려져 있었고 『어머니(Мать)』 역시 몇 종의 번역본이 있었지만, 예재는 그다지 관심을 기울이지 않았다. 그가 가장 영향을 많이 받은 이는 고골이었다. 『죽은 혼』은 그다음이며, 가장 중요한 것은 단편소설 「광인일기」, 「이반 이바노비치와 이반 니키포로비치가 어떻게 싸웠는가에 관한 이야기」 그리고 희극 『검찰관』 등이었다. 폴란드 작가로 가장 중요한 사람은 시엔키에비치였다.[66]

루쉰과 저우쭤런의 글들을 통해 알 수 있듯이, 루쉰의 독서 경험에서 주요한 작가들은 대체로 고골, 안드레예프, 가르신 등의 러시아 작가와 시엔키에비치, 니체, 그리고 일본 작가 나쓰메 소세키 등이었다. 이러한 구체적 언급들은 루쉰과 외국 작가, 루쉰의 「광인일기」와 외국 작가의 작품 사이의 비교연구에 안성맞춤의 근거를 제시해준다. 이에 따라 중국에서는 1980년대 이후로 루쉰의 「광인일기」를 외국 작가의 작품과 비교·분석하는 연구가 활발해졌다. 여기에서는 루쉰이 직접 언급했던 외국 작가, 특히 러시아 작가와의 비교연구를 중점적으로 먼저 살펴본 다음, 여러 개별 작가와의 비교연구를 정리하고자 한다.

　루쉰과 외국 작가와의 비교연구 중 가장 일찍 시작된 연구는 러시아 작가의 관계일 것이다. 이를테면 1982년 온루민(溫儒敏)의 「루쉰의 「광인일기」에 대한 외국문학의 영향(外国文学对鲁迅「狂人日记」的影响)」이 대표적인 예이다. 이 글에서 그는 니체부터 고골, 안드레예프, 가르신 등이 루쉰에게 미친 영향을 분석하여 루쉰의 「광인일기」의 광인 형상 및 예술 특색을 살펴본다.[67] 루쉰과 외국문학, 루쉰과 러시아문학에 관한 연구에서 빼놓을 수 없는 역작은 1983년에 출판된 왕푸런(王富仁)의 『루쉰 전기 소설과 러시아문학(鲁迅前期小說與俄羅斯文學)』이다. 여기에서 왕푸런은 고골, 체호프, 안드레예프, 미하일 아르치바셰프(Михаил Арцыбашев) 등 러시아 작가의 작품이 루쉰의 초기 소설에 미친 영향을 서술하였는데, 특히 고골과 안드레예프의 작품이 「광인일기」에 미친 영향을 자세히 언급하고 있다.[68]

　우리의 눈길을 끄는 것은 물론 고골의 「광인일기」와의 비교연구이다. 루쉰의 작품과 동명 소설이기도 할 뿐만 아니라, 앞의 인용문들에서 확인할 수 있듯이 루쉰에게 가장 커다란 영향을 미친 작가가 고골이기 때문이다. 고골과 루쉰, 두 사람의 「광인일기」에 대한 비교연구는 대체로 1980년대 초부터 시작되었다. 1980년대의 비교연구는 루쉰의 「광인일기」가 고골의 동명 소설로부터 무엇을 빌려오고 그와 달리 무엇을 새로이 만들어냈는가, 이른바 차감(借鑒)과 창신

(創新)의 문제를 다루었다. 이러한 경향의 연구는 기본적으로 작품의 제재와 체재, 구조 등에서 루쉰의 작품이 고골로부터 영향을 받았음을 인정하지만, 광인 형상과 묘사 기법, 광인의 성격 등에서의 차이를 근거로 루쉰이 외국문학을 받아들이면서도 자신의 것으로 완전히 소화함으로써, 즉 '가져오기주의[拿主主義]'를 통해 창신을 이루었음을 강조한다.[69]

이러한 문제의식에서 한 걸음 더 나아가 1982년 펑딩안(彭定安)은 「루쉰의 「광인일기」와 고골의 동명 소설(鲁迅的「狂人日记」与果戈理的同名小说)」이란 글에서 러시아와 중국에 광인 형상이 등장하게 된 역사적 배경과 의의, 인물 형상의 실질과 예술 풍격의 차이, 두 작가의 상이한 세계관과 사상 수준, 여기에서 비롯된 작품의 품격과 사회적 효과의 차이를 분석하기도 하였다.[70] 1999년 샤오샹둥(肖向東) 역시 「영향·차감·창신—루쉰과 고골의 「광인일기」 비교론(影响·借鉴·创新—鲁迅与果戈理「狂人日记」比较论)」에서 상이한 시대, 상이한 국가와 민족의 두 작가가 유사한 작품을 창작한 이유는 무엇인가에 대한 문제의식에서 출발하여, 두 소설이 생산된 본토화 배경과 인물 형상의 특징을 분석하고, 두 작품의 관계가 모방·차용·영향 중 어느 것인지 분석하였다.[71]

루쉰과 고골의 동명 소설에 대한 비교연구가 차감과 창신을 둘러싼 의론으로부터 우열에 관한 분석으로 흐른 경우도 있다. 이를테면 두 작품은 형식과 체재 면에서 많은 유사성을 보이지만, 인물 형상과 주제 사상 면에서는 루쉰의 작품이 훨씬 심오하다는 주장이다.

이러한 연구의 문제의식은 아마 루쉰이 자신의 창작담을 통해 "고골의 울분보다 더 깊고 넓다[憂憤深廣]"라고 언급한 데서 비롯되었을 것이다.[72]

　루쉰과 고골의 동명 소설의 차이를 분석하는 연구 성과 가운데, 2009년에 발표된 왕즈겅(王志耕)과 단서우신(段守新)의 「상이한 구조의 '인생을 위하여'―두 편의 「광인일기」의 문화해독(不同结构的'为人生'―两篇「狂人日记」的文化解读)」은 각별히 주목할 만하다. 이들은 루쉰의 「광인일기」가 고골의 영향을 받았음을 기꺼이 인정하지만, 심층 구조에서 고찰하면 분명한 차이를 보인다고 주장한다. 즉 본체론 층위에서 볼 때, 루쉰의 작품이 '문화의 본체론(중국 문화 본체구조에 대한 사고)'이라면, 고골의 작품은 '인간의 본체론(추상적 인간에 대한 사고)'이라고 할 수 있다. 또한 방법론 층위에서 볼 때, 루쉰의 작품이 실존주의 철학의 눈으로 중국 문화 본체구조 문제를 바라봄으로써 절망 중 반항에 이르렀음에 비해, 고골의 작품은 기독교적 인도주의 사상으로써 인간의 당면한 상황을 고찰하여 인간 영혼의 소통을 확신하고 있다는 것이다.[73]

　2014년에 발표된 쑹빙후이(宋炳輝)의 「중러문학의 교류에서 루쉰 「광인일기」의 현대적 의의를 보다(从中俄文学交往看鲁迅「狂人日记」的现代意义―兼与果戈理同名小说比较)」라는 글 역시 주목할 만하다. 그는 루쉰의 작품이 고골의 동명 소설과 직접적인 차감 관계를 갖고 있다고 본다. 이러한 문제의식을 바탕으로 두 가지 문화횡단(interculture) 텍스트를 비교·분석함으로써 루쉰 작품이 중국현대주의문학에서 지닌 표지적 성취의 의의를 밝히는 한편, 그 발생 요인의 다원성과 창조성을 고찰함과 아울러 선봉문학의 특징을 분석한다.[74]

고골만큼 많은 편수를 자랑하지는 못하지만, 안드레예프와의 비교연구도 꽤 활발하다. 1982년 저우인(周音)과 리커천(李克臣)은 루쉰이 안드레예프를 언급한 글들을 먼저 살펴보고, 이를 바탕으로 루쉰의 「광인일기」와 안드레예프의 「담(Cтена)」을 분석함으로써 루쉰이 안드레예프의 상징주의 수법을 비판적으로 계승하였다고 주장하였다.[75] 또한, 1994년 장성칭(江勝淸)은 루쉰의 「광인일기」와 안드레예프의 『붉은 웃음』 모두 단편적인 심령의 독백으로써 인물의 변태 심리를 표현하고 있다는 점을 지적하였다. 더 나아가 그는 상징주의, 표현주의, 현실주의 삼자가 유기적으로 결합된 수법을 운용하고 있다는 점을 근거로 두 작품의 영향 관계를 분석하는 한편, 「광인일기」가 『붉은 웃음』의 문제의식을 돌파하여 초월하였음을 주장한다.[76]

1993년에 발표된 왕번차오(王本朝)의 「루쉰의 「광인일기」에 대한 안드레예프의 『붉은 웃음』의 영향('吃人'的寓言与象征─鲁迅「狂人日记」与安特莱夫『红笑』的比较性解读)」은 특별히 주목할 만하다. 이 글에서는 루쉰의 「광인일기」와 안드레예프의 『붉은 웃음』을 비교 대상으로 삼아 두 작품 사이의 모방성과 창조성이란 복잡한 관계를 분석함으로써, 두 작품 모두 우언과 상징 방식으로 식인이라는 공통의 사상주제를 서술하였다고 주장한다. 왕번차오는 이러한 주장을 바탕으로 표현 수법에서의 두 가지 특징(심리 활동의 변화를 외부환경에 따른 느낌과 융합시키고, 각각 달과 태양의 이미지를 배치하여 작품의 분위기 및 인물 심리 활동의 상징으로 삼고 있다는 점), 모두 1인칭 서술 시점과 아이러니 기교를 운용하고 있다는 점(특히 「광인일기」의 서문, 『붉은 웃음』의 부제 '주위 모은 잔고(殘稿)' 등이 지닌 기능) 등을 제시한다.[77]

러시아 작가 표도르 도스토옙스키(Фёдор Достоéвский)의 작품 역시 루쉰의 「광인일기」와 자주 비교연구된다. 1988년 리춘린(李春林)은 도스토옙스키의 『가난한 사람들(Бедные люди)』과 루쉰의 「광인일기」가 두 작가의 첫 작품일 뿐만 아니라 모두 '인간'의 문제를 다루고 있다는 점, 그리고 「광인일기」가 일기체이고 『가난한 사람들』이 서신체라는 서사 형식의 특이성 등에 주목하였다. 그는 두 작품 모두 인도주의 사상의 영향을 받았지만, 루쉰의 인도주의가 전투적 색채를 선명하게 띠고 있다는 점에서 도스토옙스키와 다른 특징을 보여준다고 주장한다.[78]

2016년 장이(張藝)는 루쉰의 「광인일기」와 도스토옙스키의 『지하생활자의 수기(Записки из подполья)』를 비교연구한 글을 발표하였다. 이 글에서는 텍스트 분석을 시도하였는 바, 두 작품 모두 작가의 해체론적 사유가 적극적으로 발휘되었음을 밝혀낸다. 두 작품 모두 광인의 인물 형상을 창조하여 전체 사회를 대신하여 소리를 내지르고, 지리멸렬한 언어로써 낯설게하기 효과를 거두고 있으며, 의식의 흐름 수법으로 전체 줄거리의 발전을 추동하고 있다고 분석한다.[79]

루쉰이 자신의 독서 경험으로 니체를 언급한 만큼, 루쉰의 「광인일기」와 니체의 관련성을 분석하는 연구도 진행되었다. 니체와의 연관성을 분석하는 연구는 대체로 「광인일기」에 쓰인 니체의 진화론적 세계관 및 니체의 사상, 특히 『자라투스트라는 이렇게 말했다』속의 초인 사상을 연구 대상으로 삼는다. 이를테면 1993년 웨이펑쥐(魏鵬擧)는 루쉰의 「광인일기」가 고골의 동명 소설로부터 영향을 받아 만들어졌다고 한다면, 근본적이고 내재적인 가능성과 풍부성은 니체의 『자라투스트라는 이렇게 말했다』에서 비롯되었다고 주장하였다. 그는 사상 내용, 특히 니체의 초인 사상과 언어 형식 측면에서 양자의 영향 관계를 분석하고 있다.[80]

한편 2006년 샤오리(肖莉)는 「광인일기」와 『자라투스트라는 이렇게 말했다』를 비교연구하면서 「광인일기」가 포함하고 있는 노예성에 대한 비판, 암흑 세력에 대한 공격 등에서 니체의 영향을 분석해 냈다. 그뿐만 아니라 장면의 처리 방식(자라투스트라가 산에서 내려와 대중 앞에 나섰을 때와 광인이 거리의 사람들 앞에 나섰을 때), 이미지, 주제 사상과 서사 방식 등에서도 니체의 그림자를 엿볼 수 있다고 주장한다. 아울러 그는 「광인일기」 속 진화론과 관련된 광인의 진술과 『자라투스트라는 이렇게 말했다』의 진술 간 유사성을 지적한다.[81]

이 밖에 서구 작가 및 작품과의 비교연구로는 우선 셰익스피어의 『햄릿(Hamlet)』과의 비교연구를 들 수 있다. 햄릿과 광인은 모두 개인과 사회의 충돌로 인한 찬란한 비극 정신을 보여주는 인물 형상이라는 관점에서, 현실 사회에 대한 비판의 각도, 개인과 환경이 충돌하는 표현 형식을 살펴보는 연구가 있다.[82] 여기에서 나아가, 두 인물 형상은 그들이 처한 시대, 계급, 민족 등의 측면에서 차이가 있으나, 시대의 초월자로서 강렬한 항쟁 욕망과 투쟁 정신을 지닌 비극적 초월자의 성격을 갖고 있다는 점에 주목한 연구도 있다. 그리하여 초월자의 비극 정신과 관련한 표현 예술과 중서비극미학의 특징을 탐구하기도 한다.[83]

미겔 데 세르반테스(Miguel de Cervantes)의 『돈키호테(Don Quixote)』와 루쉰의 작품을 비교연구한 글도 있다. 2005년 수이하이모(稅海模)는 『돈키호테』와 「광인일기」, 「아Q정전(阿Q正傳)」 이렇게 세 작품의 인물, 작자, 텍스트 수용의 횡단문명적 비교를 통하여 인류 보편의 가치 관념을 고찰하였다. 수이하이모에 따르면, 두 사람처럼 위대한 작가가 경전적 작품을 써낼 수 있던 것은 작품의 비인간적 현실에 대한 비판 및 인류 보편의 가치에 대한 강렬한 동경과 밀접한 관련이 있다. 경전적 작품이 수용되느냐, 어떻게 수용되느냐는 수용자의 사상경계와 밀접한 관련이 있다는 것이다.[84]

조지 고든 바이런(George Gordon Byron)의 『카인(Cain)』과의 비교연구도 매우 흥미롭다. 1985년 가오쉬둥(高旭東)은 루쉰의 「마라시력설」에 카인의 반전통 정신이 깊게 스며있다는 점에 주목하였다. 특히 전통에 대한 철저한 전복, 하나님이 창조한 질서에 대한 부정 정신으로 미루어볼 때, 루쉰은 이미 『카인』의 영향을 깊게 받았음을 알 수 있으며, 10년 뒤 그의 강령적 반전통선언인 「광인일기」에도

『카인』의 영향이 깊이 내재하여 있다는 것이다.[85]

헤세의 『황야의 이리』와의 비교연구 역시 흥미롭다. 1997년 장웨이(張薇)는 인간성과 이리의 본성을 함께 가진 주인공 하리 할러의 광기에 주목하였다. 장웨이에 따르면, 고골과 루쉰의 광인에 비해 헤세 소설의 광인은 신시대의 광인이자 현대의 광인이다. 그는 '미침'의 원인과 양상, '미침'의 상징과 '미침'의 서술 등을 고찰함으로써 '미침' 아래에 감추어져 있는 '미치지 않음[非狂]'을 끄집어내어 '미침'의 참[眞]과 아름다움[美]을 살펴본다.[86]

2000년 후즈밍(胡志明)은 루쉰의 「광인일기」와 프란츠 카프카(Franz Kafka)의 『변신(Die Verwandlung)』을 비교·분석하였다. 후즈밍은 두 작품의 두드러진 심미 특징으로 두려움을 제시한다. 두 작가는 광인의 미친 소리와 징그러운 벌레를 묘사 대상으로 삼아 특수한 서사 방식(이중의 시각 및 내재장력을 지닌 어구)을 채용하여 비정상적인 심미 컨텍스트를 구성해냈다. 이로써 독자는 그동안 자신이 마비되어 있던 문화전통과 생활환경의 비인간적 본질에 실존적 두려움을 느끼게 된다는 것이다.[87] 2013년 웨이차오(魏超) 역시 이 두 작품이 상이한 민족과 지역, 문화전통의 배경 아래서 드러내는 차이점과 유사점을 비교·분석하였다.[88]

1998년 차이가이잉(柴改英)은 제롬 데이비드 샐린저(J. D. Salinger)의 『호밀밭의 파수꾼(The Cather in the Rye)』과의 비교연구를 시도하였다. 이 작품은 현실 사회의 막다른 곳에 내몰려 우울증을 앓고 있는 홀덴 콜필드의 입을 빌려 순진무구한 아이에게 환상을 기탁하고 있다. 이는 마치 「광인일기」에서 광인의 입을 빌려 아이를 구하라고 외치는 것과 유사하다. 시대와 사회의 상이함 가운데서도 창작 배경의 유사성, 주인공 인물 형상의 유사성 및 깊은 깨달음을 가져다주는 결말 등 세 가지 측면에서 이를 비교·분석하고 있다.[89]

또한, 2018년 왕웨이둥(汪衛東)과 허신퉁(何欣潼)은 모파상의 「오를라」와 비교·분석하였다. 「오를라」는 1인칭 일기체소설로, 대량의 내적 독백을 통하여 주인공이 차츰 광기에 빠져드는 과정을 기록하고 있다. 「광인일기」와 「오를라」는 소설 제재 및 언어 문체 측면에서 고도의 유사성을 보여줄 뿐만 아니라, 세부 묘사(「오를라」에서 나를 구원해달라는 호소, 「광인일기」에서 아이를 구하라는 외침)에서도 유사성을 보여준다. 이들은 당시 일본과 중국의 「오를라」 번역 상황을 고려해보았을 때 루쉰이 「광인일기」 창작 이전에 「오를라」를 읽었을 가능성은 크지 않다고 밝히고 있다.[90]

다음으로 루쉰의 작품과 일본문학의 영향 관계를 연구한 글을 살펴보자. 일본 작가의 경우, 루쉰이 나쓰메 소세키를 자신의 글에서 몇 차례 직접 언급한 만큼 두 사람의 문학적 글쓰기 유사성을 연구한 글이 대단히 많다.[91] 특히 선명한 현실주의 경향을 띤 나쓰메 소세키의 글이 지닌 인간에 대한 깊은 통찰은 루쉰에게 깊은 영향을 미쳤을 뿐만 아니라, 루쉰의 비수나 투창과 같은 예리한 문풍 그리고 조롱과 분노로 가득 찬 필봉에서 나쓰메 소세키의 그림자를 엿볼 수 있다.[92]

루쉰의 「광인일기」와의 비교연구로는 2006년 장샤오예(章小葉)가 나쓰메 소세키의 『나는 고양이로소이다(吾輩は猫である)』와 비교·분석한 글을 들 수 있다. 장샤오예는 예술의 구상, 비판적 리얼리즘의 창작 수법, 1인칭 화자의 선택이라는 세 방면에서 두 작품의 유사성을 비교하는 한편, 외국문학에 대한 루쉰의 태도 등을 역사적·개괄적으로 살펴보면서 「광인일기」를 창작할 때 소세키의 작품으로부터 영향을 받았는가를 고찰하고 있다.[93]

후타바테이 시메이(二葉亭四迷)와의 영향 관계를 분석한 글도 있다. 1992년 왕줴(王確)는 루쉰의 「광인일기」와 후타바테이의 『뜬구름(浮雲)』을 비교·분석하였는데, 두 편 모두 러시아문학의 영향, 특히 러시아문학의 사회비판 정신을 흡수하였다는 점을 강조하였다. 두 작품은 러시아문학의 창작 기교와 예술 형식을 흡수하여 새로운 국면을 개척하였으나, 각각 반봉건 정신과 사회비판 의식, 그리고 러시아 작가의 작품에 대한 수용 취향 면에서 다르다. 루쉰은 러시아문학의 형식을 주로 흡수하였으나 후타바테이는 러시아문학의 사실 수법을 주로 흡수하였다는 것이다.[94]

루쉰의 「광인일기」와 중국어권 작가 및 작품과의 비교연구도 적잖이 이루어지고 있다. 2005년 리첸(李倩)은 타이완의 향토소설가 양윈핑(楊雲萍)의 단편소설 「추쥐의 반생(秋菊的半生)」(1928)에 루쉰의 「광인일기」가 어떠한 영향을 미쳤는지, 두 작품의 유사성을 비교·분석하였다.[95] 또한, 2018년 지야쉬안(季雅瑄)은 중국현대문학 작품 가운데 '식인'을 서술하고 있는 작품으로서 타이완 작가 천잉전(陳映眞)의『시골의 교사(鄕村的教師)』, 모옌(莫言)의『술의 나라(酒國)』등과 「광인일기」를 비교하면서 각각의 작품에서 '식인'과 관련된 담론을 비교·분석하였다.[96]

루쉰의 「광인일기」와의 비교연구에서 가장 많이 등장하는 중국 작가의 작품은 모옌의『술의 나라』이다. 2007년 구다융(古大勇)과 진더춘(金得存)은『술의 나라』가 「광인일기」의 영향 아래 창작되었다고 밝히면서, 식인 주제의 재현은 「광인일기」와 정신적 대응을 이루고 있다고 주장하였다. 다만 두 작품에서 식인의 함의가 완전히 같지는 않은데, 「광인일기」의 식인은 문화문명 층위에서의 비판이라고 한다면,『술의 나라』의 식인은 현실 정치 층위에서의 비판이라고 할 수 있다.[97]

2014년 인홍샤(殷宏霞) 역시『술의 나라』가 식인 이미지의 재현을 통해 루쉰 작품과 정신적 대응을 이루며 루쉰 정신을 계승하고 있다고 주장하였다. 두 작품은 시대 배경, 창작 풍격, 비판의 중점 등이 모두 다르지만, 육식의 식인과 상징적 의미의 식인 모두에 대해 현대성에 근거하여 심각하게 사고하고 있음을 보여준다.[98] 루쉰 정신의 계승자로서 모옌의 지위를 강조하는 주장은 2015년 돤나이린(段乃琳)과 장보(姜波)의 글에서도 확인할 수 있다. 이들에 따르면, 「광인일기」는 봉건예교를 비판한 반면,『술의 나라』는 옛 관료제도의 인성에 대한 압살을 비판하고 있다.[99]

루쉰의 「광인일기」와 모옌의『술의 나라』의 비교연구에서 주목할

만한 글은 2014년 우이친(吳義勤)과 왕진성(王金勝)이 발표한 「'식인'
서사의 역사 변형기—「광인일기」에서 『술의 나라』까지(「'吃人'叙事的
歷史变形记—從「狂人日记」到『酒国』」)이다. 이들에 따르면, 루쉰의 「광인
일기」 이래로 식인은 경험적 역사 사실에서 문화정치 문제로 전환
되었으며, 이러한 점에서 모옌의 『술의 나라』는 식인의 서사 전통을
계승하고 전환하였다고 할 수 있다. 『술의 나라』는 주제, 이미지 운
용, 인물 형상의 창조 및 언어 풍격 면에서 「광인일기」의 영향을 받
았으며, 작가가 특정한 현실 정치와 시장경제라는 맥락에서 민간 색
채를 띤 선봉적 테크닉을 빌려 완성한 개성적인 창작물이라 주장한
다.[100] 이 밖에 현대성의 실패와 무효라는 관점에서 루쉰의 「광인일
기」를 계몽기 현대성 호소의 암시로, 모옌의 『술의 나라』를 현대성
이 낳은 모종의 '결과'의 암시로 해석하는 연구도 있다.[101]

　루쉰의 작품들 사이의 관계를 고찰하는 비교연구도 행해졌다. 루
쉰의 「장명등(長明燈)」 혹은 「아Q정전」을 「광인일기」와 비교·분석하
는 연구가 바로 그것이다.[102] 최근에는 이른바 가족소설이라는 개념
을 통해 소설사에서 「광인일기」의 지위를 설정하고 그 의미를 규정
하려는 새로운 연구도 있다. 가족소설이란 어느 한 시기의 가족[혹은
가세(家世)]의 흥망성쇠 가운데에서 인물의 역사적 운명을 묘사한 작
품을 가리키는데, 중국소설 중 대표작으로는 『홍루몽(紅樓夢)』, 『홍
기보(紅旗譜)』, 『백록원(白鹿原)』 등을 들 수 있다. 이러한 가족소설의
창작에 영향을 미친 특정한 문화 맥락을 고찰하거나 20세기 중국가

족소설의 전통과 반전통을 분석하는 연구 경향은 주목할 만하다.[103] 이 밖에도 루쉰의 「광인일기」와 국내외 작가의 작품을 비교분석하는 연구가 여러 방면에서 진행되고 있으나, 여기서는 주요 작가와 작품을 중심으로 살펴보는 것만으로 그치기로 한다.

텍스트 네 편의 상이한 관점

────

문화대혁명기까지 루쉰의 「광인일기」 연구들은 텍스트 자체의 통일성과 완정성에 대해 의문을 제기하지 않았다. 다시 말해, 일기 본문만으로도 광인의 형상, 작가의 사상 및 작품의 주제 등에 대해 연구 견해를 완정하게 제시할 수 있다고 믿었다. 따라서 이 작품의 서문은 연구자들에게 의미 있는 연구 대상으로 간주되지 않았다. 1980년대 들어서야 서문과 본문을 종합하여 작품의 새로운 의미망을 구조화하려는 시도가 이루어졌다. 특히 서문을 포함하여 작품 전체의 서사 구조를 파악하려는 노력과 함께 서문이 지닌 서사 기능을 고찰하고자 하였다. 여기에서는 1980년대 이후 「광인일기」 연구의 새로운 지평을 열었다고 볼 수 있는 대표적 논문 네 편을 중심으로 논지를 살펴보고자 한다.

• 판보췬·쩡화핑, 「광인일기 2제(論狂人日記二題)」, 『소주대학학보』 1986-4.

- 온루민·쾅신녠, 「「광인일기」: 아이러니의 미궁(「狂人日記」: 反諷的迷宮)」, 『루쉰연구월간』 1990-8.
- 왕푸런, 「「광인일기」 꼼꼼히 읽기(「狂人日記」細讀)」, 『중국현대문학』(제6호), 1992.5.
- 쉐이·첸리췬, 「「광인일기」 꼼꼼히 읽기(「狂人日記」細讀)」, 『루쉰연구월간』 1994-11.

1986년에 발표된 판보췬(范伯群)과 쩡화평(曾華鵬)의 글은 「광인일기」 창작 배경으로서 사상·생활·예술 및 과학기술(의학) 등의 준비 상황, 그리고 「광인일기」 창작 방법으로서 상징주의 등에 대해 상세히 설명하고 있다. 여기에서는 「광인일기」의 서사 구조와 관련하여 이들이 제기하는 주장을 살펴보고자 한다. 이들의 주장은 아래와 같이 요약·정리할 수 있다.

작품에는 편집광 환자의 황당무계한 논리궤적 외에, 작자가 엄밀하게 원격조종하는, 철리가 풍부한 내재논리궤적이 또 있어, 독자로 하여금 글자의 틈새에서 순간적으로 번쩍이는 진리를 깨닫게 한다. 이것이 바로 루쉰의 「광인일기」의 기묘한 쌍궤(雙軌) 논리로, 보기에 한데 나란히 늘어놓을 수 없는 두 가닥의 궤도를 기적처럼 함께 깔아놓아, 독자의 사고라는 열차가 새로운 사상과 예술의 경계로 들어오게 한다.[104]

이들의 글에 따르면, 「광인일기」는 '황당무계한 논리궤적'과 '철리가 풍부한 내재논리궤적'이라는 쌍궤 논리로 구조화되어 있다. '황당무계한 논리궤적'이란 편집광인 광인의 터무니없는 망상에 따라 체계적이고 논리적으로 진행되는 추리를 가리킨다. 이를테면 '식인'이라는 두 글자는 예교에 대해 자각한 광인의 규탄이 아니라, '가상의 적'의 집단적 모해로부터 추리해낸 '판단 착오'일 뿐이다. 반면 '철리가 풍부한 내재논리궤적'은 광인의 망상으로부터 독자가 진리를 발견해내는 추리를 가리킨다. 이를테면 광인은 역사책의 '글자 틈새에서 식인이라는 글자를 알아차리'지만, 독자는 「광인일기」의 '글자 틈새에서 식인이라는 글자를 알아차린다.' 다시 말해 '황당무계한 논리궤적'이 광인의 추리 과정이라면, '철리가 풍부한 내재논리궤적'은 독자의 추리 과정인데, 이 쌍궤 논리가 작가인 루쉰에 의해 절묘하게 통제되고 있다는 것이다.

1990년에 발표된 온루민(溫儒敏)과 쾅신녠(曠新年) 글의 기본적인 문제의식은 부제인 '작품 전체에서 이 소설 서문의 구조 의의에 대해 탐색하다(對該小說'序'在全篇中結構意義的探討)'라는 말에 잘 드러나 있다. 다시 말해 「광인일기」의 '서문'이 본문인 일기와 맺고 있는 관련을 통해 작품의 전체 구조에서 어떤 의미를 지니는지 살펴보겠다는 것이다. 이들은 「광인일기」의 중요한 특색을 '아이러니(irony) 구조'라고 강조하면서, 「광인일기」를 "경전적 의의를 지닌 아이러니의 걸작"이라 높이 평가하고 있다.

그렇다면 이들은 「광인일기」의 어떤 부분에서 아이러니를 읽어내는가? 이들에 따르면, 「광인일기」의 '서문'이 보내는 신호를 잘 읽어보면 '일기'와의 사이에 모순이 있음을 알게 된다고 한다. 첫째, '일기'의 작자는 '피해망상증' 환자이므로 '일기' 내용은 의미가 없다. 둘째, 종전의 광인이 이제 건강을 회복하여 후보(候補)로 나갔다는 점을 보건대, 이는 광인이 실제로 상이한 두 사람임을 암시하는 바, 하나는 '일기' 속 발광한 광인이고, 다른 하나는 '서문' 속 이미 정상의 정신상태를 회복한 사람이다. 셋째, 광인이 건강을 회복한 후에 책명을 붙였다는 점을 설명하고 있는데, 이는 '일기'의 서술자와 명명자가 실제로는 대립적인 정신상태에 처해 있음을 암시한다.

이 세 가지는 「광인일기」 속 '서문'과 '일기' 사이에 모순과 대립이 있음을 보여준다. 즉 작품의 주체인 '일기'의 서술은 '광인'의 느낌으로, 관습적인 사고에서 벗어나 놀랄 만한 새로운 발견을 이룩한다. 반면 '서문'의 서술은 '일기'의 작자가 광인이고, 따라서 그의 말은 미친 소리에 지나지 않으니 아무런 가치가 없다는 것이다. 이렇듯 「광인일기」는 '서문'과 '일기' 사이에 두 가지 관점(광인의 느낌/'일기'에 대한 부정)과 이중의 서술('일기'의 서술/'서문'의 서술)을 포함하고 있다. 이들은 두 가지 관점과 이중의 서술이 어떤 효과를 낳는지 이렇게 설명한다.

'서문'은 독자를 '일기'에 대한 동질적 인식과 환각으로 이끌지 않으며, 오히려 그 반대이다. '서문'은 일기의 명확한 단열과 맹렬한 전복이다. '서문'은 자기 나름의 서술 동기와 서술 역량을 지니고 있으며, '일기'에 대해 강대한 압력과 부정을 형성하여 '일기'의 서술을 비틀고 해소하는 기능을 갖는다. 그러므로 「광인일기」는 완정(完整)이 아니라 분열이다. (……) '서문'과 '일기'의 모순이 아이러니를 낳으며, 「광인일기」는 전체적으로 아이러니 구조를 갖게 된다.[105]

이들에 따르면, 아이러니는 표면의 서술과 실제 평가 사이의 어긋남에서 발생하며, 서술자의 신분과 실제의 서술 효과 사이의 어긋남에서도 발생한다. 「광인일기」에서는 '일기'가 '서문'의 컨텍스트의 압력을 받아, 혹은 '서문'이 '일기'의 컨텍스트의 충격을 받아 표면의 서술과 서술 효과 사이에 비틀림과 어긋남이 발생한다. 이를테면 '광인'이 발견한 역사 진리는 '헛소리'로 비틀리고, '일기'의 신선한 내용이 가져온 충격력은 '서문'의 평가를 전복한다. 바로 이 비틀리고 어긋나는 지점, 전복되는 지점에서 아이러니가 발생한다. 「광인일기」를 아이러니 구조 속에서 읽어낼 때 독자의 시야를 넓힐 수 있고 독자의 사유 구조를 바꿀 수 있다는 것이다.

위의 글이 '서문'과 '일기'의 모순에서 비롯된 아이러니 구조를 제기하고 있다면, 왕푸런(王富仁)의 글은 기본적으로 쌍관(雙關) 구조와 아이러니 구조를 통해 「광인일기」의 총체적 예술 구조와 함께 작품의 의미 구조 및 사상적 의의를 밝히고자 한다. 이를 위해 그는 우선 광인에게 '중국 전통의 봉건 문화에 대한 정신반역자와 정신병자'의 특성이 통일되어 있다는 점을 지적한다. 그리하여 광인의 이미지는 정신병자(미치광이)와 정신반역자(각성자)로 나뉜다. 정신병자의 병세 발전 과정은 바로 정신반역자의 사상 인식의 발전 과정이기도 하다.

여기에서 정신병자(미치광이)는 '광기 발병−병세 악화−이해 구함−실망·병 치유'라는 줄거리를 갖는데, 이것이 이 작품의 예술 구조이다. 반면 정신반역자(각성자)는 이에 상응하여 '각성−인식 심화−계몽 진행−실망·소외화'라는 줄거리를 갖는데, 이것이 이 작품의 의미 구조이다.[106] 결국 광인이 정신병자와 정신반역자의 통일체이듯이, 「광인일기」는 예술 구조와 의미 구조의 통일체로서 쌍관 구조라는 서사 구조의 특성을 갖고 있다는 주장이다.

왕푸런에 따르면, 「광인일기」 속 서로 연관된 두 개의 줄거리는 동구성(同構性)과 동의성(同議性)을 지님과 동시에, 비동구성(非同構性)과 차이성, 반의성(反義性)도 갖는다. 이로 인해 「광인일기」는 쌍관성과 함께 반어성(irony)을 지니게 된다. 이러한 쌍관과 반어의 이중 구조는 정신병자의 '생리적·비이성적·부정적·우스꽝스러움·희극적'이라는 특성과 이에 대응하는 정신반역자의 '심리적·이성적·긍정적·비장함·비극적'이라는 특성의 병렬로 구체화된다. 즉 두 줄거리 사이의 동구성과 동의성이 쌍관성을 낳는다면, 두 줄거리 사이의 비동구성과 차이성, 반의성이 반어성을 낳는다는 것이다.[107]

왕푸런은 두 가지 줄거리에 나타난 비동구성과 반의성이 독자에게 새로운 의미를 부여함으로써 '낯설게하기' 효과가 발생한다고 주장한다. '낯설게하기' 수법은 문언으로 된 짤막한 서문과 백화로 된 본문 사이에도 운용되어, 서문과 본문을 서로 낯설게 만들고 있다. 이러한 '낯설게하기'를 통하여 작가는 독자로 하여금 철저한 정신반역자와 이지적으로 일정한 심리적 거리를 유지하게 만듦으로써, 작가 자신을 광인과 단순히 동일시하지 않도록 만들었다는 것이다.

왕푸런이 「광인일기」의 예술 구조와 의미 구조를 분석하여 작품에 내재된 쌍관성과 반어성을 밝혀냄으로써 작품을 새롭게 해석하려 했다면, 쉐이(薛毅)와 첸리췬(錢理群)은 문언문의 서문을 '보통 사람의 세계[常人世界]'로, 그리고 백화문의 본문을 '미친 사람의 세계[狂人世界]'로 구분하여, 이 두 세계의 이원대립 구조를 분석한다. 이들에 따르면, 신문화운동에서 문언과 백화의 대립은 「광인일기」에서 서문의 서술자인 '나(余)'와 일기의 서술자인 '나(我)'의 대립을 거쳐 '보통 사람의 세계'와 '미친 사람의 세계'로 전화한다. 여기에서 서문은 '보통 사람의 세계'에 속한 독자에게 '보통 사람'의 시야를 제공하여 세계를 그릇되게 바라보게 하는 것, 다시 말해 세계를 식인 행위도 없고 위험도 없는 그릇된 환각으로 번역해내도록 한다.

'보통 사람'과 '미친 사람'의 대립은 서문과 일기의 대립을 뛰어넘어 일기 내부의 대립, 즉 '길거리 사람들, 의사, 형'과 광인인 '나'의 대립으로 확장된다. 그리하여 '보통 사람의 세계'와 '미친 사람의 세계'로 획분되던 이원대립은, '미친 사람의 세계'가 '보통 사람의 세계' 안에 놓임에 따라 '보통 사람의 세계' 내의 이원대립으로 바뀐다. '보통 사람의 세계'는 끊임없이 '미친 사람'을 만들어내고, '보통 사람'은 '미친 사람'으로 변하는 것이다. 이들은 이러한 변화가 의미하는 바를 이렇게 설명한다.

'보통 사람의 세계'와 '미친 사람의 세계'의 이원대립은 '보통 사람의 세계' 내부의 이지(已知)와 미지(未知), 가지(可知)와 불가지(不可知), 의식과 의식 너머, 안정과 붕괴 등의 대립으로 전화된다. 이것이 곧 '보통 사람의 세계' 자체의 분열이다. 「광인일기」 속 서문과 일기가 형성하는 텍스트 분열이 가리키는 것은 바로 '보통 사람의 세계'의 분열이며, 똑같이 '보통 사람[常人]'인 독자의 독서는 '미친 사람의 세계'를 살피는 것에서 '보통 사람의 세계' 및 자신을 살피는 것으로 전향된다.[108]

이들에 따르면, 일기 속 '미친 사람의 세계'에서 '보통 사람'과 '미친 사람'의 관계는 '봄[看]'과 '보임[被看]'으로 나타났다가, 이야기가 진행됨에 따라 '먹음[吃]'과 '먹힘[被吃]'의 관계로 전화된다. 말할 권리[言說權]와 관련해서는 '말하다[說]'와 '말해서는 안 된다[不該說]'의 대립을 보여준다. 이러한 이원대립 구조 속에서 '미친 사람'이 발견한 '보통 사람'의 식인 욕망은 식인에 대한 민족적 집단 무의식이며, '미친 사람' 역시 자신이 집단 무의식인 식인 욕망을 지니고 있음을 깨달으면서 결국 '미친 사람'과 '보통 사람'은 동일성을 획득하게 된다.

최근의「광인일기」연구 일례

2012년『문학평론』제1기에 리둥무(李冬木)의「메이지 시대 '식인' 담론과 루쉰의「광인일기」(明治時代'食人'言說與魯迅的「狂人日記」)」라는 글이 발표되었다. 리둥무는 일본 불교대학(佛敎大學) 문학원에 소속된 연구자인데, '내용 제요'에 따르면 이 글의 요지는 다음과 같다.

루쉰의「광인일기」에서 식인 이미지의 생성은 일본 메이지 시대 식인 담론과 밀접한 상관이 있으며, 이 담론 안에서 획득한 모티프이다. 이 관점을 확증하기 위해, 이 글은 주로 두 가지에 착수하였다. 그 하나는 메이지 시대 이래의 '식인' 담론에 대해 전면적으로 조사하여 정리한 바, 에드워드 모스(Edward Morse)부터 간다 다카히라(神田孝平)에 이르는 실마리이고, 다른 하나는 이 담론 전체 중에서 루쉰과 전자의 접점을 찾아내는 것으로서, 하가 야이치(芳賀矢一)의『국민성 십론(國民性十論)』과「광인일기」의 '식인' 이미지의 결정적 연관성을 입증하는 것이다. 결론적으로 중국문학의 토대를 마련한 작품으로서「광인일기」는 주제부터 형식에 이르기까지 차감(借鑒)과 모방에서 탄생했다.[109]

간략히 정리하자면,「광인일기」의 식인 이미지는 메이지 시대에 토론된 지식의 배경 아래에서 창조된 것이며, 메이지 시대의 '식인' 담론이「광인일기」의 창작에 모티프를 제공했다고 리둥무는 주장하고 있다. 그는 자신의 주장을 입증하기 위한 근거로 메이지 시대와 다이쇼 시대에 발행된 서적, 잡지, 『요미우리신문(讀賣新聞)』과 『아사히신문』에 실린 식인 혹은 인육과 관련된 담론을 조사하여 이를 통계 수치로 제시하였다. 그는 이 통계 수치를 토대로 루쉰이 일본에 유학했던 시기와 「광인일기」를 발표했던 시기에 일본에서 식인이나 인육에 관한 담론이 크게 성행하였음을 입증하였다.

뒤이어 그는 당시 식인이나 인육 담론이 성행했던 까닭이 무엇인지를 고찰하였다. 그에 따르면 식인 담론의 배경에는 '문명개화'가 있었다. 이 밖의 요인으로 세 가지를 고려할 만한데, 소고기 식용 시작, 지식의 개방 및 확충과 시대 취미, 모스의 오모리 패총 발견(1877)과 관련 보고서(1879) 작성을 들 수 있다. 리둥무는 특히 1878년 6월에 모스가 했던 발언, 즉 '과거 일본에는 식인종이 거주했었다'라는 말에 주목하였다.

리둥무는 일본에서 식인 담론이 변천한 과정을 다음과 같이 설명하고 있다. 식인이 일본 사회에서 담론과 연구 대상이 된 것은 메이지 유신 이후이다. 특히 서구 선교사가 세계 각지에서 보내온 카니발리즘에 관한 보고, 진화론, 생물학, 고고학, 인류학 및 근대과학철학의 도입 등이 식인족과 식인풍습에 관한 광범한 관심을 불러일으켰다. 이 단계에서 지나(支那)는 광범하게 수집된 사례 중 하나로 등장할 뿐이었다. 그렇지만 이후 중국 문헌에 적시된 식인 사례의 풍부함으로 인해 지나는 점차 단일의 관심 대상이 되었다. 결국 '식인풍습'을 가진 여러 나라 중 하나였던 지나에 관한 관심은 차츰 '지나인의 식인풍습'으로 바뀌었고, 다시 '지나인의 식인풍습'은 '지나인의 국민성'의 일부분으로 해석되는 과정을 겪었다는 것이다.

이러한 일본 사회의 담론을 바탕으로, 리둥무는 식인과 루쉰의 구체적 접점으로서 하가 야이치의『국민성 십론』에 인용된 식인 사례를 들고 있다.『국민성 십론』에는 식인 사례로서『자치통감』의 네 가지 예문과『철경록』의 여덟 가지 예문 등 모두 열두 가지 사례가 소개되어 있다. 리둥무에 따르면, 루쉰은 일본 유학 당시 1907년에 출간된『국민성 십론』을 읽었을 것이며, 이를 통해 두 가지를 확인했을 것이라고 한다. 하나는 중국 역사에 식인 사실이 분명히 존재한다는 것, 다른 하나는 중국이 여전히 식인민족이라는 것을 확인하거나 발견하였으며, 이러한 확인과 발견을 국민성 개조의 사고틀 속으로 끌어들인 결과물이 바로「광인일기」였다는 것이다.

리둥무의 이러한 주장을 리유즈(李有智)가「일본 루쉰 연구의 기로(日本魯迅硏究的岐路)」에서 비판하였다. 비판의 논점은 리둥무가 채택한 연구방법이 일본인 연구자에게 흔히 보이는 연구방법으로서, 실증 혹은 고증의 방식을 통해 루쉰 작품의 원형을 찾거나 영향 관계를 고찰하는 방법이라는 것이다. 실제로 기타오카 마사코(北岡正子)나 후지이 쇼조(藤井省三)의 상당수 연구가 모두 이러한 연구방법을 취하고 있다. 리유즈는 이들 일본 연구자가 먼저 하나의 전제, 즉 루쉰은 모방 단계를 거쳐야만 창조에 이를 수 있다는 전제를 설정하고, 글귀나 이미지, 배경 등이 우연히 비슷하거나 일치하면 두 개의 텍스트 사이에서 직접적 연관 관계를 주장한다고 비판한다. 그리하여 그는 "복잡한 예술 체계인 텍스트 안에서 억지로 조그마한 외재 영향 요소를 떼어내는 것은, 영양분을 흡수한 신체 안에서 소고기와 양고기를 환원해 내려는 것과 다를 바 없다. 그러므로 이러한 방법은 취해서도 안 되고 취할 만하지도 않다"라고 비판하였다.[110]

리둥무의 주장을 본격적으로 비판한 글이 치샤오밍(祁曉明)의 「「광인일기」 '식인' 이미지 생성의 지식 배경(「狂人日記」'吃人'意象生成的知識背景)」이다. 그는 이 글의 '내용 제요'에서 다음과 같이 밝힌다.

일본의 '식인' 담론은 에도 전기의 가이바라 에키켄(貝原益軒)에게서 시작되어 에도 후기의 고가 도안(吉賀侗庵)에게서 완성되었다. 중국 역사상 '식인'은 중일문화의 차이를 설명하고자 에도 시기의 유학자와 국학자 들이 자주 언급하였으며, 이것이 메이지 시대의 학자에게 계승되어 일본의 '식인' 담론의 지식 배경을 이루었다. 『자치통감』 등 문헌 속 '식인' 사례에 대한 발견이든, 이를 국민성으로 끌어들인 해석이든, 이 모두는 에도 시대 '식인' 담론의 연장이자 그 발휘이다. 루쉰의 「광인일기」에서 '식인' 이미지는 메이지 시대 '문명개화'의 배경 아래 창조되었으며, 하가 야이치의 『국민성 십론』이 이와 결정적 관련이 있다는 리둥무의 추론은 성립될 수 없다.[111]

리둥무의 추론을 반박하기 위해, 치샤오밍은 일본에서의 식인 담론이 메이지 시대에 갑자기 제기된 것이 아니라 훨씬 이전인 에도 시대에 이미 활발하게 제기되었음을 여러 사료를 통해 확인한다.

그뿐만 아니라 식인 풍속을 국민성 해석에 끌어들인 예는 이미 가이바라 에키켄의 『자오집(自娛集)』과 『신사록(慎思錄)』은 물론 메이지 시대 학자들의 저술에서도 확인할 수 있으므로 루쉰이 식인에 관심을 가진 것을 『국민성 십론』과 연관 지을 필요가 전혀 없다고 반박한다.

리둥무의 추론에 대해 보다 상세하고 전문적으로 비판을 가한 것은 왕빈빈(王彬彬)의 「루쉰연구 가운데 실증 문제—리둥무의 「광인일기」론을 일례로(魯迅研究中的實證問題—以李冬木論「狂人日記」文章爲例)」이다. 그는 이 글의 '내용 제요'에서 다음과 같이 밝히고 있다.

실증적 연구방법은 물론 의심할 여지 없는 합리성을 지니고 있다. 그러나 실증 역시 '허증(虛證)'으로 변하기 쉬우며, 자칫하면 오류에 빠질 수도 있다. 중국 고대의 필기, 소설, 야사, 정사, 시가 등의 작품 속에는 사람이 사람을 잡아먹는 서술이나 기록이 많이 있다. 루쉰은 어렸을 적부터 이러한 서술이나 기록을 잘 알고 있었으며, 이것이 루쉰으로 하여금 '예교식인'이라는 사상을 형성케 해주고 「광인일기」의 주제가 된 것이다. 식인에 관한 루쉰의 지식은 완전히 중국 본토의 서적에서 비롯되었으며, 일본의 『국민성 십론』과는 하등 관계가 없다. 루쉰이 받았던 이역의 영향을 정시하는 것은 대단히 필요한 일이지만, 이러한 영향을 과장하는 것은 불필요한 일이다.[112]

왕빈빈은 리둥무의 추론을 반박하기 위해 우선 리둥무가 언급한

'『저우쮀런 일기(周作人日記)』 속 『국민성 십론』 구입'에 대해 언급한다. 『저우쮀런 일기』에 따르면 1912년 10월 5일 저우쮀런이 『국민성 십론』을 구입했다고 하는데, 당시 루쉰 형제는 서적을 공유하고 있었던 데다가 두 형제에게 영향이 컸던 책인 만큼 루쉰이 읽었을 것이라고 리둥무가 주장하였다. 이에 대해 왕빈빈은 저우쮀런이 이 책을 읽었다는 증거를 리둥무가 제시하지 못할 뿐만 아니라, 설사 저우쮀런이 읽었을지라도 그것이 루쉰 역시 읽었음을 의미하지는 않는다고 반박한다.

둘째로, 루쉰이 1918년 8월 20일에 벗 쉬서우창에게 보낸 편지에서 "『자치통감』을 우연히 읽고서야 중국인이 여전히 식인민족임을 깨닫고서 이 작품을 지었다"라는 술회와 관련한 부분이다. 리둥무는 루쉰의 텍스트 중에서 그가 실제로 『자치통감』을 읽었다는 증거를 찾을 수 없으며, 루쉰이 『자치통감』 자체를 읽은 것이 아니고 『국민성 십론』 속에 언급된 『자치통감』의 사례를 보았던 것을 '우연히 읽었다'라고 술회하였을 가능성이 크다고 주장하였다. 이에 대해 왕빈빈은 저우쮀런이 『국민성 십론』을 구입하였으니 루쉰이 읽었을 것이라는 논리를 그대로 적용하여, 저우쮀런에게 『자치통감』이 있었으면 루쉰이 읽었을 터이니 저우쮀런에게 『자치통감』이 있는지 조사하라고 반박한다.

셋째로, 리둥무의 논리는 마치 중국 역사상 식인에 관한 기록이 『자치통감』과 『국민성 십론』 두 종류의 서적에만 있으며, 그렇기에 루쉰이 『자치통감』을 읽지 않았다면 『국민성 십론』을 읽고서 식인 사례를 알게 되었다는 전제를 깔고 있는데, 왕빈빈은 전혀 그렇지 않음을 증명해낸다. 식인의 사례는 『자치통감』 외에도 『사기』, 『설회』, 『절분록』, 『계륵편』 등 수많은 중국의 전적에 언급되어 있다. 게다가 저우쭤런의 회고에 따르면 루쉰은 어렸을 적부터 이들 서적을 자주 접하여 왔다. 그러므로 「광인일기」 창작의 배경은 일본 메이지 시대의 식인 담론이나 『국민성 십론』이 아니라, 중국에서의 다양한 독서 경험에서 비롯된 것이라고 왕빈빈은 반박한다.

2

일본의 「광인일기」 연구

　　일본인 연구자 중에 루쉰의 「광인일기」를 처음으로 언급했던 이는 아오키 마사루(靑木正兒, 1887~1964)이다. 그는 1920년 9월에 창간된 『지나학(支那學)』 창간호부터 제3기까지 3회에 걸쳐 「후스를 중심으로 소용돌이치고 있는 문학혁명(胡適を中心に渦いてゐる文学革命)」이라는 글을 게재하였다. 이 글에서 그는 "소설에서 루쉰은 미래가 있는 작가이며, 그의 「광인일기」는 한 박해광의 공포스러운 환각을 묘사하여 지금까지 중국소설이 이르지 못한 경지에 발을 내디뎠다"[113]고 평가하였다. 이러한 평가는 독후감 수준의 인상비평에 가까운지라 본격적인 「광인일기」 연구라고 일컫기에는 부족하다.

이후 아오키는 1943년에 출판한『지나문학사상사(支那文學思想史)』
의 제7장「청대의 문학사상」에서 다시 한 번「광인일기」에 대해 언
급하고 있다. "이때 소설에서 서구화된 새로운 수법과 내용으로써
문학혁명 진영에 참가했던 것이 일본 유학 출신의 루쉰이었다. 그는
민국 7년『신청년』에「광인일기」를 발표하여 세상을 놀라게 하였
다. 그는 후스에 비하면 문학자로서 현격한 천부적 재능을 지니고
있으며, 이후 신소설에 있어서 문학계를 선도했다."[114] 뒤이어 "다
이쇼 8년(1919년)에 나는『지나학』잡지에 혁명문학을 소개하면서
그 속에서 루쉰을 미래가 있는 작가라고 평하였는데, 과연 나의 기
대에 어긋나지 않았다"라고 부기하였다. 이러한 언급 역시 아직까지
는 전문적인「광인일기」연구에 이르렀다고 할 수 없을 것이다.

다케우치 요시미의 루쉰론

───

루쉰의「광인일기」에 관해 본격적인, 그리고 진정한 의미에서의
연구는 다케우치 요시미(竹內好, 1910~1977)로부터 시작되었다고 할
수 있다. 다케우치는 중일전쟁 발발 직후인 1937년 10월에 베이징
으로 유학을 갔다. 그는 국제 정세와 정치 환경 속에서 문학과 정치,
문학의 의미에 대해 고민한, 당시 대표적인 중국문학 연구자였다.
그의 고민과 성찰은 일본의 근대에 대한 깊이 있는 비판으로 이어지

| 다케우치 요시미의 1953년 모습

고, 이어 아시아와 근대에 대한 폭넓은 물음으로 이어졌다. 이러한 그의 고민과 성찰의 한복판에 루쉰이 자리 잡고 있다.

　다케우치는 중국으로 유학을 떠나기 전부터 루쉰에 관해 관심이 있었다. 1934년 3월 「위다푸 연구(郁達夫硏究)」라는 논문으로 도쿄제국대학을 졸업한 그는 루쉰이 사망한 1936년 10월 19일을 전후하여 「루쉰론(魯迅論)」이라는 글을 집필하였다.[115] 이어 그는 1943년에 『루쉰(魯迅)』이란 책의 원고를 집필하여 그해 11월 일본평론사(日本評論社)에 건넸으며, 12월 초 소집영장을 받고서 입대하여 중국 후베이성(湖北省)의 보병으로 배속되었다. 이 책은 다케다 다이준(武田泰淳)의 교정을 거쳐 1944년 12월 일본평론사에서 '동양사상 총서'로 출간되었다. 이후로도 루쉰의 문학에 대한 그의 글쓰기는 쉼 없이 계속되었다. 이 글에서는 위에서 언급한 「루쉰론」과 『루쉰』 외에 다음과 같은 글과 서적을 살펴보고자 한다.

- 「「광인일기」에 관하여(「狂人日記」について)」(1947. 12)
- 「루쉰전―『20세기 외국 작가 사전』을 위하여(魯迅傳―『二十世紀外國作家辭典』のために)」(1948. 8)
- 『루쉰 입문(魯迅入門)』(1953. 6)
- 「『아Q정전·광인일기』 해설(『阿Q正傳·狂人日記』解說)」(1955. 11)

루쉰의 「광인일기」에 관한 다케우치의 견해를 살펴보기 전에 먼저 그의 루쉰관, 이른바 '다케우치 루쉰(竹內魯迅)'의 실질을 '문학가 루쉰', '속죄(贖罪)'와 '회심(回心)' 등의 키워드를 중심으로 알아보고자 한다. 뒤이어 「광인일기」에 대한 다케우치의 견해를 살펴보기 위해, 이 작품에 대한 그의 평가, 이 작품의 문체에 대한 그의 견해를 확인하는데, 「광인일기」에 대한 그의 평가가 어떻게 변모하는지에 특별히 관심을 기울이고자 한다.

문학가 루쉰과 죄의식

다케우치에게 의미 있는 것은 사상가로서의 루쉰이 아니라, 문학가로서의 루쉰이다. 그는 "루쉰은 일반적인 의미의 사상가는 아니"라고 여기며, "그의 근본 사상은 사람은 살아가지 않으면 안 된다라는 것"으로 정리한다. '사람은 살아가지 않으면 안 된다'라는 것, "루쉰은 그것을 개념으로 생각했던 것이 아니다. 문학가로서 순교자적으로 살았던 것"[116]이라고 역설한다. 루쉰의 이러한 삶의 태도, 삶을 바라보는 관점을 다케우치는 '정자[挣扎]라는 말이 시사하는 극히 처절한[悽愴] 삶의 방식'이라 설명한다. '정자'란 무엇인가? 그것은 살아가기 위해 발버둥 치는 것이다. 게다가 문학가로서. 다케우치는 이를 "자신을 신시대에 대결시키고 '정자'로 자신을 씻고, 씻겨진 자신을 다시 그 속에서 끌어내는 것"[117]이라고 형상적으로 설명하면서, 이러한 태도에서 '강인한 생활자'의 인상을 발견해낸다. 그리하여 그는 이렇게 말한다.

> 그에게 사상의 진보란 없다. (……) 그것들[진화론의 수용과 포기, 허무적 경향의 후회 등]을 사람들은 루쉰 사상의 진보라고 일컫지만, 그의 완강한 자아 고집 측면에서 보자면 사상의 진보라고 말하기엔 너무나 부차적인 것이다. 현실 세계에서 그의 강인한 전투적 생활은 사상가로서 루쉰의 측면에서는 설명되지 않는다. 사상가로서의 루쉰은 항상 시대에서 반걸음 뒤처져 있다. 그렇다면 그것을 무엇으로 설명할 수 있을 것인가. 그를 격렬한 전투 생활로 몰고 갔던 것은 그의 내심에 존재하는 본질적인 모순이었다고 생각한다.[118]

'내심에 존재하는 본질적인 모순'이란 무엇인가? 계몽가 루쉰과 순수문학을 믿었던 루쉰, 격렬한 현실 생활과 절대정지의 희구, 계몽가와 문학가. 이것들은 루쉰에게 모두 '이율배반적 동시 존재로서 하나의 모순적 통일'을 이루고 있다. "문학가 루쉰이 계몽가 루쉰을 무한히 생성케 한다"[119]라는 다케우치의 말은 이러한 '모순적 통일'의 연장선에 있다. 다케우치는 "루쉰은 모든 점에서 대척적이었다"[120]고 하면서, "현상으로서의 루쉰은 철두철미한 계몽가이지만, 문학가 루쉰이, 계몽가로서의 자신에게 반역했던 루쉰이 그보다 더욱 위대하다"[121]고 주장한다. 그렇기에 다케우치는 "나에게 루쉰은 하나의 강렬한 생활자다. 골수까지 문학가이다"[122]라고 고백한다.

문학가로서의 루쉰을 강조하는 태도는 「루쉰론」에서 이미 드러낸 바 있다. 다케우치는 일본의 후타바테이와 비교할 때 "루쉰은 이상가가 아니라는 치명상을 짊어지고 있"으며, 저우쭤런과 비교해보아도 "루쉰 쪽은 끝까지 문학자의 생활이고, 그만큼 관념적 사색의 훈련을 결여한 18세기적 유취(遺臭)를 동반하고 있다. 한 걸음 앞섰을지 모르지만, 넘어서기 위해 요청받았던 열 걸음을 시대로부터 넘어설 수 없었다"[123]라고 기술하였다. 그리하여 문학가로서의 루쉰은 가능하겠지만 사상가로서의 루쉰은 불가능하며, 이것이 '루쉰의 숙명적인 모순'이라고 평가한다. 이처럼 문학가로서의 루쉰을 염두에 두면서, 다케우치는 루쉰의 문학을 떠받치고 있는 것이 무엇인지 묻는다. 그는 『루쉰』에서 이렇게 밝히고 있다.

나는 루쉰의 문학을 어떤 본질적인 자각, 적당한 표현이 없지만 억지로 말하자면, 종교적인 죄의식에 가까운 것 위에 두고자 하는 입장이다. 내가 볼 때 루쉰에게는 확실히 그러한 억누를 수 없는 어떤 것이 있다. (……) 루쉰의 근저에 있는 것은 누군가에 대한 속죄의 마음이 아니었을까 하고 나는 상상한다. 누구에 대한 것인지는 루쉰도 확실히 의식하지 못했던 듯하다. 단지 그는 깊은 밤에 때로는 그 무엇인가의 그림자와 대좌했을 따름이다. 그것이 메피스토펠레스가 아니었던 것은 분명하다. 중국어의 '구이(鬼)'가 그것에 가까울지도 모른다.[124)

루쉰의 문학을 떠받치는 근원으로서, 그는 '어떤 본질적인 자각', '종교적인 죄의식에 가까운 것', '억누를 수 없는 어떤 것', '누군가에 대한 속죄의 마음', '그 무엇인가의 그림자', '중국어의 구이(鬼)' 등을 열거하고 있다. 하지만 나열된 것들은 어느 것 하나 모호하지 않은 것이 없다. 다만 확실한 것은 루쉰의 내면세계에 갚지 못한, 혹은 영영 갚을 길이 없는 채무로 남아 어두운 그림자를 드리우고 있는 그 무엇이 있었다는 것이다. 어쨌든 다케우치는 다음과 같이 자신의 물음에 대한 대답을 반복적으로 보여주고 있다.

그의 문장을 읽으면 반드시 어떤 그림자 같은 것과 마주친다. 그 그림자는 늘 똑같은 장소에 있다. 그림자 그 자체는 존재하지 않는 것이지만, 빛은 그곳에서 생겨나 그곳으로 스러지며, 그러한 것으로 존재를 암시해주는 것 같은 어떤 한 점의 암흑이 있다. (……) 루쉰은 그러한 그림자를 짊어지고 일생을 살았다. 내가 그를 속죄의 문학이라고 부르는 것은 그런 의미에서이다.[125)

다케우치의 위의 글은 매우 사변적이지만, 문학가로서의 루쉰을 가능케 했던 근원을 어렴풋하게나마 움켜쥐고 있다. 그것은 어쩌면 다케우치가 "사소한 것이지만, 루쉰의 생애에, 그러니까 그의 문학에 커다란 그림자를 던져준 것이 아닐까"[126] 하고 느끼는 것일 수 있다. 조부의 과거 부정 사건[科擧案], 주안(朱安)과 쉬광핑의 문제, 동생 저우쮀런과의 불화를 가리키는 것일 수도 있고, 혹은 "비명에 쓰러진 혁명의 선각자들에게 일종의 책임감을 느끼고 있었"으며 "자신이 '죽음에 뒤쳐진 것'에 죄를 느끼고 있었"[127]을 수도 있다. 다케우치에게 있어서 루쉰이 죄를 자각한다는 것은 곧 문학적 자각을 획득했다는 것을 의미하며, 동시에 죽음의 자각을 얻었음을 의미한다.

문학적 자각과 회심

그렇다면 루쉰이 문학적 자각을 획득했던 시기는 언제였을까? 다케우치는 루쉰의 전기 가운데 가장 명확지 않은 부분, 즉 루쉰이 「광인일기」를 발표하기 이전의 베이징 생활에 주목한다. 다케우치는 다음과 같이 밝히고 있다.

나는 이 시기가 루쉰에게 가장 중요한 시기라고 생각한다. 그는 아직 문학 활동을 시작하지 않았다. (……) 밖으로 드러난 움직임은 전혀 없었다. '외침'이 아직 '외침'으로 폭발하지 않았다. 그것을 온양하는 고통스런 침묵이 느껴질 뿐이었다. 그 침묵의 가운데서 루쉰은 그의 생애에서 결정적인 것, 이른바 회심(回心)이라 부를 수 있는 것을 파악했던 것이 아닐까 하고 나는 생각한다. 루쉰의 골격이 형성된 시기로 나는 이 밖에 다른 시기를 생각할 수 없다. 후년에 그의 사상의 이행에 대해서는 그 경과를 더듬어보는 것이 가능하지만, 그 근간이 되었던 루쉰 그 자체, 생명적이고 원리적인 것, 그것은 이 시기에 암흑 속에서 형성되었다고밖에 생각할 수 없다.[128]

다케우치는 「중국의 근대와 일본의 근대─루쉰을 매개로 하여」라는 글에서 회심을 전향(轉向)과 비교하여 설명한 적이 있다. 그는 "내가 나이기 위해서는 내가 나 이외의 것으로 되지 않으면 안 되는 시기(時機)", "옛것이 새롭게 되는 시기(時機)"가 개인에게 드러났을 때를 회심이라 정의한다. 이는 저항을 하지 못하는 경우에, 그리고 자기 자신이고자 하는 욕구의 결여에서 일어나는 전향과는 다르다고 본다.[129] 다케우치에 따르면, 루쉰은 이러한 회심을 교육부 관리로 근무했던 베이징 시절의 암흑 속에서 절망하는 가운데 붙잡아냈다.

그렇다면 루쉰에게 있어서 문학적 회심, 혹은 문학적 자각을 낳은 요인은 어떤 것들이었을까? 『신생』의 유산, 센다이 의학전문학교에서의 환등기 사건, 시험 문제 유출이라는 동급생의 오해 등이 불러온 굴욕감이 회심의 축을 이루는 여러 요인이었을 것이다. 그러나 무엇보다도 의미 있었던 회심의 축은 루쉰 자신이 보았던 암흑과 절망이었다. 그것은 한때 희망을 품게 만들었던 신해혁명이 실패로 귀결되면서 느낀 암흑과 절망이었다. 그러나 절망도 허망하다는 것을 깨달았을 때, "절망에 절망했던 사람은 문학가가 되는 수밖에 없다."[130] 이러한 자각, 문학적 깨달음[正覺]이 곧 회심이며, 이는 루쉰이 "정치와 대결함으로써 획득했던 문학적 자각"[131]이라는 것이다.

다케우치는 "이러한 문학적 자각을 얻은 사람을 설명하는 것은 불가능하다. 그것은 태도이기 때문"이라고 밝히면서, 그 태도를 부여한 것이 「광인일기」라고 본다. 그는 "「광인일기」가 근대문학의 길을 열었던 것은, 그것에 의해서 구어가 자유롭게 되었기 때문도, 작품세계가 가능케 되었기 때문도, 하물며 봉건 사상이 파괴되었기 때문도 아니다. 이 유치한 작품 때문에 어떤 근본적인 태도가 자리 잡혔다는 데 가치가 있다고 생각한다"[132]라고 평가한다. 여기에서 말하는 '어떤 근본적인 태도'란 무엇을 가리킬까?

다케우치가 "루쉰을 속죄의 문학이라 일컫는 체계 위에 서서 '그의 전기의 전설화'에 항의한다"라고 하였을 때, 그의 항의는 루쉰이 이른바 '환등기 사건'을 계기로 문학에 뜻을 두었다는 공리주의 관점을 강력히 비판하는 것이었다. 다케우치가 말하는 '어떤 근본적인 태도'란 바로 이러한 비판과 연관되어 있으며, 이것이야말로 그가 말하는 '다케우치 루쉰'의 핵심이라 할 수 있다. 그는 다음과 같이 말한다.

나는 루쉰의 문학을 본질적으로 공리주의로 보지 않는다. 인생을 위한, 민족을 위한 또는 애국을 위한 문학으로도 보지 않는다. 루쉰은 성실한 생활자이며, 열렬한 민족주의자이고 또한 애국자이다. 그러나 그는 그것으로 그의 문학을 지탱하고 있는 것은 아니다. 오히려 그것을 고려하지 않는 것에서 그의 문학이 성립하고 있는 것이다. 루쉰 문학의 근원은 무(無)라고 불릴 만한 어떤 무엇이다. 그 근원적인 자각을 획득했던 것이 그를 문학가이게 만들었고, 그것 없이는 민족주의자 루쉰, 애국자 루쉰도 결국 말에 불과할 뿐이다.[133]

「광인일기」에 대한 평가

「광인일기」에 대한 다케우치의 최초 평가는 루쉰의 사망 전후로 집필한 「루쉰론」(1936.9~10)에서 엿볼 수 있다. 이 글에서 그는 우선 「광인일기」가 지닌 의미에 대해 '첫째, 신문학 최초의 작품이라는 점'을 들고, 이는 문학자로서의 자각을 담은 최초의 태도였음을 의미한다고 덧붙여 설명한다. 그러고는 '둘째, 이데올로기적으로는 당시의 진보한 지식 계급에 그리 앞서 있지 않다는 점'을 지적하면서, 진보한 담론의 일례로 우위의 「가족제도가 전제주의의 근거임을 논함」과 저우쭤런의 「인간의 문학(人的文學)」을 들고 있다.[134] 「광인일기」는 '문학자로서의 자각을 담은 최초의 태도를 보여준다는 점에서 신문학 최초의 작품'이라는 의미를 지니고 있지만, 이데올로기 면에서 진보성을 담보하고 있지는 않다고 작품의 의미를 낮게 보고 있음을 알 수 있다. 이어서 그는 「광인일기」에 대해 다음과 같이 평가한다.

> 「광인일기」는 봉건적 질곡에 대한 저주이기는 하지만, 그 반항 심리는 본능적, 충동적인 증오에 그치고, 개인주의적인 자유로운 환경에 대한 갈구를 명확히 하고 있지 않다. 때문에 대중 감정의 조직자이기는 하여도 선구로서의 의의는 매우 희박한 것이 된다. 대체로 그의 작품에 붙어 다니는 동양풍의 음예(陰翳)는 생활에 녹아든 민간풍습에서 비롯되는 것이겠지만, 유교적이지는 않을지라도 특히 윤리적 색채에 있어서 기질적으로 근대 의식의 반대자인 백성 근성을 다분히 벗

어던지지 못한 점이 있다.[135]

다케우치에 따르면, 「광인일기」는 '본능적, 충동적인 증오'에 그친 반항 심리, '개인주의적인 자유로운 환경에 대한 갈구를 명확히 하고 있지 않은' 역사적 전망을 보여주고, '대중 감정의 조직자이기는 하여도 선구로서의 의의는 별로 없'고 '동양풍의 음예'와 '백성 근성'에서 벗어나지 못한 작품이다. 앞의 인용문에 뒤이어 "「광인일기」, 「아Q정전」의 두셋을 제외하면, 루쉰의 작품은 대체로 문제로 여겨지지 않았으며, 인간적 흥미에서 견실한 고전적 수법을 감상케 하는 점은 있다고 하여도, 그것이 루쉰을 위해, 또한 현대중국문학을 위해 명예가 되지는 않는다"[136]라고 한다. 그나마 「광인일기」를 루쉰의 작품 가운데서는 제법 괜찮은 축에 속한다고 평가하면서도, 전반적으로 「광인일기」에 대해 매우 낮은 평가를 내린다. 그러나 그는 직관적이고 감성적인 비평 태도를 취할 뿐, 이러한 평가의 구체적 근거는 전혀 제시되어 있지 않다.

「광인일기」에 대한 이러한 평가는 「「광인일기」에 관하여」(1947.12)라는 글에서 사뭇 달라진다. 「루쉰론」보다 10년 뒤쯤 집필한 이 글에서 다케우치는 '가족제도와 예교의 폐해에 대한 폭로'가 루쉰 소설의 주요 모티프일 뿐만 아니라, 더 나아가 천두슈나 우위, 후스와 저우쭤런 등에게서 볼 수 있듯이 '문학혁명을 일관하는 가장 굵은 실[一番太い糸]'이라 평가한다. 이러한 인식에 기반하여 그는 루쉰의

문학사적 지위를 다음과 같이 밝힌다.

> 그들[문학혁명론자들]이 신학적 권위나 차리즘 대신에 '가족제도와
> 예교'를 적으로 삼았던 것은 그들의 해방문학이 지닌 민족색이다. 그
> 민족색은 많든 적든 루쉰과 동시대인 누구에게나 흐르고 있었으며,
> 발전된 형태로 오늘까지 이어져 왔다. 그들의 문학은 인간해방의 문
> 학으로서 관철되고 있다. (……) 그들의 문학에서는 일관된 기조가 되
> 고 있다. 그 기조를 만든 근대문학의 개척자가 루쉰이었다.[137]

다케우치는 인간해방의 관점에서 중국근대문학의 기본 성격을
이해하고, 루쉰을 이러한 중국근대문학의 개척자로 자리매김한다.
이처럼 「광인일기」를 인간해방의 맥락에 두고 있음에도 불구하고
그가 특별히 강조하는 것은 루쉰이 정치에의 절망 속에서 어둠에
'절망적으로 저항'하면서도 자신이 그 어둠의 일부임을 자각하고 있
었다는 점이다. 그렇기에 그는 루쉰의 「광인일기」가 "'가족제도와
예교의 폐해를 폭로'하였다고 하는 말은 훗날의 판단이며, 가족제
도나 예교가 악으로 대상화되어 있었던 것은 아니"라고 한다. "그는
'가족제도와 예교'를 멸할 무기를 갖지 못했다. 그 자신이 '가족제도
와 예교'의 덩어리[塊]인 것"이라고 덧붙인다.[138] 그렇다면 다케우치
에게 있어서 루쉰의 「광인일기」는 어떤 작품일까?

> 「광인일기」는 피해망상광의 수기라는 형식으로 쓰여 있다. 광인은

자신이 가족으로부터, 이웃으로부터 잡아먹힐까 두려워한다. 사람을 잡아먹어 온 사천 년의 역사, 어린아이를 죽여 아비를 봉양하는 식인의 '효'의 도덕, 혁명자의 심장을 구워 먹은 군벌의 이야기—언제 자신이 잡아먹힐 차례가 돌아올지 모른다. 이것이 광인 심리의 내용이다. 아마 거기에는 어린아이 시절 '이십사효도(二十四孝圖)'의 허위에 품었던 증오의 감정이 토대가 되었을 것이다. 서석린(徐錫麟)을 죽인 군벌에 대한 증오도 포함되어 있을 것이다.[139]

위에서 알 수 있듯이, 다케우치는 피해망상광의 심리 내용, 즉 '자신이 잡아먹힐지도 모른다'라는 두려움에 주목한다. 이러한 두려움을 안겨주는 것에는 '이십사효도의 허위'와 '군벌에 대한 증오' 외에도, 동유럽문학으로부터의 영향, 특히 '이리는 이리를 잡아먹지 않지만, 인간은 인간을 잡아먹는다'라는 가르신 철학으로부터의 영향도 있다. 다케우치는 광인이 이러한 두려움과 동시에 '자신도 알지 못하는 사이에 사람을 잡아먹지 않았을까' 하는 두려움을 품고 있다는 점을 강조한다. 광인은 여기에서 도망칠 수도 없고 구원받을 수도 없으며, 오직 사람을 잡아먹어 본 적이 없는 아이에게만 구원이 있을 따름이라고 설명한다.

문학혁명이 표방하는 인간해방의 맥락에서 「광인일기」를 바라보는 관점은 『20세기 외국 작가 사전(二十世紀外國作家辭典)』을 위해 집필한 「루쉰전」(1948.8)에서도 반복된다. 다케우치는 신해혁명이 루쉰에게 안긴 절망이 문학혁명에 실질적인 내용을 부여해주었는데, 그것이 바로 「광인일기」라고 본다. 그는 「광인일기」에 대해 다음과 같이 평가하고 있다.

그것[「광인일기」]은 광인의 심리를 빌려 암울한 반(半)봉건적·반(半)식민지적 현실을 암울한 대로 묘사했던 것이지만, 그 밑바닥에 흐르는 인도주의적 기백의 강함과 예술적 형상력의 높이에 의해 비범한 감동을 다음 세대에 안겨주었다. 일체의 전통을 부정하는 위에서 새로운 문학 형식과 내용을 열어젖혀 갔던 길이 이 작품에 의해 가능해졌다. 그것은 그의 첫 작품임과 동시에 중국근대문학의 출발점이기도 하다.[140]

지금까지는 「광인일기」를 봉건적 질곡 혹은 악으로서의 '가족제도와 예교'의 폐해에 대한 폭로로 독해하였던 반면, 위의 글에서는 '암울한 반봉건적·반식민지적 현실'에 대한 '있는 그대로의 묘사'로 읽어낸다. 다케우치가 말하는 '반봉건적·반식민지적 현실'이 구체적으로 무엇인지, 왜 느닷없이 이러한 용어를 구사하였는지는 알 수 없다. 다만 위의 글이 신선한 느낌을 안겨주는 것은 이 작품의 기저에 흐르고 있는, 그리하여 독자에게 감동을 주는 인도주의적 기백과 예술적 형상력을 지적하고 있기 때문이다. 그러나 유감스럽게도 이 글은 인도주의적 기백과 예술적 형상력이 작품 속에 어떻게 나타나 있는지, 무엇을 가리키는지 구체적으로 언급하고 있지 않다.

이어 다케우치는 1953년에 출간된『루쉰 입문』3장 '작품의 전개'에서 「광인일기」에 대해 언급하였다. 그는 이 작품을 "낡은 사회제도와 그 이데올로기(유교적인 것)에 대한 저주를 광인의 수기라는 형식에 담아낸 것"[141]이라 평가한다. 그는 「광인일기」에 대해 다음과 같이 서술하고 있다.

인간을 억압하는 낡은 제도와 의식에 대한 저주가 암울한 절망감(자신도 사람을 잡아먹었다)에서 샘솟아, 섬뜩한 광인의 심리 표현의 심각함에 의해 예술적 표상으로 높아져 있다. 독자의 가슴에 자유에 대한 갈망을 불타오르게 하는 격렬한 기백이 있는 작품이다. 인간해방의 부르짖음의 제일성으로서, 문학사적으로도 불멸의 위치에 서 있다. 그것은 신시대를 불러 깨웠다. 많은 청년이 「광인일기」에 의해 격동되었다. 그리하여 '식인의 예교'에 반항하는 탈각의 행동을 일으켰다. 내용과 형식 모두 참된 '문학혁명'에 값하는 작품이다. 그러나 작품으로서의 완벽함은 없다. 많은 것이 소화되지 않은 채 집어 넣어져 있고, 또한 거기에서 많은 모티프가 나오는 루쉰 문학의 원형이라 할 수 있는 작품이다.[142]

앞의 글로부터 「광인일기」가 기본적으로 문학혁명과 인간해방의 맥락 위에서 읽히고 있다는 점과 더불어, 앞의 「루쉰전」에서 언급하였던 '인도주의적 기백과 예술적 형상력'이 다시 한 번 '예술적 표상과 격렬한 기백'으로 변주되어 서술되었음을 알 수 있다. 앞의 글에서 중요한 지점은 「광인일기」를 모티프 면에서 루쉰 문학의 원형으로 간주하고 있다는 점이다. 이는 아마도 '광인을 둘러싼 채 구경하고 있는 마을 사람들'의 모습, '죽은 자의 심장과 간을 튀겨먹었다'라는 이야기, 그리고 광인의 광기 등과 관련한 모티프를 의미할 것이다.

루쉰의 「광인일기」에 대한 다케우치의 마지막 평가로, 1955년에 발표한 『『아Q정전·광인일기』 해설」을 살펴보자. 이 글에서 다케우치는 「광인일기」를 "중국의 낡은 사회제도, 특히 가족제도와 그 정신적 지주인 유교 윤리의 허위를 폭로한다는, 루쉰 근본의, 또는 최대의 모티프에 의해 쓰인 작품"이라 평가한다. 그는 "(낡은 사회제도를) 인간이 인간을 잡아먹는 것에 대한 공포라는 감성적인 모습으로 파악하고 있다는 점, 그리고 작중인물인 '나'가 피해자인 동시에 가해자라는, 일종의 죄의식을 가지고 있다는 점"을 동시대인들과 변별되는 작품의 심오함으로 받아들이고 있다.[143]

1936년 루쉰 사망을 전후로 쓴 「루쉰론」부터 1955년에 발표한 『『아Q정전·광인일기』 해설」에 이르기까지 약 20년에 걸쳐 발표한 여러 편의 글을 통해, 「광인일기」에 대한 다케우치의 평가가 어떻게 달라지고 있는가를 확인할 수 있다. 이를 거칠게 정리하자면, '반항 심리는 본능적, 충동적인 증오에 그친', '선구로서의 의의가 별로 없'는 작품이라는 다소 인색한 평가(「루쉰론」)에서 출발하여, 문학혁명이 표방하는 인간해방의 맥락에서 「광인일기」를 바라보면서 문학혁명의 실질을 담보하는 작품으로서 인도주의적 기백과 예술적 형상력을 갖춘 작품이라는 높은 평가(「「광인일기」에 관하여」와 「루쉰전」)를 거쳐, '인간해방의 부르짖음의 제일성'으로서 문학사적으로 불멸의 위치를 차지하며, 내용과 형식 모두 참된 '문학혁명'에 값하는 작품이라는 극찬(『루쉰 입문』)에 이르고 있다.

「광인일기」에 대한 이와 같은 평가와 더불어, 다케우치는 「광인일기」의 형식과 문체에 대해서도 여러 차례 매우 흥미로운 언급을 하고 있다. 먼저, 「광인일기」가 광인의 수기(手記) 형식을 취하는 데 대해, 「「광인일기」에 관하여」에서 "광인의 수기라는 형식을 빌리지 않으면 사상을 토해낼 수 없었다는 점은 고골적인 이상심리 때문일 뿐만 아니라, 표현 형식의 제약 때문이기도 하다"[144]고 주장하고 있다. 즉 "내용과 형식 면에서 기성 질서에 반항하기 위해서는 아무래도 광인의 수기에 가탁하는 것이 필연적 요구였다"[145](『『아Q정전·광인일기』 해설)라는 것이다.

주지하다시피, 「광인일기」는 서문을 제외하면 구어, 즉 백화로 쓰여 있다. 그런데 다케우치는 통념과는 다른 견해를 제기한다. 그는 루쉰이 구사하는 구어가 어떤 성격을 지니고 있는가를 후스가 구사하는 구어와 견주어 다음과 같이 설명한다. "후스의 구어는 청말 계몽 수단으로서의 구어로부터의 발전이다. 루쉰은 그러한 계몽에 반역하여 거꾸로 고대로 거슬러 올랐던 사람이다." 그리하여 「광인일기」에서 사용한 구어가 어떤 것인지, 작품 내용과 어떻게 상응하는지를 다음과 같이 설파한다.

똑같은 구어일지라도 루쉰의 그것은 현대에 흐르고 있는 구어의 전통에 대한 반역으로부터, 그것과의 절연으로부터 출발하고 있다. 그것이 얼마나 곤란한 일인지는 「광인일기」보다 뒤늦게 나온 대대수 소설이 문장뿐만 아니라 사상까지도 아직 구파의 구어소설[戲作文學]로부터 받은 영향의 자취를 역력히 남기고 있는 점을 본다면 알 수 있다 (이러한 점에서 「광인일기」가 얼마나 새로웠는지 상상할 수 있다). 아직 문장의 틀이 생겨나지 않았던 때에 전통을 단절하여 문장을 쓴다고 한다면, 이상심리라도 빌리지 않으면 쓸 도리가 없었을 것이다. 구어인지 문어인지 잘 알 수 없는 일종의 구어―그것은 광인에게 알맞은 문체이다. 그래서 그것은 광인의 심리 표현으로서 성공함과 동시에 문장 개혁의 시도로서 성공한 것이 되었다.[146]

그는 「『아Q정전·광인일기』 해설」에서 "당시 이미 구어는 제창되고 있었지만, 루쉰에게는 평속한 구어에 만족하지 않는 마음이 있어서 일부러 파괴적인 문체를 시도하고 있는 점도 특징"[147]이라고 말한다. 이 '파괴적인 문체'가 바로 앞에서 말한 '구어인지 문어인지 잘 알 수 없는 일종의 구어'이다. 그는 『루쉰 입문』에서 다시 한 번 "「광인일기」의 문체는 구어도 문어도 아닌, 일종의 기묘한 것"이라고 언급하면서, "이러한 파괴적인 문체는 광인의 심리 묘사에 대한 필요보다는(결과적으로는 그것을 도와 성공시켰지만) 기존의 문체를 파괴하려는 의식에서 나왔다고 생각한다"라고 밝히면서, "그것이 기존의 제도와 도덕의 파괴를 목표로 한 내용과 서로 보완되고 있다"라고 주장한다.[148] 요컨대 루쉰 나름의 '구어도 문어도 아닌 일종의 기묘한' 파괴적인 문체를 운용함으로써, 가족제도와 예교의 파괴를 겨냥한 내용과 상응하는 예술적 효과를 거두었다는 것이다.

마루야마 노보루의 루쉰론

────

마루야마 노보루(丸山昇, 1931~2006)는 1960년대 이후 일본을 대표하는 중국문학 연구자이며, 루쉰 연구에 있어서 다케우치 요시미와 어깨를 나란히 하는 연구자이다. 그는 도쿄대학 재학 중에 학생운동과 사회주의운동에 적극 참여하였으며, 1950년 일본공산당에 입당하였다. 그는 1952년에 발족된 '루쉰 연구회'에 주요 성원으로 참여하였으며, 1969년 4월부터 시작된 '중국 1930년대 문학연구회'를 실질적으로 주도하였다. 마루야마의 학술 활동에는 그의 정치적 입장이 여실히 드러나 있는 바, 마르크스주의의 입장에서 루쉰 및 중국문학을 연구하는 경향이 두드러진다.

마루야마의 루쉰 연구는 1965년에 출판된 『루쉰―그 문학과 혁명(魯迅―その文學と革命)』으로 열매를 맺었다. 이 저서에서 보여준 그의 루쉰 연구는 대체로 '문학주의'로 불리는 다케우치의 연구방법론―다소 관념적이고 추상적이며, 따라서 비논리적이고 비체계적으로 보이는 연구방법론―과는 달리, 루쉰의 구체적인 삶과 저작에 근거하여 루쉰과 루쉰 문학을 과학적이고 객관적으로 분석하고 평가하

| 마루야마 노보루의 모습

는 실증주의적 태도를 따르고 있다. 다케우치가 『루쉰』을 통해 '문학가 루쉰'을 탄생시켰다면, 마루야마는 이 저서를 통해 '혁명가 루쉰'을 빚어냈다고 할 수 있다.

실증주의적 연구와 혁명가 루쉰

이미 언급하였듯이, 그의 연구방법론은 경험적으로 주어진 사실에 근거하여 과학성과 객관성을 담보하는 것, 다시 말해 근거 없는 형이상학적 추론을 가능한 한 배제하는 데서 출발한다. 이러한 실증주의적 연구 태도에 따라 그는 당시 일본에서의 루쉰 연구에 나타난 몇 가지 현상에 대해 비판적 태도를 보이는데,『루쉰—그 문학과 혁명』에서도 일정 부분을 할애하여 이를 다루고 있다. 이 저서에서 언급하고 있는 몇 가지 구체적 예를 살펴보면 다음과 같다.

첫째, '루쉰의 사상에서 발견되는 어떤 변화를 모두 어떠한 심적 결의에서 기인하는 자각적 행위라고 과도하게 평가'하는 연구 경향에 대해 비판적 태도를 보인다. 마루야마에 따르면, 일본 유학 시기의 중국 유학생들은 "제각기 잡다한 동기와 여러 가지 발상으로 중국의 미래상과 자신의 진로를 생각하고 있었"으며, "루쉰의 사상적 역정 역시 이러한 혼돈을 거치면서 차츰 하나의 결정체로 나아갔다"라고 한다. 이러한 사실을 인식하지 못하면 자칫 '루쉰 전설'을 낳을 우려가 있다는 말인데,[149] 이는 아마도 다케우치가 루쉰의 '회심' 혹은 '문학적 자각'이라 언급한 것과 무관하지 않을 터이다.

둘째, 일본 유학 시절 루쉰이 중국인 유학생에게 반발 의식을 느끼거나 혐오감을 드러낸 일을 혁명운동과 정치운동에 대한 그의 절망이나 좌절을 보여준다고 해석하는 태도를 비판하고 있다. 마루야마는 루쉰의 반발 의식이나 혐오감이 혁명을 제창하는 일부 유학생들에게서 기인한 바는 있지만, 그것을 혁명과 정치에 대한 절망이나 이탈과 연결 짓는 것은 무리라고 반박한다. 그는 특히 루쉰이 센다이 의학전문학교로 향했던 선택을 이러한 절망이나 이탈과 결부하는 태도에 대해, "정치와 연관을 지닌 모든 인텔리겐치아에게 사상적, 인간적인 여러 문제가 좋든 나쁘든 하나의 운동 주체에 참가하거나 그것으로부터의 이탈, 혹은 그것과의 연관 방식 등의 문제를 축으로 전개되는 시기의, '기대'하든 '절망'하든 너무나 안이한 일본적 특색에 젖은 견해"[150]라고 비판한다.

셋째, 루쉰이 문학에 뜻을 두게 된 원인을 정치 활동의 좌절로 설명하는 관점에 대해 비판적 태도를 보인다. 마루야마에 따르면, 이러한 관점은 마스다 와타루(增田涉)의 『루쉰의 인상(魯迅の印象)』에 실린 루쉰의 광복회 참여와 관련한 글에 근거하여 니이지마 아쓰요시(新島淳良)가 섣부른 추측을 한 데서 비롯되었다. 마스다가 제기한 '요인 암살 지령과 철회'의 회고담이 니이지마에 의해 '정치에서의 실격과 이로 인한 좌절이 그를 센다이로 가게 했다'라는 추측으로 이어졌다. 그런데 니이지마의 추측에 근거하여 오자키 호쓰키(尾崎秀樹)가 그의 저서 『루쉰과의 대화(魯迅との対話)』에서 '정치 활동의 좌절로 말미암아 문학으로 전향하였고, 의학은 문학으로 전향하기 위한 경유지였다'라고 단정 짓고 말았다. 마루야마는 사실관계를 바탕으로 니이지마와 오자키의 견해를 반박한다.

이와 더불어 마루야마는 루쉰이 '개성'의 필요성을 언급하였다는 점에 대한 과도한 강조를 비판하고 있다. 루쉰은 "'개성'이라는 말이 어떠한 내용을 지니느냐, 또는 '개성'을 구비한 인간의 이상적인 형상으로 어떤 인물을 상상하고 있는가에 대해서는 면밀한 주의를 기울이지 않았고, 일반적으로 그것을 '집단'과 대립하는 것으로 파악하고 있었다"라는 점, 그리고 '정치=개성의 무시' 대 '문학=개성의 존중'이라는 안이한 도식에 의한 이해가 루쉰이 뜻을 두었던 문학에 대한 오해를 불러일으킬 수 있다는 점을 지적한다. 그는 이러한 오해 혹은 편견이 루쉰의 문학으로의 전향을 정치적 좌절의 결과로 보는 견해를 낳았다고 비판한다.[151]

그렇다면 루쉰을 문학으로 이끌었던 힘은 무엇인가? 마루야마는 일본 유학 시기 루쉰의 최대 관심사는 중국인의 인간다운 생존 자체였으며, 이에 대해 전부터 품고 있었던 의심과 불안이 의학을 포기하고 문학으로 전향하게 만든 힘이라고 본다. 그런데 여기에서 '인간다움'의 '인간'이란 외국의 침략과 청조에 대한 저항의 주체이며, 따라서 대단히 정치적인 '인간'일 수밖에 없다. 이러한 점에서 "루쉰에게 정치는 다른 문제가 아닌, 본래적으로 문학 내부에 내재하는 문제"[152]라는 것이다.

그렇기에 마루야마는 루쉰의 실패와 무력감, 적막과 절망 등이 언제 시작되었는가에는 별로 관심이 없다. 그에게 중요한 것은 루쉰에게 있어 "모든 것이 중국혁명, 중국의 변혁이라는 과제와 한시도 떨어지지 않고 존재했으며, 어디까지나 중국혁명이라는 것이 그의 근본에 자리 잡고 있었다는 사실"이다. "한마디로 말해서 그는 본래적으로 정치적인 장(場)에 있었던 것이며, 모든 문제가 정치적 과제와 결부된, 혹은 나아가 모든 문제의 존재 방식 자체가 정치적인 장에 있었던 것이며, '혁명'의 문제가 한 가닥의 날실로 그의 모두를 관통하고 있었던 것"[153]이라고 강조한다.

그리하여 마루야마는 다케우치가 『루쉰』의 모티프를 '문학자 루쉰이 계몽자 루쉰을 무한히 탄생시키는 궁극의 장소'라고 한 말에 빗대어, '혁명을 궁극의 과제로 삼고 살아간 루쉰이 문학가 루쉰을 낳는 무한의 운동'을 찾아가는 일이 자신의 입장이라고 밝힌다.[154] 이러한 관점에서 마루야마는 루쉰에게 갖가지 개인적 실패와 정치적 좌절에도 불구하고 그를 앞으로 몰아붙여 '외부 세계로 밀어내는 그 무엇', 즉 '혁명에 대한 기대'가 있었다고 진단한다. 그렇다면 루쉰이 바라보는 혁명이란 도대체 어떤 성격의 것인가? 마루야마에 따르면, 루쉰에게 혁명이란 '인간관계를 밑바닥부터 뒤집어엎어 인간을 근본적으로 새롭게 개조하는 것'이었다. 그는 루쉰의 혁명관에 대해 다음과 같이 설명한다.

정치혁명만으로는 중국을 구제할 수 없다. 정신의 혹은 인간의 혁명이 필요하다고 루쉰이 생각하고 있었음을 잘 알 수 있다. 그러나 더 정확하게 말하면, 루쉰은 정치혁명 외에 인간혁명을 생각하고 있었던 것이 아니라 정치혁명을 처음부터 인간혁명과 하나의 것으로 생각하고 있었다. (……) 그러니까 혁명을 정신의 문제, 인간의 문제로 파악하고 있었던 것이지 '정치혁명' 외에 '인간혁명'과 '정신혁명'을 생각한 것은 아니다. 다시 말하면 그가 한 사람의 인간으로서 혁명의 총체를 마주 보는 방식이 정신적이고 문학적이었으며, 혁명 안에 있는 문학과 정신 분야를 부분으로서 문제 삼았던 것과는 질적으로 다른 것이다.[155]

마루야마는 루쉰 연구의 출발점으로서 "루쉰을 그가 살았던 역사 속으로 되돌려 그의 정신 운동의 자취를 탐사함으로써 그의 '핵심'을 움켜쥐고 싶다"[156]라고 저서 후기에서 밝히고 있다. 그가 움켜쥐고 싶었던 루쉰 혹은 루쉰 정신의 핵심은 무엇일까? 아마도 혁명을 "자기 운명을 자신의 힘으로 개척해가는 과정으로 파악하고 있는 점", "시기에 따라 혁명의 형태는 변하였어도 혁명에 대한 그의 관심, 파악 방법은 거의 일생을 통해 변치 않았다"라는 점이 아닐까? 그렇다고 해서 마루야마가 '혁명인' 루쉰을 이미 완성된 것으로 본 것은 결코 아니다. 그는 "현실에서는 손쓸 방법을 잃고 절망하고 적막을 한탄하며 동요도 하는 루쉰"이 "혁명에 자신을 근접시켜 가는 무한의 걸음 상태 그 자체에서 '혁명인'을 발견한다"라고 고백한다.[157)]

「광인일기」: 혁명의 부활

「광인일기」를 어떻게 볼 것인가라는 문제와 관련하여 마루야마가 중시한 글은 『『외침』 자서」(1922)와 『『자선집』 자서」(1932)이다. 마루야마는 루쉰의 자전적 성격의 두 글을 「광인일기」의 창작 배경을 살펴볼 수 있는 매우 중요한 실증적 자료로 간주하고 있다. 그는 특히 전자의 글에서 "어떤 때는 어쩔 수 없이 몇 마디 고함을 내질러 적막 속을 내달리는 용사들에게 거침없이 내달리도록 얼마간의 위안이라도 주고 싶다"라고 한 부분, 그리고 후자의 글에서 "열정을 품고 있던 자들에 대한 공감"과 "몇 번 소리라도 내질러 얼마간 위세를 도와주고자 했다"라는 부분에 주목한다. 그리하여 마루야마는 루쉰이 '적막을 느끼고 있을' 선구자들—그들의 온갖 약점, 자신과의 전망 차이에도 불구하고—에게 공감하여 힘을 보태주고자[加勢] 하였음을 강조하면서, 루쉰이 「광인일기」를 창작했던 동기로서 '선구자와의 공감과 가세'라는 틀을 제시한다.

「광인일기」를 독해하는 틀로서 '선구자와의 공감과 가세'는 물론 루쉰의 구체적 체험, 특히 일본 유학 시기에 겪었던 『신생』의 유산과 『역외소설집』의 판매 부진, 결혼 실패 등 이로 인한 실망 및 적막과 깊은 연관이 있을 것이다. 하지만 마루야마는 루쉰이 첸쉬안퉁의 권유를 받아들여 붓을 들긴 하였지만, 그의 보조가 '선구자'들의 보조와 완전히 합치하고 있지는 않았음을 지적한다. 이 지적은 아마도 루쉰이 「『자선집』 자서」에서 "(구사회의 병근을 폭로하여 치유하려는) 희망에 도달하기 위해 선구자들과 동일한 보조를 취해야만 했다"라고 언급한 점을 고려한 것이라고 생각한다. 이러한 점에 근거하여, "구태여 말한다면 「광인일기」는 일종의 관념소설로, 그가 파악하고 있었던 현실의 추상화된 모습을 추상 그대로 투영한 것"[158]이라고 평가한다.

그렇다면 마루야마는 '선구자와의 공감과 가세'라는 틀을 통해 「광인일기」를 어떻게 읽어내는가? 「광인일기」 제3절에서 광인이 역사책을 뒤져 '연대가 없음'을 알아내고, 페이지를 가득 채운 인의도덕의 글자들 틈새에서 '식인'을 발견해낸 것에 대해, 그는 "이것을 단지 유교 도덕의 비인간적 본질을 폭로한 것이라고 보는 것은 「광인일기」가 간직한 문제를 단순화시켜 이 작품을 볼품없이 빈약한 것으로 만들어 버리고 만다"라고 주장한다. "루쉰이 여기에서 쓰고 있는 것은 이러한 모든 민중을 포함하여 성립된 '식인'의 세계이며, 바꾸어 말하면 이렇게 모든 중국인을 이 관계에 몰아넣어 버리는 **그 무엇**인가를 문제로 삼았다"라는 것이다.[159] 또한 「광인일기」의 말미에서 광인이 피해자 의식에서 벗어나 가해자라는 인식 전환을 이루는 것에 대해서도, "이러한 '전환'마저도 가해자로서의 죄의식을 표명하는 것이라기보다는, 오히려 '사람이 사람을 잡아먹는' 인간관계를 지탄하는 자기 자신을 그 인간관계의 그물눈에 휩쓸어 넣어 버리고 마는 **어떤 '힘'**을 말하는 것"이라 주장한다.

여기에서 마루야마가 말하는 **그 무엇**, **어떤 힘**이란 '인간이 되고자 하는 노력마저도 집어삼켜 무(無)로 만들어 버리는 **어떤 '힘'**과 동일할 터인데, 이것들은 도대체 무엇을 가리키는가? 이것들은 '일체의 개혁 에너지를 빨아들여 무산시키고야 마는 헤아릴 길 없는 깊은 구사회'[160]이기도 하고, '루쉰이 때로 역사나 전통이라고 부르거나 때로 국민성이라고도 불렀던 것'[161]이기도 하다. 마루야마가 보기에 루쉰은 이것들이 안겨준 암흑과 허무에 맞서 '절망적인 저항'을 하지 않을 수 없었다. "이러한 어떤 '힘'을 앞에 두고 휘청거리면서도 다른 한편, 현실이 이런 것인 만큼 그러한 '그물눈'에 붙들려 있는 인간의 외침 자체가 무언가 의미를 가질지도 모른다고 하는 데 희망을 걸어봄으로써 '선구자'에게 가세하려고 했던 것이 이 시점에서 작가의 입각점이었다"[162]라고 주장한다. 이러한 논리는 「광인일기」의 마지막 두 줄 "사람을 먹어본 적이 없는 아이가 혹 있을까? 아이를 구하라……"에 대해서도 똑같이 작동한다.

이것은 아이에 대한 기대라기보다는 어른은 모두 사람을 잡아먹은 인간으로서 구제받을 수 없다는 증거이며, 동시에 새로 태어나는 아이가 이 그물눈에 휩쓸리는 것만이라도 방지해야 한다, 그들이 성장할 때까지 낡은 세계를 파괴해버려야 한다는 작가의 기도에 가까울 정도의 의무감 표현인 것이다. 즉 이 두 줄에는 '사람을 잡아먹는' 세계를 저주하는 인간 자체가 그 가운데에 휩싸여 있다는, 구제받을 수 없고 파괴 수단이 없으며 의지할 곳이 없으므로 깊이를 알 수 없는 '암흑'에도 불구하고 '선구자'에 가세(加勢)하기 위해 '외침' 소리를 내지르려 생각한다면 '암흑이기 때문에 그것이 필요한 것이 아닌가'를 근거로 삼을 수밖에 없었던 루쉰의 외침에 외발성(外發性)과 내발성(內發性)이 하나로 집약되어 있었다고 할 수가 있다.[163]

이제 마루야마의 논점을 정리해보면, 그가 「광인일기」를 읽어낸 틀은 '선구자와의 공감'에 기반하여 '어떤 힘'에 대한 '절망적인 저항'을 통한 '선구자에의 가세'라는 것이다. 이 틀 속에서 '식인'이라는 구체적인 현실의 세계상보다는 오히려 '식인'의 관계망이라고도 할 수 있는, '개혁의 모든 것을 무화(無化)하는 어떤 힘'이라는 추상화된 모습에 주목한다. 그리고 「광인일기」로 시작된 '절망적인 저항'은 「수감록」으로 이어지고 『외침』에 수록된 여러 단편소설의 창작으로 이어졌지만, 루쉰의 붓끝은 '자신을 포함한 구사회를 자신과 함께 사장함으로써 새로운 세대에게 새로운 세계를 열어주는' 역할로 자신의 위치를 정립하였다. 이러한 역할의 "투쟁조차 얼마만큼의 의미를 현실적으로 가질 수 있는지에 대한 의문을 항상 간직한 투쟁이었음을 보아두어야 한다"라고 마루야마는 주장한다.[164]

마루야마가 애초에 「광인일기」를 '일종의 관념소설'로서 '현실의 모습을 추상 그대로 투영한 것'이라 평한 것은 바로 이 때문이었다.

마루야마는 "선구자에 대한 공감 때문에 붓을 든 루쉰이 가세할 수 있는 것으로는 이러한 일밖에 없었"으며, "새로운 힘을 집어삼켜 흩어버리는 그 무엇이야말로 당시 그에게 최대 문제였기에, 이런 형태의 가세 시도는 루쉰에게 어떤 공허감을 느끼도록 하였을 것"이라고 지적한다. 그리하여 여전히 선구자에게 호응하여 암흑의 파괴를 외치는 글쓰기로서 '잡감'이 써지고, 이 잡감과 병행하여 공허함을 메우기 위한 글쓰기 행위로서 『외침』의 여러 작품이 창작되었다는 것이다.[165]

지금까지 살펴본 바, 「광인일기」에 대한 마루야마의 분석은 전론(專論) 형식으로 제출된 것이 아니라, 루쉰 사상의 발전 궤적을 뒤쫓아 혁명가로서의 루쉰상을 주조해가는 과정에서 언급된 것이다. 이러한 제약에도 불구하고 루쉰에게 문학이란 근본적으로 인생을 위한 것이자 혁명을 위한 것임을 밝혀내는 맥락 위에서 마루야마는 「광인일기」에 의한 작가로서의 출발을, 좌절과 절망을 딛고 일어선 루쉰의 '혁명의 부활'로 자리매김하고 있다.

이토 도라마루의 루쉰론

이토 도라마루(伊藤虎丸, 1927~2003)는 일본의 대표적인 루쉰 연구자 가운데 한 사람이다. 그는 특히 여러 차례에 걸쳐 자신을 다케우치 요시미의 '에피고넨(epigonen)'이라 자처[166]했던, 그리하여 적어

| 이토 도라마루의 모습

도 루쉰 연구에 있어서만큼은 다케우치의 관점을 정통으로 이어받은 적자(嫡子)로 여겨진다. 사실 그는 다케우치가 직관적으로, 혹은 사변적으로 던져놓은 추상적 개념에 살을 입히는 구체화(incarnation) 작업을 수행했다고 보아도 크게 틀리지 않으리라 생각한다.

다케우치가 이른바 '다케우치 루쉰'의 실질로서 '회심'과 '속죄'를 중심으로 루쉰론을 전개한다면, 이토는 '종말론'과 '개(個)의 자각'을 키워드로 루쉰론을 구축한다. 이토의 루쉰론은 1975년에 출간된 『루쉰과 종말론─근대 리얼리즘의 성립(魯迅と終末論─近代リアリズムの成立)』에서 상세히 피력되고 있으며, 1983년에 출간된 『루쉰과 일본인─아시아의 근대와 '個'의 사상(魯迅と日本人─アジアの近代と'個'の思想)』 역시 그의 루쉰론을 살펴볼 수 있는 좋은 텍스트이다. 이들 저서 외에 다음과 같은 논문을 참조하고자 한다.

• 「루쉰 사상의 독창성과 기독교─근대 문화의 수용을 둘러싸

고(魯迅思想の獨異性とキリスト敎—近代文化の受容をめぐって)」(1988)

- 「『루쉰과 종말론』 재론—'다케우치 루쉰'과 1930년대 사상의 오늘의 의의(『魯迅と終末論』再說—'竹內魯迅'と一九三〇年代思想の今日的意義)」(2001)
- 「전후 일중 사상교류사 중의 「광인일기」: '중국에게 배운다'에서 '공통 과제의 탐구'로(戰後日中思想交流史の中の「狂人日記」: '中國に學ぶ'から'共通の課題の探求'へ)」(2002)

이들 논문은 이토의 다소 특이한 용어들, 특히 종말론과 '개의 자각' 등 이토 나름의 특이한 이해 방식을 보여주는 용어들을 이해하는 데 큰 도움을 준다.[167] 이들 논문 가운데 특히 「『루쉰과 종말론』 재론」은 이토의 루쉰론이 구축된 역사적 맥락을 이해하고, 나아가 '다케우치 루쉰'의 핵심은 물론 이토의 루쉰론의 핵심을 파악하는 데 도움을 주는 중요한 자료이다. 여기에서는 그의 종말론과 '개의 자각', 그리고 이와 밀접하게 연관된 「광인일기」에 대한 새로운 독해 방식을 고찰해보고자 한다.

종말론과 '개(個)'의 자각

우리나라에서 종말론은 기독교 이단의 사이비 교주나 휴거를 떠올리게 한다. 일반적인 상식 수준에서 이야기한다면, 종말론은 우리가 사는 지구 및 지구에 사는 모든 생명체, 즉 인간과 자연이 어느 순간에 파멸을 맞이한다고 믿는 종교적 견해를 가리킨다. 대체로 종말론은 다른 어느 종교보다도 기독교에서 활발히 논의되어 왔다. 기독교의 종말론은 그리스도의 재림과 최후의 심판, 하나님 나라의 도래로 이루어진 내세론 성격을 지니고 있다.

종말론에 대해 이토는 "종말론 내지 종말론적 사고란 니힐리즘의 반대어, 혹은 그것에 대한 단호한 거부, 또는 필사의 저항이 만들어 낸 것"[168]이라고 생각한다. 그에 따르면, 대체로 종말론적 논리란 우선 모든 인간을 똑같이 집어삼켜 흐르는 '자연'적인 시간(크로노스)에 대해 '때가 찼고 신의 나라가 가까워졌다'라고 일컬어지는, 한 사람 한 사람의 인간에게 주체적인 결단을 요구할 때(카이로스)를 대치시키는 사고이다. 즉 한 사람 한 사람의 인간인 '개(個)'는 직접 절대자에게 결부되며, '전체'에 대한 '부분'이 아니며, 따라서 한 사람 한 사람 모두 개별적으로 절대자에 대해 의미를 갖는다. 이토는 종말론을 다음과 같이 정리한다.

결국, 종말론(혹은 종말론적 논리)이란 바로 위의 같은—'역사'란 영원히 변함없이 반복되어 가는 시간의 흐름이고, 인간은 그 역사의 흐름 속에 '한편으로 떠오르고, 한편으로 사라지'면서 그것이 만들어낸 '역사적 제 조건'에 지배되어 사는, 어느 것이나 큰 차이 없이 떼를 지어, 즉 전체와 그 부분에 지나지 않는다는—어떤 밋밋한 니힐리즘에 대해 어떻게든 역사를 주체적인 '개(個)'의 사랑과 결단의 장으로서 확보 내지는 회복하려고 하는, 이른바 필사의 경영 속으로부터 생겨난 사상이었으리라 생각한다.[169]

그렇다면 이토는 루쉰의 어떤 부분에서 종말론을 감지하고 있는가? 그는 루쉰이 1903년에 쓴 「중국지질약론(中國地質略論)」 가운데 다음과 같은 부분에 주목한다. "여기에 그치지 않고 그 나라는 반드시 화석이 될 터이니, 이는 후세 사람들이 그것을 어루만지고 탄식하며 '멸종(Extract species)'이라는 시호를 붙여 줄 증거로 작용할 것이다. (……) 비록 약수(弱水)가 사방을 둘러 흐르는 곳에서, 문을 잠그고 외롭게 버티고는 있지만, 장차 하늘의 운행 질서에서 도태되어 날마다 퇴화해 가다가 원숭이가 되고, 새가 되고, 조개가 되고, 수초가 되었다가 결국은 무생물이 되고 말 것이다."[170]

이토는 루쉰이 진화론을 그 법칙에 따라 진행하는 역사적 과정으로 받아들이지 않고, 오히려 그 과정의 종극점에 있는 어떤 가정의 때로부터 거꾸로 진화 과정 전체를 파악하고 있다는 점을 그의 특징으로 꼽는다. 중국인이 '멸종'되고, 인간이 원숭이를 거쳐 새, 조개, 수초, 마침내 무생물로 퇴화한다는 기묘한 '퇴화론'에서 이토는 루쉰이 사유하는 종말론적 풍경을 읽어내며, 이것이 루쉰의 개별적인 입장에서 주체적으로 파악되고 있음을 강조한다.[171]

이와 더불어 그는 루쉰의 「광인일기」에서도 종말론적 태도를 읽어낸다. 광인이 타인의 눈빛에서 느끼는 본능적이고 감각적 공포는 '잡아먹힌다'라는 죽음의 공포로 바뀌고, 이 죽음의 공포는 '나도 사람을 잡아먹었'고 '사천 년의 식인 역사를 지닌 나'의 사회적·인격적 죽음에 의해 윤리적·인격적 공포로 바뀐다. 이처럼 광인에게 죽음은 현재의 삶 그 자체와 분리되지 않는 절박한 사실이다. 이토는 이러한 죽음의 인식 방식이야말로 종말론적이라고 말하지 않을 수 없으며, 이러한 종말론적인 '죽음'의 압력을 앞에 두고 사람은 비로소 남과 구별되는 '개(個)'의 자각을 지닌다고 주장한다.[172]

그렇다면 '개'의 자각이란 무엇인가? 이토는 우선 '개'라는 용어를 사용하게 된 배경에 대해 이렇게 밝히고 있다. 원래 루쉰의 '개인주의'를 논하고자 하였으나, "당시는 프롤레타리아 집단주의에 대치되는 '부르주아 이데올로기'로서의 개인주의라는 용례가 적어도 중국에서는 통례였기에 그것과의 혼동을 피하기 위해 이것을 '개의 사상'이라 일컬었다"[173]는 것이다. 그렇다면 '개'의 자각을 '개인주의의 자각' 혹은 '개체적 자각'으로 이해해도 크게 다르지 않을 것이다. 이어 그는 "자각이란 물론 추상적인 의식을 가리키지 않는다. 존재 그 자체가 지는 책임의식이라고 말하여도 괜찮을 것이다. 인간은 책임 있는 자, 혹은 채무 있는 자로서 정당하게 자신을 파악할 수 있다. 이것이 진실한 자각이다"[174]라는 구마노 요시타카(熊野義孝)의 말로 대답을 대신한다. 자각이란 원래 추상적인 의식이 아니라 죽음의 권위 앞에 '존재 그 자체가 짊어진 책임의식'이라는 것이다. 「광인일기」의 광인처럼, 죽음의 자각 위에서 죽음의 공포에 의해 비로소 남과 구별되는 '개'로서의 자기 자각, 책임의식이 부여된다.

그렇다면 이러한 '개'의 자각은 「광인일기」에 비추어볼 때 루쉰에게 어떤 의미였는가? 첫째, '인간 개개인이 각각 다르다는 점에 가치가 있음을 발견'하고, 이에 근거하여 '차별의식이나 상하의식에서 해방되는 것'이다. 이렇게 "차별의식에서 벗어남으로써 참된 개별성을 움켜쥐고서 자신의 개성, 자신의 책임, 자신의 할 일을 발견하게 되는데, 루쉰의 경우 그것은 문학이었다." 둘째, 자신이 피해자임과 동시에 가해자임을 깨닫게 됨으로써, 다시 말해 죄를 자각함으로써, "붓을 짊어지고 발을 내딛기 시작하는 주체적인 '개'로서의 책임의식을 루쉰에게 부여했다"라는 것이다.[175] 이리하여 다케우치가 말한 루쉰의 '종교적 죄의식에 가까운 문학적 자각'은 이토에 의해 '종말론적 개의 자각'으로 바뀌었다.

마루야마 마사오와 구마노 요시타카

이렇게 보노라면, 이토의 이른바 '종말론적인 개의 자각'이란, 허무주의의 나락에서 벗어나 모든 개개의 인간이 개별적으로 책임의식을 가지고 역사와 현실을 마주하는 것을 의미한다. 그렇다면 이토의 이러한 사유는 어떤 계기로 가능했을까? 훗날 이토는 이러한 사유의 배경으로 1970년대 일본의 전공투(全共鬪) 학생운동의 과격성과 격렬성을 목도하고 '전후 민주주의의 총패배'[176]를 느끼기 시작했을 무렵에 읽었던 두 권의 책을 언급한다. 한 권은 마루야마 마사오(丸山眞男)의 『일본의 사상(日本の思想)』(1961)이고 다른 한 권은 신학자 친구의 추천으로 읽었던 구마노 요시타카의 『종말론과 역사철학(終末論と歷史哲學)』(1934)이다. 이제 이 두 사람의 저서를 중심으로 이들의 문제의식이 어떤 것이었는지 살펴보자.

이토의 술회에 따르면, 자신이 믿던 '전후 민주주의'를 내세워 전공투 학생들과 맞서 싸우는 과정에서 전공투 학생들의 주장을 단순한 '반공' '반동'만으로 정리할 수 없다는 점, 그리고 '전후 민주주의'가 그들에게는 기성 체제일 뿐 운동이 아니었음을 깨닫는다. 이 과정에서 그는 마루야마의 『일본의 사상』을 다시 읽게 되었는데, 이 책을 읽고 난 후의 느낌을 이렇게 밝히고 있다.

나는 (특히 1972년의 자민당에 의한 일중 국교 회복 즈음부터) '전후 민주주의의 총패배'를 느끼기 시작하고 있었다. 당시 도쿄대학 법학부 마루야마 마사오의 연구실이 털리고 '마루야마의 시대가 끝났다' 따위의 말이 유행하던 가운데 나는 다시금 자신에게 있어서 말하자면 우상이었던 마루야마의 『일본의 사상』을 다시 읽고, 그가 이미 오늘의 사태를 예언하고 있었다고 여기고, 새삼스레 감명을 받았다. 특히 그가 지적한 '과학주의'와 '문학주의'의 분열이 전후에도 극복되지 못한 채 미루어진 곳에 나의 '전후 민주주의'의 사상적 패배의 원인이 있었던 것은 아닐까 생각했다.[177]

마루야마 마사오는 현대 일본을 대표하는 정치학자이자 사상가이며, 일본 군국주의와 천황제를 비판했던 지식인이다. 그는 1946년 도쿄제국대학 헌법연구위원회 위원으로서 헌법 개정에 참여하였다. 1950년에 도쿄대학 법학부 교수로 취임한 이후로는 샌프란시스코 조약을 둘러싼 논쟁에서 평화문제담화회(平和問題談話會)의 중심인물로, 그리고 1960년 안보투쟁(安保鬪爭)을 지지하는 지식인으로 왕성하게 활동하면서 전후 민주주의 사상의 이론 정립 및 실천에서 지도적 역할을 담당했다. 그러나 그는 1960년대 후반 전공투 학생들로부터 '기만으로 가득 찬 전후 민주주의'의 상징으로서 격렬한 비판을 받았으며, 1968년 도쿄대학 분쟁의 와중에 그의 연구실이 학생들에게 점거되는 불상사가 발생하였다. 앞의 인용문 가운데 '마루야마 마사오의 연구실이 털리고'는 바로 이 일을 가리킨다.

그렇다면 이토는 마루야마의 『일본의 사상』에서 무엇을 읽어냈던가? 이토는 자신의 저서 『루쉰과 종말론』이 가진 문제의식의 틀이 "마루야마의 『일본의 사상』 제2장 '근대 일본의 사상과 문학(近代日本の思想と文學)'에 의거했다"라고 밝히면서 "나는 이것을 가장 뛰어난 쇼와 사상사 내지는 문학사로 읽었다"[178]라고 찬사를 아끼지 않았다. 제2장의 내용에 대해서는 "이른바 '정치와 문학'이라는 문학사에서 익히 알고 있는 테마에 또 하나 '과학'이라는 계기를 넣어서— 아니 그렇다기보다는 '과학' 차원을 독립시켜서 정치-과학-문학의 삼각관계로 문제를 재검토함으로써, 근대일본문학의 사상사 문제에 대해 나름대로 증명해보고 싶다"[179]라면서 문제의식을 설명한다.

이러한 문제의식 아래 마루야마는 문학-정치-과학의 삼각관계를 중심으로 일본의 쇼와 사상사(혹은 문학사)를 크게 세 시기, 즉 메이지 말년, 다이쇼 말기(쇼와 초기), 그리고 1934년(NALP 해체)부터 1937년(중일전쟁 발발)까지의 '문예 부흥기'로 나누어 검토한다. 물론 마루야마의 관심은 쇼와 사상사(혹은 문학사)의 성격을 규정하는 것이었으므로, 쇼와 초기부터 '문예 부흥기'까지가 주요 검토 대상이었다. 그에 따르면, 메이지 말년의 문학과 정치는 모두 진보를 향한 경쟁, 달리기경주로 여겨지고 있었다. 문학과 정치는 "거의 접촉이 없는 장(場)에서 각각의 코스를 달리고 있었다"라는 것이다.[180]

그런데 제1차 세계대전 이후 다이쇼 말기에 마르크스주의와 공산주의의 '태풍'이 불어닥치자 문학은 자신의 거취를 결정해야만 했다. 문학에 '논리적 구조를 가진 사상'이 엄습함에 따라, 문학과 정치의 달리기경주 의미가 달라졌다. "혁명의 긴박성 의식을 전제로 한, 정세는 이렇게 진척되어 있는데 문학은 무엇을 하고 있는가, 앞서 있는 '정치'에 대한 '문학'의 뒤떨어짐을 어떻게 극복할 것인가 하는 문제의식"[181]이 생겨난 것이다. 이러한 변화는 '정치는 과학의 의식적 적용'이라는 명제와 결합해 있었으며, 이리하여 쇼와 초기는 문학과 정치의 관계에서 '정치(=과학)의 우위'라는 현상을 보였다.

'정치의 우위'를 보여주던 문학과 정치의 관계에 1934년 NALP(일본프롤레타리아작가동맹) 해체를 경계로 미묘한 변화가 생기면서 '과학주의와 문학주의' 문제가 제기되었다. 이어 1937년 중일전쟁의 발발 이후 '신체제(新體制)' 운동이 진전됨에 따라 '과학주의 대 문학주의' 형태의 문제 제기는 점차 사라지고 문학이 직접적으로 '정치'와의 관계에서 다루어지게 되었다. 이른바 '문예 부흥기'에는 문학에서 '정치적 가치와 예술적 가치'의 관계가 '과학주의와 문학주의'라는 논점을 매개로 역(逆)의 벡터(vector)를 가진 '정치적 가치'의 우위 시대로 선회하였다고 할 수 있으며, 따라서 이 시기의 문학적 상황은 '정치(=문학)의 우위'로 일컬을 수 있다.[182]

쇼와 사상사(혹은 문학사)에 대한 마루야마의 이러한 관점은 이토에게 '전공투(신좌익) 운동에 대한 예언'처럼 여겨졌다. 이토는 마루야마의 관점에 근거하여 한 걸음 더 나아가 전후 일본 사상사(혹은 문학사)를 이렇게 검토하였다. 즉 "전후 시기는 마루야마의 이른바 '정치(=과학)의 우위' 시대의 재래(再來)이고, 1960년대 후반에 등장한 '합리주의의 막다름', '감성의 복권' 등 반과학주의(마르크스주의를 '유일의 과학적 진리'로 여기기보다 그 이데올로기성을 강조하는 경향)는 똑같이 마루야마가 말하는 '정치(=문학)의 우위' 시대로의 이행을 느끼게 했다"[183]는 것이다.

이토는 "전공투 운동의 모종의 '문학주의(=반과학주의)'나 다케우치 에피고넨(자신이 정통파라고 자임하지만)의 다수가 문학주의 내지 문인 취미로 흘렀던 것에 어떤 불만을 느끼고 있었다."[184] 마루야마는 "과학의 세계와 예술의 세계에 대해 단순히 어느 한쪽을 보편성·법칙성·개념성이라는 측면에서, 그리고 다른 한쪽을 개체성·비합리성·직관성이라는 측면에서 규정하는 것만으로는 양자가 서로 외면한 채 끝나버리고 만다"라고 '과학주의와 문학주의'의 대립을 비판하면서 "전체적 비합리성은 전체적 합리성의 쌍둥이에 다름 아니다"[185]라고 설파한다. 마찬가지로 이토는 전후 일본 사상사(혹은 문학사)에도 쇼와 시기와 마찬가지로 여전히 '과학주의와 문학주의'의 대립이 변함없이 유지되고 있으며, 이것이 '전후 민주주의의 총패배'의 사상적 내인이라고 여겼다. 이토는 이러한 바탕 위에서 마루야마와 자신의 접점을 다음과 같이 밝히고 있다.

내가 옛 저서[『루쉰과 종말론』을 가리킴]에서 '죄의 자각' 등의 일을 이야기했던 것도 근대의 '과학'과 '문학'의 공통의 '혼'(자유 내지 윤리)(근대과학과 근대문학도 새로운 윤리를 제기했던 것이지 윤리나 도덕 그 자체를 부정했던 것은 아니다)의 근거를 거기에서 발견했기 때문이었다.[186]

이제 이토와 구마노의 만남을 살펴보자. 이토는 구마노의 『종말론과 역사철학』을 읽은 계기에 대해 "내가 신학자 친구의 가르침을 받아 구마노의 이 책을 읽었던 것은 1970년대 초의 일"이라고 밝히면서, 이 책을 만났을 때 '가슴 두근거리던 흥분', "편견을 품고 있던 구마노의 저서에 감동했던 흥분이 지금도 생생하다"라고 고백한다.[187] 그는 이러한 흥분을 느낀 배경에 "1960년대 말부터의 학생운동이 있었"음을 밝히면서도, "그러나 감동의 중심은 실은 그때까지 나의 '다케우치 루쉰'에 대한 이해의 어딘가 애매했던 부분을 겨우 기본적으로 확실히 이해할 수 있다는 자신을 갖게 된 데 있었다"라고 술회하였다.[188] 이 술회를 통해 이토가 다케우치의 루쉰론을 이해하고 나아가 자신의 루쉰론을 정립함에 있어 구마노의 저서가 커다란 역할을 담당하였음을 짐작할 수 있다.

구마노는 1930년대 일본의 대표적인 변증법적 신학자였다. 그는 자유주의 신학의 내재적·윤리적 종말론을 극복하고자 했던 카를 바르트(Karl Barth)와 루돌프 불트만(Rudolf Bultmann)의 실존적·현재적 종말론에 깊은 영향을 받았다. 그는 "근대문화의 근저적인 동요와 불안에 의해 종말 사상은 일반 사상계에도 명료한 모습을 가지고 나타났다"라고 지적하면서 "종말론은 새로운 시점의 해석에 의해 이제 기독교 신학의 중심적 문제가 되었다"라고 밝힌다.[189]

구마노의 종말론은 근대 신학의 문화 내재적 성격에 대한 비판임과 동시에 역사 문제에 관심을 보이는 특징을 갖는다. 그의 역사에 관한 관심은 일본 교회의 경제적 독립과 외국 선교사단의 지배에서 벗어나는 것, 국가권력에 대한 정교분리, 그리고 당시에 유행하던 사상의 매몰에서 벗어나려는 '국민적 자유 교회'의 수립이라는 신학적 과제 의식과 깊이 관련되어 있었다.[190]

이토는 구마노의 『종말론과 역사철학』 가운데 "종말이란 이 세계의 행로에서 마지막에 예상되는 사건이 아니라, 이 세계 그 자체가 근저에 있어서 종말적인 것이다"라는 대목이 안겨준 충격을 술회하고 있다. 종말론에 관해 "역사를 주체적인 '개(個)'의 사랑과 결단의 장으로 확보 내지는 회복하려고 하는" 사상으로 보았던 것 역시 "종말론은 희망의 학(學)"이라는 구마노의 입장에 서서 한 생각이었다.[191] 그리하여 그는 자신과 다케우치, 구마노의 삼각형 꼭지점을 이렇게 연결한다.

다케우치 요시미가 루쉰의 '자각'을 '죄의식에 가까운 것'이라 말하고, 구마노 요시타카가 "인간은 책임 있는 자, 혹은 채무 있는 자로서 정당하게 자신을 파악할 수 있다. 이것이 진실한 자각이다"라고 말하고 있듯이, 근대사회의 근저를 이루는 주체적인 개인으로서의 인간, 혹은 개인의 내면적인 통일('양심의 자유'라고 바꿔 말해도 좋다)은 눈에 보이는 '물질'이나 '다수'를 뛰어넘는 무언가, 초월자에 대한 '죄의식'이나 '책임'감이나 '채무'감, 대체로 눈에 보이지 않는 것에 대한 두려움(전후 이래 '근대주의' 사조에서 그러한 것은 '미신'과 동일시되기 십상이었다. 더구나 그것은 실은 일본의 서민이 마음 밑바닥에 좋은 전통으로 쭉 가지고 있던 것이다)을 회복함으로써 비로소 가능해진다.[192]

이미 언급하였듯이, 이토가 '종말론적 개의 자각'이라는 용어로 루쉰 문학의 핵심을 파악한 데는 일본의 전후 민주주의에 대한 나름의 반성이 깔려 있다. 그가 '종말론적 개의 자각'을 통해 존재의 주체적 책임의식을 강조하였던 것은, 전후 일본 국민이 전쟁의 피해자와 희생자로 여겨진 채 전쟁 책임의 주체가 되지 못하면서 역사의 책임 있는 주체가 되지 못했다는 '전후 민주주의의 실패'에 대한 뼈저린 반성과 맥락을 함께하고 있다.[193] 그는 루쉰(문학)에 대한 독해를 순수학문 입장에 그치지 않고, 현실의 일본을 해석하는 참조 체계로 간주하였으며, 따라서 루쉰 및 「광인일기」 속에서 끊임없이 현재적 의미를 읽어내고자 하였다.

깨인 리얼리즘과 「광인일기」

이토는 루쉰의 「광인일기」를 "유학기에 서구 근대 문예와의 만남을 계기로 하여 최초의 문학적 자각에서 시작된 일종의 자전적 고백 소설"[194] "'깨인 광인'의 눈에 의한 암흑 사회의 철저한 폭로로 보이는 「광인일기」한 편은 이것을 안에서 보면 한 사람의 피해망상광의 치유 경과, 즉 작자의 청춘으로부터의 탈각과 자기 획득의 기록"[195] 그리고 "주인공, 즉 작가 자신이 자신의 청춘―'피와 살, 화염과 독과 회복과 복수의 피비린내 나는 노랫소리'―을 객관화하고, 그 청춘의 '공허'가 생겼던, 작자 자신에 의해 '적막'이라고 명명되었던 그 생의 위기를 벗어던지고 새로운 자기를 획득하기 위해 꼭 통과하지 않으면 안 되는 자전적(?) 작품"[196]으로 간주하고 있다.

이처럼 이토의 「광인일기」론은 기본적으로 '광인=작가'라는 틀속에서 이루어지고 있으며, 대체로 전기비평 성격이 강하다고 할 수 있다. 따라서 루쉰의 생애에서 일본 유학 시기 및 1910년대 베이징 시기의 글과 활동이 작품 분석 및 이해를 위한 주요 연구 대상이 된다. 이 두 시기가 유독 이토의 주목을 받는 것은 루쉰의 문학적 자각, 다시 말해 다케우치가 말하는 회심이 이루어진 시기이기 때문이다. 이토는 다케우치와 마찬가지로 1910년대 베이징 시기에 「광인일기」의 배후에 감추어진 문학적 자각(즉 회심)이 이루어졌음을 인정한다. 그러나 이와 함께 이토는 이보다 앞선 일본 유학 시기에도 서구 근대 문예와의 만남을 계기로 하는 최초의 문학적 자각이 이루어졌다고 주장한다.

이토에게 있어서, 이 두 차례의 문학적 자각(회심)은 「광인일기」를 읽어내는 가장 중요한 틀이다. 그는 이 두 차례의 문학적 자각이 「광인일기」에 녹아들어 있다고 파악한다. 첫 번째 문학적 자각이 이루어졌던 "유학기에 루쉰은 서구 근대의 문예 및 사상과 접촉함으로써 '홀로 깨인 의식'이 되었"으며, "스스로 예언자 예레미야를 대신하여 자신을 '정신계의 전사'에 비유할 만큼의 '객기'조차 지니고 있었다. 마치 '너희는 마음을 고쳐먹어야 해'라고 부르짖는 작중의 광인처럼."[197] 이토는 「광인일기」 제1절부터 제10절까지가 첫 번째 문학적 자각 단계에 해당한다고 본다. 그는 이 단계의 루쉰과 「광인일기」의 관계에 대해 다음과 같이 설명한다.

　　루쉰은 유학 시절에 바이런과 니체 등 '정신계의 전사'의 주체적인 정신을 알았다. 이것이 '참된 인간'이라면, 중국인은 전체적으로 '노예', 즉 '사람을 잡아먹는 인간'이라는 인식을 지녔다. 자기 자신을 그러한 '정신계의 전사', '영웅'의 한 사람에 비할 정도로 객기도 부리고, 번역이나 평론을 써서 중국인의 각성을 촉구하고자 하고, 혁명의 실제 활동에도 참가했다. 이 시점에서의 그는 다만 홀로 구사회의 암흑을 보아버린 '홀로 깨인' 선각자였다. 「광인일기」 제9절, 제10절을 정점으로 하는 '광인'의 구사회에 대한 규탄은 이 시기 루쉰 자신의 모습을 반영하고 있는 것이리라. 그러나 이때의 그는 그 사회에서 벗어난 자이고 그 세계 속에서 자신의 자리를 발견하지 못하고 있다. 그것이 '광인'이라는 것이다. 선각자의식, 지도자의식은 항상 피해자의식과

표리 관계로 동거하고 있다. 그것이 '광인'이 '피해망상광'이라 여겨지는 의미이다.[198]

첫 번째 문학적 자각으로 "'홀로 깨인 의식'은 날카롭긴 하지만, 그것은 일시 현실 세계로부터 유리된 채 아직 이 세계에 자신의 (책임 있는) 자리를 갖고 있지 않다. 이 '깨인 의식'이 현실 세계(그 변혁)에 대해 참으로 책임 있는 참여를 행할 수 있는 주체가 되기 위해서는 (……) 최초의 자각만으로는 불충분하므로 다시 한 번 '홀로 의식이 깨인' 자기 자신에게서 벗어나는 두 번째 회심이 필요했다."[199] 이토는 「광인일기」의 제11절부터 제13절까지가 두 번째 문학적 자각 단계에 해당한다고 본다. 그는 이렇게 말한다.

(이 단계는) 스스로가 (……) 새로운 사상이나 가치관의 매몰로부터 새삼스레 다시 한 번 자신을 떼어놓는 단계이다. (……) 이 단계는 하나의 사상에 소유되는 단계로부터, 그것을 자신의 것으로 소유하는 단계로 나아가는—참으로 주체성을 획득하는 단계이다. '자유를 얻는' 단계라고 말해도 좋다. 여기에서 자유를 획득한다고 하는 것은 사상이나 문학의 영위를 개인이 회복하는 것이다. 즉 사상이나 문학이나 과학(학문)은 원래 그러한 개인의 영위, 즉 개(個)로서 정신의 자유의 산물이며, 무언가 보편적이고 일반적인 교의(敎義)나 이론을 외우거나 신봉하는 것이 사상을 갖는 것은 아니다.[200]

두 번째 문학적 자각을 통해 도달한 '개(個)'의 자각, 즉 '나 또한 사람을 잡아먹은' 가해자이며 따라서 '참된 사람이 아니다'라는 인식에 근거하여, 차별의식과 상하의식에서 해방되어 "자신도 '참된 인간에게 얼굴을 들 수 없는' 인간, 지금까지 규탄해온 사람들과 마찬가지로 서로 잡아먹고 먹히는 보통의 인간임을 깨닫고" 사회로 복귀할 수 있었다. 이러한 "루쉰의 '죄의 자각'이 '지도자의식=피해자의식'을 때려 부수고 오직 한 사람, 붓을 짊어지고 발을 내딛기 시작하는 주체적인 '개'로서의 책임의식을 그에게 부여했"[201]던 바, 그것이 곧 문학이었다.

요컨대 첫 번째 자각 단계가 '홀로 깨인 의식'에 근거한 선각자의식과 지도자의식, 그리고 이와 표리 관계에 있는 피해자의식에 머물러 있는 단계라면, 두 번째 자각 단계는 '나 또한 사람을 잡아먹었다'라는 가해자로서의 죄의식을 통해 선각자의식과 지도자의식을 극복하여 자신도 보통 인간임을 깨닫고 현실 사회로 복귀하는 단계이다. 이토는 "첫 번째 단계가 보편적인 이상이나 사상에 대한(에 의한) 각성 단계라고 한다면, 두 번째 단계는 이른바 '가치 자유' 또는 '개(個)의 자각' 단계라고 부를 수 있다"[202]라고 한다. 여기에서 '개(個)의 자각'은 죄의 자각[203]임과 동시에 '홀로 깨어 있다'라는 자의식으로부터의 '자기탈각(自己脫却)'을 의미한다.

이러한 두 단계에 걸친 루쉰의 전변은 그의 문학에 어떠한 영향을 미쳤는가? 이토 도라무라는 "가해자로서 죄의 자각이란 동시에 피해자의식으로부터의 구원을 의미하"고, "죄의 고백 그 자체가 이미 구원의 증거"이기에 죄의 자각을 통해 "자유를 얻었"으며, 이는 곧 "주체성을 획득했다고 해도 좋을 것"이며, 이로써 루쉰의 '깨인 리얼리즘'이 탄생하였다고 본다.[204] 그는 리얼리즘 작가로서 루쉰 문학의 출발을 이렇게 진단하고 있다.

　　많은 청년에게서 보이듯이, 무언가 사상이나 정신을 획득하여 그때까지 자신이 의심 없이 살아왔던 정신세계로부터 독립하는 것은 그래도 용이한 일이다. 훨씬 어려운 일은 이 '홀로 깨인' 것에 의해 세계로부터 소외되었던 혼이 다시 한 번 '홀로 깨어 있다'라는 긍지를 깨부수고 그 우월감(그것은 열등감과 동일한 것)으로부터 구원받아 이 세계의 일상성 속으로 돌아가(즉 세계에 대해 참으로 자유로운 책임 있는 주체가 되어) 생애가 끝나는 날까지 지치지 않고 계속해서 싸우는 다이너미즘을 자신의 일로 삼는 것이다.[205]

'세계의 일상성 속으로 돌아가 지치지 않고 싸우는 다이너미즘'은 「광인일기」 발표 이후 「쿵이지」로부터 「아Q정전」을 정점으로 하는 『외침』의 여러 작품으로 구체화되었다. 이토는 이러한 지속적인 창작을 "'광인'의 눈으로 총체적으로 파악한 중국 사회의 암흑 구조를, 이번에는 그 암흑의 여러 모습[諸相]으로서 '깨인 현실주의(즉 과학적인 방법)'에 의해 차례차례 재현(재구성)해가는 것"이며, 이것이 곧 "루쉰에게 있어서 리얼리즘 작가의 탄생"[206]이라고 보았다. 그는 「광인일기」가 지닌, 리얼리즘 작가로서 루쉰의 탄생과 관련한 구체적 의미를 다음과 같이 설명한다.

> 나는 다케우치 요시미 씨와 더불어 「광인일기」의 배후에서 루쉰 문학의 '핵심'으로서 '회심'을 발견한다. 그리고 거기에서 유학 시대의 평론과 번역에 의한 최초의 문학운동(「광인일기」에서 사람들에게 개심을 독촉하는 광인의 부르짖음에 해당한다), 즉 내가 '예언자의 문학' 혹은 '계시의 문학'이라고 불렀던 것으로부터, 다케우치 요시미 씨가 '속죄의 문학'이라고 불렀던 것으로의 결정적인 전절점(轉折點)이 있었음을 읽어낸다. 다만 나는 이 '예언자의 문학'에서 '속죄의 문학'으로의 전변을 통해 루쉰에게서 근대리얼리즘(근대자연과학은 그것을 대표하는 것일 터)의 성립을 보는 것이다.[207]

지금까지 다케우치 요시미의 에피고넨이라 자처하는 이토 도라무라의 루쉰론을 「광인일기」를 중심으로 살펴보았다. 거칠게 정리하면, 그의 루쉰론은 기본적으로 종말론과 개(個)의 자각이라는 '두 가지이면서 동시에 하나'인 중심 개념으로 이루어져 있다. 그에 따르면, '종말론적인 개(個)의 자각'은 두 차례의 문학적 자각(즉 회심)을 통해 '깨인 리얼리즘'의 탄생을 가져왔으며, '깨인 리얼리즘'에 의해 루쉰은 '계시의 문학'에서 '속죄의 문학'으로 전변했다. 「광인일기」는 두 차례의 문학적 자각을 드러내는 자전적 작품임과 동시에, 계시로부터 속죄로의 전변을 보여주는 작품이라는 것이다.

이토의 루쉰론이 다케우치의 루쉰론의 핵심인 '회심'과 '종교적인 죄의식'에서 출발하고 있다는 점은 분명하다. 그러나 그는 다케우치의 사변적이고 추상적인 루쉰론을 구체화하면서도 자기 나름의 루쉰론으로 확장하고 있다는 점에서 다케우치를 새롭게 해석하였다고 해도 좋을 것이다. 다케우치는 문학가 루쉰의 문학을 떠받치는 근원으로 '종교적인 죄의식에 가까운 것'을 언급하고, 그의 문학적 자각, 즉 회심이 낳은 것이 '속죄의 문학'이라고 주장하며, 이러한 문학적 자각의 태도를 부여한 것이 「광인일기」라고 설명한다. 반면, 이토는 그의 문학적 자각을 '종말론적인 개(個)의 자각'이라 바꿔 말하면서 루쉰에게 일어난 두 차례의 문학적 자각 가운데, 첫 번째 문학적 자각에 의한 '계시의 문학'이 두 번째 문학적 자각에 의해 '속죄의 문학'으로 전변되었으며, 「광인일기」는 바로 이러한 전변의 표지라고 주장하였다.

이처럼 이토의 루쉰 연구는 다케우치의 루쉰론을 구체화하면서 새로이 해석하였다는 점뿐만 아니라, 현재적 의미에서 루쉰을 끊임없이 재해석하고자 했다는 점에서 더욱 값지다고 할 수 있다. 다시 말해 「광인일기」를 특정한 시공간의 특수한 사회현상으로 파악하는 것이 아니라, 인간(사회) 고유의 내재적이고 보편적인 현상으로 보는 것이다. 그는 "'인간이 인간을 잡아먹는' 세계상은 확실히 진화론이라는 유럽 근대 세계관의 관점에서 행하는 봉건 예교 비판이며 암흑의 폭로이지만, 그러나 단지 '후진적인'인 '중국' 사회의 비판으로만 말할 수 없는 직접성을 지니고 우리에게 다가오는 생생함을 지니고 있다"[208]라고 설파하였다.

그렇기에 이토 도라무라는 「광인일기」를 "단지 봉건성 비판 내지는 중국인의 국민성 비판이라는 것에만 그치지 않고, 더 깊이 오늘날의 우리에게도 통하는 보편적인 인간성의 본질을 끄집어낸 작품"[209]이며, "세계관적이 아니라 인간학적이며, 윤리적이며, 그러한 의미에서 보편적"[210]이라고 평가한다. 또한, 루쉰에게서 발견되는 개인의 자립 및 개인주의와 관련해서도 현재적 의미를 묻고 있다. "개인의 자립은 집단의 단결과 대립하는 것처럼 여겨지"는 것이 "오늘날의 일본에서도, 그리고 아마 금일의 중국에서도 역시 그러하지 않을까?"라고 자문하고, 자립한 개인의 민중적 연대는 중국 못지않게 일본에서도 어려운 일임을 지적하면서 "아시아의 근대가 극복하지 못했던 공통의 과제를 루쉰의 '참된 개인주의'는 비춰내고 있다"라고 평가하고 있다.[211]

이토는 루쉰과 그의 문학을 루쉰이 처했던 구체적인 삶의 시공간 속에서만 해석하지 않았다. 이토는 루쉰을 자신의 시공간으로 끌고 들어와 그에게 질문을 던지며 해답을 구하고자 하였다. 요컨대 그는 루쉰 자체를 열린 텍스트로 간주하고, 루쉰이란 텍스트가 제시하는 다양한 모습이 "'현재의' '일본의' '자본주의사회'의 모습이며, 나 자신의 모습이지 않을까?"[212]라고 거듭 물은 것이다. 이러한 점에서 이토는 다케우치로부터 출발하여 자신만의 새로운 자기장을 구축하였다고 할 수 있다. 그는 자신의 루쉰론, 넓게는 학문 연구의 문제의식을 이렇게 설명한다.

다케우치 요시미가 '문학적 자각'이라고 불렀던 것을 나는 '종말적인 개(個)의 자각'이라고, 말하자면 바꿔 불렀다. 그것은 다케우치 요시미가 '죽음의 자각'이라고 불렀던 것과 다르지 않을지도 모르지만, 바꿔 부른 것이 단지 단어 문제 때문은 아니었다. 나는 전후 민주주의(전후의 혁신 사상)의 전면적 패퇴 속에서 그 원인을 반성하고, 그 해답을 「광인일기」에서 얻었다. '전후 민주주의는 종말론을 결여하고 있었다'라는 것이 나의 반성이다. 나의 의식에서 종말론(특히 근대 사상으로서의 종말론)은 민주주의나 과학주의와 대립하는 것이 아니라, 그것을 구(救)하는 것이다. 근대의 합리주의를 낳은 근저에 있었던 비합리주의적 경험에 눈을 돌리는 것, 그것이 내가 제기하고 싶은 것이다.[213)]

마루오 쓰네키의 루쉰론

마루오 쓰네키(丸尾常喜, 1937~2008)는 앞에서 살펴보았던 마루야마 노보루, 이토 도라마루와 거의 동시대에 중국 및 루쉰에 관해 연구한 학자이다. 그러나 루쉰 연구에 관한 대표적 업적으로 마루야마의 『루쉰―그 문학과 혁명』이 1965년에, 이토의 『루쉰과 종말론』이 1975년에, 그리고 『루쉰과 일본인』이 1983년에 출판되었음에 반해, 그의 대표작인 『루쉰 '인' '귀'의 갈등(魯迅「人」「鬼」の葛藤)』이 1993년에 출판된 사실을 본다면, 그의 학술 활동은 두 사람에 비해 자못 늦

었다고 할 수 있다.

마루오는 1992년에 「루쉰과 전통에 관한 기초적 고찰(魯迅と伝統に関する基礎的考察)」로 도쿄대학에서 문학박사를 취득하였으며, 1985년에 『루쉰 꽃을 위해 썩은 풀이 되다(魯迅 花のため腐草となる)』를 출판하였다. 1987년에는 루쉰의 『중국소설의 역사적 변천(中國小說的歷史的變遷)』에 주석을 달고 번역한 『루쉰의 중국소설사 입문(魯迅による中国小説史入門)』을 출판하였으며, 1997년에는 『루쉰의 「들풀」 연구(魯迅「野草」の研究)』를 출판하였다.

'인(人)'과 '귀(鬼)'의 갈등

마루오의 대표작 『루쉰 '인' '귀'의 갈등』은 박사학위 논문인 「루쉰과 전통에 관한 기초적 고찰」에서 보여준 문제의식에서 한 걸음 더 나아가, 역사·사상사·종교·민속 등의 연구 성과에 근거한 세밀한 고증을 거쳐 과감한 가정을 내세움으로써 새로운 연구방법론을 제기함과 동시에 연구 시야를 확장하였다. 이 저서는 네 개 장과 결론의 종장(終章)으로 이루어져 있는데, 전체적으로 루쉰의 잡문이나 소설 등 여러 형식의 글을 검토하면서 루쉰 문학을 관통하는 '귀'의 성격을 찾아내고 고증을 통해 새로운 의미로 해석하였다.

서장 「'인'과 '인국(人國)'」에서 마루오는 자신이 상정하고 있는 '인'과 '귀'의 성격에 관해 설명한다. 그에 따르면, "루쉰이 찾아냈던 것은 강대한 유럽문화를 지탱하는 근간이 되고 또한 지금의 '편향'을 바로잡을 수 있는 '사람'"이었으며, 루쉰은 "국민 각자가 '사람'이

되고, '사람'의 공동에 의해 '사람의 나라[人國]'를 창조하여 중국에 새로운 생명을 낳게 하는 것은 이 방법밖에 없다'라고 생각하였다. 루쉰으로 하여금 의학을 버리고 문학으로 나아가게 한 것은 바로 이러한 '사람의 확립[立人]'이란 이상이었다.[214] 이러한 '인'에 상대되는 개념이 '귀'이며, 마루오는 중국 전통관념의 상징물인 '귀'를 통해 '인'의 결핍 상태를 고찰하려 했다.

마루오는 제1장 「'인'과 '귀'」에서 중국의 전통관념 속 '인'과 '귀'에 대해 설명한다. 즉 '인'은 '양간(陽間)'의, '귀'는 '음간(陰間)'의, 상이한 장소의 존재 형식이며, '음간'에 사는 '귀'의 생활은 '양간'에 사는 '인'의 봉양(음식과 의복, 금전 등)에 의지한다. 따라서 후사가 끊어져 제사를 받지 못하는 '귀'는 '음간'에서 비참한 생활을 할 수밖에 없다.[215] 마루오는 루쉰이 즐겨 구경하고 자주 입에 담았던 '사오싱(紹興) 목련희(目連戲)'로부터 "'인'과 '귀'가 서로 침투하는 전통사회의 면모"[216]를 읽어낸다.

제2장 「격절과 적막―쿵이지의 뒷모습」에서 마루오는 과거를 통한 입신양명을 꿈꾸지만 끝내 과거제도의 희생양이 되어버린 사람을 그린 단편소설 「쿵이지」에 대해 분석한다. 이 분석은 제1장에서의 '귀'에 대한 이해 및 '사오싱 목련희'가 지닌 문화적 의미망을 바탕으로 이루어지고 있는데, 쿵이지를 과거에 실패한 끝에 분을 못 이겨 죽은 '귀'를 의미하는 '목련희'의 '과장귀(科場鬼)'로 간주한다.

제3장 「국민성과 민속」에서는 「아Q정전」을 분석 대상으로 삼는

다. '주인공의 이름'에 대해 고증하고, 이를 바탕으로 「아Q정전」의 창작 과정과 구성을 살펴보고자 한다. 여기에서 그는 루쉰의 작품 「홍수를 다스린 이야기(理水)」 속 일부 대사, 문자학자 장빙린(章炳麟)의 견해를 근거로 '우(禹)=우(禺)=귀(鬼)'라는 등식을 고증한다. 그리고 루쉰과 후스 및 그의 제자 구제강(顧頡剛) 사이의 논쟁과 갈등을 언급하며 '아Q=아귀(阿鬼)'를 고증해낸다. 나아가 「아Q정전」의 공간적 배경인 '웨이쫭(未莊)'에 대해서도 장빙린과 선젠즈(沈兼之)의 견해를 인용하여 '웨이쫭(未莊)=웨이쫭(畏莊)=구이쫭(鬼莊)'의 등식을 고증해냄으로써 '웨이쫭'을 '유령 마을'의 의미로 귀결짓는다.

'귀'와 관련하여 작품론을 펼치는 것은 제4장 「축복과 구제─샹린댁(祥林嫂)의 죽음」에서도 마찬가지이다. 여기에서는 하층사회 과부의 비참한 삶을 그린 「복을 비는 제사(祝福)」에 대해 분석하는데, 이 작품에서 샹린댁은 재가를 하였던지라 죽은 후의 영혼, 즉 '귀'의 세계에 관심이 많다. 그녀가 죽은 뒤에 영혼이 있는지, 지옥이 있는지 알고 싶어 하는 것은 물론, 토지묘에 문지방을 시주하는 것 역시 자식이 없어서 '귀'의 세계에서 제사를 받지 못하는 '고혼야귀(孤魂野鬼)'가 되리라는 두려움에 사로잡혀 있기 때문이다.

이처럼 마루오는 루쉰의 주요 작품 「쿵이지」, 「아Q정전」, 「복을 비는 제사」 등을 '인'과 '귀'의 갈등이라는 틀을 통해 분석하고 있다. 그에 따르면, "국민 각자가 '사람'이 되어 '사람의 나라'를 창조하는 것, 이것이 루쉰의 일생을 관통하는 주제이며, 그는 소설 세계에서 형형색색의 '인'성을 결여한 중생의 모습─'귀'의 형상을 그려냈다".

"쿵이지, 아Q, 샹린댁은 모두 이러한 '귀'이며, 루쉰이 일컬었던 '병태 사회의 불행한 사람들'을 '귀'의 영상(影像)이라는 시점에서 고찰하였다"[217]라고 밝히고 있다.

수치 의식과 「광인일기」

루쉰의 소설을 '인'과 '귀'의 갈등이라는 틀 속에서 분석한 『루쉰 '인' '귀'의 갈등』 외에, 마루오는 루쉰에게 문학적 출발을 불러일으킨 계기에 대해서도 논구하고 있다. 1977년에 발표한 「출발에 있어서 '치욕(수치)'의 계기에 관하여: 민족의 자기비평으로서의 루쉰 문학(出発における「恥辱」(「羞恥」)の契機について: 民族的自己批評としての魯迅文学)」이 그것이다. 장편의 이 논문 첫머리를 마루오는 이렇게 시작하고 있다. "루쉰의 문학적 노력은 민족적 누습(陋習)을 극복하고자 하는 하나의 의지에 의해 평생 관철되고 있다. 거기에 그의 문학 최대의 특색이 있다고 나는 생각한다. 이제 그러한 문학을 '민족의 자기비평으로서의 문학'이라 일컫기로 하자."[218]

마루오는 우선 루쉰의 글, 특히 일본 유학 시절의 글에서 수치 의식을 드러내는 부분을 상세히 검토한다. 이를테면 「스파르타의 혼」에서 싸움터에서 살아 돌아온 남편에게 스파르타의 아내는 "만약 그 주인이 부끄러움을 안다면 어찌하여 칼을 뽑지 않았을까요? 어찌하여 그 칼로 싸우지 않았을까요? (……) 저는 남편을 욕되게 하였으니 그대 곁에서 칼로 자결하겠습니다"라고 외치고서 자결한다. 루쉰은 이 일을 전하면서 "역자는 글 쓰는 재주가 없는지라 그 양상의 만분

의 일도 흉내 낼 수 없다. 아아, 나는 독자에게 부끄럽고, 스파르타의 혼에도 부끄럽다"라고 말한다. 요컨대 중국 전통의 수치 의식 위에 서 있는 루쉰이 스파르타의 도시국가적인 수치 의식에 직선적으로 공명하고 있다는 것이다.

마루오는 「스파르타의 혼」 외에도 「마라시력설」, 센다이 의학전문 학교에서의 환등기 사건 등에 나타난 치욕감이나 수치 의식을 실마 리로 삼아 '민족의 자기비평으로서의 문학'의 내실을 가능한 한 명 확히 밝히고자 한다. 그는 루쉰의 문학이 이 '수치' 의식을 중요한 계기로 삼아 출발했다고 여기지만, 이 의식을 루쉰 문학의 본질이라 고 규정하지는 않는다.[219] 수치 의식이라는 문제의식의 연장선에서 그는 「광인일기」를 독해한다. 마루오에 따르면, 「광인일기」의 '식인' 이란 중국 구사회에 대한 루쉰의 토털한(total) 이미지이고, 이것은 '가족제도'와 '예교'라는 것이 이 사회에서 지닌 토털한 의미에 대응 하는 것이다.[220]

마루오가 이 작품에서 눈여겨보는 부분은 광인이 형에게 개심을 권유하며 부르짖는 대목이다. "사람을 잡아먹는 이 사람은 사람을 잡아먹지 않는 사람에게 얼마나 부끄러울까요? 아마 벌레가 원숭이 를 보고 부끄러워하는 것과는 비교도 안 될 겁니다."(제10절) 광인의 이 말은 '벌레-물고기-새-원숭이-사람'으로 나아가는 진화, 다 시 말해 자기초극(自己超克)의 논리를 담고 있는데, 이 '진화=자기초 극'의 계기로서 발견되는 것이 부끄러움, 즉 수치 의식이다. 개혁 시 도가 실패로 돌아간 뒤 자기 역시 가해자였음을 깨달은 광인은 "처

음에는 몰랐지만 이젠 알았다, 참된 인간의 낯을 어찌 볼 수 있을까?"(제12절)[221]라고 말한다. 광인은 '참된 인간'과의 깊은 괴리를 통해 다시금 수치 의식을 지니게 되며, 그러한 수치 의식 속에서도 광인은 "사람을 잡아먹은 적이 없는 아이가 혹 있지 않을까? 아이를 구하라……"(제13절)라고 말한다. 마루오는 이 지점을 다음과 같이 설명한다.

> 광인이 발견했던 것은 자신도 사람을 잡아먹지 않을 수 없었다는, 변명의 여지가 없는 암흑이다. 그는 통한과 함께 이 암흑의 깊이를 확인하고 민족의 치욕은 그대로 자신의 그것으로 되었다. 루쉰에게 있어 '민족의 자기비평'의 문학을 참으로 '자기비평'답게 만드는 계기는 우선 여기에서 비롯하고 있다. 이 암흑을 자신들 한 세대에서 멈추고 자신들은 후속의 '새로운 인간'을 위한 '희생'이 되는 것, 이것이 루쉰이 선택했던 태도이다.[222]

요컨대, 마루오는 "5·4기 루쉰 문학을 분석할 때, '인류', '인간', '참된 인간'이라는 '모범'이나 '징후'를 끊임없이 자신의 내부에 만들어내면서, 부정적 현재를 극복하여 나아가고자 하는 '恥(치욕, 수치)'의 의식을 그의 문학의 출발점에 있는 중요한 계기로서 발견한다"라고 주장한다. 바로 그 문학의 출발점이 되는 중요한 계기인 수치 의식이 「광인일기」에서도 여전히 작동하고 있으며, 수치 의식을 보여주는 중요한 일례가 바로 "참된 인간의 낯을 어찌 볼 수 있을까?"이

다. 마루오는 아래 세 편의 글에서 이 부분의 번역과 관련한 문제를 언급하거나 전면적으로 다루고 있다.

- 「'難見眞的人!' 고찰─「광인일기」 제12절 말미의 독해를 둘러싼 메모('難見眞的人!'考─「狂人日記」第十二節末尾の讀解をめぐる覺え書き)」(1975)
- 「'치욕'의 존재 형상에 관하여: 민족의 자기비평으로서의 루쉰 문학 2(「恥辱」的存在の形象について: 民族的自己批評としての魯迅文学 その二)」(1978)
- 「'難見眞的人!' 재고─「광인일기」 제12절 말미의 독해('難見眞的人!'再考─「狂人日記」第十二節末尾の讀解)」(1992)

위 세 편의 글 가운데 「'치욕'의 존재 형상에 관하여: 민족의 자기비평으로서의 루쉰 문학 2」에 이 부분의 번역을 둘러싼 자신의 논점이 명확히 드러나 있다. 마루오는 우선 "처음에는 몰랐지만 이젠 알았다, 참된 인간의 낯을 어찌 볼 수 있을까?"가 '참된 인간'에 대해 '사람을 잡아먹는 사람' 측에서 발하는 '치욕(수치)' 의식의 표현임을 지적한다. 그에 따르면, 「광인일기」에서 각성이란 궁극적으로 '치욕'의 자각을 의미하며, 마지막 절에서 "아이를 구하라……"라는 부분은 이 '치욕'을 계기로 그 회복을 지향하여 발하는 절규이며, 바꿔 말하면 작자 자신의 결의, 민족을 향한 메시지였다.[223]

마루오는 특히 이러한 수치 의식에 이르는 과정에 주목한다. 아

침 밥상 위 생선의 허옇고 딱딱한 눈깔로 인한 구토, 형이 사람을 잡아먹는 패거리의 일원임을 알고서 느끼는 색다른 감정. '광인 자신이 사람을 잡아먹는 사람의 동생'이라는 연대책임 의식과 형제로서의 수치 의식. 그리고 '사천 년의 식인 이력을 지닌 나'로 인해 수치 의식은 자신의 수치가 된다. 결국 「광인일기」에서 광인의 '식인'에 대한 감정은 정체불명의 '공포'에서 출발하여 '구토'-'형제'로서의 '치욕'-'자신'의 '치욕'이라는 세 층을 이루어 심화하고 강화된다.[224]

마루오는 훨씬 후에 쓰여진 「'難見眞的人!' 재고—「광인일기」 제 12절 말미의 독해」에서 이 부분의 독해에 대해 "참된 인간의 낯을 어찌 볼 수 있을까?'라는 이해가 올바르다는 개연성은 객관적으로 매우 높다"라고 주장한다. 그에 따르면, "광인은 자신과 '참된 인간'='인간을 잡아먹지 않은 인간'의 사이에서 넓고 깊은 '괴리'를 자각하고, 그들에 대한 '수치' 의식에 사로잡혀 있다"라는 것이다. 루쉰 문학의 출발점을 이루는 중요한 계기로서 수치 의식을 강조하는 마루오의 입장에서 본다면, 이 수치 의식이 「광인일기」에서도 여전히 작동한다는 것을 믿는 한 '難見眞的人!'에 대한 독해는 필연적으로 그렇게 될 수밖에 없다.

그러나 마루오는 수치 의식을 루쉰 문학의 본질이라기보다는 루쉰 문학의 출발의 계기로 간주하였는 바, 수치 의식이 루쉰 문학을 일관하고 있는 것은 아니다. "'빌레'로부터 '인간'으로 '진화'의 길을 보여주면서 '식인'을 멈추라고 말했던 '광인'의 논리에서, 치욕(수치)

은 그 진화의 내실인 인간의 끊임없는 자기초극의 계기(모멘트)로서 중요한 위치를 차지하고 있다."225) 하지만 "이후 그의 문학은 민중의 고독이 어둠에서 발하는 시선에 몸을 비추면서 어찌할 수 없는 지식인의 고독을 반영하게 된다. 그 입구에서 '인간'의 모범, 징후에 내비쳤던 '수치' 의식은 민중의 불행을 마주하여 자신에게 계속 묻는 자세에서 발하는 모종의 의식에 아무 소리 없이 위치를 내주었다"226)라는 것이다.

기타 연구자들

지금까지 일본에서 나름대로 체계적인 루쉰론 혹은 루쉰관을 정립한 대표적인 연구자들을 중심으로 그들의 루쉰 연구의 핵심과 더불어 「광인일기」에 대한 관점을 살펴보았다. 이들 연구자는 대체로 루쉰이라는 전체상 속에서 그의 문학과 사상의 본질 혹은 핵심을 살펴보고자 했기 때문에, 루쉰의 문학적 텍스트에 접근할 때 그의 글과 구체적 삶을 직간접적으로 연관시키는 방식을 취하는 경향이 짙다고 할 수 있다. 따라서 텍스트 자체에 대한 내재비평 성격보다는 전기비평 성격을 띨 수밖에 없었다. 여기서는 「광인일기」에 대한 전문적 연구논문을 중심으로 가능한 한 여러 연구자의 다양한 관점과 문제 제기를 살펴보고자 한다. 이들의 연구는 대체로 텍스트 자체에 초점을 맞추고 있다고 보아도 좋을 것이다.

기야마 히데오

먼저 살펴볼 연구 성과는 기야마 히데오(木山英雄, 1934~)의 「『들풀』의 형성 논리 및 방법에 관하여—루쉰의 시와 '철학'의 시대(『野草』的形成の論理ならびに方法について—魯迅の詩と'哲學'の時代)」(1963)이다. 기야마는 「광인일기」 속 '광인'의 망상에 초점을 맞추고 이웃집 개와 사람들의 '눈'에 집요한 이미지가 있음을 지적하면서, 특히 이 '눈'이 "나를 두려워하는 듯, 나를 해치려는 듯하다(似乎怕我, 似乎想害我)"라고 한 점에 주목한다. 그는 이 '눈'이 단지 일방적인 '해침'이 아니라 상대방 역시 이쪽의 '해침'을 두려워하는 '이중의 공포'이며, 공포의 표상 자체가 상대적인 관계의 논리라는 점을 강조한다. 이러한 까닭에 광인의 새로운 인식은 "'사람이 사람을 잡아먹는' 세계 속 홀로 깨인 의식이지만, 그것은 또한 바로 그 세계의 임의의 점에서의 의식에 지나지 않는다."[227]

이에 따라 「광인일기」는 각성한 광인이 식인 세계의 관계에서 벗어나는 과정을 전개하는 것이 아니라, 공포를 안겨주는 표상의 진의, 즉 공포의 이중성을 아직 깨닫지 못한 광인의 개혁 시도와 그 실패 경위를 보여준다. 그리하여 "「광인일기」는 암흑 세계의 완결과 폐쇄를 목표로 나아가, 광인은 마침내 자신 내부에서 '잡아먹힌' 타인의 피와 살을 발견하고, '사천 년이나 사람을 잡아먹어 온 역사를 가진 나'로서 저 '눈'의 표상의 의미를 밝혀낸다."[228] 기야마에 따르면, 「광인일기」의 "목표는 결국 '사람이 사람을 잡아먹는다'라는 작자기 품은 세계상 그 자체를 내세우는 점에 있으며, 거기에서 시작

하여 추구해 나가야 할 삶은 일단 울타리 밖에 있었"으며, 작품 끄트머리의 "사람을 먹어본 적이 없는 아이가 혹 있을지 몰라. 아이를 구하라……"라는 부분이 "광인을 발밑으로부터 휙 낚아채어 완결지은 암흑에 대한, 작가 자신의 태도의 직접 표명과 동일한 것"[229]이다.

기야마는 '아이를 구하라……' 부분에서 '아이'를 '미래'로 바꾸어도 좋으며, 이 부분을 현실화하지 않은 미정의 것으로서 '절망의 보류'로 간주한다. 다만 그는 이 끄트머리 두 줄이 '약간 느닷없어 보인다'는 점을 인정한다. 이러한 '느닷없음'에 대해 그는 '절망의 확인에 이어 즉각 구원을 향한 외침으로 접속하는 것의 이면에 절망의 인식 그 자체를 노력의 계기로 전환하는 절박한 정신의 비약력이 담겨 있다'는 점, 그리고 '기존의 일체에 희망이 없으므로 이 한 세대에 한정하여 암흑의 역사를 끊어 미정(未定)의 것을 구하겠다는, 현재와 미래 사이를 단호하고도 기계적으로 구분하고 있다'는 점에서 이 두 줄이 비롯하였다고 설명한다.[230] 이처럼 느닷없음에도 불구하고, 현재로부터 단절된 미래는 어디까지나 가정에 지나지 않으며, 가정은 가정일 뿐이므로 루쉰은 기존의 일체에 대한 전면적 부정의 토대를 이쪽으로 다시 던졌으며, 그 결과가 바로 「수감록」과 『들풀』에 실린 글들로 나타났다는 것이다.

마쓰오카 도시히로

이어서 마쓰오카 도시히로(松岡俊裕)의 연구 성과인 「루쉰의 「광인

일기」 소고—그 감추어진 모티프의 문제를 중심으로(魯迅「狂人日記」小考—その秘められたモチーフの問題を中心として)」(1982)[231]를 살펴보기로 하자. 이 글에서 그는 "루쉰의 소설은 주요 주제를 지님과 동시에 흔히 개인 주제를 감추고 있다"라고 주장하면서 "루쉰의 작품 세계에 대한 이해를 심화하기 위해, 주요 주제 외에 작품 안의 개인 주제에 관심을 기울여 해명할 필요가 있다"라고 강조한다.[232]

마쓰오카에 따르면, 「광인일기」 속 광인의 모델은 루쉰의 사촌인 롼주쑨이며, 이 작품 속 달은 '사람을 잡아먹지 않은 사람'인 '참된 인간'의 눈의 상징이다. 또한, 루쉰은 이 작품을 통해 중국 사회가 곧 유교 윤리가 지배하는 식인 사회이며, 이 식인 사회가 '잡아먹음'과 '잡아먹힘'의 상대적 사회임을 보여줌으로써 당시의 개혁자를 성원하고자 했는 바, 이것이 이 작품의 주요 주제라는 것이다.

그렇다면 감추어진 주제는 무엇인가? 마쓰오카는 루쉰이 둘째 동생 저우젠런(周建人)과 하부토 요시코(羽太芳子)의 결혼에 반대한 사실을 언급한다. 요시코는 저우쭤런의 아내 하부토 노부코(羽太信子)의 동생인데, 언니 노부코의 해산을 돕기 위해 1912년 5월 중국에 왔다가 사오싱에 홀로 있던 저우젠런과 정분을 쌓았다. 마쓰오카의 추측에 따르면, 저우젠런은 당시 외숙의 딸, 즉 어머니 루루이(魯瑞)의 남동생 루지샹(魯寄湘)의 딸과 정혼한 상태였으며, 이 때문에 루쉰은 저우젠런과 요시코의 결혼을 극렬히 반대하였다. 그러나 루쉰의 반대에도 불구하고 저우젠런은 가장이자 장형인 루쉰의 불참 속에 요시코와 결혼을 강행하였다.

마쓰오카에 따르면, 두 사람의 결혼 이후 요시코의 선량한 성정과 근면한 태도를 알게 된 루쉰은 두 사람의 결혼을 반대했던 자신에 대한 자책감과 요시코에 대한 미안함이 날로 커졌다. 그리하여 루쉰은 자신이 저질렀던 죄, 이를테면 주안과의 결혼 등 갖가지 죄악을 떠올리면서 범죄의식을 품었으며, 이로써 자신 역시 구사회의 일원임을 통절히 깨닫고 나아가 구사회의 구조 체계를 깊이 인식하게 되었다. 마쓰오카는 루쉰의 범죄의식과 「광인일기」의 관계를 다음과 같이 설명한다.

> 그러나 자신 역시 '식인'의 경험이 있음을 아는 루쉰은 이 주제[작품의 주제]를 일반론으로서 단도직입적으로 표현해낼 수 없었다. 그리하여 자신의 약점, 즉 자신 역시 '사람을 잡아먹은' 사람임을 솔직하게 고백할 필요가 있었으며, 이로써 자신이 과거에 해치고 현재도 해치고 있는 사람, 특히 저우젠런과 요시코의 용서를 구하고자 했다. 루쉰은 요시코에 대해서는 '형(兄)' 혹은 '광인(즉 루쉰)'이 그 '누이(루쉰의 제수 요시코)'의 살을 '먹었다'는 형식을 채용하고, 저우젠런에 대해서는 '광인(동생=젠런)'이 '형(루쉰)'을 통렬히 나무라고 '형'이 호된 질책을 기꺼이 받아들이는 형식을 채용하여, '잘못'이 자기에게 있음을 인정하여 낮을 대하고 드러낼 수 없는 사죄의 뜻을 나타내고자 하였다.[233]

다시 말해, 「광인일기」의 감추어진 주제는 저우젠런과 요시코에

대한 범죄의식이며, 이 범죄의식이 「광인일기」의 광인과 형, 누이의 관계에 잠복해 있다는 것이다. 마쓰오카는 루쉰 자신이 범한 죄를 밝히지 않고서는 개혁자로서 새로이 출발할 수 없었으며, 「광인일기」에서 자신의 범죄를 밝힘으로써 정신적 안위를 얻어 '사회로의 회귀'의 실현, 즉 '개혁자'로서 다시 시작할 수 있었다고 주장한다. 이러한 논리 체계 속에서 마쓰오카는 '아이를 구하라……'라는 부르짖음을 자신이 저지른 죄를 참회하고 속죄하려는 고통 속에서 내지른 신음으로 간주한다.[234]

루쉰의 범죄의식에 대한 마쓰오카의 문제의식은 「루쉰의 '죄'와 그 변용(「魯迅の'罪'とその變容)」(1986)[235]이라는 글에서 더욱 확장되고 있다. 이 글에서 마쓰오카는 범죄의식이 5·4시기와 그 전후의 루쉰에게 깊은 영향을 미쳤으며, 범죄의식에 대해 마루오 쓰네키가 '치욕' 의식으로 파악하여 연구하였으나 그 전모를 파악하지는 못하였다고 밝힌다.[236] 그리하여 그는 청년기 루쉰의 자아, 타인의 죄로서 조부의 죄, 부친의 죽음, 옌타이타이(衍太太)[작은할아버지 저우쯔촨(周子傳)의 처]의 죄, 동생의 연, 주안과의 혼인, 하부토 노부코와의 사랑 및 이별, '영웅'의 죄, 저우젠런의 결혼 반대 등 갖가지 범죄를 열거하고 고증한 뒤, "루쉰의 범죄의식은 정치적, 혁명적 사건에서 비롯하는 것이 아니라, 모두 가정 내부의 분규에서 비롯한 것"[237]이라고 주장한다. 그는 루쉰이 가진 범죄의식의 구체적인 내용을 다음과 같이 정리하고 있다.

루쉰은 자신이 저지른 죄, 특히 애정과 혼인을 둘러싸고 저지른 죄과에 대해 크게 두려워하고 부끄러워했으며, 자신이 죄를 저지르고서도 자신의 과실 없음을 추호도 의심하지 않고 믿고서 남을 비판하고 공격하였던 죄의 행위에 대해 깊이 참회하였다. 자신이 윤리적, 도덕적으로 부끄럽고 죄과가 엄중한 존재임을 통절히 깨달았을 때, 이른바 범죄의식은 성립한다고 할 수 있다. 청년기 루쉰을 줄곧 지배했던 영웅의식(지도자의식)은 완전히 사라지고(「신생」과 「역외소설집」의 실패, 주안과의 결혼과 노부코와의 이별, 저우젠런 부부의 결혼 반대 등이 이미 영웅의식에 깊이 상처를 입혔다), 동시에 '영웅' 특유의 '피해자'의식은 약화하고 적에 대한 복수심은 사라졌으며, 이를 대신하여 새로이 일어난 '가해자'의식과 '속죄'의식, 이전에 이미 싹텄던 반성의식(반성 대상은 치욕적인 '가해' 행위에 한정되지 않는다)의 진일보한 강화(이러한 반성의식은 범죄의식의 일부이지 전부가 아니다. 범죄의식 영향 하의 반성의식은 「자그마한 일(一件小事)」에 전형적으로 나타난다), 자격결핍의식(예컨대 자신에게는 여성을 사랑할 권리가 없다고 여겼던 일), 자아부정의식과 자아희생 정신이 결정적 정신 요소가 되었다.[238]

　　마쓰오카에 따르면, 결국 「광인일기」는 발광한 광인을 빌려 이러한 자신의 역사를 서술하고 있으며, 이렇게 자아를 서술하는 방식을 통해 사회에서의 재출발과 속죄의 첫걸음을 내디뎠다. 그러나 5·4운동 이후 『신청년』 동인들의 분열과 대립, 저우쭤런 부부와의 절교 및 가족공동체 붕괴 등으로 인해 루쉰은 더 전진하지 못한 채 홀로

방황하던 시대를 맞기도 하였으나, 이후 베이징여자사범대학 소요 사태를 거쳐 쉬광핑을 동반자로 맞이하면서 죄의 속박에서 벗어나 완전한 자아의 회귀를 실현하게 되었다는 것이다.[239]

후지이 쇼조

마쓰오카의 연구가 루쉰의 생애에 기반하여 루쉰의 글(혹은 작품)을 해석함으로써 전기비평 성격을 상당히 강하게 드러낸다면, 후지이 쇼조(藤井省三, 1952~)는 외국 작가와의 비교문학 관점에서 루쉰의 글을 독특하게 해석해내고 있다. 그는 1985년 4월 『러시아의 그림자─나쓰메 소세키와 루쉰(ロシアの影─夏目漱石と魯迅)』을 출간하였는데, 이 책의 제5장 「루쉰과 안드레예프」의 제4절 '「광인일기」─자아를 둘러싼 사상 실험'에서 「광인일기」를 고골의 「광인일기」 및 안드레예프의 「기만」과 비교하여 논술하고 있다.

후지이는 「광인일기」에서 루쉰의 기본 태도를 읽어내기 위해서는 '식인'과 관련한 망상을 깊이 연구해야 한다고 강조한다. 그에 따르면, 광인의 망상은 인간관계 속에서 식인을 제기하기 위한 수단에 지나지 않으며, 루쉰은 발광 상태를 묘사하고자 한 것이 아니라 발광을 '식인'의 의미를 더욱 심화하는 방법으로 삼아 사상 실험을 시도하였다는 것이다.[240] 그가 보기에 루쉰이 광기를 이용한 것은 중국의 인간관계를 '식인'으로 종합하기 위함이며, 인간과 인간의 관계가 근본적으로 부정되는 환경, 즉 식인의 관계성이 상징하는 것이 바로 고독이라는 것이다.[241]

후지이에 따르면, 「마라시력설」의 사탄 역시 신에게 억압당하는 인류의 해방자를 자처하지만 인류와 연합할 길이 없기에 고독하다. 「광인일기」의 식인 관계 속에서 대중이 서로 고독한 것과 마찬가지로, 광인 역시 식인의 죄를 짊어짐으로써 고독할 수밖에 없다. 식인이라는 인간관계 속 망상으로 인해, 광인과 대중은 서로 똑같이 고독하면서도 서로를 분리시킨다. 그러나 루쉰은 식인이라는 민족의 '죄'를 모두가 공유함으로써 고독 속에 처한 광인이 민중과 연합하도록 한다. 「광인일기」에서 '사람을 잡아먹는 자가 나의 형'이며 '나는 사람을 잡아먹는 사람의 동생', '사천 년간 사람을 잡아먹은 이력을 가진 나'라는 광인의 진술은 바로 '미친 척함'을 통해 폐쇄된 자아를 환경을 향해 해방하는 방법이며, '아이를 구하라······'라는 광인의 외침은 민족의 유대와 단결을 파악한 개방적 자아의 절규이다.[242] 이렇게 하여 루쉰은 "광인의 망상을 빌려 고독을 '식인'으로 더욱 구체화하고, 자아폐쇄를 돌파하여 환경과 공생하는 새로운 자아를 형성하였다"[243]는 것이다.

이처럼 「광인일기」는 발광을 수단으로 삼은 사상 탐색이며, 이 사상 탐색을 통해 루쉰은 광인과 마찬가지로 폐쇄된 자아에서 벗어난다. 루쉰은 서문에서도 폐쇄된 자아가 환경을 향해 개방되면 광인 역시 현실로 돌아온다는 것을 암시하고 있다. 후지이는 서문의 '지금은 모지의 후보로 부임'한 광인을 루쉰 자신, 즉 교육부 공무원으로 봉직하면서 사상 실험을 마치고 계속해서 환경을 향하여 문학 활동을 시작한 그 자신으로 여겨도 좋으며, 루쉰은 자신을 '가해자이자 피해자'라는 관계망 속에 편입시킴으로써 폐쇄적 내면세계를 민족을 향해 무한히 개방하였다고 본다.[244]

오오이시 치요시

후지이 쇼조가 '광인=루쉰'이라는 틀 속에서 비교문학적 방법을 통하여 「광인일기」를 새롭게 해석하고자 한다면, 오오이시 치요시(大石智良, 1941~)의 「'광기'와 '각성' 및 '식인(카니발리즘)'에 관하여['狂氣'と'覺醒'及び'食人(カニバリズム)'について]」(1997)는 텍스트 자체에 집중하고 있다고 볼 수 있다. 오오이시는 이 글에서 중국과 일본의 선행 연구 성과를 비판적으로 받아들이면서 광인의 '광기'와 '각성'의 내용 및 '식인'과의 관계를 살펴보고, 루쉰 문학의 출발점의 성격을 새로이 검증하고자 한다.[245] 그는 여러 연구자 가운데서도 주로 이토 도라마루의 논지를 반박하거나 혹은 계승하여 새로운 개념으로 확장하면서 자신의 주장을 전개하고 있다. 이토 도라마루의 '문학적 자각(회심)', '종말론적 개(個)의 자각' 등의 개념이 오오이시에 의해 어떻게 차용 혹은 변용되는지 살펴보아도 좋을 것이다.

「광인일기」 제1절에 대해, 이토 도라마루는 '달을 보고 광기에 사로잡히는 광인의 발광은 각성을 의미하고, 달은 무언가 새로운 사상이나 가치관의 상징이며, 주인공의 불안과 공포는 그를 광기로 몰아넣는 원인이 아니라, 발광(각성)과 동시에 생겨난 결과'라고 주장하였다. 이에 대해 오오이시는 "이러한 견해는 작품의 주인공을 젊은 날의 루쉰과 지나치게 겹쳐 읽은 것"이며, "불안이나 공포를 새로운 가치관에 눈을 뜬 자의 그것으로 읽어서는 안 되며, 오히려 각성이란 이질적인 이상함을 가리킨다고 읽어야 하지 않을까?"[246]라고 반론을 제기한다.

결국 오오이시는 「광인일기」 제1절을 "보통 사람의 심리에 작동하는 규제 시스템이 무너져 주인공에게 망상이 싹트고, 그것이 활발히 움직이기 시작했음을 표현한 것"이라고 여긴다. 그에 따르면, '광인은 어디까지나 광인이며 작자 루쉰과는 분리하여 읽어야 하'고, '광인의 광기는 어디까지나 광기로서, 각성과는 일단 분리하여 읽어야 하'며, '광기는 그 진행과 함께 각성으로, 그리고 그 심화로 이어지며, 각성이 광기에 이어지는 것이 아니다.' 이러한 주장을 바탕으로 그는 "달은 어디까지나 밤의 심볼이고, 주인공을 망상의 세계로 꾀는 계기"이며, "달을 새로운 사상이나 가치관의 상징으로 간주하는 것은 일종의 억지"라고 비판한다.[247]

그는 「광인일기」 제2절 이후 주인공은 완전히 피해망상의 세계로 들어서는데, '보통 사람과 교류할 수 있는 기본적인 공통감각'을 결여하고 있는 이러한 상태가 바로 광기라고 주장한다. 바로 이 광기가 광인의 심리 전환과 논리 전개를 자유로이 해방하고, "자유를 획득한 광인의 심리와 논리의 비약이 중국 사회의 일상에 잠재하는 근원적인 공포를 향하여 돌진하고, 그것을 백일하에 끄집어내는데, 이것이 이 소설에 마련된 기본 장치이다."[248] 이리하여 광기가 급속히 진행됨에 따라 '연구 끝에 역사책에서 식인을 발견'함(제3절)으로써 하나의 각성에 도달하는데, 이것이 광인의 첫 번째 각성

이다.[249)]

 '식인'에 대해 오오이시는 크게 세 가지 견해, 즉 심볼설(봉건 사회
에서의 착취와 압박, 인간성 파괴의 상징적 표현이라는 견해), 역사설(중국에서
역사적으로 식인 행위가 일어났음을 중시하는 견해), 현실설(과거뿐만 아니라
현재에도 여전히 계속되고 있다는 견해)을 소개하면서, 자신은 현실설과
심볼설을 함께 취한다고 밝힌다. 이러한 입장에서 그는 "광인이 말
하는 '식인'은 보통 사람의 일상생활로부터 유리된 망상임에 비해,
루쉰이 말하는 식인은 보통 사람의 일상생활과 연관된, 즉 정상자의
이지적인 판단"[250)]이라고 구분하고, 광인의 '잡아먹힌다'라는 공포
는 어디까지나 망상이지만, 식인 행위 그 자체는 중국 사회에 자주
나타나는 현실임을 지적한다. 식인을 둘러싼 망상과 현실의 관계에
대해 그는 이렇게 설명한다.

 식인은 중국 문화가 태고부터 지금까지 질질 끌어오고 있는, 계기
만 있으면 현실로 나타나는 비일상적 현실이다. 그럼에도 불구하고
'식인'이라고 입 밖으로 내게 되면 평소 그것을 무의식 영역에 가두고
있던 보통 사람에게는 광인의 망상, 즉 비현실에 지나지 않는다. 그러
나 억압 시스템이 무너지고 있기 때문에 언제나 무의식 세계를 들여
다보고 있는 광인의 입장에서 본다면 그것이야말로 일상적 현실과 다
름없다.[251)]

 뒤이어 광인이 형에게 개심을 권유하는 것에 대해, 오오이시는 두

가지 배경을 제시한다. 하나는 자신이 '잡아먹힌다'라는 공포에서 도망치기 위해서, 다른 하나는 '서로 잡아먹는' 열등 민족은 진화 발전한 '참된 인간'에게 멸망한다는 민족 멸망의 절박한 위기감이 있었기 때문으로 설명한다. 오오이시에 따르면, 이 가운데 후자는 루쉰이 주장했던 '인간 확립[立人]'과 상통하고, '중국에서의 개(個)와 민족의 새로운 아이덴티티 모습'과 연관되어 있다. 결국 광인은 설득에 실패하는데 제10절에서 '들보와 서까래의 무너짐(즉 집의 붕괴)'과 '누이를 잡아먹었을지도 모른다'라는 가해자인식에 도달했을 때, "집과 사회의 체제에 깊이 얽매여 있는 자신, 즉 자기 자신이 인간끼리 '서로 잡아먹는' 체제를 내면화한 존재에 지나지 않음을 발견한다."[252] 이것이 바로 광인의 두 번째 각성인 자기 발견이다.

이리하여 광인이 '사천 년 식인의 역사' 속에서 떠올리는 '참된 인간'은 개(個)와 민족의 새로운 아이덴티티 모습을 제기하고 있지만, '참된 인간'의 이미지는 "아이를 구하라……"라는 희미한 환상으로 어렴풋이 남아 있을 뿐이며, 광인 자신 또한 '참된 인간'의 곁에 몸을 기탁할 자격을 이미 잃었음을 깨닫는다. '아무 생각을 할 수 없다'(제12절)라는 자기 붕괴부터 '아이를 구하라……'(제13절)의 희미한 환상까지는 하늘과 땅 만큼의 단절과 비약이 놓여 있다. 그렇다면 이 단절과 비약의 틈새를 무엇으로 어떻게 메울 것인가?

오오이시에 따르면, '전통 세계의 죄악을 자신의 원죄로 철저히 폭로하여 보여주는 것이 루쉰의 속죄의 첫걸음'이며, '개(個)와 민족의 재생을 위하여 죽여야 할 것은 죽이는 행위를 루쉰은 첫 작품에서 떠맡았으며, 그것이 바로 루쉰의 문학적 회심이라 일컫는 것'이다.[253] 다시 말해 단절과 비약의 틈새에서 '이 문학적 회심이 바로 주인공 광인의 어슴푸레한 환상을 지탱하고 있었'던 것이다. 그렇다면 광인은 자신에게 '내재된 전통을 뿌리 뽑는 제3의 각성', 바꾸어 말하면 자기 혁명에 의한, '개(個)와 민족 재생의 테마를 자각'하는 길로 나아가지 않으면 안 된다는 것이다.[254]

기쿠타 마사노부

기쿠타 마사노부(菊田正信, 1936~)의 연구 성과 역시 주목할 만하다. 기쿠타는 「"救救孩子……"」(1999)와 「「광인일기」 제12절 "~, 難見眞的人!"의 해석을 둘러싸고(「狂人日記」第十二節 "~, 難見眞的人!"の解釋をめぐって)」(2000)라는 논문을 통해 「광인일기」의 번역 문제를 제기한다. 작품 속 특정 부분에 대한 번역 차이는 루쉰 문학의 성격 혹은 본질과 관련될 수도 있으므로 번역의 옳고 그름을 뛰어넘는 성질의 문제 제기라 할 수 있다. 기쿠타의 문제 제기는 주로 앞에서 언급한 바 있는 마루오 쓰네키의 「'難見眞的人!' 고찰―「광인일기」 제12절 말미의 독해를 둘러싼 메모」와 「'難見眞的人!' 재고―「광인일기」 제12절 말미의 독해」에서의 주장에 대해 이루어지고 있다.

기쿠타는 우선 「광인일기」의 마지막 구절인 "救救孩子……"를 "아이를 구하라……"라고 외침의 말로 해석하는 데 의문을 제기한다. 즉 "이러한 해석에는 '救救'라는 표현이 갖는 미묘한 울림이 헤아려져 있지 않다고 생각한다"[255]라는 것이다. 그는 동사의 중첩형이 갖는 다양한 의미를 검토한 후, "救救孩子……"를 "화자인 광인이 불특정 청자에게 삼가고 억제된 표현으로 작용한 구"로 이해하고, 이에 근거하여 "'아이를 도와주세요……', '제발 아이를……', '어떻게든 아이를……'이라는 애소, 애원의 구로 파악해야 한다"라고 주장한다.[256)]

이와 함께, 기쿠타는 '難見眞的人!'을 마루오 쓰네키가 '참된 인간의 낯을 어찌 볼 수 있을까!'라고 번역한 데 대해 문제를 제기한다. 그는 "마루오의 번역이 옳을 개연성은 객관적으로 대단히 높고, 대부분의 일본어 번역 또한 이러한 이해를 따르고 있지만, 의심이 여전히 풀리지 않아 이견을 덧붙인다"[257)]라고 자신의 입장을 밝힌다. 그는 '難見眞的人!'의 번역에 대해 다음과 같이 주장한다.

> 어법적으로 보아 '難見'의 '難'은 동사에 전치하여 그 동작, 행위의 수행이 곤란함을 나타내지만, 수행이 불가능함을 나타내지는 않는다. '難見'은 따라서 '좀처럼 만날 수 없다'라는 뜻이다. 나아가 그 수행을 곤란하게 만드는 요인을 그 동작, 행위가 미치는 대상의 상태에서 구하는 표현법이라는 점에도 주의를 기울이고 싶다. "難見眞的人!"의 경우 '참된 사람'의 상황, 이 경우는 그 적음에서 요인을 찾을 수 있다고 보아야 한다. '참된 인간을 마주할 면목이 없다!'라는 이해는 오로지 주체의 마음 상태를 나타내는 것이므로 적절치 않다.[258)]

아울러 그는 "難見眞的人!"의 앞에 '當初雖然不知道, 現在明白[애

초에는 몰랐지만 이젠 알았다]'가 놓여 있다는 점에 주목한다. 즉 "難見眞的人!"은 앞 구절의 '몰랐다'와 '알았다'의 목적어 역할을 하고 있다는 것이다. '몰랐다'와 '알았다'의 목적어는 반드시 사물이나 사건의 상태를 그 내용으로 삼을 터이므로, '難見眞的人!'을 '참된 인간을 마주할 낯이 없다!'라는 수치의, 직접적인, 말하자면 정념(情念)의 표현으로 파악한다면, 이 '몰랐다'와 '알았다'의 목적어로서는 부적절하다. 따라서 "'참된 인간은 좀처럼 만날 수 없다!', '진정한 인간은 거의 존재하지 않는다!'라고 상태에 관한 표현으로 읽어야 한다"라는 것이다.[259]

세키 모토코

「광인일기」와 관련하여 세키 모토코(關泉子)의 「루쉰은 왜 「광인일기」를 창작할 수 있었는가?(魯迅はなぜ「狂人日記」を創作することができたのか)」(2006)라는 글도 주목할 만하다. 세키는 기타오카 마사코가 「「광인일기」의 '나'의 모습」(1985)에서 "루쉰은 벗의 권유를 뿌리치지 못한 채 고통스러운 마음을 해부하듯이 「광인일기」를 써냈다. 이미 청년의 객기도, 동경도 없이 굴절(屈折)과 고뇌의 그림자가 짙은 소설이었다"라고 언급한 내용에 동의하지 않는다. 그녀는 루쉰의 내면세계에서 일어난 사상의 갈등만으로 「광인일기」가 창작된 이유를 설명하는 것은 부족하다고 본다. 이러한 문제의식을 토대로 그녀는 「광인일기」의 창작을 가능케 한 외적 요인을 루쉰 사상의 외부에서 고찰하고자 한다. 그녀는 루쉰이 첫 단편소설 「옛날을 그리며(懷舊)」

를 발표한 1913년 이래 「광인일기」를 발표한 1918년까지의 5년 사이에 두 가지 커다란 흐름이 형성되었다고 본다.[260]

세키에 따르면, 그 흐름 중 하나는 문학계 및 독자층이 근대문학을 이해할 수 있는 수준에 가까워지고 있었다는 점이다. 그 5년 사이에 중국문학계는 백화난만한 소설 붐을 맞이하여 각종 문예 잡지가 대량의 독자를 확보하고 있었을 뿐만 아니라, 번역번안 활동도 매우 활발하여 독자의 시야를 세계로 넓힐 수 있었다.[261] 다른 하나는 도구로서의 백화구어(白話口語) 문체가 서서히 수준을 끌어올리고 있었다는 점이다. 특히 번역가들의 손에서 나오는 구어문은 질이 제고되고 세련되어 공통의 백화문으로 통일을 이룸으로써 이미 만족할 만한 수준에 이르렀다.[262] 이 두 가지 흐름을 통해 루쉰은 「광인일기」를 창작할 의욕을 갖게 되었으리라는 것이다.

3

한국의 「광인일기」 연구

이제 「광인일기」는 물론이고 루쉰에 관한 새로운 연구의 진전을 위하여, 1920년대 이래 「광인일기」와 관련된 우리나라의 연구 성과를 종합적으로 검토하고자 한다. 「광인일기」에 관한 연구가 어떻게 폭과 깊이를 더해 왔는지 살펴보기 위해, 먼저 「광인일기」에 관한 글쓰기의 형태(전문적 연구논문인가 아닌가), 글쓴이의 문제의식(주제 및 사상의 고찰인지 아니면 작품에 대한 미학적 분석인지), 글쓴이의 기본 관점(텍스트 밖과 안에 대한 인식) 등을 고려하여 크게 세 단계로 나누어 살펴보고자 한다.

개시기 (1920~1970년대)

우리나라에서 루쉰의 「광인일기」를 처음 언급한 글은 1920년 11월 『개벽(開闢)』 5호에 실린 양백화(梁白華)의 「후스 씨(胡適氏)를 중심으로 한 중국의 문학혁명」이다. 이 글에서 양백화는 당시 후스를 중심으로 한 신문학운동에 대해 상세히 전하고 있는데, 각 장르의 성과를 언급하면서 끝부분에 "소설로 루쉰은 미래가 유(有)한 작가이니 그 「광인일기」(『신청년』 제4권 5호)와 여(如)한 것은 일(一) 박해광(迫害狂)의 경포적(驚怖的) 환각을 묘사하야 지어금(至於今) 중국 소설가의 미도(未到)한 경지에 족(足)을 입(入)하얏다"[263]라고 평가하였다. 양백화의 이러한 기술은 일본인 학자 아오키 마사루가 이 무렵 『지나학』에 발표한 글[264]을 번역한 것이었다. 이후 1927년 8월 「광인일기」는 류기석(柳基石)에 의해 우리말로 번역되어 『동광(東光)』에 실렸다. 일본에서 「광인일기」가 1930년에 번역된 것에 비하면 무려 3년이나 앞선 일이었다.

「광인일기」에 대한 최초의 평론은 1931년에 발표된 정래동(丁來東)의 「루쉰과 그의 작품」[265]이다. 이 글에서 정래동은 "「광인일기」는 고래의 악습에 전염된 사람들의 본색을 폭로시키는 데 대하여, 일반인은 그 사람을 '광인'이라 하여 그 사람의 의견을 상대도 하지 않고 도외(度外)에 치지(置之)하며, 심지어는 말살까지 하려 한 것을 그린 것"[266]이라 기술한다. 뒤이어 그는 루쉰의 작품 가운데 특별히 반항 사상이 충만한 대표작으로 「광인일기」와 「장명등」을 들면서,

"전자「광인일기」는 특히 구습관·구사상 및 전통에 마비되어, 비인간성인 것을 각오하지 못하고, 평범하게 여기는 것을 계몽하는 반항을 그린 것"이며 "이와 같이 반항 사상을 표현하면서도 전자는 몽롱하게 진부한 구사상에 반항한 것"[267]이라고 평가하고 있다. 이후 정래동은 한국전쟁 이전까지 중국현대문학에 관한 많은 글을 발표하였지만,「광인일기」에 대한 언급은 더는 보이지 않는다.

한국전쟁 이후「광인일기」는 루쉰의 소설 혹은 그의 사상을 고찰하는 논문에서 자주 언급되었다. 이를테면 김용섭(金龍燮)은「루쉰론—'온양기(醞釀期)'에 있어서의 문학」[268]에서 「광인일기」는 정신병자의 입을 빌려 구사회의 악폐와 이를 도덕화하는 관념을 지적"하고 있다고 밝히면서 '강인한 문학가 루쉰'의 출발을 알리는 작품이라 평가하였다. 또한 박노태(朴魯胎)는「루쉰론」[269]에서 "루쉰은 항상 적을 보고 있었으며, 때로는 자기 자신조차 적으로 간주"하였으며, '문학을 이러한 적과 싸움의 무기로 삼았다'라고 평가하면서 그 일례로「광인일기」를 언급하고 있다. 하정옥(河正玉)은「루쉰 문학의 배경—민족의 발견」[270]에서 문학혁명과 루쉰 문학의 연관성을 설명하는 가운데,「광인일기」의 창작 배경을 언급하고 있다. 또한 정래동은「중국 신문학의 개황」[271]에서 신문학운동기 외국 소설 이론의 수용을 살펴보면서, "루쉰은 1918년「광인일기」를 발표한 이래 수많은 작품을 통하여 자연주의·사실주의 수법으로 중국 구사회를 해부하고 중국의 결점을 폭로하였다"라고 평가하고 있다.

1930년대부터 1970년대까지「광인일기」에 관한 연구를 되돌아보면,「광인일기」에 대한 전문적 연구논문이 한 편도 보이지 않는다는 점이 눈길을 끈다. 신문화운동에서「광인일기」가 지닌 문학사적 지위를 인정하고 있음에도 불구하고, 루쉰의 다른 작품들, 예컨대「아Q정전」과「약(藥)」에 관해서는 전문적 연구논문[272]이 나오고 있었는데도「광인일기」를 다룬 연구논문은 보이지 않는다. 아울러 이 시기에「광인일기」를 언급하고 있는 논문은 작품을 구체적으로 분석하기보다는, 작품의 주제 사상을 반(反)봉건성 및 계몽으로 규정하면서 이를 루쉰의 삶 및 사상과 연결하고 있다.

발전기 (1980~1990년대 중반)

1980년대 이후「광인일기」에 관한 연구에서 우선 눈여겨볼 만한 논문은 성현자(成賢子)의「루쉰 소설 연구」와「루쉰 소설의 사회와 인식―창작집 『외침』과 『방황』을 중심으로」[273]이다. 이 두 편의 글에서 성현자는 '루쉰 소설에 관한 기존 연구가 루쉰 사상을 규명하는 데 초점을 맞추고 주로 작품의 총괄적인 주제를 드러내는 데 머물러 있다'라고 비판하고, 루쉰 소설의 미학적 구조와 특성을 살펴보고자 시도하였다. 루쉰 소설 전체를 연구 대상으로 삼았기에 구체적이고도 세밀한 작품 분석에는 다다르지 못하였지만, 성현자의 시도는「광인일기」를 포함한 루쉰 소설 연구에 새로운 연구 방향을 제시하였다고 평가할 수 있다.

1980년대 이후 「광인일기」에 관한 연구에서 두드러지는 또 한 가지 특징은 「광인일기」에 관한 전문적 연구논문이 나타나기 시작하였다는 점이다. 최초의 연구논문은 김명호(金明壕)의 「「광인일기」의 성격」[274]이었는데, 김명호는 이 글에서 작품 분석을 통해 「광인일기」의 '진화론적 성격'과 '반봉건적 성격', '부정주의적 성격'을 규명해내고 있다. 반봉건성과 함께 진화론적 입장에 대한 지적은 이후 다른 연구자들의 글에서도 반복해서 언급되고 있는데, 이를테면 하정옥(河正玉)의 「전통에 도전한 중국 최초의 현대소설―광인일기」와 「광인일기의 문학사적 비중」[275]이 그러하다. 하정옥은 「광인일기」의 내용을 '구도덕에 대한 통렬한 부정'과 '인간성의 해방', 그리고 '아이를 구하자!'라는 구호에서 엿보이는 '새 세대에게 걸어보는 희망'으로 요약하고 있다.

　루쉰과 그의 소설, 특히 「광인일기」에 대한 관습적인 독해에 문제를 제기한 것은 황선주(黃瑄周)의 「루쉰에의 실마리―「광인일기」」이다. 황선주는 이 글에서 '루쉰에 대한 평가를 그의 작품에 대한 평가로 잘못 연장한 사례가 많다'라고 지적한 후, 「신민주주의론(新民主主義論)」에서 마오쩌둥의 평가[276]와 「『중국신문학대계』 소설2집 서문」에서 루쉰의 담론[277]이 그의 작품에 대한 평가를 오도하고 있다고 주장한다. 「광인일기」를 소설적 자질이 결여된 소설적 산문에 불과하다고 보는 평가에는 동의할 수 없지만, 황선주가 「광인일기」의 소설적 장치로서 '개'와 '달'의 의미를 분석하고자 시도한 점은 높이 평가하여도 좋을 것이다.

「광인일기」에 대한 기존의 논의를 이어받으면서 연구 범위를 확장한 글로는 이영구(李永求)의 「루쉰의 「광인일기」고」[278]와 유세종(劉世鍾)의 「초기 루쉰의 참회의식과 근대의식」[279]을 들 수 있다. 이영구는 「광인일기」의 구성과 주제뿐만 아니라, 작품 창작의 배경이 되는 외래 영향을 서술하고 있다. 또한, 유세종은 "루쉰이 객관 현실을 끊임없이 관찰하고 사색하는 과정에서 보편적 존재로서의 '인간', 그리고 역사와 민족에 대한 참회에 이르게 되었다"고 지적하면서 「광인일기」를 루쉰의 숨겨진 참회의식을 살펴볼 수 있는 텍스트로 간주한다. 유세종은 루쉰의 참회의식이 '참다운 인간을 볼 면목이 없구나![難見眞的人]'라는 수치심을 낳고, 이는 '아이를 구하라……'라는 외침으로 귀결된다고 해석한다. 유세종의 이러한 해석은 이후 광인의 세계 인식을 둘러싼 다양한 쟁점을 제공하였다.[280]

1980년대 이후 「광인일기」에 대한 연구를 조망해 볼 때, 전문적 연구논문 형식으로 구체적이고 세밀한 작품 분석에 근거하여 루쉰의 사상 및 작품의 새로운 의미를 확장·심화하고 있음을 알 수 있다. 다만 연구 중심이 여전히 루쉰의 사상에 맞추어져 있는 바, 특히 「광인일기」에 나타난 반봉건성과 진화론적 관점이라는 기본 틀에서는 크게 벗어나지 못하고 있다. 따라서 「광인일기」에 대한 분석 역시 루쉰의 사상을 규명하는 보충 자료로 여겨지고 있으며, 텍스트 밖의 사실을 끌어다 텍스트를 설명하고 보충하는 방식을 취하는 경우가 많다.

심화기 (1990년대 중반 이후)

──────

「광인일기」에 대한 논의를 한 단계 진전시킨 것은 1996년 『중국
현대문학(中國現代文學)』 제10호의 '루쉰론'에 실린 몇 편의 논문이었
다. 서광덕(徐光德)의 「루쉰과 근대성에 관한 시론」[281]은 「광인일기」
에 관한 전문적 연구논문은 아니지만, 루쉰의 근대성과 탈(脫)근대
성의 사고 체계를 분석해냄으로써, 기존의 반봉건성과 진화론적 관
점의 분석틀에서 벗어나 루쉰 사상에 관련된 연구 시야를 한층 확
장했다고 할 수 있다. 특히 이욱연(李旭淵)의 「광인일기 해석의 몇 가
지 문제」[282]는 광인 형상의 성격을 둘러싼 기존의 관점[283]을 검토
한 후, 이데올로기와 주체의 문제를 중심으로 '광인=자기 소외 상태
를 극복한 주체적 인간으로서의 이상적 인격의 체현자'로 보고 「광
인일기」의 대립 구조를 '이상적 인격의 체현자/자기 소외에 빠진 마
비된 주체'로 설정함으로써, 기존의 '광인/식인하는 민중' 혹은 '선
각한 근대적 계몽가/각성하지 못한 민중'의 구도를 뛰어넘고자 하
였다. 또한, 그동안 「광인일기」를 둘러싼 논의에서 홀대받았던 문언
부분의 서문을 논의의 장으로 끌어들여, 이것이 백화의 세계를 규율
하는 의미 있는 문학적 장치로서, '백화 부분이 보여주는 것은 절망
적인 어둠의 현실 자체이며 백화문의 세계가 무화(無化)되는 지점에
문언의 세계가 있다'라고 주장하였다. 또한, 전형준(全炯俊)은 「소설
가로서의 루쉰과 그의 소설세계」[284]에서 「광인일기」의 광인을 봉건
에 반대하고 근대를 추구하는 계몽자의 아이러니적 변형으로 간주

한다. 전형준은 「광인일기」의 서문이 지니는 의미에 주목하면서, 서문의 1인칭 화자인 '나(余)'와 본문의 1인칭 화자 '나(我)'는 모두 작가 자신의 변형으로서, 반성하는 자아와 반성되는 자아로의 분열이라고 파악한다.

이들의 논의를 바탕으로 하되 「광인일기」라는 텍스트 내부의 질서 혹은 구조에 천착하고자 한 글은 이주노(李珠魯)의 「루쉰의 「광인일기」―'폭력'과 '미침', 그 '감춤'과 '드러냄'의 미학적 보고」[285]이다. 이주노는 작품의 형식이나 구조가 작품 자신에 대해 스스로 이야기하는 과정을 추적하고자 한 바, 작품 내 의미항들이 반복과 변형을 통해 어떻게 자신의 논리를 관철하면서 의미를 생성해내는가를 살펴본다. 이주노는 그동안 「광인일기」 연구의 초점이었던 '광인'의 형상에서 비켜서서 '광기'가 어떻게 현현되며, 어떻게 세계의 본질을 드러내는가를 분석하는 한편, 작가가 서문과 액자소설 등 '감춤'의 서사 전략을 통해 세계의 폭력성의 '드러냄'을 의도하고 있다고 주장한다.

「광인일기」에 드러난 '광기'에 대한 관심은 강경구(姜鯨求)의 「세 명의 광인―위다푸(郁達夫), 루쉰, 선충원(沈從文)의 소설을 중심으로」[286]에서도 엿볼 수 있다. 강경구는 '광기'를 '현재의 문화가 가진 본질적 문제에 대한 가장 유효한 비판의 첨병으로서 현행 문화의 건강성을 담보해주는 항체 역할을 하는 것'이라 간주한다. 이러한 문제의식 위에서 강경구는 '광인'을 '상대적 문화관을 지닌 이방인'으로 파악하는데, 이 '광인'을 통해 인간적 삶을 압살하는 요소로서 '상고(尙古)주의 문화심리', '몰개성적 집체주의 문화', '허위적 도덕주의'를 발견해낸다. '광기'에 대한 관심은 김영문(金永文)의「귀화부(鬼畫符) 다시 그리기—「광인일기」에 관한 또 하나의 시각」[287]에서도 드러난다. 이 글에서 김영문은「광인일기」의 어둡고 괴기스러운 분위기의 의미를 파악하고 그것을 통해 작품의 핵심에 접근하고자 한 바,「광인일기」를 '귀적(鬼的) 상황'으로 요약하고 있다. 김영문은「광인일기」를 '악마나 광인으로 매도되고 있는 참인간을 복권하고, 참인간의 주술에 근거하여 새로운 귀화부(鬼畫符)를 그리는 일에 다름 아니다'라고 주장한다.

한편「광인일기」의 텍스트 내부 질서에 대한 고찰은 이주노의「루쉰의「광인일기」의 문학적 시공간 연구」[288]에서 다시 시도되었다. 이 글에서 이주노는「광인일기」의 문학적 시공간의 구조가 작품 전체의 내적 의미생성에 어떻게 기여하는가를 고찰하였는데,「광인일기」의 시공간이 객관적·물리적 시공간에서 벗어나 주관적·심리적 시공간으로 해체되어 '지금'의 '이곳'(here and now)으로 수렴된다고 분석한다. 이주노는「광인일기」안의 인물과 사건이 특정한 것이 아니라 일상적이고 관습적인 것임을 지적하면서,「광인일기」를 특정 시공간의 특정 인물의 이야기가 아니라, 시공간의 제약을 벗어난 '지금'의 '이곳'의 이야기로 간주하고,「광인일기」를 '오늘'의 의미로 현재화하여 읽어낼 것을 요구한다.

앞에서 언급한 유세종과 이주노의 글에서 한 걸음 더 나아가 김하림(金河林)은「루쉰「광인일기」의 해석과 수용에 관한 연구」[289]에서

「광인일기」의 번역을 둘러싼 문제를 본격적으로 제기하였다. 김하림은 '작품의 번역 문제는 외국어의 올바른 해석에만 국한되는 것이 아니라, 작품의 의미 자체를 올바르게 파악하는 데 관건'이 있다고 지적하면서, '難見眞的人'을 어떻게 번역할 것인가의 문제는 루쉰의 문학 사상이나 문학적·사상적 태도와 연관되는 문제라고 보았다. 아울러 「광인일기」의 시공간에 대해 이주노가 '시공간의 부재 혹은 소멸/시무공의 무화(無化)'라고 보았음에 반해, 김하림은 '초안정적 구조 속에서 고도로 압축된 시공간으로서 과거와 현재가 동형 구조로 존재함을 의미'한다고 풀이한다. 이와 함께 김하림은 「광인일기」가 텍스트 내부의 대립과 결합(외부 세계의 진실에 대한 인식과 내면세계의 심화라는 두 측면의 대립과 결합)을 통해 자체의 힘을 증폭시키고 있으며, 이는 다시 '서문/본문'의 대립으로 그 울림을 배가하고 있다는 점을 강조한다.

성옥례(成玉禮)의 「「광인일기」를 통해 본 루쉰의 소설 인식」[290]은 루쉰의 세계와 자아에 대한 인식을 새로운 각도에서 고찰하고자 하는 글인데, 여기에서 성옥례는 「광인일기」를 자아와 세계에 대한 정시(正視)를 기반으로 하는 현시(顯示, showing)의 텍스트라고 규정한다. 즉 광인은 세계를 대상화하여 바라보는 과정을 통해 자신을 세계와 대립하는 자로 인식하고, 자아에 대한 정시를 통해 자기 부정에 이르게 된다는 것이다. 이 글은 '현시'에 대해 구체적 분석을 결여한 채 일반적인 기술에 그치고 말았지만, 「광인일기」라는 소설의 근대성, 다시 말해 「광인일기」가 최초의 현대소설이라 일컬어지는 이유를 설명해줄 수 있는 중요한 단초를 제기하였다.

「광인일기」를 둘러싸고 제기된 여러 가지 쟁점에 대해 텍스트 내부 질서에 대한 분석을 통해 다시금 해결을 시도한 글은 이주노의 「루쉰의 「광인일기」 다시 읽기」[291]이다. 그는 「광인일기」의 의사소통구조를 고찰하여 의사소통에 참여하는 여러 요소의 상호 관계가 작품 해석에 어떻게 기능하는가를 분석하였다. 그에 따르면, 바깥 이야기(서문)는 안 이야기와 밀접하게 통합함과 동시에, 안 이야기와 분리시키려는 작가의 은밀한 욕망이 숨어 있는 지점이며, '이야기 세계'와 현실 세계의 완충지대로서 작가의 은폐적 서사 전략이 작동되고 있는 곳이다. 또한, 그는 '광인'을 무엇인가의 상징으로 규정하지 않고, 진실을 드러낼 수 없는 폭력적 권위 앞에서는 오로지 광기만이 진실을 토해낼 수 있음을 드러내기 위해 창조한, 작가 나름의 치밀한 서사 전략에 의해 창조된 예술 형상으로 간주한다. 아울러 그는 「광인일기」의 아이러니가 '신뢰할 수 없는 이야기(화자, 표층)'와 '이야기의 진실성(독자, 심층)' 사이에서, 그리고 '救救孩子……'에 엿보이는 '광인의 회의(표층)'와 '독자의 결의(심층)' 사이에서 일어난다고 보고 있다.

「광인일기」를 하나의 완결된, 독자적 세계로 파악하는 이러한 관점에서 벗어나 루쉰 문학 세계의 전체적인 맥락에서 분석하고자 한 글은 이종민(李琮敏)의 「계몽에 대한 현실주의자의 고뇌 읽기—루쉰의 「광인일기」를 중심으로」[292]이다. 이종민은 「광인일기」를 '광인-백화-진보'의 세계가 '관리-문언-전통'의 세계에 패배하는 이야기로 읽을 수 있지만, 「광인일기」의 이야기 공간을 텍스트 밖으로 확장하여 루쉰 문학 지평 속의 한 지점으로 해석할 때 새로운 '열림'의 이야기로 읽어낼 수 있다고 주장한다. 그에 따르면, 닫힌 세계에서 주체는 자신의 생을 보존하기 위해 광기를 발하는데, 이때 광기는 인식의 눈이자 버텨냄의 의지이다. 이종민은 버텨냄의 의지를 루쉰의 「노라는 가출한 후 어떻게 되었나?(娜拉走後怎樣)」에서 제기된 '묵묵하고 끈기 있는 전투[深沉的韌性的戰鬪]'에서 발견한다. 즉 루쉰이 광인의 계몽을 반성적으로 사유하면서 모색한 출로는 바로 '묵묵하고 끈기 있는 전투'이며, 현실 밖에서 진행하는 내성화(內省化)된 계몽의 실패를 선언하고 침묵의 전투를 통해 식인 세계의 해체를 모색하였다는 것이다.

「광인일기」의 '광기'에 대한 연구는 이미 강경구와 김영문에 의해 시도되었는데, '광기'를 루쉰의 문학 세계 전반을 이해하는 주요한 고리로서 연구한 글은 김언하(金彦河)의 「루쉰의 문학 세계와 광기 주제」[293]이다. 그는 '광기는 인간의 정신에 존재하는 극단적 대립을, 그리고 광인은 인간 사회에 존재하는 극단적 대립을 알려주는 표지'로 간주한다. 그는 독기(毒氣)와 귀기(鬼氣)를 루쉰의 무의식적 갈등의 근원이자 루쉰 문학의 뿌리라 주장한다. 그에 따르면, 「광인일기」는 '자신의 본 마음과 대립되는 존재로서의 인간에 대한 증오'를 완벽하게 드러냈으며, 바로 이 때문에 봉건 예교를 비판하기 위해 광기와 광인을 등장시킬 수밖에 없었다. 그는 「광인일기」에 드러난 아버지(형)에 대한 광인의 적의, 인간의 인간에 대한 보편적인 적의를 지적하면서, 루쉰이 중국인을 일종의 광인으로, 중국의 문명을 일종의 광기로 간주하고 있다고 주장한다.

「광인일기」에 대한 '꼼꼼히 읽기'는 류중하(柳中夏)의 「아이들에게 루쉰을 어떻게 가르칠 것인가(1)」[294]에서 다시 한 번 강조되고 있다. 그는 「광인일기」를 암호로 이루어진 텍스트로 여기면서 기호학적 코드 분석의 대상으로 간주한다. 그는 이러한 코드의 일례로 '번(翻)'을 들고 있다. 「광인일기」에 대한 새로운 해석은 이보경(李寶暻)의 「중국의 근대성의 한 테제 '아이를 구하라' 재독」[295]이라는 글에서도 볼 수 있다. 그는 '아이를 구하라'라는 테제를 계몽주의적 혹은 사회진화론적으로 읽는 방식에 동의하면서도, 여기에 배어있는 우울함과 회의적 사유에 대해, 사회진화론의 또 다른 변종인 퇴화론과 관련된 우생학의 관점에서 읽어보고자 시도하였다. 그는 19세기 말 20세기 초 중국 문화계에 퍼져 있던 우생학적 사고를 검토한 후, 루쉰의 글에서도 우생학의 그림자를 발견해낸다. 그에 따르면, '아이를 구하라'라는 테제는 멸종의 길로 재촉하는 '부적자(不適者)'로부터 정신적·육체적으로 건강한 '적자(適者)'를 보호하고 육성함으로써 우수한 유전자를 유전시키고자 하는 우생학적 기획과 불가분의 관계를 맺고 있다.

이와 함께 정재서(鄭在書)의 「식인·광기·근대」[296]는 루쉰 문학에 대한 새로운 문화적 지평에서의 독해를 위해 신화비평적 접근을 시도하면서, 루쉰의 무의식을 구성하는 전통적 원형(archetype)이 작품화 과정에서 어떻게 중요하게 개입했는지에 관심을 갖는다. 그는

「광인일기」의 식인과 광기라는 신화소를 멀리 『산해경(山海經)』으로부터 끌어온 후, 그것을 다시 유교와 도교라는 문화적 층위에서 검토하고, 특히 도교의 진인(眞人) 모티프와 「광인일기」의 '참된 인간[眞的人]'의 상응 관계를 살펴보고 있다. 그에 따르면, 광인의 식인 본성에 대한 깨달음은 신화적 동물이 원초적으로 지니고 있던 양성구유(兩性具有) 본성, 즉 '식인'으로 표상되는 죽음의 파괴적 본능과 '영아(嬰兒)'로 표상되는 원초적 생명력을 확인해준다는 점에서, 광인은 현실적으로 식인성에 굴복하였지만 적어도 신화적으로는 화해하였다. 그는 로고스(logos)에서 뮈토스(mythus)로의 귀환이라는 극적인 사건이, '식인/전통'이 '광인/근대의 타자'가 아니라 양성구유적 한 몸임이라는 깨달음으로써 재신화화 문맥에서 읽힐 때 루쉰에 대한 평가 역시 재신화화 수순을 밟게 되리라 주장한다.

전형준의 「김지하와 왕멍을 통한 「광인일기」 다시 읽기」[297]는 김지하의 시 「무궁화」와 왕멍(王蒙)의 장편소설 『변신인형(活動變人形)』에 기대어 작중인물 '광인'과 작가 루쉰 사이의 관계를 분석하고 있다. 전형준에 따르면 '광인'과 루쉰 사이의 유사성에 주목하면, 문언문 서문의 '나(余)'와 백화문 일기의 '나(我)'는 모두 작가의 분신들이고 작가 내면의 또 다른 자아들이라고 볼 수 있다. 이때 서문의 '나(余)'는 반성하는 자아이고, 일기의 '나(我)'는 반성되는 자아이다. 일본 유학 시기부터 신해혁명의 체험(실패와 좌절, 혁명의 외침, 좌절과 적막)까지의 자기 자신에 대한 포괄적인 반성을 아이러니컬하게 그려낸 것이 「광인일기」이며, 「광인일기」에서 치열하고 풍부한 자기반성을 보여주고 있다고 한다.

　최근의 연구 성과로 허근배·원종은의 「「광인일기」 텍스트 구조의 변증법적 분석―정반합(正反合)을 중심으로」[298]를 들 수 있다. 이 글은 헤겔의 변증법을 연구방법으로 활용하여 작품 속에 나타나는 대립과 모순이 새로운 양상으로 발전을 거듭해가는 과정을 통해, 「광인일기」의 서문에서 밝힌 '조리 없고 황당한 말이 많다'라는 기술과는 달리 광인의 일기가 논리적 맥락과 체계를 갖추고 있음을 규명하고 있다. 이들에 따르면, 「광인일기」는 '나'와 '광인', '발전된 광인의 눈에 비친 사회'와 '발전된 광인의 의식', '완성된 광인의 의식'과 '사회 관념'이라는, 세 층위에서 두 개의 개체가 정반합의 과정을 전개하고 있다. 또한, 진테제(합)가 발생하는 지점마다 매개체가 사용되고 있는 바, '나'로부터 '광인'으로의 과정에는 '달빛'이, '발전된 광인의 눈에 비친 사회'로부터 '발전된 광인의 의식'으로의 과정에는 '자오구이 영감 등 사람들'이, '완성된 광인의 의식'으로부터 '사회 관념'으로의 과정에는 '인의도덕'이 매개하고 있다. 이처럼 광인의 일기는 정반합 구조로 구성되어 설득력과 논리성을 갖추고 있다는 견해이다.

　「광인일기」에 관한 연구가 심화하는 과정에서 「광인일기」의 특정 부분에 대한 번역 문제가 제기되었다. 「광인일기」의 번역을 둘러싼 문제 제기는 유세종이 「초기 루쉰의 참회의식과 근대의식」[299]에서 「광인일기」 속의 '難見眞的人!'을 '참다운 인간을 볼 면목이 없구나!'로 해석한 데 대한 이주노의 문제 제기로 이루어졌다. 이주노는 「루쉰의 「광인일기」─'폭력'과 '미침', 그 '감춤'과 '드러냄'의 미학적 보고」[300]에서 이 문제를 확장하여 '有了四千年吃人履歴的我, 當初 雖然不知道, 現在明白, 難見眞的人!'의 번역, 특히 '不知道'와 '明白' 의 빈어가 무엇인가의 문제를 제기하는 한편, 「광인일기」의 마지막 구절인 '救救孩子……'를 어떻게 번역해야 하는가의 문제도 제기하 였다.

이러한 문제 제기를 이어받아 김하림은 「루쉰 「광인일기」의 해석 과 수용에 관한 연구」[301]에서 「광인일기」의 번역을 둘러싼 문제를 본격적으로 제기하여 '難見眞的人!'을 둘러싼 다양한 해석 양상을 정리하는 한편, 국내 번역서 4종을 중심으로 「광인일기」 전편의 번 역상 상이한 점을 정리하였다. 김하림은 '難見眞的人!'을 둘러싼 번 역 문제는 '광인'을 어떻게 인식할 것인가의 문제와 맞닿아 있으며, 나아가 「광인일기」 전체에 대한 평가, 루쉰의 문학 사상과 연관된 문제임을 지적한다.

서광덕 역시 「『루쉰전집』 번역과 관련한 제문제─「광인일기」 번 역을 중심으로」[302]에서 한국에서 출간된 「광인일기」의 여러 번역본 가운데 김광주 번역본(1946)으로부터 정석원 번역본(2004)에 이르기 까지 7개의 번역본을 비교·검토하였다. 서광덕은 한국에서 루쉰 작 품의 번역을 크게 중국연구자의 번역과 비(非)중국연구자, 즉 일반 문학가의 번역으로 나누어 고찰하였다. 이를 통해 후자의 번역은 유 려하기는 하지만 일부 오역이 발견된 반면, 전자의 번역은 오역이 없음에 반해 문장이 썩 매끄럽지 못한 경향을 보이고 있다고 평가한다.

이어 유세종은 「루쉰 「광인일기」 '절규' 해석의 문제—원근법과 시각을 중심으로」[303]에서 광인을 주도면밀하게 설계하고 서사한 작가 루쉰의 시선, 즉 작가 루쉰이 무엇을 보고 있었느냐를 문제 해결의 실마리로 삼아 광인의 '절규'에 대한 해석 문제를 제기하고 있다. 유세종은 회화에서의 원근법이 실제 공간의 깊이와 멀고 가까움을 평면 위에 구현하듯이, 언어를 통한 상상의 사유에서도 일정한 그림과 원근법에 의한 공간의 표상도를 만들어낼 수 있으며, 이를 통해 「광인일기」의 새로운 지점을 발견할 수 있다고 본다. 원근법에 따라 이 작품을 그려보면, 「광인일기」가 표상하는 그림의 소실점은 사천 년의 식인 이력에 짓눌린 광인의 몸에 모아진다. 그 소실점에서 광인이 '절규하는' "救救孩子……"는 자괴감과 수치심, 어디에도 출로가 없음을 알고 절망하는 인간의 영혼 깊은 곳에서 나오는 어떤 울림으로서, 자신의 전 존재를 향한 절규이다.

홍석표는 「류수인(柳樹人)과 루쉰—「광인일기」 번역과 사상적 연대」[304]에서 류수인이 루쉰의 「광인일기」를 번역하게 된 경위 및 그 내적 동기를 분석하고 그의 루쉰 방문을 실증적으로 고찰하는 한편, 그의 번역이 문예이론상 공감에서 비롯되어 사상적 연대를 모색하는 실천 행위임을 밝히고 있다. 류수인이 번역한 「광인일기」는 『동광』 1927년 8월호에 게재되었는데, 이것은 「광인일기」의 최초 한글 번역본이라 할 수 있다. 홍석표에 따르면, 류수인의 번역은 어휘 선택과 조판에서의 오식 등의 한계로 말미암아 유려한 문체로 이루어진 것은 아니지만, 중국어 원문에 충실한 번역을 시도하여 작품의 의미를 정확하게 전달하고자 노력하였다는 점에서 큰 의의를 지닌다고 할 수 있다.

김영명의 「류수인의 「광인일기」 번역상의 문제점 고찰」[305]에서는 1927년에 발표된 류수인의 번역본이 사용한 「광인일기」의 판본 문제, 등가의 기준에서 바라본 류수인 번역본의 품질 문제, 류수인 번역본의 오역 등 세 가지 측면에서 류수인 번역본에 대해 비평하였다. 이를 위해 김영명은 류수인 번역본과 1923년에 출간된 『외침』 속 「광인일기」 판본을 대조하는 가운데, 등가성이 의심스러운 부분을 찾아내 최근에 번역된 세 편의 번역본과 대조하였다. 류수인 번역본은 시대의 근접에 따른 시대적 분위기와 문체의 일치성을 보인다는 점에서 높이 평가할 수 있지만, 김영명은 곳곳에서 적지 않은 오역을 발견하여 바로잡고 있다.

1990년대 중반으로부터 지금에 이르기까지 「광인일기」에 관한 연구 성과는 대단히 풍부해지고 심화했다고 할 수 있다. 이는 물론 이 시기에 현대문학 연구자가 늘어나고 이들 중 상당수가 루쉰 연구에 뛰어들었다는 점을 빼놓을 수 없지만, 더 중요하게는 그동안의 연구 성과를 바탕으로 우리 나름의 연구 시각을 확보하게 되었다는 점을 꼽아야 할 것이다. 「광인일기」에 대한 연구가 상당한 정도의 수준을 확보하고 루쉰 연구자의 주요한 연구 과제가 되었다는 점은 「광인일기」에 관한 석사학위논문이 제출되었다는 사실에서도 엿볼 수 있다. 구문규의 「초기 루쉰 소설에 나타난 근대적 문학의식 연구」[306]가 그것인데, 구문규는 「광인일기」와 관련된 지금까지의 논의를 바탕으로 루쉰의 근대의식을 규명하고 있다. 2000년 이후에는 「광인일기」와 관련된 석박사학위논문이 적잖이 제출되어 논의의 지평을 확장시켜왔다.[307]

「광인일기」 비교연구

여기에서 잠깐 「광인일기」와 관련된 국내의 비교문학적 연구 성과를 언급하고자 한다. 중국 문학계에서 루쉰과 신채호(申采浩), 루쉰과 김수영(金洙暎), 루쉰과 이광수(李光洙), 루쉰과 염상섭(廉想涉) 등의 비교연구[308]는 있었지만, 「광인일기」와 관련된 비교연구는 눈에 띄지 않는다. 루쉰의 「광인일기」와 관련된 비교문학적 연구 성과는 최근 일본문학 및 한국문학 연구자에 의해 제출되고 있는 바, 간략하나마 글의 문제의식을 중심으로 살펴보고자 한다.

김명주(金明珠)의 「「갓파」·「광인일기」 비교고찰」[309]은 1927년에 발표된 아쿠타가와 류노스케의 「갓파」와 루쉰의 「광인일기」를 비교하고 있다. 그는 이 두 작품이 모두 지식인을 광인으로 설정하여 일본과 중국의 근대 문제를 상징적으로 표출하고 있으며, 두 작가 사이에 명확한 교류 관계가 확인되지는 않지만 상호 영향 관계를 추론할 수 있다고 본다. 그에 따르면, 이 두 작품은 '광인의 지식인'을 설정하고 있다는 점 외에 이중의 서술자를 취하고 있다는 점, 사이클 구성을 보여준다는 점에서 유사성을 보이지만, 작가의 전망에 있어서 '현실개선의 의지/그렇지 못함' 및 '인간해방/니힐리즘적 세계관'의 차이를 보이고 있다

김명주는 「한중일 근대소설 속의 '광인의 지식인' 고찰」[310]에서 루쉰의 「광인일기」, 아쿠타가와 류노스케의 「갓파」, 이상(李箱)의 「날개」에 대한 비교·분석을 심화하고 있다. 그는 이 세 작품이 작가가 처한 시대적 문제의식과 비전을 제기하기 위해 포착한 상징적 모티프로서 '광인의 지식인'을 주인공으로 설정하는 한편, 이중의 서술자를 취하고 '폐쇄적인 골방'과 '대다수 타자가 속한 외부세계'를 대립시킨다는 점에서 유사성을 지니고 있다고 본다. 그에 따르면, 이 세 작품은 광기의 내부와 외부의 경계의 시점(視點)이라 할 수 있는 '제3의 시점', 다시 말해 양자를 이해하면서도 그대로 수용할 수 없는 객관적인 작가의 시점으로 수렴되는 구조를 취하고 있다.

루쉰의 「광인일기」를 한국 작품과 비교·분석하는 연구도 진행되었다. 김영옥(金榮玉)의 「『무정』과 「광인일기」의 근대성 연구」[311]는 이광수의 『무정』과 루쉰의 「광인일기」의 비교연구를 시도하고 있다. 그는 두 작품이 한중 두 나라에서 각각 근대소설의 효시라는 점에 주목하여, 두 작품에 전근대와 구별되는 근대성이 어떤 형식으로 나타났는지를 고찰한다. 그에 따르면, 두 작품은 창작 시기 및 문체에서의 언문일치, 반봉건적 근대 계몽이라는 점에서 유사성을 보이지만, 장편소설/단편소설, 3인칭/1인칭, 현실 인식의 부재에 따른 낙관

적 이상주의/예리한 현실 인식에 따른 무겁고 음침한 분위기, 서사에 있어서의 전근대성/주인공의 내면 심리 위주의 근대적 소설 기법 등에서 많은 차이를 보이고 있다.

정문권·조보로의 「『무정』과 「광인일기」의 계몽성 연구」[312] 역시 이광수의 『무정』과 루쉰의 「광인일기」를 비교·분석하고 있다. 이 글은 한국과 중국의 근대소설의 지평을 개척한 이광수와 루쉰의 작품에 나타나는 계몽성의 구현 양상을 살펴보기 위해 두 작가의 대표작을 비교·연구하여 양자의 계몽성의 의미와 그 차이를 밝히고 있다. 이들에 따르면, 두 작품은 전근대적인 민족 현실에 대해 근대적 자아의식의 확립을 통해 민족성의 개조를 꾀하고 있는데, 작중인물의 자아의식 형상화에 있어서 작가의 실제적 체험을 바탕으로 허구적인 요소들을 접목했다는 공통점이 있다. 그러나 작중인물의 신분이나 서술방식에 있어서 차이점을 드러내고 있는 바, 엘리트형의 선각자와 광인, '육체에 대한 근대적 인식'과 '식인성을 극복하기 위한 광기'라는 계몽의 차이, '교육을 통한 사회 개조'와 '인도주의사상의 사회 개조'라는 방식 차이 등을 드러내고 있다.

송현호(宋賢鎬)의 「루쉰의 「광인일기」와 나혜석의 「경희」 비교 연구」[313]는 두 작품에 나타나는 인습의 폐해와 비인간성에 대한 비판 정신에 주목하면서 역시 두 작품 사이의 유사성과 차이성을 고찰하고 있다. 그에 따르면, 루쉰의 「광인일기」는 중국의 인습 가운데 식인 풍습을 비판하면서 유교를 인습과 같은 것으로 여겨 강력히 비판하고 있는 반면, 나혜석(羅惠錫)의 「경희(瓊姬)」는 가부장제 사회의 노예적인 여성의 삶을 고발하면서 결혼보다 인간으로서의 주체성 확립을 위한 교육의 필요성을 역설하고 있다.

김언하의 「「광인일기」와 「꿈 하늘」 비교 연구」[314]는 작가 자신이 먼저 정신적 재탄생 과정을 겪지 않고는 중국 사회의 정신적 재탄생을 선도하는 작품을 써낸다는 것은 불가능하다는 점을 염두에 두면서, 단재 신채호의 유고작인 중편소설 「꿈 하늘(夢天)」(1916)과 루쉰의 「광인일기」를 비교·분석하고 있다. 김언하에 따르면, 「광인일기」와 「꿈 하늘」에서는 공통적으로 작가의 정신적 재탄생 또는 사상적 정체성의 확립을 엿볼 수 있는데, 이는 '제1차 각성(세상의 유죄를 발견) – 유죄에 대한 비판 시도와 좌절 – 제2차 각성(자신의 유죄를 각성) – 광기와 옥사로부터의 벗어남'이라는 과정을 거치고 있다. 이렇게 볼 때, 두 작품은 구조적·사상적 동질성을 지니고 있으며, 이는 궁극적으로 루쉰과 단재 두 작가가 사상적 동질성을 지니고 있다는 점을 보여준다. 다만, 광인이 제2차 각성 또는 최후의 각성을 통하여 광기에서 풀려나고 치유되는 과정을 계몽의 포기 또는 식인 사회에 대한 투항으로 보아서는 안 되며, 발광을 거친 치유는 각성의 심화로 읽는 것이 타당하다고 주장한다.

조흥선의 「『유림외사』와 「광인일기」 비교」[315]는 청말 고전소설인 『유림외사(儒林外史)』와 「광인일기」를 비교·연구 대상으로 삼고 있다. 그는 '보다'라는 행위의 주체와 그 대상과 관련하여, 두 작품 모두 '보다'라는 행위의 주체인 주인공이 타인과 외부세계를 그 행위의 대상으로 삼다가 자신이 대상이 되는 순간 새로운 국면으로 연결되는 공통점을 보여주는 점에 주목한다. 「광인일기」의 광인은 사람들이 자신을 바라보던 시각을 지나치게 의식하는 '피해망상증' 환자인데, 이 작품에서 광인은 '일차적인 자아'에서 '보여지고 있는 나를 의식하는 주체'를 거쳐, '자신을 보는 주체'로 변화 발전하는 과정을 보여주고 있다. 조홍선이 보기에 『유림외사』와 「광인일기」의 연결고리는 각 작품의 작가가 '일차적인 자아'와 '보여지고 있는 나를 보는 자아'로 분열되어 있는 주체를 의식한 점이며, 이를 통한 새로운 자아 발견 혹은 새로운 각성을 보여주었다는 점에서 두 작가의 선구자적인 면모를 엿볼 수 있다고 주장한다.

  루쉰의 「광인일기」와 관련된 비교연구로서 러시아문학과의 연관관계를 다루는 연구를 빠트릴 수 없다. 그 일례로 우선 강명화·권호종의 「루쉰 소설이 고골의 「광인일기」로부터 받은 주제의식」[316]은 루쉰의 「광인일기」와 「아Q정전」을 고골의 「광인일기」와 비교·분석하고 있다. 이들은 루쉰의 「광인일기」는 소설의 제명, '광인'이라는 주인공, 일기 형식, 1인칭 서술방식 등 외적인 표현 형식에서부터 꿈과 환상의 묘사, 개를 포함한 많은 동물의 등장, 풍자적인 표현 수법, 작품 줄거리의 발전 등 거의 모든 면에서 고골의 「광인일기」를 거울로 삼아 원용하였던 것으로 보인다고 주장한다. 이러한 주장에서 한 걸음 더 나아가 이들은 루쉰의 「광인일기」와 「아Q정전」의 '인도주의 호소'와 '노예근성 폭로'라는 두 가지 주제의식이 모두 고골의 「광인일기」에서 비롯되었음을 밝힌다.

이어 강명화·권호종의 「루쉰의 「광인일기」에 대한 가르신 문학의 영향」[317]은 가르신의 작품 중에서 「나흘」(1877)과 「겁쟁이(Трус)」(1879), 「붉은 꽃」(1883), 「신호(Сигнал)」(1887)를 중심으로 하여 루쉰의 「광인일기」가 가르신의 문학작품을 수용한 양상을 고찰하고 있다. 이들은 「나흘」에서 1인칭 서술 형식, 심리소설, 일기를 바탕으로 하고 있다는 점, 내용 면에서 자아 힐문의 성격이 강하다는 점, 주제로서 고도의 인도주의에 대한 갈망을 표출한다는 점 등에서 루쉰이 영향을 받았다고 본다. 또한 「겁쟁이」에서 '책 속엔 글자들 대신— 널부려져 있는 사람들의 대열'이 「광인일기」의 "책 속에는 글자 대신에 '사람을 먹는다[吃人]'는 글자만 있었을 뿐"과 유사하며, 「붉은 꽃」 속 주인공의 인물 형상과 심리 활동 표현, 붉은 꽃과 식인이 지닌 상징주의 수법, 환상 수법 등의 내용 표현 역시 유사성을 지니고 있으며, 「신호」의 "흡혈귀", "도살자"가 「광인일기」에서는 '식인'으로 대체되었다고 본다.

강명화·권호종의 「루쉰의 「광인일기」에 대한 똘스또이 문학의 영향」[318]은 톨스토이의 「광인일기」(1884)를 중심으로 톨스토이의 문학작품이 루쉰의 「광인일기」에 미친 영향을 검토하고 있다. 이들에 따르면, 두 「광인일기」는 인도주의적 정신과 태도를 견지하는 '광인'을 통해 도처의 사회악에 집요하게 저항하면서 주제를 강하게 부각하고 있다. 이 밖에도 루쉰의 「광인일기」는 제목과 주제뿐만 아니라 내용 구성, 인물 형상 등에 이르기까지 많은 유사성을 보여주는데, 특히 소설의 마무리 내용(광인의 병이 나았다는 것과 소설이 나오게 된 배경을 설명)이 소설의 서두에 배치되어 있다는 유사성을 강조한다. 여기에서 나아가 이들은 루쉰이 톨스토이를 자신의 소설 「광인일기」의 주인공 '광인'으로 설정하고 그의 형상과 사상, 목소리에 자신의 사상을 기탁하였다고 주장한다.

뒤이어 강명화의 「루쉰의 「광인일기」에 대한 오스트롭스키 문학의 영향」[319]은 러시아 작가 알렉산드르 오스트롭스키(Александр Островский)의 「뇌우(Гроза)」(1859)가 루쉰의 「광인일기」에 미친 영향을 분석하고 있다. 강명화에 따르면, 루쉰의 「광인일기」와 오스트롭스키의 「뇌우」는 모두 전제주의적인 봉건 가족제도의 폐악을 드러내고 있다는 공통의 주제의식과 함께, 주제를 드러내기 위한 내용 구성에서부터 작품의 주제, 인물 형상에 이르기까지 매우 유사하다. 특히 루쉰이 가족 내에서 여성의 위치나 억압, 고뇌 등에 대해 새로이 문제의식을 갖고 접근하게 된 것은 바로 오스트롭스키의 영향을 받은 결과라고 본다.

앞에서 살펴본 바의, 「광인일기」와 관련된 국내에서의 비교연구는 개별 작품에 대한 비교연구가 드문 중국문학계에 일정 정도의 방향성과 시사점을 제공하리라 생각한다. 다만 앞에서 언급한 비교연구가 대체로 작품 사이의 유사성과 차이성을 중심으로 평행단순비교에 그치고 있는 듯한 인상을 준다는 점을 지적하고 싶다. 작품의 주제 사상과 표현기법의 유사성, 자구의 유사성 등을 근거로 영향의 주고받음을 판단함으로써, 자칫하면 비교연구의 단순화와 도식화를 초래할 우려가 있다는 점을 지적해두지 않을 수 없다. 이러한 한계는 물론 우리나라 학계의 비교문학 연구방법론의 부재를 반증하는 것이기도 하거니와, 우리 중국문학계의 활발한 연구 활동이 요청되는 지점을 가리키고 있다고 본다.

지금까지 1920년 이후 우리나라에서 「광인일기」의 연구 상황을 개략적으로 살펴보았다. 필자가 보유하고 있는 자료의 한계로 말미암아 여기에서 언급하지 못한 연구 성과들이 많이 있을 것이다. 특히 석박사학위논문 중에 포함된, 「광인일기」와 관련된 연구 성과는 꼼꼼히 살펴보지 못한 채, 연구논문을 중심으로 서술할 수밖에 없었다. 지금까지의 연구 성과를 거칠게 개괄하자면, 루쉰에 관한 권위 담론으로부터 벗어나려는 경향이 뚜렷이 나타나고 있으며, '꼼꼼히 읽기'를 통해 텍스트에 대한 세밀하고도 구체적인 분석이 가해지고 있음을 감지할 수 있다.

그렇다고 해서 국내 연구자의 관점이 대동소이한 것은 분명 아니다. 연구자의 관점은 크게 텍스트 내부로부터 텍스트 외부를 바라보는 경우, 텍스트 내부와 외부를 오가는 경우, 텍스트 외부로부터 텍스트 내부를 바라보는 경우 등으로 나누어 볼 수 있다. 이러한 관점의 차이에 따라 광인 형상 및 광기의 성격에 대한 평가가 다르고, 「광인일기」의 서사구조에 대한 분석, 나아가 루쉰의 문학 가운데 「광인일기」에 부여하는 의미 역시 각각 다르게 나타나고 있다.

우선 광인 형상의 속성을 살펴보면, '계몽자'/'이상적 인격의 체현자'/'작가의 서사 전략에 따른 독특한 예술 형상'/'상대적 문화관을 지닌 이방인' 등으로 각기 달리 해석하고 있다. 서문에 대해서도 '광인의 각성과 계몽의 시도가 무화(無化)되는 지점'/ '이야기 세계와 현실 세계의 완충지대로서 작가의 은폐적 서사 전략이 작동하고 있는 지점'으로서 각기 강조점이 다르다. 또한「광인일기」의 '救救孩子……'에 대해서도 '계몽의 외침'/'절망의 부르짖음'/'당위적인 막연한 기대' 등으로 해석하고 있다.「광인일기」에서 아이러니가 작동되는 지점 역시 '광기의 심화라는 표면구조와 가치의 전도라는 심층구조의 중첩'과 서문과 본문의 중첩/독자의 읽기 행위의 층위에서 드러나는 '표층구조의 신뢰할 수 없는 화자의 이야기와 심층구조의 이야기의 진실성' 및 '救救孩子……'에 엿보이는 '광인의 회의'와 '독자의 결의' 등으로 의견을 달리한다.

중국의 연구 경향과 비교해 볼 때, 우리나라의 연구 성과 가운데에는「광인일기」의 창작 방법(현실주의 작품인가 아니면 상징주의 작품인가 등)이나 주제 사상(진화론인가 계급론인가)에 대해 전문적으로 논하고 있는 글이 보이지 않는다. 아마 이는 우리나라의 연구 풍토가 정치 상황이나 사회 전반의 문화 심리와 깊이 연관된 중국의 문학 연구 상황과 다른 데서 비롯한다고 보인다. 그 대신 우리나라의 연구는 중국에 비해 쟁점을 형성하지 못한 채 산발적이고 개별적인 연구에 그치고 있다고 볼 수 있다. 여기에서 '산발적'이라는 것은 연구자가 지속적인 관심을 기울이지 못한 채 일회적으로 의견을 제기하고 만다는 점을, 그리고 '개별적'이라는 것은 다른 연구자의 논의를 이어받거나 혹은 그에 대해 비판적으로 의견을 제기하지 않는다는 점을 의미한다. 즉 논문은 있되 논의의 장은 건설하지 못하고 있다는 것이다.

1920년 이후 지금까지 우리나라의 「광인일기」 연구 상황을 살펴보노라면, 지금까지의 연구 관점이나 문제의식 모두를 지난날의 역사적 과제나 한계로 환원시켜 설명해서는 안 되겠지만, 현대문학과 루쉰에 관한 연구가 걸어왔던 우여곡절의 발자취의 그림자가 배어 있는 것만은 부인할 수 없는 사실이다. 그럼에도 불구하고 「광인일기」에 대한 우리나라 연구자의 성과는 우리의 시각으로 「광인일기」와 루쉰을 바라볼 수 있는 가능성을 여실히 보여주고 있다고 믿는다. 앞으로 「광인일기」에 대해 새로운 연구방법론이 제시되길 바라면서, 우선적으로 「광인일기」의 중국문학사적 지위, 다시 말해 최초의 현대소설로 일컬어지는 이유에 대해 더 세밀하고 구체적으로 밝히는 작업이 이루어지고, 「광인일기」의 현재적 의미에 대해 설득력 있는 분석이 이루어지길 기대한다.

주석

1장

1) 바깥 이야기에서 '간혹 연결되는 부분이 있어 한 편을 뽑아냈다'라는 진술이나 '사람들의 이름은 모두 바꾸었다'라는 진술 등이 바로 이러한 예다.

2) 웨인 C. 부스의 이론에 따라, 화자와 독자의 거리 변화를 중심으로「광인일기」를 분석한 논문, 譚君强,「論魯迅「狂人日記」中的距離控制」(『思想戰線(雲南大學學報)』, 1989)를 참조.

3) 「광인일기」는 우리가 흔히 보는 수미양괄(首尾兩括)의 액자 형식을 사용하지 않고 도입(導入) 액자만을 보여준다. 게다가 독자의 흥미와 호기심을 자극하는 서술도 매우 간략하며, 바깥 이야기와 안 이야기를 연결하는 지점도 매우 적은 편이다.

4) 정치 사건으로는 위안스카이의 칭제(稱帝)와 장쉰(張勳)의 복벽(復辟)이, 봉건 이데올로기의 강화로는 '신약법(新約法)'의 공포와 존공(尊孔) 및 국교운동(國敎運動) 등이 대표적이다.

5) 『中國近代出版史料』(第2編)의 주석에 따르면 다음과 같다. "据鄒孟鄰君述, '靑年雜志'出版后, '銷路甚少, 連贈送交換在內, 期印一千份, 至民國六年銷數漸增, 最高額達一萬五六千份'." 中共中央馬恩列斯著作編譯局研究室編, 『五四時期期刊介紹』(第一集 上册)(沈陽: 三聯書店, 1978), 37쪽에서 재인용.

6) 김시준, 『中國現代文學史』(서울: 지식산업사, 1992), 86쪽 참조.

7) 루쉰전집번역위원회 옮김, 『루쉰 전집』(제2권)(서울: 그린비, 2010), 26쪽.

8) 신문화운동을 제창하면서 1919년을 전후하여 창간된 잡지로는 『每周評論』(1918년 12월), 『國民』(1919년 1월), 『新潮』(1919년 1월), 『星期評論』(1919년 6월), 『少年中國』(1919년 7월), 『建設』(1919년 8월) 등을 들 수 있다.

9) 「광인일기」를 둘러싼 다양한 해석에 대해서는 이욱연, 「「狂人日記」 해석의

몇 가지 문제」, 『魯迅의 문학과 사상』(서울: 백산서당, 1996)의 제2장 '기존 관점에 대한 검토'를 참조.

10) 앞의 이욱연의 연구에 따르면, '광인=반봉건 전사'의 관점은 주로 「광인일기」와 5·4신문화운동의 시대 정신, 즉 '작품 – 세계' 사이의 연관성에 주목하여 작품을 해독하는 방식이다. '광인=계몽가'의 관점은 '선각한 계몽가 – 대중'의 대립 관계를 중심으로 '세계 – 작가 – 작품' 사이의 연관성에 주목하여 작품을 해독하는 방식이다. '광인=루쉰'의 관점은 「광인일기」 창작 전 루쉰의 삶과 사상을 작품에 대응하여 작가 자신의 자전적 소설로 해독하는 방식이다. 이들 관점에 반해, 이욱연은 '광인=이상적 인격 주체'로 설정하는데, 광인을 '스스로의 주체적 의식 속에서 세계의 본질을 투시하고 인식하는 독립적 인격의 소유자' 및 '자기 소외 상태를 극복한 이상적 인격의 체현자'로 해독한다.

11) 다수의 연구자가 「광인일기」를 분석하면서 흔히 저지르는 오류는 바로 텍스트 바깥의 사실을 가지고 텍스트를 규정하려 드는 경우다. 이 경우는 텍스트 안의 사실이 텍스트 바깥의 사실과 일치하는가 혹은 관련을 맺고 있는가 여부를 따지는 것과 전혀 다른 의미다.

12) "『신청년』 제5기는 미구에 출판될 건데, 여기에 졸작이 실렸다네."(「180529 致許壽裳」) "「광인일기」는 실로 졸작이며⋯⋯."(「180820 致許壽裳」) 루쉰전집 번역위원회 옮김, 앞의 책(제13권)(서울: 그린비, 2016), 477쪽, 481쪽. "「광인일기」는 유치한 데다가 너무나 성급하며 예술적으로도 졸렬합니다."(「對于 『新潮』一部分的意見」) 위의 책(제9권), 307쪽.

13) 루쉰은 「『역외소설집』 약례」에서 "점선은 말이 끝나지 않은 것, 혹은 말이 중단된 것을 표시한다"라고 한다. 위의 책(제12권), 367쪽.

14) 이를테면 "나는 대답한다. '우리의 아이들을 철저히 해방하는 것이라고.'"(「隨感錄 40」) "방법이 없는 데에야 우선 각성한 사람부터 각자 자신의 아이들을 해방시켜 나갈 수밖에 없다."(「我們現在怎樣做父親」) 이와 같은 예를 들 수 있다. 위의 책(제1권), 462쪽, 202쪽.

15) 이러한 의미로 쓰인 예는 다음과 같다. "甚麼人鳴鑼擊鼓, 吶喊搖旗?"(無名氏의 「馬陵道 第二折」) "李雄領了將令, 放起三個轟天大砲, 衆軍一聲吶喊, 遍地

鑼鳴, 離了敎場, 望陝西而進"(「醒世恒言·李玉英獄中訟冤」) 漢語大詞典編纂委員會,『漢語大詞典』(第3卷)(上海: 漢語大詞典出版社, 1989), 208, 209쪽. 이와 같은 의미로 마루오 쓰네키(丸尾常喜)는 "'吶喊'이란 말은 우리의 어감에 있는, 적진을 향해 쳐들어갈 때의 함성이 아니다.『三國志』나『水滸傳』에서, 중앙에 나와 싸움을 벌이는 무사에게 두 진영의 병졸들이 깃발을 흔들고 함성을 질러 기세를 돋구어주는 것을 '搖旗吶喊'이라 한다. 그것(吶喊)은 함성이기는 하여도 이러한 함성이며, 이 '吶喊'이란 말이『신청년』에 대한 루쉰의 태도를 잘 말해주고 있다'라고 한다. 丸尾常喜,『魯迅―花のため腐草となる』(東京: 集英社, 1994), 147쪽.

16) "このことは、子供への期待であるよりは、大人はすべて人を食った人間であって救いがないということの裏返しであり、同時に、新しく生れて來る子供がこの網の目に組みこまれることだけは、せめて防がねばならない、彼らが育ってるまでに、舊い世界を破壞しておかねばならない、という、作者の祈りに近いまでの義務感の表現である。" 丸山昇,『魯迅-その文學と革命』(東京: 平凡社, 1973), 142쪽.

17) "as he(Madman) returns to normalcy and mediocrity, he also forfeits his enlightened status as an original thinker. Hence in providing this reassuring 'Happy ending' in the very beginning of the story, the introduction in fact accentuates the underlying theme of failure. The only way out of this impasse, artificially, is contained in the diarist's final plea—'Save the children!' …… the diary ends in fact with '……', which indicates both its incompleteness and, visually, retreatig echoes." Leo Ou-fan Lee,『Voices from the Iron House』(Bloomington and Indianapolis: Indiana University Press, 1987), p. 71.

18) 전형준,「魯迅小說과 5·4운동」,『현대중국문학의 이해』(서울: 문학과지성사, 1996), 134쪽.

19) 이러한 관점은「광인일기」를 발표하고 얼마 지나지 않아 쓴 글에서도 발견된다. 예컨대「我們現在怎樣做父親」에서 "혁명은 아버지에게까지 미치어 이루어져야 한다"라거나 "우리부터 시작하여 다음 세대 사람들을 해방시키자"라는 진술이나,「隨感錄 57」에서 "썩어빠진 예교와 죽은 언어를 강요함으

로써 현재를 여지없이 모멸하는 자들은 모두 '현재의 도살자'들이다. '현재'를 죽이면 '미래'도 죽이게 된다. 미래는 후손의 시대인 것이다'라는 진술이 그러한 예이다. 루쉰전집번역위원회 옮김, 앞의 책(제1권), 201쪽, 202쪽, 497쪽.

20) 오랜 논의에도 불구하고 시간과 공간에 대한 개념은 여전히 불확정적이고 불명확하다. 이는 시간과 공간이라는 개념이 그것이 생성된 시대정신에 따라 변화한다는 점뿐만 아니라, 시간과 공간이라는 용어 자체가 지닌 추상적이고 형이상학적 성질 때문이라고 볼 수 있다. 자연과학 분야에서조차 명확하게 규정되지 않은 이 개념들이 인문과학 분야 및 예술 분야에서는 더욱 복잡해지고 다양해졌다. 특히 문학 연구에서는 동일 용어임에도 불구하고 폭과 깊이에 있어서 다른 의미로 사용되는 경우가 흔하다.

21) 이는 시간 흐름에 변화를 주는 방식 가운데 하나인 희석화(attenuation)다. 일종의 시간이 정지된 상태, 무시간성과 흡사하다.

22) 「광인일기」의 제1절에서 달을 새로이 인식한다는 것은, 바로 '나'가 과거의 관념적 관점에서 해방되어 자유로운 인식주체로서 근대적 자아를 형성했음을 의미한다.

23) 이욱연, 「「광인일기」 해석의 몇 가지 문제」, 『魯迅의 문학과 사상』(서울: 백산서당, 1996), 258쪽.

24) 어머니의 식인성을 깨닫고 고통스러웠던 것은 물론 어머니가 흘린 눈물 때문이다. 제3절과 제7절에서 사람을 잡아먹으려는 이들은 적대적인 시선 속에서 언제나 키득키득 웃거나[笑吟吟的], 구슬픈 웃음소리[嗚嗚咽咽的笑聲]를 내지른다고 '나'는 생각해왔기 때문에, 사람을 잡아먹는 것을 암묵적으로 인정한 어머니가 흘린 눈물은 '나'에게 '참으로 이상한 일[這眞是奇極的事]'로 여겨졌다.

25) '+'는 앞의 공간을 누적한다는 뜻이다. '+집 안'은 '집 밖+집 안'을, '+방 안'은 '집 밖+집 안(방 밖)+방 안'을 의미한다.

26) '오늘 달을 보니 정신이 대단히 상쾌하다'와 '지난 30여 년이 온통 흐리멍덩하였음을 알았다'라는 말은 주체가 감각 작용을 통해 외부 세계를 받아들이면서 자신에 대한 반성 없이 그저 존재할 뿐임을 의미한다. 즉 논리적 사유

를 통해 사물을 판단하고 인식을 조직하거나, 자신을 반성 대상으로 삼아 존재 물음을 던지는 데는 이르지 못했다는 것이다.

27) 명제⑤에서 명제⑥으로의 귀납적 추론은 다음과 같이 얻어진다. 의사의 시조인 李時珍은 「本草 무엇」에서 인육을 지져 먹을 수 있다고 말했다 → 허(何) 선생은 의사이다 → 그러므로 何선생은 사람을 잡아먹을 수 있다. 이 귀납적 추론에는 특수한 경우를 보편화하는 등 논리적 비약이 포함된다.

28) 이 추론 과정은 다음과 같이 정리할 수 있다. 형은 易子而食할 수 있다고 말한 적이 있다 → 형은 나쁜 사람의 간을 볶아 먹은 일에 대해 수긍했다 → 그러므로 형은 무엇이든 바꾸어 먹을 수 있고 누구든지 잡아먹을 수 있다. 이 역시 귀납을 통해 얻은 보편 명제가 논리적 비약을 포함함을 보여준다.

29) '문지방'에는 루쉰의 역사 인식이 녹아 들어 있는 바, 그것은 과거의 전통과 권위에 대한 철저한 부정과 단절을 의미한다.

30) 명제⑧에서 명제⑨로의 귀납적 추론 과정은 다음과 같다. 형이 누이동생을 잡아먹었다 → 어머니는 형의 말에 대해 안 된다고 말하지 않았다 → 살 한 점을 먹을 수 있다면 통째로도 물론 먹을 수 있다 → 그러므로 어머니 역시 누이동생을 잡아먹었다. 이 귀납적 추론에도 논리적 비약이 포함되어 있다.

31) 루쉰에게 있어 죽음과 삶, 루쉰의 문학에 있어 죽음과 삶에 대해서는 다케우치 요시미의 「루쉰의 삶과 죽음」(전형준 엮음, 『루쉰』, 서울: 문학과지성사, 1997)과 유중하의 「우리가 '끌어다 쓴' 루쉰상에 대한 점묘」(문학과지성사 편집부 엮음, 『문학과 사회』(제42호), 서울: 문학과지성사, 1998)를 참조.

32) 좀 더 꼼꼼히 읽어보면, 제4절에서 형과의 대화 가운데 '오늘은 퍽 나아 보이는구나'와 '오늘은 허(何) 선생님께 널 진찰해 주십사 부탁드렸다'에서 '오늘'이 나오고, 제8절에서 어떤 젊은이와의 대화 가운데 '오늘은 날씨가 참 좋네요'에서 다시 나온다. 이 대화들에 나오는 '오늘'은 제1, 2절의 첫머리에 나오는 '오늘'과 객관적·물리적 시간이라는 점에서는 동일하지만, 작품의 의미생성구조에서 기능은 다르다.

33) "惟聖罔念作狂, 惟狂克念作聖."(『尙書·周書·多方』)

34) "狂而不直, 侗而不愿, 悾悾而不信, 吾不知之矣."(「泰伯」)

35) "好剛而不好學, 其蔽也狂."(「陽貨」)

36) "古者民有三疾, 今也或是之亡也. 古之狂也肆, 今之狂也蕩."(「陽貨」)

37) "歸與! 歸與! 吾黨之小子狂簡, 斐然成章, 不知所以裁之!"(「公冶長」)

38) "不得中行而與之, 必也狂狷乎!"(「子路」)

39) "何以謂之狂也?' 曰: '其志嘐嘐然, 曰: 古之人, 古之人, 夷考其行而不掩焉者也."(『孟子·盡心下』)

2장

1) 루쉰전집번역위원회 옮김, 『루쉰 전집』(제2권), 24, 25쪽.

2) 위의 책(제6권), 348쪽.

3) 위의 책(제13권), 62, 63쪽.

4) 위의 책(제13권), 447쪽.

5) 위의 책(제13권), 462쪽.

6) 경제적 어려움을 한탄하는 또 다른 편지에서는 치멍(起孟, 저우쭤런의 字)을 걱정하기도 한다. 1911년 3월 7일 자 편지에서는 "치멍에게서 편지가 왔는데 프랑스어를 공부해보겠다고 하네만, 난 서둘러 그의 생각을 되돌릴 작정이네. 프랑스와 인연을 맺는다 해도 쌀과 고기를 살 수 없기 때문이네. 2년 전에 이런 말을 했다면 스스로를 비난했겠지만, 이제는 실로 이렇게 생각이 바뀌었으니 스스로도 처량하고 한스럽네"라고 적고 있다. 또한, 1911년 4월 20일 자 편지에서는 학교 업무의 번잡함을 이야기하면서 "일은 다 하찮고 자질구레하여 머리를 혼탁하게 만드는 것들이지만, 밥줄인 까닭에 당장 결연히 떠나지 못하고 있네. 생각이 여기에 미치면 번번이 탄식이 절로 난다네"라고 밝힌다. 1918년 3월 10일 자 편지에서는 "근래 교육부는 아직은 많이 늦어지지는 않았지만 봉급을 제때 주지 않는다네. 그런데 紙券은 폭락하고 인심도 불안하고 고달프기가 진실로 말로 할 수가 없네"라고 적고 있다.

7) 루쉰전집번역위원회 옮김, 앞의 책(제2권), 25, 26쪽.

8) 위의 책(제2권), 26쪽.

9) 위의 책(제6권), 348쪽.

10) 위의 책(제6권), 349쪽.

11) 「나는 어떻게 소설을 쓰게 되었는가」, 위의 책(제6권), 411쪽.

12) 위의 책(제2권), 26, 27쪽.

13) 위의 책(제6권), 349쪽.

14) 위의 책(제13권), 49쪽.

15) 蓋生民之大要三, 而强弱存亡莫不視此: 一曰血氣體力之强; 貳曰聰明智慮之
强; 三曰德行仁義之强(是以)西洋觀化言治之家, 莫不以民力民智民德三者斷
民種之高下, 未有三者備而民生不優, 亦未有三者備而國威不奮者也. 王栻 主
編, 「原强」, 『嚴復集』(第1冊)(北京: 中華書局, 1986), 18쪽.

16) 我支那人, 非無愛國之性質也, 其不知愛國者, 由不自知其爲國也. 「愛國論」,
『淸議報』(第6冊), 1899년 2월 20일.

17) 一家之人各各自放棄其責任, 則家必落; 一國之人各各自放棄其責任, 則國必
亡; 全世界人人各各自放棄其責任, 則界必毁. 「呵傍觀者文」, 『淸議報』(第36
冊), 1900년 2월 20일.

18) 「中國積弱溯源論」, 『淸議報』(第77~84冊), 1901년 4월 29일~7월 6일.

19) 造成今日之老大中國者, 則中國老朽之冤業也; 制出將來之少年中國者, 則中
國少年之責任也. 「少年中國說」, 『淸議報』(第35冊), 1900년 2월 10일.

20) 苟有新民, 何患無新制度, 無新政府, 無新國家, (……) 新民云者, 非新者一人,
而新之者又一人也, 則在吾民之各自新而已. 「新民說·論新民爲今日中國第一
急務」, 『新民叢報』(第1號), 1902년 2월 8일.

21) 孔子最是膽小, (……) 孔敎最大的汚點, 是使人不脫富貴利祿的思想.

22) 儒家之病, 在以富貴利祿爲心. (……) 其敎弟子也, 惟欲成就吏材, 可使從政
(……) 用儒家之道德, 故艱苦卓厲者絶無, 而冒沒奔競者皆是. 俗諺有云: '書

中自有千鐘粟', 此儒家必至之弊.「諸子學略說」

23) 不是皇帝不好, 也不是做官的不好, 也不是兵不强, 也不是財力不足, 也不是外國欺負中國, 也不是土匪作亂. 依我看起來, 凡是一國的興亡, 都是隨着國民性質的好歹轉移, 我們中國人天生的有幾種不好的性質, 便是亡國的原因了. 三愛,「亡國的原因」,『安徽俗話報』(第17期, 第19期), 1904년 12월 7일 및 1905년 6월 3일.

24) 吾人首當一新其心血, 以新人格, 以新國家, 以新社會, 以新家庭, 以新民族, 必造民族更新.「一九一六年」,『新靑年』(第1卷 第5號), 1916년 1월 1일.

25) 商君·李斯破壞封建之際, 吾國本有由宗法社會轉成軍國社會之機. 顧至於今日, 歐洲脫離宗法社會已久, 而吾國終顚頓於宗法社會之中而不能前進. 推原其故, 實家族制度爲之梗也. (……) 而儒家以孝弟二字爲二千年來專制政治,家族制度連結之根幹, 貫澈始終而不可動搖, 使宗法社會牽制軍國社會, 不克完全發達, 其流毒誠不減於洪水猛獸矣.「家族制度爲專制主義之根據論」,『新靑年』(第2卷 第6號), 1917년 2월 1일.

26) 루쉰이 쉬광핑에 보낸 1925년 3월 31일 자 편지와 1925년 4월 8일 자 편지를 참조. 루쉰전집번역위원회 옮김, 앞의 책(제13권), 63쪽, 74쪽.

27) 許壽裳,「我認識的魯迅·懷亡友魯迅」, 魯迅博物館 等 選編,『魯迅回憶錄』(上册)(北京: 北京出版社, 1999), 443쪽.

28) 周啓明,「魯迅的靑年時代·關於魯迅之二」, 위의 책(中册), 887쪽.

29) 天下無國亡而民不爲奴隷者, 天下亦未有民不爲奴隷而國能亡者. 印度之夷於英, 英人非欲奴隷之, 印人自樂爲奴隷也. 越南之淪於法, 法人非欲奴隷之, 越人自樂爲奴隷也. 我中國人數甲於天下而今日形勢其去於印度越南者亦僅矣. 麥孟華,「說奴隷」,『淸議報』(第69册), 1901년 2월 10일.

30) 外人常以無國家思想罵吾支那人. 吾人其果無國家思想歟, 抑彼罵我者之妄也. 此不可不一自反問. 吾思吾支那人之國家思想決不能謂之無, 但其中又不無弱點. 馮自强,「論支那人國家思想之弱點」,『淸議報』(第73册), 1901년 3월 20일.

31) 日本自戰捷中國而後, 唾罵支那之聲, 漫於朝野, 近五年所出之書籍報章, 殆有舍是則無以爲議論之觀. (……) 支那人乏愛國性而富于自私心. (……) 事强而

免害, 侮弱而奪利, 此支那數千年以來之錮性. (……) 支那人不獨具天然之奴
隸性, 且善知爲奴隸之術, 而毫不以爲恥. (……) 支那人以忠孝節義, 禮義廉恥
爲應酬語. (……) 支那人之乏自强心. (……) 如以上所說支那人之特質, 劇言
之則無義無信無禮無廉恥, 唯服從强者之威, 及藉强者之權而易習于强者之惠.
蔡鍔,「支那人之特質」,『淸議報』(第71~73冊), 1901년 3월 1, 11, 20일.

32) 루쉰전집번역위원회 옮김, 앞의 책(제2권), 23쪽.

33) 위의 책(제1권), 102쪽.

34) 「나는 어떻게 소설을 쓰게 되었는가?」, 위의 책(제6권), 411쪽.

35) 「『중국신문학대계』 소설2집 서」, 위의 책(제8권), 324쪽.

36) 위의 책(제1권), 323쪽.

37) 周啓明,「魯迅的靑年時代·魯迅的國學與西學」, 魯迅博物館 等 選編,『魯迅回
憶錄』』(中冊)(北京: 北京出版社, 1999), 818쪽.

38) 1918년의 오류로 보인다.

39) 周啓明, 위의 책, 828쪽.

40) 앞의 책, 834쪽.

41) 루쉰전집번역위원회 옮김,「아프고 난 뒤 잡담의 남은 이야기」, 앞의 책(제8
권), 248쪽.

42) 「수염에서 이까지의 이야기」, 위의 책(제1권), 361쪽.

43) 「'페어플레이'는 아직 이르다」, 위의 책(제1권), 400쪽.

44) 위의 책(제11권), 101쪽.

45) 「『당송전기집』 서례」, 위의 책(제12권), 275쪽.

46) 「『당송전기집』 패변소철」, 위의 책(제12권), 309쪽.

47) 위의 책(제12권), 318, 324쪽.

48) 위의 책(제17권), 188쪽.

49) 위의 책(제17권), 789쪽.

50) 「「여초묘지명」 발문」, 위의 책(제10권), 138쪽.

51) 周啓明, 「魯迅的靑年時代·關於魯迅之二」, 『魯迅回憶錄』(中冊)』, 앞의 책, 887쪽.

52) 루쉰의 「인간복제술(造人術)」 번역과 발표 상황에 관해서는 다음 글을 참조. 神田一三 著, 許昌福 譯, 「魯迅「造人術」的原作」(『魯迅硏究月刊』 2001-9); 宋聲泉, 「魯迅譯「造人術」刊載時間新探」(『魯迅硏究月刊』 2010-5); 王家平, 「魯迅譯作「造人術」的英語原著, 飜譯情況及文本解讀」(『魯迅硏究月刊』 2015-12).

53) 王家平, 위의 글, 38쪽 참조.

54) 馬力, 「魯迅在東京從事文藝活動」, 『魯迅生平史料滙編』(第二輯)(天津: 天津人民出版社, 1982), 181쪽.

55) 李冬木, 「明治時代における‘食人’言說と魯迅の「狂人日記」」(『佛敎大學文學部論集』 第96號, 2012. 3)를 참조.

56) 루쉰전집번역위원회 옮김, 앞의 책(제19권), 47쪽.

57) 大凡非常可怪之論, 不是神經病人, 斷不能想, 就能想也不能說, 說了以後, 遇着艱難困苦的時候, 不是神經病人, 斷不能百折不回, 孤行己意, 所以古來有大學問成大事業的, 必得有神經病才能做到. (……) 爲這緣故, 兄弟承認自己有神經病, 也願諸位同志, 人人個個, 都有一兩分的神經病.

58) 但兄弟所說的神經病, 幷不是粗豪魯莽, 亂打亂跳, 要把那細針密縷的思想, 裝載在神經病里.

59) 總之, 要把我的神經病質, 傳染諸君, 更傳染與四萬萬四人.

60) 『伴隨』編輯部, 『那些逝去的厚重声音: 民国著名学人性情档案』(北京: 北方文藝出版社, 2012).

61) 루쉰전집번역위원회 옮김, 앞의 책(제4권), 146쪽.

62) 위의 책(제6권), 412쪽.

63) 루쉰은 센다이 의학전문학교에서 1년 반 남짓 수학하였는데, 1학년 교과과정은 해부학 이론, 조직학 이론, 화학, 물리, 독일어, 윤리학 및 체육이었으

며, 2학년 교과과정은 해부학과 조직학의 이론 및 실습, 세균학 등이었다. 林
賢治, 『人間魯迅』(合肥: 安徽敎育出版社, 2004), 109, 115쪽.

64) 루쉰전집번역위원회 옮김, 앞의 책(제6권), 411, 412쪽.

65) 周啓明, 「關於魯迅之二」, 『魯迅回憶錄』』(中冊), 앞의 책, 891쪽.

66) 고골의 「광인일기」에 대한 후바타 테이시메이의 일본어판은 메이지 40년
(1907년)에 『취미(趣味)』 제2권 제3~5호에 연재되었다.

67) 루쉰전집번역위원회 옮김, 앞의 책(제12권), 369쪽.

68) 위의 책(제9권), 176쪽.

69) 위의 책(제6권), 354, 355쪽.

70) 위의 책(제9권), 252쪽.

71) 위의 책(제13권), 137쪽.

72) 위의 책(제13권), 668쪽.

73) 위의 책(제1권), 109쪽.

74) 위의 책(제1권), 149쪽.

75) 위의 책(제12권), 724쪽.

76) 위의 책(제12권), 726쪽.

77) 위의 책(제12권), 369쪽.

78) 안드레예프의 광인은 아래와 같이 자신 역시 '기만'의 세계의 일부임을 깨닫
는다. "世界又止成于一字, 是字偉大慘苦, 謾其音也. 時則匍匐出四隅, 蜿蜒繞
我魂魄, 顧鱗甲燦爛, 已爲巴蛇. (……) 誠不在此, 誠無所在也." 魯迅先生紀念
委員會, 『魯迅全集』(第11卷)(上海: 人民文學出版社, 1973), 199, 200쪽.

79) 체호프 지음, 동완 옮김, 『세계문학전집』(제22권)(서울: 동서문화사, 1973),
232쪽.

80) 루쉰의 「광인일기」에서 '개'가 지닌 이미지는 안드레예프의 「기만」에서 '독
사'의 이미지로 변주된다. 즉, '개'가 폭력적 세계를 상징하는 이미지라면,

'독사'는 기만적 세계를 상징하는 이미지이다. 아마도 「기만」에 등장하는 독사는 아담과 하와를 유혹했던 뱀과 관련된 헤브라이즘 세계관에서 비롯했을 것이다. 이러한 독사의 이미지는 가르신의 「붉은 꽃」에서도 반복되는데, '붉은 꽃'을 꺾는 순간 느끼는 뱀은 '구불구불 기어가면서 뒤틀리는 악'을 이미지화한 것이다.

81) 동완·이동현 옮김, 『러시아문학전집』(제3권)(서울: 문우출판사, 1965), 452쪽.

82) 魯迅先生紀念委員會, 앞의 책, 201쪽.

83) 『백년일람(百年一覽)』은 영국인 선교사 리처드 티머시가 미국 소설가 에드워드 벨라미(Edward Bellamy)의 유토피아 소설 『Looking Backward: 2000-1887』을 번역한 것이다.

84) 陳平原, 『中國小說敍事模式的轉變』(北京 : 北京大學出版社, 2010), 66, 67쪽.

85) 이 작품의 원작은 영국 작가 마리 코렐리(Marie Corelli)의 『Vendetta!』(1886)이다. 천징한은 구로이와 루이코(黑岩淚香)가 번역하여 1893년 6월 23일부터 12월 29일까지 『만조보(萬朝報)』에 연재한 『백발귀(白髮鬼)』를 저본으로 삼았다.

86) 陳平原, 앞의 책, 68쪽.

87) 陳平原 等編, 「『魯賓孫漂流記』譯者識語」, 『二十世紀中國小說理論資料』(第1卷)(北京: 北京大學出版社, 1997), 66쪽.

88) 徐枕亞, 「『雪鴻淚史』例言」, 위의 책, 554쪽.

89) 雪蓮日記至是可謂一小結束. 蓋是日以下所記均余在校擧動及功課等瑣事, 與涵秋先生編爲小說之宗旨不同, 故略從刪節. 以上所述均余自受, 無一語誣罔. 伍大福, 「再現辛亥年間國人生活的第一部日記體長篇文言小說一淺談李涵秋的『雪蓮日記』」(『福建師範大學學報』 2005-1), 70쪽에서 재인용.

90) 范伯群, 「『催醒術』: 1909年發表的「狂人日記」一兼談'名報人'陳景韓在早期啓蒙時段的文學成就」(『江蘇大學學報』 2004.9), 7, 8쪽 참조.

91) 冷曰: "世傳催眠術, 我談催醒術. 催眠術科學所許野, 催醒術亦科學所許野. 催眠術爲心理上一種之作用, 催醒術亦爲心理上一種之作用. 中國人之能眠也久

矣, 復安用催? 所宜催者醒耳, 作催醒術, 伏者起, 立者肅, 走者疾, 言者清而明, 事者强而有力. 滿途之人, 一時若飲劇藥, 若觸電氣, 若有人各於其體魄中與之精神力量若干, 而使之頓然一振者."

3장

1) 조혜경, 「나를 찾아 헤매는 '호모 비블로스'의 비극: 고골의 「광인일기」 연구」(『러시아어문학연구논집』 제44집, 2013.10), 333쪽 참조.

2) 고골리·모파상 외 지음, 이시언 옮김, 「광인일기」(서울: 해례원, 2014), 11쪽.

3) 위의 책, 24쪽.

4) 위의 책, 18쪽.

5) 위의 책, 11쪽.

6) 위의 책, 21쪽.

7) 위의 책, 22쪽.

8) 위의 책, 22, 23쪽 참조.

9) 위의 책, 20쪽.

10) 위의 책, 19쪽.

11) 위의 책, 15쪽.

12) 위의 책, 34쪽.

13) 위의 책, 36쪽.

14) 위의 책, 36, 37쪽 참조.

15) 위의 책, 51쪽.

16) 위의 책, 52쪽.

17) 송기정, 「모파상의 환상소설과 광기」(『불어불문학연구』 제35집, 1997), 232쪽

에서 재인용.

18) 고골리·모파상 외 지음, 앞의 책, 70쪽.

19) 기 드 모파상 지음, 노영란 옮김, 『모파상 환상 단편집』(서울: 지식을만드는지
식, 2015), 36쪽.

20) 위의 책, 38쪽.

21) 위의 책, 39, 40쪽.

22) 위의 책, 48쪽.

23) 위의 책, 60, 61쪽.

24) 위의 책, 67쪽.

25) 위의 책, 76, 77쪽.

26) 위의 책, 82쪽.

27) 위의 책, 37쪽.

28) 위의 책, 44, 45쪽.

29) 위의 책, 49쪽.

30) 위의 책, 50쪽.

31) 위의 책, 52쪽.

32) 위의 책, 59, 60쪽 참조.

33) 위의 책, 76쪽.

34) 위의 책, 80, 83쪽.

35) 谷崎潤一郎, 『谷崎潤一郎全集』(第19卷)(東京: 中央公論社, 1982), 17, 18쪽.

36) 위의 책, 25쪽.

37) 위와 같음.

38) 위의 책, 26, 27쪽.

39) 위의 책, 41쪽.

40) 위의 책, 47쪽.

41) 위의 책, 48, 49쪽.

42) 위의 책, 69쪽.

43) 위의 책, 72쪽.

44) 위의 책, 115쪽.

45) 위의 책, 145쪽.

46) 위의 책, 147쪽.

47) 위의 책, 156쪽.

48) 위의 책, 83쪽.

49) 위의 책, 114쪽.

50) 위와 같음.

51) 위의 책, 146쪽.

52) 위의 책, 164쪽.

53) 위의 책, 165쪽.

54) 위의 책, 172쪽.

55) 위의 책, 164쪽.

56) 위의 책, 163쪽.

4장

1) 傅斯年, 「一段瘋話」, 『新潮』(第1卷 第4號), 1919.

2) 吳虞, 「吃人與禮教」, 『新靑年』(第6卷 第6號), 1919.

3) 吳虞, 「家族制度爲專制主義之根據」, 『新靑年』(第2卷 第6號), 1917.

4) 雁冰, 「讀『吶喊』」, 『文學周刊』(第91期), 1923.

5) 楊邨人, 「讀魯迅的『吶喊』」, 『學燈』, 1924.

6) 錢杏邨, 「魯迅—『現代中國文學論』第二章」, 『拓荒者』(第1卷 第2期), 1930.

7) 첸싱춘이 「광인일기」에 부여한 반봉건성이 반드시 긍정적 평가로 보이지는 않는다. 이 글의 '附言'에 "왜 똑같은 구호 아래에서 루쉰의 창작은 이 시대에 거대한 작용을 일으키지 못하는가? 가장 주요한 점은 바로 당시 루쉰의 반봉건 목적이 현 단계의 혁명적 요구와 전혀 일치하지 않고 적응하지 못하기 때문이다"라고 하여, 「광인일기」의 반봉건성이 '현 단계의 혁명적 요구'에 적합하지 않다고 기술하고 있기 때문이다.

8) 胡徵, 「「狂人日記」的時代和藝術」, 『北方雜志』(第1卷 第5期), 1946.

9) 徐中玉, 「「狂人日記」硏究」, 『魯迅生平思想及其代表作硏究』(上海自由出版社, 1954).

10) 馮雪峰, 「「狂人日記」」, 『中國靑年』(9期), 1954.

11) 李桑牧, 「論「狂人日記」」, 『魯迅小說論集』(武漢: 長江文藝出版社, 1956).

12) 許欽文, 『吶喊』分析』(北京: 中國靑年出版社, 1956).

13) 朱彤, 『魯迅作品的分析』(第二卷)(東方書店, 1954).

14) 張惠仁, 「辨'狂'—「狂人日記」若干問題初探」, 『敎學與硏究』, 1979-3.

15) 許杰, 「重讀魯迅先生的「狂人日記」」, 『學術硏究』, 1979-5.

16) 陸耀東, 「關於「狂人日記」中的狂人形象」, 『新港』(1期), 1957.

17) 卜林扉, 「論「狂人日記」」, 『文學評論』(1期), 1962.

18) 嚴家炎, 「「狂人日記」的思想和藝術」, 『昆明師範學院學報』, 1978.

19) 吳中杰·高雲, 「'五四'時代的戰鬪號角—論「狂人日記」」, 『論魯迅的小說創作』, 上海文藝出版社, 1978.

20) 魏澤黎, 「關於「狂人日記」」, 『文學評論叢刊』(4輯), 1979.

21) 陸耀東·唐達暉, 「論「狂人日記」」, 『魯迅研究』, 1980.

22) 陳鳴樹, 「立意在反抗―讀「狂人日記」」, 『語文教學通訊』, 1980-1.

23) 管希雄, 「弗洛伊德與魯迅小說中精神病患者形象」, 『溫州師範專科學校學報』, 1985-1.

24) 錢碧湘, 「來自瘋狂世界的啓示―論魯迅「狂人日記」」, 『九州學刊』, 1986.

25) 張恩和, 「對狂人形象的一点認識」, 『文學評論』, 1963.

26) 陳涌, 「魯迅與五四文學運動的現實主義問題」, 『文學評論』, 1979.

27) 顧農, 「讀魯迅對「狂人日記」的自評」, 『天津師範學院學報』, 1981-2.

28) 嚴家炎, 「「狂人日記」的思想和藝術」, 『昆明師範學院學報』, 1978-3.

29) 王獻永·嚴恩圖, 「試論「狂人日記」中的狂人刑象」, 『合肥師範學院學報』, 1962.

30) 王瑤, 「「狂人日記」略說」, 『語文學習叢刊』(8輯)(上海師範大學, 1979).

31) 孫中田, 「論「狂人日記」」, 『魯迅研究輯刊』(1輯), 1979.

32) 魏澤黎, 「關於「狂人日記」」, 『文學評論叢刊』, 1979.

33) 周葱秀, 「「狂人日記」蠡測」, 『河北師範大學學報』, 1979-4.

34) 公蘭谷, 「論「狂人日記」」, 『文學評論』, 1980-3.

35) 宋學知, 「狂人刑象散論―「狂人日記」閱讀札記」, 『魯迅研究』, 1981.

36) 루쉰전집번역위원회 옮김, 『루쉰 전집』(제8권), 앞의 책, 323쪽.

37) 歐陽凡海, 「魯迅與自我批評」, 『新華日報』, 1942.10.19~20.

38) 胡微, 「「狂人日記」的時代和藝術」, 『北方雜志』, 1946.

39) 馮雪峰, 「「狂人日記」」, 『中國青年』(9期), 1954.

40) 徐中玉, 「「狂人日記」研究」, 『魯迅生平思想及其代表作研究』(上海自由出版社, 1954).

41) 高松年, 「關於狂人刑象及其創作方法―讀「狂人日記」及其評析」, 『新文學論叢』, 1981-4.

42) 唐弢, 「論魯迅小說的現實主義」, 『文學評論』, 1982-1.

43) 唐弢, 「論魯迅小說的現實主義—紀念魯迅誕辰一百周年」, 『文學評論』, 1982-
   1.

44) 劉正强, 「「狂人日記」的創作方法和表現手法」, 『海南師範專科學校學報』,
   1982-1.

45) 傅斯年, 「書報介紹」, 『新潮』(第1卷 第2號), 1919.

46) 孫伏園, 「五四運動和魯迅先生的「狂人日記」」, 『新建設』(第4卷 第2期), 1951.

47) 李桑牧, 『心靈的歷程』(長江文藝出版社, 1959).

48) 卜林扉, 「論「狂人日記」」, 『文學評論』, 1962-1.

49) 王獻永·嚴恩圖, 「試論「狂人日記」中的狂人刑象」, 『合肥師範學院學報』, 1962.

50) 嚴家炎, 「論「狂人日記」的創作方法」, 『北京大學學報』, 1982-1.

51) 唐沅, 「寫實的象徵主義藝術—關於「狂人日記」的創作方法」, 『北京大學學報』,
   1993-4.

52) 雁冰, 「讀『吶喊』」, 『文學周刊』(第91期), 1923.

53) 陳涌, 「魯迅與五四文學運動的現實主義問題」, 『文學評論』, 1979.

54) 顧農, 「讀魯迅對「狂人日記」的自評」, 『天津師範學院學報』, 1981-2.

55) 范伯群·曾華鵬, 「論狂人日記二題」, 『蘇州大學學報』, 1986-4.

56) 魏洪丘 主編, 『魯迅小說導讀』, 華東師範大學出版社, 1993.

57) 吳小美, 「'五四'文學革命的第一聲春雷—獨「狂人日記」」, 『甘肅日報』,
   1979.5.6.

58) 邵伯周, 「'狂人'形象及其創作方法問題」, 『山西大學學報』, 1982-4.

59) 陳鳴樹, 「論魯迅小說的藝術方法及其演變」, 『上海文學』, 1961-9, 10, 11.

60) 陸耀東·唐達暉, 「論「狂人日記」」, 『魯迅研究』(1輯), 1980.

61) 林志浩, 「對「狂人日記」創作方法問題的爭鳴」, 『文藝爭鳴』, 1986-5.

62) 楊江柱,「意識流小說在中國的兩次崛起─從「狂人日記」到「春之聲」」,『武漢師範學院學報』, 1981-1.

63) 陶福登,「「狂人日記」的另一種讀法」,『魯迅研究』, 1983-6.

64) 루쉰전집번역위원회 옮김,『루쉰 전집』(제6권), 앞의 책, 411, 412쪽.

65) 위의 책(제8권), 323, 324쪽.

66) 魯迅博物館 等 選編,『魯迅回憶錄』(中冊)(北京: 北京出版社, 1999), 890, 891쪽.

67) 温儒敏,「外国文学对鲁迅「狂人日记」的影响」,『国外文学』, 1982-4.

68) 王富仁,『魯迅前期小說與俄羅斯文學』(西安: 陝西人民出版社, 1983).

69) 이러한 경향을 보여주는 연구 성과로는 다음과 같은 글을 들 수 있다.

  - 陈清,「两篇「狂人日记」之比较」,『南充师院学报』, 1980-4.

  - 崔赞文,「善于借鉴 勇于创新─读鲁迅和果戈理的同名小说「狂人日记」」,『广西大学学报』, 1988-1.

  - 顾国柱,「"拿来主义"的光辉范例─鲁迅与果戈理同名小说「狂人日记」之比较」,『南都学坛』, 1990-2.

  - 王福和,「果戈理与鲁迅:「狂人日记」的影响和被影响」,『浙江工业大学学报』, 2008-3.

70) 彭定安,「鲁迅的「狂人日记」与果戈理的同名小说」,『社会科学战线』, 1982-1.

71) 肖向東,「影响·借鉴·创新─鲁迅与果戈理「狂人日记」比较论」,『湛江师范学院学报』, 1999-2.

72) 이러한 경향을 보여주는 연구 성과로는 다음과 같은 글을 들 수 있다.

  - 杨莉,「鲁迅、果戈理「狂人日记」之比较」,『学术交流』, 2003-6.

  - 王一玫,「鲁迅与果戈理「狂人日记」之比较」,『科教文汇』, 2006-3.

  - 白洁,「鲁迅与果戈理「狂人日记」的比较阅读」,『集宁师范学院学报』, 2012-1.

73) 王志耕·段守新,「不同结构的'为人生'一两篇「狂人日记」的文化解读」,『南京大学学报』, 2009-1.

74) 宋炳輝,「从中俄文学交往看鲁迅「狂人日记」的现代意义一兼与果戈理同名小说比较」,『中国比较文学』, 2014-4.

75) 周音·李克臣,「试论鲁迅的「狂人日记」与安特莱夫的「墙」」,『中国现代文学研究丛刊』, 1982-4.

76) 江胜清,「论安特莱夫的「红笑」对鲁迅「狂人日记」的影响」,『孝感师专学报』, 1994-1.

77) 王本朝,「'吃人'的寓言与象征一鲁迅「狂人日记」与安特莱夫「红笑」的比较性解读」,『廣東社會科學』, 1993-1.

78) 李春林,『鲁迅的「狂人日记」与陀思妥耶夫斯基的『穷人』』,『河北学刊』, 1988-4.

79) 张艺,「「狂人日记」与『地下室手记』的解构主义倾向分析」,『新乡学院学报』, 2016-7.

80) 魏鵬舉,「「狂人日记」与『查拉图斯特拉如是说』」,『连云港职业大学学报』, 1993-3.

81) 肖莉,「论尼采『察拉图斯忒拉的序言』对鲁迅「狂人日记」的影响」,『湘潭师范学院学报』, 2006-3.

82) 苏晖,「超越者的悲剧一『哈姆雷特』与「狂人日记」」,『外国文学研究』, 1992-1.

何键,「疯人的抗争: 冲突中的悲剧一「狂人日记」与「哈姆雷特」」,『社科縱横』, 1995-3.

83) 胡淑云,「悲剧性的超越 超越者的悲剧一『哈姆雷特』与「狂人日记」之比较」,『江西广播电视大学学报』, 2000-4.

84) 税海模,「『堂·吉诃德』与『阿Q正传』「狂人日记」的跨文明比较」,『樂山師範學院學報』, 2005-1.

85) 高旭東,「拜伦的『该隐』与鲁迅的「狂人日记」」,『蘇州大學學報』, 1985-2.

86) 张薇,「试论「狂人日记」与『荒原狼』」,『南通师专学报』, 社会科学版, 1997-2.

87) 胡志明,「'恐惧'的诗学—『变形记』与「狂人日记」的比较研究」,『山東大學學報』, 2000-6.

88) 魏超,「两个孤獨靈魂—呐喊与呻吟—鲁迅「狂人日记」与卡夫卡『变形记』比较」, 『安徽警官职业学院学报』, 2013-5.

89) 柴改英·李晋,「痛苦的觉醒者—『麦田里的守望者』与「狂人日记」之比较」,『山西大学师范学院学报』, 1998-3.

90) 汪衛東·何欣潼,「鲁迅「狂人日记」與莫泊桑『奥尔拉』」,『鲁迅研究月刊』, 2018-9.

91) 루쉰과 나쓰메 소세키의 문학 세계를 비교연구한 대표적 전문 서적은 다음과 같다.

  - 何乃英,『夏目漱石和他的小說』(北京: 北京出版社, 1985).

  - 李國棟,『夏目漱石文學主脈研究』(北京: 北京大學出版社, 1990).

  - 何少賢,『日本現代文學巨匠夏目漱石』(香港: 中國文學出版社,1998).

92) 루쉰과 나쓰메 소세키의 문학 세계를 비교연구한 대표적 논문은 다음과 같다.

  - 林煥平,「魯迅與夏目漱石」,『魯迅研究』, 1983-3.

  - 李國棟,「『野草』與『夢十夜』」,『日語學習與研究』, 1991-1.

  - 王向遠,「從'餘裕論'看魯迅與夏目漱石的文藝觀」,『魯迅研究月刊』, 1995-4.

  - 陈占彪·陈占宏,「鲁迅与夏目漱石写作的心理背景」,『南都学坛』, 2006-6.

  - 陳漱渝,「把本國作品帶入世界視野—夏目漱石與鲁迅」,『魯迅研究月刊』, 2017-10.

  - 黄雅伦,「夏目漱石和鲁迅的比较研究—以知识分子形象塑造为中心」,『名家名作』, 2018-4.

93) 章小葉,「『我是猫』与「狂人日记」表現手法之比较」,『福建师大福清分校学报』, 2006-1.

94) 王確,「「狂人日记」和『浮雲』的创作启示」,『東北師大學報』, 1992-6.

95) 李倩,「「秋菊的半生」与「狂人日记」的同声相应」,『遼寧大學學報』, 2005-3.

96) 季雅瑄,「「狂人日记」与中国现代小说叙事中的吃人言说」,『牡丹』, 2018-14.

97) 古大勇·金得存,「'吃人'命题的世纪苦旅—从鲁迅「狂人日记」到莫言『酒国』」,
『贵州大学学报』, 2007-3.

98) 殷宏霞,「'吃人'意象的精神呼应—从鲁迅「狂人日记」到莫言『酒国』」,『周口師
範学院学报』, 2014-3.

99) 段乃琳, 姜波,「莫言『酒国』对鲁迅「狂人日记」'吃人'主题的继承和发展」,『理論
觀察』, 2015-2.

100) 吳義勤·王金勝,「'吃人'叙事的歷史變形记—從「狂人日记」到『酒国』」,『文藝研
究』, 2014-4.

101) 王朱杰,「現代性的'吁求'及其'後果'—從鲁迅的「狂人日记」到莫言的『酒国』」,
『西南民族大學學報』 2017-12.

102) 이와 관련된 연구 성과로는 다음과 같은 글이 있다.

- 呂瓊·英子,「「狂人日记」与「長明燈」比較分析」,『松遼學刊』, 1990-2.

- 羅華,「文化重復困境中的叙事反思—在「狂人日记」到「長明燈」之間間,『文
學評論』, 2007-4.

- 陈绪石,「重论启蒙视野下的「長明燈」」,『鲁迅研究月刊』, 2007-11.

- 金大伟,「文本互补的叙事策略—論「狂人日记」与「長明燈」的叙事策略關
系」,『淮南師範學院學報』, 2009-1.

- 吴宏聪·张正吾,「「狂人日记」和「阿Q正傳」在中国启蒙文学中的歷史地位」,
『學術研究』, 1980-6.

- 李春林,「阿Q,'狂人'與彼列多諾夫—鲁迅與索洛古勃比較研究之三」,『山東
師範大學學報』, 2014-4.

- 滕丹,「鲁迅小说中的序—以「阿Q正傳」和「狂人日记」爲中心」,『青春歲月』,
2018-9.

103) 가족소설의 서사라는 관점에서 「광인일기」와 비교연구한 글은 다음과 같다.

- 許祖華, 「从『红楼梦』到『狂人日记』—20世纪中国家族小说傳統溯源」, 『華中師範大學學報』, 2005-6.

- 許祖華, 「不同意义的追求—「狂人日記」與中国現代家族小说」, 『周口師範學院學報』, 2009-4.

- 黃密密, 「從「狂人日記」到『家』: 新文学家族小说的傳承與變異」, 『青春歲月』, 2013-12.

104) 范伯群·曾華鵬, 「論「狂人日記」二題」, 『蘇州大學學報』, 1986-4, 69쪽.

105) 溫儒敏·曠新年, 「「狂人日記」: 反諷的迷宮—對該小說'序'在全篇中結構意義的探討」, 『魯迅研究月刊』, 1990-8, 32쪽.

106) 王富仁, 「「狂人日記」細讀」, 『中國現代文學』(제6호)(한국중국현대문학학회, 1992), 129쪽 참조.

107) 위의 글, 137~139쪽 참조.

108) 薛毅·錢理群, 「「狂人日記」細讀」, 『魯迅研究月刊』, 1994-11, 14, 15쪽.

109) 李冬木, 「明治時代'食人'言說與魯迅的「狂人日記」」, 『文學評論』, 2012-1.

110) 李有智, 「日本魯迅研究的岐路」, 『中華讀書報』, 2012.6.20.

111) 祁曉明, 「「狂人日記」'吃人'意象生成的知識背景」, 『文學評論』, 2013-4.

112) 王彬彬, 「魯迅研究中的實證問題—以李冬木論「狂人日記」文章爲例」, 『中國現代文學研究叢刊』, 2013-4.

113) 青木正兒, 『青木正兒全集』(第二卷)(東京: 春秋社, 1970), 244쪽.

114) 青木正兒, 『支那文學思想史』(東京: 岩波書店, 1943), 200쪽.

115) 이 글을 쓴 구체적 시점은 밝혀지지 않았지만, 대체로 1936년 9월 하순에 집필하기 시작하여 루쉰이 사망한 후인 10월 20일부터 30일 사이에 완성되었으리라 추측한다. 1936년 11월에 발행된 『中國文學月報』에 게재되었다. 竹內好 著, 靳叢林·孫放遠 譯, 「魯迅論」, 『魯迅研究月刊』, 2011-12 참조.

116) 다케우치 요시미 지음, 서광덕 옮김, 『루쉰』(서울: 문학과지성사, 2011), 12쪽.

117) 위의 책, 16쪽.

118) 위와 같음.

119) 위의 책, 175쪽.

120) 위의 책, 18, 19쪽.

121) 위의 책, 22쪽.

122) 위의 책, 50쪽.

123) 竹內好, 『竹內好全集』(第14卷)(東京: 筑摩書房, 1981), 40, 41쪽.

124) 다케우치 요시미 지음, 서광덕 옮김, 앞의 책, 11, 12쪽.

125) 위의 책, 59쪽.

126) 위의 책, 56쪽.

127) 竹內好, 「「狂人日記」について」, 『竹內好全集』(第1卷), 224쪽.

128) 다케우치 요시미 지음, 서광덕 옮김, 앞의 책, 58쪽.

129) 회심은 겉보기에 전향과 비슷하지만 정반대 방향이다. 전향이 밖을 향해 움직인다면 회심은 안을 향해 움직인다. 회심은 자신을 유지하는 것에 의해 드러나고, 전향은 자신을 방기하는 데서 일어난다. 회심은 저항에 매개되고 전향은 무매개다. 회심이 일어나는 곳에 전향은 발생하지 않고, 전향이 일어나는 곳에 회심은 생기지 않는다. 다케우치 요시미 지음, 서광덕 외 옮김, 『일본과 아시아』(서울: 소명출판사, 2004), 53, 54쪽 참조.

130) 다케우치 요시미 지음, 서광덕 옮김, 앞의 책, 130쪽.

131) 위의 책, 68쪽.

132) 위의 책, 99쪽.

133) 위의 책, 74쪽.

134) 竹內好, 『竹內好全集』(제14권), 앞의 책, 40쪽.

135) 위와 같음.

136) 위와 같음.

137) 竹內好, 『竹內好全集』(第1卷), 앞의 책, 219쪽.

138) 위의 책, 222, 223쪽.

139) 위의 책, 223쪽.

140) 위의 책, 231쪽.

141) 竹內好, 『竹內好全集』(第2卷), 앞의 책, 123쪽.

142) 위의 책, 123, 124쪽.

143) 竹內好, 『竹內好全集』(第1卷), 앞의 책, 339쪽.

144) 위의 책, 225쪽.

145) 위의 책, 339쪽.

146) 위의 책, 225, 226쪽.

147) 위의 책, 339쪽.

148) 竹內好, 『竹內好全集』(第2卷), 앞의 책, 121쪽.

149) 丸山昇, 『魯迅—その文學と革命』(東京: 平凡社, 1965), 44, 45쪽 참조.

150) 위의 책, 49쪽.

151) 위의 책, 61, 62쪽 참조.

152) 위의 책, 64쪽 참조.

153) 위의 책, 108쪽.

154) 위의 책, 109쪽.

155) 위의 책, 121쪽.

156) 위의 책, 233쪽.

157) 위의 책, 134쪽 참조.

158) 위의 책, 138쪽.

159) 위의 책, 139쪽.

160) 위의 책, 137쪽.

161) 위의 책, 139쪽.

162) 위의 책, 141쪽.

163) 위의 책, 142쪽.

164) 위의 책, 149, 150쪽 참조.

165) 위의 책, 150쪽 참조.

166) 이토 도라무라는 "젊은 시절부터 스스로 '다케우치 에피고넨에 지나지 않는다'라고 자처해온 나", "나는 스스로 다케우치 에피고넨의 정통파라고 자임하고 있다"라고 밝혔다. 伊藤虎丸, 「『魯迅と終末論』再說―'竹內魯迅'と一九三〇年代思想の今日的意義」, 『東京女子大学比較文化研究所紀要』(62號), 2001, 26쪽 및 「戰後日中思想交流史の中の「狂人日記」」, 『中國文化: 研究と教育』(60號), 2002, 135쪽 참조.

167) 이토는 자신의 '종말론'이 어떤 의미인지 중국인 연구자들로부터 자주 질문을 받았다는 사실을 토로한다. 伊藤虎丸, 「『魯迅と終末論』再說」, 앞의 글, 19쪽.

168) 伊藤虎丸, 『魯迅と終末論―近代リアリズムの成立』(東京: 龍溪書舍, 1975), 174쪽.

169) 위의 책, 177쪽.

170) 루쉰전집번역위원회 옮김, 「중국지질약론」, 『루쉰 전집』(제10권), 앞의 책, 31쪽.

171) 伊藤虎丸, 『魯迅と終末論』, 앞의 책, 189, 190쪽.

172) 위의 책, 211, 212쪽.

173) 伊藤虎丸, 「『魯迅と終末論』再說」, 앞의 글, 20쪽.

174) 위의 글, 29쪽.

175) 伊藤虎丸, 『魯迅と日本人—アジアの近代と'個'の思想』(東京: 朝日新聞社, 1983), 184, 185쪽.

176) 1970년대 일본의 전공투 학생운동과 전후 일본의 민주주의 패배와의 관계에 관해서는 伊藤虎丸, 「『魯迅と終末論』再說」, 앞의 글, 20, 21쪽 참조.

177) 위의 글, 21쪽.

178) 위의 글, 26쪽.

179) 마루야마 마사오 지음, 김석근 옮김, 『일본의 사상』(서울: 한길사, 1998), 136쪽.

180) 위의 책, 139, 140쪽 참조.

181) 위의 책, 144쪽.

182) 위의 책, 153, 154쪽 참조.

183) 伊藤虎丸, 「『魯迅と終末論』再說」, 앞의 글, 26쪽.

184) 위의 글, 26쪽.

185) 마루야마 마사오 지음, 김석근 옮김, 앞의 책, 190, 191쪽.

186) 伊藤虎丸, 「『魯迅と終末論』再說」, 앞의 글, 21쪽.

187) 위의 글, 28쪽.

188) 위의 글, 28, 29쪽.

189) 熊野義孝, 『終末論と歷史哲學』(東京: 新生堂, 1940), 3쪽.

190) 松本 周, 「終末論と教會形成: 熊野義孝と大木英夫の比較檢討」, 『聖學院大學總合研究所紀要』(42號), 2008. 8, 245, 246쪽 참조.

191) 伊藤虎丸, 「『魯迅と終末論』再說―'竹內魯迅'と一九三〇年代思想の今日的意義」, 앞의 글, 2001, 28, 29쪽.

192) 위의 글, 35쪽.

193) 이토는 「광인일기」에서 루쉰의 비판이 민중을 향하고 있다는 점을 지적하였는데, 루쉰의 민중 비판이 단순한 민중 혐오로 읽혀서는 안 됨을 강조하는 한편, 민중을 책임 있는 주체로 변모시키지 않으면 안 됨을 설파하는 가운데 전후 일본의 민주주의 실패에 대해 언급한다. 伊藤虎丸, 『魯迅と日本人』, 앞의 책, 173쪽.

194) 伊藤虎丸, 『魯迅と終末論』, 앞의 책, 224쪽.

195) 위의 책, 230쪽.

196) 위의 책, 231쪽.

197) 위의 책, 225쪽.

198) 伊藤虎丸, 『魯迅と日本人』, 앞의 책, 180, 181쪽.

199) 伊藤虎丸, 『魯迅と終末論』, 앞의 책, 226쪽.

200) 伊藤虎丸, 『魯迅と日本人』, 앞의 책, 182, 183쪽.

201) 위의 책, 184쪽.

202) 위의 책, 183쪽.

203) 여기에서 '죄의 자각'에 그림자를 드리우는 것으로, 이토 도라무라는 판아이눙(范愛農)과의 일화를 통해 루쉰이 밝힌 자신의 엘리트의식, 지도자의식, 또한 그것이 낳은 차별의식, 센터의식 등을 들고 있다. 위의 책, 188쪽 참조.

204) 伊藤虎丸, 『魯迅と終末論』, 앞의 책, 227쪽.

205) 위의 책, 227, 228쪽.

206) 위의 책, 231쪽.

207) 위의 책, 231, 232쪽.

208) 伊藤虎丸, 『魯迅と終末論』, 앞의 책, 212, 213쪽.

209) 伊藤虎丸, 『魯迅と日本人』, 앞의 책, 160쪽.

210) 伊藤虎丸, 『魯迅と終末論』, 앞의 책, 213쪽.

211) 伊藤虎丸, 『魯迅と日本人』, 앞의 책, 168, 169쪽.

212) 伊藤虎丸, 『魯迅と終末論』, 앞의 책, 213쪽.

213) 伊藤虎丸, 「魯迅思想の獨異性とキリスト敎─近代文化の受容をめぐって─」, 『東京女子大學付屬比較文化硏究所紀要』(49輯), 1988, 83쪽.

214) 丸尾常喜 著, 秦弓 譯, 『'人'與'鬼'的糾葛─魯迅小說論析』(北京: 人民文學出版社, 2006), 4, 5쪽.

215) 위의 책, 8쪽 참조.

216) 위의 책, 34쪽.

217) 위의 책, 230쪽.

218) 丸尾常喜, 「出發における「恥辱」(「羞恥」)の契機について: 民族的自己批評としての魯迅文学」, 『北海道大學文學部紀要』(25-2), 1977, 237쪽.

219) 위의 글, 242쪽.

220) 위의 글, 252쪽.

221) 이 부분의 중국어 원문은 '難見眞的人!'이며, 일본어 번역문은 'ほんとうの人間に顔向けできよう!'다.

222) 丸尾常喜, 위의 글, 259쪽.

223) 丸尾常喜, 「'恥辱'的存在の形象について: 民族的自己批評としての魯迅文学 その二」, 『北海道大學文學部紀要』(26-2), 1978, 229쪽.

224) 위의 글, 230쪽.

225) 위의 글, 270쪽.

226) 위의 글, 272쪽.

227) 木山英雄, 「『野草』的形成の論理ならびに方法について─魯迅の詩と'哲學'の時代」, 『東洋文化硏究所紀要』(第30册), 1963, 140쪽.

228) 위의 글, 140, 141쪽.

229) 위의 글, 141쪽.

230) 위의 글, 142쪽.

231) 松岡俊裕의 「魯迅「狂人日記」小考―その秘められたモチーフの問題を中心として」는 1982년 7월『東方學』제64집에 발표되었다. 이 글에서는 2013년 3월 신슈대학 인문학부의『人文科學論集』제47호에 李丹丹, 中島暉 등이 번역해서 발표한 「魯迅「狂人日記」小考―以其隱藏的主題爲中心」을 인용 자료로 삼았다.

232) 松岡俊裕 著, 李丹丹·中島暉 譯, 「魯迅「狂人日記」小考―以其隱藏的主題爲中心」,『人文科學論集』(第47號), 2013, 145쪽.

233) 위의 글, 152쪽.

234) 위와 같음.

235) 松岡俊裕의 「魯迅の‘罪’とその變容」은 1986년 3월에『伊藤漱平教授退官記念中國學論集』에 발표되었다. 이 글에서는 2008년 4월에『信州大學人文社會科學研究』제2호에 李丹丹이 번역해서 발표한 「魯迅之‘罪’及其轉變」을 인용 자료로 삼았다.

236) 松岡俊裕 著, 李丹丹 譯, 「魯迅之‘罪’及其轉變」,『信州大學人文社會科學研究』(第2號), 2008, 150쪽.

237) 위의 글, 159쪽.

238) 위와 같음.

239) 위의 글, 159~162쪽 참조.

240) 藤井省三 著, 陳福康 編譯,『魯迅比較研究』(上海: 上海外語教育出版社, 1997), 65, 66쪽 참조.

241) 위의 책, 67쪽.

242) 위의 책, 68, 69쪽 참조.

243) 위과 같음.

244) 위의 책, 70쪽 참조.

245) 大石智良, 「‘狂氣’と‘覺醒’及び‘食人(カニバリズム)’について: 魯迅「狂人日

記」「覺え書き」, 『法政大學教養部紀要』(第99輯), 1997, 61쪽.

246) 위의 글, 62쪽.

247) 위와 같음.

248) 위의 글, 65쪽.

249) 위의 글, 66쪽 참조.

250) 위의 글, 69쪽.

251) 위의 글, 72쪽.

252) 위의 글, 77쪽.

253) 위의 글, 86쪽.

254) 위의 글, 87쪽 참조.

255) 菊田正信, 「"救救孩子……"」, 『金澤大學中國語學中國文學教室紀要』(第3輯), 1999, 153쪽.

256) 위의 글, 155쪽.

257) 위의 글, 157쪽.

258) 위와 같음.

259) 菊田正信, 「「狂人日記」第十二節"~, 難見眞的人!"の解釋をめぐって」, 『金澤大學中國語學中國文學教室紀要』(第4輯), 2000, 127쪽 참조.

260) 關 泉子, 「魯迅はなぜ「狂人日記」を創作することができたのか─その背景をさぐる」, 『人間社會環境研究』(第12號), 2006, 80쪽.

261) 위의 글, 80~82쪽 참조.

262) 위의 글, 84~86쪽 참조.

263) 김시준, 「한국에서의 루쉰문학연구」, 『루쉰의 문학과 사상』, 제3회 중국현대문학 국제학술대회 발표집, 1993, 1쪽 참조.

264) 青木正兒, 「胡適を中心に渦いてゐる文学革命」, 『青木正兒全集』(第二卷)(東

京: 春秋社, 1970), 244쪽 참조.

265) 이 글은 1931년 1월 4일부터 11월 30일까지 『조선일보』에 연재되었으며, 丁來東, 『丁來東全集』 I (서울: 금강출판사, 1971), 297~362쪽에 실려 있다.

266) 丁來東, 『丁來東全集』 I (서울: 금강출판사, 1971), 312쪽.

267) 위의 책, 343쪽.

268) 金龍燮, 「魯迅論―'醞釀期'에 있어서의 文學」, 『文理大學報』(제3권 2호)(서울대학교 문리과대학 학예부, 1955.9).

269) 朴魯胎, 「魯迅論」, 『知性』 3호, 1958.

270) 河正玉, 「魯迅 文學의 背景―民族의 발견」, 『論文集』(제1집)(공군사관학교, 1966.6).

271) 丁來東, 「中國 新文學의 槪況」, 『丁來東全集』 II (서울: 금강출판사, 1971), 113~120쪽.

272) 「아Q정전」과 「약」에 관한 專題 논문은 다음과 같다. 金永哲, 「「阿Q正傳」 小考」, (『文理大學報』 제18권, 서울대학교 문리과대학 학생회, 1972)와 李漢祚, 「「藥」에 대하여」, (『中國學報』 제16집, 한국중국학회, 1975) 및 全寅初, 「「阿Q正傳」 연구」 I (『人文科學』 제36집, 연세대학교, 1976)과 全寅初, 「「阿Q正傳」 연구」 II (『人文科學』 제37집, 연세대학교, 1977).

273) 成賢子, 「魯迅小說 硏究」(『梨花語文論叢』 제3집, 梨花語文學會, 1980)과 成賢子, 「魯迅 小說의 사회와 인간―創作集 『吶喊』과 『彷徨』을 중심으로」, (『소설과 사회사상』, 민음사, 1982).

274) 金明壕, 「「狂人日記」의 성격」, 『中國學報』(23집), 1983.

275) 河正玉, 「전통에 도전한 중국 최초의 현대소설―「狂人日記」」(『中國語世界』 2호, 1984.8)와 河正玉, 「「狂人日記」의 문학사적 비중」, (『中國語世界』 3호, 1984.9).

276) 魯迅, 就是這個文化新軍的最偉大和最英勇的旗手. 魯迅是中國文化革命的主將, 他不但是偉大的文學家, 而且是偉大的思想家和偉大的革命家. 魯迅的骨頭是最硬的, 他沒有絲毫的奴顔和媚骨, 這是殖民地半殖民地人民最寶貴的性

格.(……) 魯迅的方向, 就是中華民族新文化的方向.『毛澤東選集』(第二卷)(北京: 人民出版社, 1968), 658쪽.

277) "「狂人日記」意在暴露家族制度和禮敎的弊害", 『『新文學大系』小說二集序」, 루쉰전집번역위원회 옮김, 앞의 책(제8권), 324쪽.

278) 李永求,「魯迅의「狂人日記」攷」,『韓國外國語大學校論文集』(24집), 1991.

279) 劉世鐘,「初期 魯迅의 懺悔意識과 近代意識」,『中語中文學』(15, 16집), 1994.12.

280) 이후 루쉰의「광인일기」번역에 관하여 문제를 제기한 논문으로는 李珠魯,「魯迅의「狂人日記」—'폭력'과 '미침', 그 '감춤'과 '드러냄'의 미학적 보고」(『東亞文化』제34집, 1996.12)와 金河林,「루쉰「狂人日記」의 해석과 수용에 관한 연구」(『中國現代文學』제16호, 1999.6)를 들 수 있다.

281) 徐光德,「魯迅과 近代性에 관한 시론」,『中國現代文學』(제10호), 1996.6.

282) 李旭淵,「「狂人日記」해석의 몇 가지 문제」,『中國現代文學』, 1996.6.

283)「광인일기」속 '광인'의 성격에 대한 외국의 여러 학자의 관점을 크게 '광인=반봉건 전사', '광인=계몽가', '광인=루쉰' 등으로 구분하여 분석하고 있다.

284) 全炯俊,「소설가로서의 魯迅과 그의 소설세계」,『中國現代文學』, 1996.6.

285) 李珠魯,「魯迅의「狂人日記」—'폭력'과 '미침', 그 '감춤'과 '드러냄'의 미학적 보고」,『東亞文化』(제34집), 1996.12.

286) 姜鯨求,「세 명의 광인—郁達夫, 魯迅, 沈從文의 소설을 중심으로」,『中國語文學』(제28집), 1996.12.

287) 金永文의「鬼畫符 다시 그리기—「狂人日記」에 관한 또 하나의 시각」,『中國語文學』(제32집), 1998.12.

288) 李珠魯,「魯迅의「狂人日記」의 문학적 시공간 연구」,『中國現代文學』(제14호), 1998.6.

289) 金河林,「魯迅「狂人日記」해석과 수용에 관한 연구」,『中國現代文學』(제16호), 1999.6.

290) 成玉禮, 「「狂人日記」를 통해 본 魯迅의 소설 인식」, 『中國語文論叢』(제20집), 2001.6.

291) 李珠魯, 「魯迅의 「狂人日記」 다시 읽기」, 『中語中文學』(제30집), 2002.6.

292) 李琮敏, 「계몽에 대한 현실주의자의 고뇌 읽기—魯迅의 「狂人日記」를 중심으로」, 『中國現代文學』(제28호), 2004.3.

293) 金彥河, 「魯迅의 문학 세계와 광기 주제」, 『中語中文學』(제35집), 2004.12.

294) 柳中夏, 「아이들에게 魯迅을 어떻게 가르칠 것인가(1)—「狂人日記」를 위한 독법(1)」, 『中國現代文學』(제35호), 2005.12.

295) 李寶暻, 「중국의 근대성의 한 테제 '아이를 구하라' 再讀—우생학적 기획으로 읽기」, 『中國現代文學』(제35호), 2005.12.

296) 정재서, 「食人·狂氣·近代」, 『中國現代文學』(제35호), 2005.12.

297) 전형준, 「김지하와 왕멍을 통한 「광인일기」 다시 읽기」, 『중국현대문학』(제63호), 2012.

298) 허근배·원종은, 「「광인일기」 텍스트 구조의 변증법적 분석—정반합(正反合)을 중심으로」, 『중국문학연구』(제68집), 한국중문학회, 2017.

299) 劉世鐘, 「初期 魯迅의 懺悔意識과 近代意識」, 『中語中文學』(15, 16집), 1994.12.

300) 李珠魯, 「魯迅의 「狂人日記」—'폭력'과 '미침', 그 '감춤'과 '드러냄'의 미학적 보고」, 『東亞文化』(제34집), 1996.12.

301) 金河林, 「魯迅 「狂人日記」의 해석과 수용에 관한 연구」, 『中國現代文學』(제16호), 1999.6.

302) 서광덕, 「『루쉰전집』 번역과 관련한 제문제—「광인일기」 번역을 중심으로」, 『중국어문논역총간』(제25호), 2009.

303) 유세종, 「루쉰 「광인일기」 '절규' 해석의 문제—원근법과 시각을 중심으로」, 『중국학연구』(제49집), 2009.

304) 홍석표, 「류수인(柳樹人)과 루쉰(魯迅)—「광인일기」 번역과 사상적 연대」,

『중국문학』(제77집), 한국중국어문학회, 2013.11.

305) 김영명, 「류수인(柳樹人)의 「광인일기」 번역상의 문제점 고찰」, 『중국연구』(제75권), 2018.

306) 具文奎, 「초기 魯迅 소설에 나타난 근대적 문학의식 연구—「懷舊」와 「狂人日記」를 중심으로」, 崇實大學校 大學院 碩士學位論文, 1999.6.

307) 2000년 이후 「광인일기」와 관련해서 제출된 석박사학위논문은 다음과 같다.

- 金承康, 「魯迅 소설 속의 폭력으로서의 시선—「광인일기」와 「아Q정전」을 중심으로」, 경상대학교 대학원 석사학위논문, 2005.2.
- 任壽嫐, 「魯迅의 「狂人日記」 연구—語彙의 의미를 중심으로」, 공주대학교 교육대학원 석사학위논문, 2005.2.
- 洪多慧, 「「광인일기」의 敍事戰略 硏究」, 제주대학교 대학원 석사학위논문, 2006.12.
- 張希羅, 「「광인일기」에 비춰진 魯迅」, 원광대학교 교육대학원 석사학위논문, 2008.6.
- 曺廷和, 「「광인일기」에 나타난 魯迅의 思想硏究」, 경희대학교 교육대학원 석사학위논문, 2008.8.
- 손혜원, 「魯迅의 사상을 통해 본 계몽 한계 연구—「광인일기」와 「阿Q正傳」을 중심으로」, 공주대학교 교육대학원 석사학위논문, 2009.2.
- 김도희, 「「광인일기」의 창작기법 연구」, 경희대학교 대학원 석사학위논문, 2009.11.
- 姜明華, 「魯迅의 「狂人日記」에 대한 고골(Гоголь)의 影響」, 경상대학교 대학원 석사학위논문, 2010.2.
- 姜明華, 「魯迅의 「狂人日記」에 대한 러시아문학의 影響」, 경상대학교 대학원 박사학위논문, 2015.2.
- 賈博森, 「루쉰의 「광인일기」 영어번역본 및 한국어 번역본의 비교 연구」, 충북대학교 대학원 석사학위논문, 2015.12.

- 왕충성, 「루쉰 「광인일기」의 중한번역 양상」, 영남대학교 대학원 석사학
  위논문, 2018.2.

308) 이러한 예로 엄영욱의 「루쉰과 춘원에 있어 일본 서구의 수용양상 비교」
   (『중국학보』 제48호, 2003)와 「루쉰과 신채호의 작가의식 연구」(『중국현대문
   학』 제21호, 2001), 그리고 김하림의 「루쉰과 김태준의 소설사 연구」(『중국
   어문논총』 제22권, 2002)와 「루쉰과 신채호에 있어서 사회진화론의 영향 연
   구」(『외국문화연구』 제20권 제2호, 1997), 류중하의 「루쉰과 김수영(1)—작
   가란 어떤 존재인가」(『중국현대문학』 제9호, 1995)와 「중간물로 찍은 동아시
   아의 두 점—루쉰과 횡보의 경우」(『중국어문학지』 제4집, 1997) 등을 들 수
   있다.

309) 金明珠, 「「河童」·「狂人日記」 비교고찰」, 『日語敎育』(제16집), 한국일본어교
   육학회, 1999.

310) 金明珠, 「한중일 근대소설 속의 '광인의 지식인' 고찰」, 『일본문화연구』(제
   13집), 동아시아일본학회, 2005.1.

311) 金榮玉, 「『無情』과 「狂人日記」의 근대성 연구」, 『한국어문교육』(제12집), 한
   국교원대학교 한국어문연구소, 2003.

312) 정문권·조보로, 「『무정』과 「광인일기」의 계몽성 연구」, 『한국언어문학』(제
   77집), 2011.

313) 宋賢鎬, 「魯迅의 「狂人日記」와 羅惠錫의 「瓊姬」 비교 연구」, 『現代小說硏究』
   (제21집), 한국현대소설학회, 2004.

314) 김언하, 「「광인일기」와 「꿈 하늘(夢天)」 비교 연구—작가의 정신적 재탄생
   을 중심으로」, 『중국학』(제37집), 2010.12.

315) 조홍선, 「『유림외사(儒林外史)』와 「광인일기」 비교」, 『중국문학연구』(제49
   집), 한국중문학회, 2012.

316) 강명화·권호종, 「魯迅 小說이 고골(Гоголь)의 「광인일기(Записки
   сумасшедшего)」로부터 받은 주제의식」, 『세계문학비교연구』(제35집),
   2011.

317) 강명화·권호종, 「魯迅의 「狂人日記」에 대한 가르신(Гаршин) 文學의 影響」,

『세계문학비교연구』(제45집), 2013.

318) 강명화·권호종, 「魯迅의 「狂人日記」에 대한 똘스또이 文學의 影響」, 『세계
문학비교연구』(제47집), 2014.

319) 강명화, 「魯迅의 「狂人日記」에 대한 오스트롭스키(Островский) 文學의 影
響」, 『세계문학비교연구』(제61집), 2017.

1. 전집·문집·선집

魯迅先生紀念委員會, 『魯迅全集』, 上海: 人民文學出版社, 1973

『魯迅全集』(全16卷), 北京: 人民文學出版社, 1981

伊藤虎丸 等譯, 『魯迅全集』(全20卷), 東京: 學習研究社, 1984

루쉰전집번역위원회 옮김, 『루쉰 전집』(전20권), 서울: 그린비, 2010~2018

『毛澤東選集』(全5卷), 上海: 人民出版社, 1977

王栻 主編, 『嚴復集』(全5卷), 北京: 中華書局, 1986

『章太炎全集』(全5卷), 上海: 人民文學出版社, 1985

梁啓超·馮鏡如 共編, 『淸議報』(全12卷), 北京: 成文出版社, 1966

原刊本 影印, 『新靑年』(全11卷), 東京: 汲古書院, 1970

丁來東, 『丁來東全集』(전3권), 서울: 금강출판사, 1971

李明善 지음, 김준형 엮음, 『李明善全集』(전4권), 서울: 보고사, 2007

靑木正兒, 『靑木正兒全集』(全10卷), 東京: 春秋社, 1970

竹內好, 『竹內好全集』(第14卷), 東京: 筑摩書房, 1981

다케우치 요시미 지음, 윤여일 옮김, 『다케우치 요시미 선집』(전3권), 서울: 휴머니스트, 2011

司馬光 지음, 권중달 옮김, 『자치통감』(전31권), 서울: 삼화, 2007~2010

2. 국내 서적

김시준 옮김, 『루쉰소설전집』, 서울: 중앙일보사, 1989

김시준, 『中國現代文學史』, 서울: 지식산업사, 1992

중국현대문학학회, 『魯迅의 문학과 사상』, 서울: 백산서당, 1996

전형준 엮음, 『현대중국문학의 이해』, 서울: 문학과지성사, 1996

전형준 엮음, 『루쉰』, 서울: 문학과지성사, 1997

엄영욱, 『정신계의 전사 노신』, 서울: 국학자료원, 2003

홍석표, 『루쉰과 한국 동아시아 공존을 위한 상상』, 서울: 이화여자대학교출판문화원, 2017

서광덕, 『루쉰과 동아시아 근대』, 부산: 산지니, 2018

丸山昇 지음, 한무희 옮김, 『魯迅評傳, 문학과 사상』, 서울: 일월서각, 1982

왕샤오밍 지음, 이윤희 옮김, 『인간 루쉰』, 서울: 동과서, 1997

마루야마 마사오 지음, 김석근 옮김, 『일본의 사상』, 서울: 한길사, 1998

히야마 히사오 지음, 정선태 옮김, 『동양적 근대의 창출, 루쉰과 소세키』, 서울: 소명출판사, 2000

다케우치 요시미 지음, 서광덕 옮김, 『루쉰』, 서울: 문학과지성사, 2003

임현치 지음, 김태성 옮김, 『노신의 마지막 10년』, 서울: 한얼미디어, 2004

다케우치 요시미 지음, 서광덕·백지운 옮김, 『일본과 아시아: 다케우치 요시미 평론선』, 서울: 소명출판, 2004

쑨위 지음, 김영문 옮김, 『루쉰과 저우쭤런』, 서울: 소명출판사, 2005

마루오 쯔네키 지음, 유병태 옮김, 『노신』, 서울: 제이앤씨, 2006

린시엔즈 지음, 김진공 옮김, 『인간 루쉰』, 서울: 사회평론, 2007

쑨거 지음, 윤여일 옮김, 『다케우치 요시미라는 물음: 동아시아의 사상은 가능한

가』, 서울: 그린비, 2007

저우하이잉 지음, 서광덕 외 옮김, 『나의 아버지 루쉰』, 서울: 강, 2008

왕후이 지음, 송인재 옮김, 『절망에 반항하라: 왕후이의 루쉰 읽기』, 서울: 글항아리, 2014

후지 쇼조 지음, 백계운 옮김, 『루쉰: 동아시아에 살아 있는 문학』, 서울: 한울아카데미, 2014

가오쉬둥 지음, 이주노 옮김, 『문화 가로지르기 관점에서 바라본 루쉰』, 서울: 소명출판, 2017

다케우치 요시미 지음, 윤여일 옮김, 『일본 이데올로기』, 서울: 돌베개, 2017

이승훈, 『문학과 시간』, 서울: 이우출판사, 1983

에드워드 T. 홀 지음, 김지명 옮김, 『숨겨진 차원』, 서울: 정음사, 1984

한스 라이헨바하 지음, 이정우 옮김, 『시간과 공간의 철학』, 서울: 서광사, 1986

스티븐 호킹 지음, 玄正晙 옮김, 『시간의 역사』, 서울: 삼성출판사, 1990

로뜨만 외 지음, 러시아시학연구회 편역, 『시간과 공간의 기호학』, 서울: 열린책들, 1996

나병철, 『문학의 이해』, 서울: 문예출판사, 1994

나병철, 『소설의 이해』, 서울: 문예출판사, 1998

동완·이동현 옮김, 『러시아문학전집』, 서울: 문우출판사, 1965

함변근 옮김, 『신역세계문학전집』(45), 서울: 정음사, 1971

고골리·체호프 외 지음, 동완 옮김, 『세계문학전집』, 서울: 동서문화사, 1973

모빠상 지음, 한용택 옮김, 『모빠상 괴기소설 광인?』, 서울: 장원, 1996

고골리·모파상 외 지음, 이시언 옮김, 『광인일기』, 서울: 해례원, 2014

기 드 모파상 지음, 노영란 옮김, 『모파상 환상 단편집』, 서울: 지식을만드는지식, 2015

다니자키 준이치로 지음, 김효순 옮김, 『미친 노인의 일기』, 서울: 민음사, 2018

3. 국외 서적

3-1. 중국어 서적

張夢陽, 『中國魯迅學通史(全6卷)』, 廣州: 廣東敎育出版社, 2005

魯迅博物館 等 選編, 『魯迅回憶錄』(全3冊), 北京: 北京出版社, 1999

『魯迅生平史料滙編』(全4輯), 天津: 天津人民出版社, 1982

魯迅博物館 等編, 『魯迅年譜』(全4卷), 北京: 人民文學出版社, 1981

袁良駿, 『當代魯迅硏究史』, 西安: 陝西人民敎育出版社, 1992

王富仁, 『魯迅前期小說與俄羅斯文學』, 西安: 陝西人民出版社, 1983

彭定安, 『魯迅思想論稿』, 杭州: 浙江文藝出版社, 1983

錢理群, 『心靈的探尋』, 上海: 上海文藝出版社, 1988

錢理群, 『與魯迅相遇』, 北京: 生活·讀書·新知三聯書店, 2003

程致中, 『穿越時空的對話─魯迅的當代意義』, 合肥: 安徽敎育出版社, 2004

王富仁, 趙卓 著, 『突破盲點─世紀末社會思潮與魯迅』, 北京: 中國文聯出版社, 2001

袁盛勇, 『魯迅:從復古走向啓蒙』, 上海: 上海三聯書店, 2006

靳新來, 『'人'與'獸'的葛藤』, 上海: 上海三聯書店, 2010

房向東, 『活的魯迅』, 上海: 上海書店出版社, 2001

高旭東 編, 『世紀末的論爭』, 北京: 東方出版社, 2001

王吉鵬 等 編著, 『魯迅民族性的定位』, 長春: 吉林人民出版社, 2000

林賢治, 『人間魯迅』, 合肥: 安徽敎育出版社, 2004

盧毅 著, 『章門弟子與近代文化』, 桂林: 廣西師範大學出版社, 2009

張宏杰, 著『中國國民性演變歷程』, 長沙: 湖南人民出版社, 2013

陳平原, 『中國小說敍事模式的轉變』, 北京: 北京大學出版社, 2010

陳平原 等編, 『二十世紀中國小說理論資料』(第一卷), 北京: 北京大學出版社, 1997

中共中央馬恩列斯著作編譯局研究室編, 『五四時期期刊介紹』, 沈陽: 生活·讀書·新知三聯書店, 1978

『伴隨』編輯部, 『那些逝去的厚重声音: 民國著名學人性情档案』, 北京: 北方文藝出版社, 2012

竹內好 著, 靳叢林 編譯, 『從'絶望'開始』, 北京: 生活·讀書·新知三聯書店, 2013

竹內好 著, 孫歌 編, 李冬木 等譯, 『近代的超克』, 北京: 生活·讀書·新知三聯書店, 2016

伊藤虎丸 著, 孫猛 等譯, 『魯迅, 創造社與日本文學―中日近現代比較文學初探』, 北京: 北京大學出版社, 1995

伊藤虎丸 著, 李冬木 譯, 『日本與日本人―亞洲的近代與'個'的思想』, 石家莊: 河北教育出版社, 2001

丸山昇 著, 王俊文 譯, 『魯迅·革命·歷史』, 北京: 北京大學出版社, 2005

丸尾常喜 著, 秦弓 譯, 『'人'與'鬼'的糾葛―魯迅小說論析』, 北京: 人民文學出版社, 2006

青木正兒 著, 孟慶文 譯, 『中國文學思想史』, 瀋陽: 春風文藝, 1985

藤井省三 著, 陳福康 編譯, 『魯迅比較研究』, 上海: 上海外語教育出版社, 1997

3-2. 일본어 및 영어 서적

青木正兒, 『支那文學思想史』, 東京: 岩波書店, 1943

青木正兒 著, 『支那文學槪說』, 東京: 弘文堂書房, 1936

竹內好, 『魯迅』, 東京: 未來社, 1961

丸山昇,『魯迅一その文學と革命』,東京: 平凡社, 1965

伊藤虎丸,『魯迅と終末論一近代リアリズムの成立』,東京: 龍溪書舍, 1975

伊藤虎丸,『魯迅と日本人一アジアの近代と'個'の思想』,東京: 朝日新聞社, 1983

熊野義孝,『終末論と歷史哲學』,東京: 新生堂, 1940

谷崎潤一郎,『谷崎潤一郎全集』(第19卷),東京: 中央公論社, 1982

丸尾常喜,『魯迅一花のため腐草となる』,東京: 集英社, 1994

Translated by YANG XIANYI and GLADYS YANG, LU XUN Selected Works(vol.1), Beijing: Foreign Language Press, 1980

Leo Ou—fan Lee, Voices from the Iron House, Bloomington and Indianapolis: Indiana University Press, 1987

4. 국외 논문

4-1. 중국어 논문

卜林扉,「論「狂人日記」」,『文學評論』1期, 1962.2

王獻永·嚴恩圖,「試論「狂人日記」中的狂人刑象」,『合肥師範學院學報』1962.12

張恩和,「對狂人形象的一点認識」,『文學評論』1963.10

嚴家炎,「「狂人日記」的思想和藝術」,『昆明師範學院學報』1978-3

嚴家炎,「「狂人日記」的思想和藝術」,『昆明師範學院學報』1978.5

王瑤,「「狂人日記」略說」,『語文學習叢刊』8輯, 上海師範大學, 1979

孫中田,「論「狂人日記」」,『魯迅研究輯刊』1輯, 1979.4

周葱秀,「「狂人日記」蠡測」,『河北師範大學學報』1979-4

陳涌,「魯迅與五四文學運動的現實主義問題」,『文學評論』1979.5

魏澤黎, 「關於「狂人日記」」, 『文學評論叢刊』 1979.10

陳鳴樹, 「立意在反抗─讀「狂人日記」」, 『語文敎學通訊』 1980-1

公蘭谷, 「論「狂人日記」」, 『文學評論』 1980-3

陳淸, 「兩篇「狂人日記」之比較」, 『南充師院學報』 1980-4

吳宏聰·张正吾, 「「狂人日記」和「阿Q正傳」在中國啓蒙文學中的歷史地位」, 『學術研究』 1980-6

陸耀東·唐達暉, 「論「狂人日記」」, 『魯迅研究』 1980.12

楊江柱, 「意識流小說在中國的兩次崛起─從「狂人日記」到「春之聲」」, 『武漢師範學院學報』 1981-1

宋學知, 「狂人刑象散論─「狂人日記」閱讀札記」, 『魯迅研究』 1981.2

顧農, 「讀魯迅對「狂人日記」的自評」, 『天津師範學院學報』 1981-2

高松年, 「關於狂人刑象及其創作方法─讀「狂人日記」及其評析」, 『新文學論叢』 1981-4

唐弢, 「論魯迅小說的現實主義」, 『文學評論』 1982-1

彭定安, 「魯迅的「狂人日記」與果戈理的同名小說」, 『社会科学战线』 1982-1

劉正强, 「「狂人日記」的創作方法和表現手法」, 『海南師範專科學校學報』 1982-1

嚴家炎, 「論「狂人日記」的創作方法」, 『北京大學學報』 1982-1

邵伯周, 「「狂人」形象及其創作方法問題」, 『山西大學學報』 1982-4

溫儒敏, 「外國文學對魯迅「狂人日記」的影響」, 『國外文學』 1982-4

周音·李克臣, 「試論魯迅的「狂人日記」與安特萊夫的「墻」」, 『中國現代文學研究叢刊』 1982-4

林煥平, 「魯迅與夏目漱石」, 『魯迅研究』 1983-3

陶福登, 「「狂人日記」的另一種讀法」, 『魯迅研究』 1983-6

管希雄, 「弗洛伊德與魯迅小說中精神病患者形象」, 『溫州師範專科學校學報』

1985-1

高旭東,「拜倫的『該隱』與魯迅的「狂人日記」」,『蘇州大學學報』1985-2

范伯群·曾華鵬,「論「狂人日記」二題」,『蘇州大學學報』1986-4

林志浩,「對「狂人日記」創作方法問題的爭鳴」,『文藝爭鳴』1986-5

錢碧湘,「來自瘋狂世界的啓示―論魯迅「狂人日記」」,『九州學刊』1986.12

崔贊文,「善于借鑒 勇于創新―讀魯迅和果戈理的同名小說「狂人日記」」,『广西大學學報』1988-1

李春林,「魯迅的「狂人日記」與陀思妥耶夫斯基的『穷人』」,『河北學刊』1988-4

譚君强,「論魯迅「狂人日記」中的距離控制」,『思想戰線(雲南大學學報)』1989-5

顧國柱,「'拿来主義'的光辉范例―魯迅與果戈理同名小說「狂人日記」之比較」,『南都學坛』1990-2

吕瓊·英子,「「狂人日記」與「長明燈」比較分析」,『松遼學刊』1990-2

溫儒敏·曠新年,「「狂人日記」: 反諷的迷宮―對該小說'序'在全篇中結構意義的探討」,『魯迅研究月刊』1990-8

李國棟,「『野草』與『夢十夜』」,『日語學習與研究』1991-1

蘇暉,「超越者的悲剧―「哈姆雷特」與「狂人日記」」,『外國文學研究』, 1992-1

王確,「「狂人日記和『浮雲』的創作啓示」,『東北師大學報』1992-6

王本朝,「'吃人'的寓言與象徵―魯迅「狂人日記與安特萊夫「紅笑」的比較性解讀」,『廣東社會科學』1993-1

魏鵬舉,「「狂人日記」與『查拉圖斯特拉如是說』」,『連雲港職業大學學報』1993-3

唐沅,「寫實的象徵主義藝術―關於「狂人日記」的創作方法」,『北京大學學報』1993-4

江勝清,「論安特萊夫的「紅笑」對魯迅「狂人日記」的影響」,『孝感師專學報』1994-1

薛毅, 錢理群,「「狂人日記」細讀」,『魯迅研究月刊』1994-11

何键,「瘋人的抗争: 冲突中的悲剧─「狂人日記」與『哈姆雷特』」,『社科縱橫』1995-3

王向遠,「從'餘裕論'看魯迅與夏目漱石的文藝觀」,『魯迅研究月刊』1995-4

蘭愛國,「從現代狂人到後現代白痴」,『文藝爭鳴(長春)』, 1996-2

王丹,「魯迅與契訶夫創作比較論」,『魯迅研究月刊』1996-3

张薇,「試論「狂人日記」與『荒原狼』」,『南通師專學報』(社会科學版) 1997-2

余鳳高,「世界文學潮流中的「狂人日記」」,『魯迅研究月刊』1997-4

陳敬中,「深廣的憂憤 良苦的用心」『湖北師範學院學報』, 1997-4

柴改英·李晋,「痛苦的觉醒者─『麦田里的守望者』與「狂人日記」之比較」,『山西大學師范學院學報』1998-3

肖向東,「影響·借鑒·創新─魯迅與果戈理「狂人日記」比較論」,『湛江師范學院學報』1999-2

胡淑云,「悲剧性的超越 超越者的悲剧─『哈姆雷特』與「狂人日記」之比較」,『江西廣播電視大學學報』2000-4

胡志明,「'恐惧'的詩學─『變形记』與「狂人日記」的比較研究」,『山東大學學報』2000-6

神田一三 著, 許昌福 譯,「魯迅「造人術」的原作」,『魯迅研究月刊』2001-9

杨莉,「魯迅、果戈理「狂人日記」之比較」,『學术交流』2003-6

范伯群,「「催醒術」: 1909年發表的「狂人日記」─兼談「名報人」陳景韓在早期啓蒙時段的文學成就」,『江蘇大學學報』2004.9

伍大福,「再現辛亥年間國人生活的第一部日記體長篇文言小說─淺談李涵秋的『雪蓮日記』」,『福建師範大學學報』2005-1

稅海模,「『堂·吉诃德』與「阿Q正传」「狂人日記」的跨文明比較」,『樂山師範學院學報』2005-1

李倩,「「秋菊的半生」與「狂人日記」的同声相应」,『遼寧大學學報』2005-3

許祖華,「從『紅樓夢』到「狂人日記」─20世紀中國家族小說傳統溯源」,『華中師範大

學學報』2005-6

章小葉,「『我是猫』與「狂人日記」表現手法之比較」,『福建師大福淸分校學報』2006-1

王一玫,「魯迅與果戈理「狂人日記」之比較」,『科教文滙』2006-3

肖莉,「論尼采『察拉圖斯忒拉的序言』對魯迅「狂人日記」的影響」,『湘潭師範學院學報』2006-3

陳占彪, 陳占宏,「魯迅與夏目漱石寫作的心理背景」,『南都學壇』2006-6

古大勇, 金得存,「'吃人'命題的世紀苦旅—從魯迅「狂人日記」到莫言『酒國』」,『貴州大學學報』2007-3

羅華,「文化重復困境中的叙事反思—在「狂人日記」到「長明燈」之間」,『文學評論』2007-4

陳緖石,「重論启蒙視野下的「長明燈」」,『魯迅研究月刊』2007-11

王福和,「果戈理與魯迅:「狂人日記」的影響和被影響」,『浙江工业大學學報』2008-3

王志耕·段守新,「不同結構的'爲人生'—两篇「狂人日記」的文化解讀」,『南京大學學報』2009-1

金大偉,「文本互補的叙事策略—論「狂人日記」與「長明燈」的叙事策略關系」,『淮南師範學院學報』2009-1

許祖華,「不同意義的追求—「狂人日記」與中國現代家族小說」,『周口師範學院學報』2009-4

宋聲泉,「魯迅譯『造人術』刊載時間新探」,『魯迅研究月刊』2010-5

段美喬,「從『魯迅』到『魯迅入門』: 竹內好魯迅觀的變動」,『魯迅研究月刊』2011-1

劉偉,「'竹內魯迅'與前後日本魯迅研究」,『吉林大學社會科學學報』2010.11

劉偉,「竹內好『魯迅』與近三十年中國魯迅研究」,『文藝爭鳴』2011.9

黃江蘇,「启蒙者與文學者: 魯迅研究的不同關注點」,『學術月刊』2011.3

彭小燕,「'文学魯迅'與'启蒙魯迅'—'竹内魯迅'的原型意義及其限度」,『漢語語文學

研究』第2卷 3期, 2011.9

竹內好 著, 靳叢林·孫放遠 譯, 「魯迅論」, 『魯迅研究月刊』2011-12

白洁, 「魯迅與果戈理「狂人日記」的比較阅讀」, 『集宁師范學院學報』2012-1

李多木, 「明治時代‘食人’言說與魯迅的「狂人日記」」, 『文學評論』, 2012-1

李有智, 「日本魯迅研究的岐路」, 『中華讀書報』2012年 6月 20日

祁曉明, 「「狂人日記」‘吃人’意象生成的知識背景」, 『文學評論』2013-4

王彬彬, 「魯迅研究中的實證問題—以李多木論「狂人日記」文章爲例」, 『中國現代文學研究叢刊』2013-4

魏超, 「两個孤獨靈魂—吶喊與呻吟—魯迅「狂人日記」與卡夫卡『變形记』比較」, 『安徽警官职业學院學報』2013-5

黄密密, 「從「狂人日記」到『家』: 新文學家族小說的傳承與變異」, 『青春歲月』2013-12

殷宏霞, 「‘吃人’意象的精神呼应—從魯迅「狂人日記」到莫言「酒國」」, 『周口師範學院學報』2014-3

吳義勤·王金勝, 「‘吃人’叙事的歷史變形记—從「狂人日記」到『酒國』」, 『文藝研究』2014-4

宋炳輝, 「從中俄文學交往看魯迅「狂人日記」的現代意義—兼與果戈理同名小說比較」, 『中國比較文學』2014-4

李春林, 「阿Q, ‘狂人’與彼列多諾夫—魯迅與索洛古勃比較研究之三」, 『山東師範大學學報』2014-4

段乃琳, 姜波, 「莫言『酒國』對魯迅「狂人日記」‘吃人’主題的繼承和發展」, 『理論觀察』2015-2

王家平, 「魯迅譯作「造人術」的英語原著, 翻譯情況及文本解讀」, 『魯迅研究月刊』2015-12

张藝, 「「狂人日記」與『地下室手记』的解构主義倾向分析」, 『新鄉學院學報』2016-7

陳漱渝,「把本國作品帶入世界視野─夏目漱石與魯迅」,『魯迅研究月刊』2017-10

王朱杰,「現代性的'吁求'及其'後果'─從魯迅的『狂人日記』到莫言的『酒國』」,『西南民族大學學報』2017-12

黄雅伦,「夏目漱石和魯迅的比較研究─以知识分子形象塑造爲中心」,『名家名作』2018-4

汪衛東·何欣潼,「魯迅「狂人日記」與莫泊桑『奧尔拉』」,『魯迅研究月刊』2018-9

滕丹,「魯迅小說中的序─以『阿Q正傳』和『狂人日記』爲中心」,『青春歲月』2018-9

陳風華 外,「魯迅小說多模態飜譯修辭幹特徵研究」,『上海對外經貿大學學報』2018.9

季雅瑄,「「狂人日記」與中國現代小說叙事中的吃人言說」,『牡丹』2018-14

4-2. 일본어 논문

木山英雄,「『野草』的形成の論理ならびに方法について─魯迅の詩と'哲學'の時代」,『東洋文化研究所紀要』第30冊, 1963

丸尾常喜,「出発における「恥辱」(「羞恥」)の契機について: 民族的自己批評としての魯迅文學」,『北海道大學文學部紀要』25-2, 1977.3

丸尾常喜,「'恥辱'的存在の形象について: 民族的自己批評としての魯迅文學 その二」,『北海道大學文學部紀要』26-2, 1978.3

松岡俊裕,「魯迅「狂人日記」小考─その秘められたモチーフの問題を中心として」,『東方學』第64輯 1982.7

松岡俊裕,「魯迅の'罪'とその變容」,『伊藤漱平敎授退官記念中國學論集』, 1986.3

伊藤虎丸,「魯迅思想の獨異性とキリスト敎─近代文化の受容をめぐって」,『東京女子大學付屬比較文化研究所紀要』49輯, 1988

丸尾常喜,「'難見眞的人!'再考─「狂人日記」第十二節末尾の讀解)」,『魯迅研究の現在(汲古書院)』, 1992

大石智良,「'狂氣'と'覺醒'及び'食人(カニバリズム)'について: 魯迅「狂人日記」覺え

書き」,『法政大學教養部紀要』第99집, 1997

菊田正信, 「"救救孩子……"」,『金澤大學中國語學中國文學教室紀要』第3輯, 1999

菊田正信, 「「狂人日記」第十二節"~, 難見眞的人!"の解釋をめぐって」,『金澤大學中國語學中國文學教室紀要』第4輯, 2000

伊藤虎丸, 「『魯迅と終末論』再說一'竹內魯迅'と一九三〇年代思想の今日的意義」,『東京女子大學比較文化研究所紀要』62號, 2001

伊藤虎丸, 「戰後日中思想交流史の中の「狂人日記」」,『中國文化: 研究と教育』60號, 2002.6

關 泉子, 「魯迅はなぜ「狂人日記」を創作することができたのか一その背景をさぐる」,『人間社會環境研究』第12號, 2006

松岡俊裕 著, 李丹丹 譯, 「魯迅之'罪'及其轉變」,『信州大學人文社會科學研究』第2號, 2008

松本 周, 「終末論と敎會形成: 熊野義孝と大木英夫の比較檢討」,『聖學院大學總合研究所紀要』42號, 2008.8

李冬木, 「明治時代における'食人'言說と魯迅の「狂人日記」」,『佛敎大學文學部論集』第96號, 2012.3

松岡俊裕 著, 李丹丹, 中島暉 譯, 「魯迅「狂人日記」小考一以其隱藏的主題爲中心」,『人文科學論集』第47號, 2013

吉美, 「谷崎文に現れている老人の性一晚年の作品癲老人日記を中心に」,『동북아문화연구』第37輯, 2013

小林信彦, 「『瘋癲老人日記』まで」,『文學界』Vol. 69 No. 8, 2015

吉美, 「'足'に憧れている老人の性一谷崎晚年の作品『瘋癲老人日記』を中心に」, 한국일본학회 제87회 학술대회, 2013

猪口洋志, 「谷崎潤一郎「瘋癲老人日記」論: 日記を通じて伝える颯子への思い」,『國文學』第103卷, 2019.3

5. 국내 논문

Yoo Byeungtae, 'Dramatization of the Night in Luxun—Study on Luxun's Critical Thought Concerning Chinese Ontology',『中國學論集』, 1994.3

가박삼, 「루쉰의 「광인일기」 영어번역본 및 한국어 번역본의 비교 연구」, 충북대학교 대학원 석사학위논문, 2015.12

강경구, 「세 명의 광인—郁達夫, 魯迅, 沈從文의 소설을 중심으로」, 『中國語文學』 제28집, 1996.12

강명화, 「魯迅의 「狂人日記」에 대한 오스트롭스키(Островский)文學의 影響」, 『세계문학비교연구』 제61집, 2017.

강명화, 「魯迅의 「狂人日記」에 대한 고골(Гоголь)의 影響」, 경상대학교 대학원 석사학위논문, 2010.2

강명화, 「魯迅의 「狂人日記」에 대한 러시아문학의 影響」, 경상대학교 대학원 박사학위논문, 2015.2

강명화·권호종, 「魯迅 小說이 고골(Гоголь)의 『광인일기(Записки сумасшедшего)』로부터 받은 주제의식」, 『세계문학비교연구』 제35집, 2011.

강명화·권호종, 「魯迅의 「狂人日記」에 대한 똘스또이 文學의 影響」, 『세계문학비교연구』 제47집, 2014.

강명화·권호종, 「魯迅의 『狂人日記』에 대한 가르신(Гаршин)文學의 影響」, 『세계문학비교연구』 제45집, 2013.

구문규, 「초기 魯迅 소설에 나타난 근대적 문학의식 연구—「懷舊」와 「狂人日記」를 중심으로」, 崇實大學校 大學院 碩士學位論文, 1999.6

김진아, 「『미치광이 노인일기(瘋癲老人日記)』와 노인의 性」, 『일본학보』 제53권, 2002

김도희, 「「광인일기」의 창작기법 연구」, 경희대학교 대학원 석사학위논문, 2009.11

김용섭, 「魯迅論―'醞釀期'에 있어서의 文學」, 『文理大學報』 제3권 2호, 서울대학교 문리과대학 학예부, 1955.9

김명주, 「「河童」·「狂人日記」 비교고찰」, 『日語教育』 제16집, 한국일본어교육학회, 1999

김명주, 「한중일 근대소설 속의 '광인의 지식인' 고찰」, 『일본문화연구』 제13집, 동아시아일본학회, 2005년 1월

김명호, 「「狂人日記」의 성격」, 『中國學報』 제23집, 1983

김문황, 「「외투」와 『광인일기』 비교연구」, 『비교문화연구』 제13권, 2009

김승강, 「魯迅 소설 속의 폭력으로서의 시선―「광인일기」와 「아Q정전」을 중심으로」, 경상대학교 대학원 석사학위논문, 2005.2

김시준, 「한국에서의 魯迅문학연구」, 『魯迅의 문학과 사상』, 제3회 中國現代文學 국제학술대회 발표집, 1993년 11월

김언하, 「「광인일기」와 「꿈 하늘(夢天)」 비교 연구―작가의 정신적 재탄생을 중심으로」, 『중국학』 제37집, 2010.12

김언하, 「루쉰의 문학 세계와 광기 주제」, 『中語中文學』 제35집, 2004.12

김영명, 「류수인(柳樹人)의 「狂人日記」 번역상의 문제점 고찰」, 『중국연구』 제75권, 2018

김영문, 「鬼畫符 다시 그리기―狂人日記에 관한 또 하나의 시각」, 『中國語文學』 제32집, 1998.12

김영옥, 「『無情』과 「狂人日記」의 근대성 연구」, 『한국어문교육』 제12집, 한국교원대학교 한국어문연구소, 2003

김진아, 「다니자키 준이치로(谷崎潤一郎) 문학과 노인의 性」, 동덕여자대학교 박사학위논문, 2002.6

김하림, 「魯迅 「狂人日記」의 해석과 수용에 관한 연구」, 『中國現代文學』 제16호, 1999.6

김하림, 「루쉰과 김태준의 소설사 연구」, 『중국어문논총』 제22권, 2002.6

김하림, 「루쉰과 신채호에 있어서 사회진화론의 영향 연구」, 『외국문화연구』 제20권 제2호, 1997.4

류재한, 「모파상의 Le Horla에 나타난 '우언법적 글쓰기': '문장의 산책'」, 『한국프랑스학논집』 제48권, 2004

류중하, 「루쉰과 김수영(1)─작가란 어떤 존재인가」, 『중국현대문학』 제9호, 1995년 10월

류중하, 「중간물로 찍은 동아시아의 두 점─루쉰과 횡보의 경우」, 『중국어문학지』 제4집, 1997.12

리핑·안노 마사히데, 「다케우치 요시미(竹內好)와 루쉰」, 『세계문학비교연구』 제36집, 2011 가을

박노태, 「魯迅論」, 『知性』 3호, 1958

박혜영, 「모파상의 'Le Horla'dp 나타난 공간분석」, 『인문과학연구(덕성여대)』 1권 2호, 1995

박혜영, 「모파상의 환상적 단편 속에 나타난 액자식 서술구조의 유형과 기능 분석」, 『불어불문학연구』, 제30권, 1995

서광덕, 「『루쉰전집』 번역과 관련한 제문제─「광인일기」 번역을 중심으로」, 『중국어문논역총간』 제25호, 2009

서광덕, 「魯迅과 近代性에 관한 시론」, 『中國現代文學』 제10호, 1996.6

서광덕, 「다케우치 요시미의 일본근대비판과 魯迅硏究」, 『중국현대문학』 제27호, 2003.12

서광덕, 「동아시아담론과 魯迅硏究」, 『중어중문학』 34호, 2004.6

서광덕, 「동아시아의 근대성과 魯迅」, 연세대학교 박사학위논문, 2003

성옥례, 「「狂人日記」를 통해 본 魯迅의 소설 인식」, 『中國語文論叢』 제20집, 2001.6

성현자, 「魯迅 小說의 사회와 인간─創作集 『吶喊』과 『彷徨』을 중심으로」, 『소설과 사회사상』, 민음사, 1982

성현자, 「魯迅小說 硏究」, 『梨花語文論叢』 제3집, 梨花語文學會, 1980

손혜원, 「魯迅의 사상을 통해 본 계몽 한계 연구―「광인일기」와 「阿Q正傳」을 중심으로」, 공주대학교 교육대학원 석사학위논문, 2009.2

송기정, 「모파상의 환상소설과 광기」, 『불어불문학연구』 제35집, 1997

송현호, 「魯迅의 「狂人日記」와 羅惠錫의 「瓊姬」 비교 연구」, 『現代小說硏究』 제21집, 한국현대소설학회, 2004

안수강, 「근현대 종말론 동향 및 관점 분석: 時相과 局面을 중심으로」, 『생명과말씀』 제21권, 2018.8

안윤영, 「다니자키(谷崎潤一郎) 작품에 나타난 '풋 페티시즘' 고찰」, 한국외국어대학교 대학원 석사학위논문, 2008.8

엄영욱, 「루쉰과 신채호의 작가의식 연구」, 『중국현대문학』 제21호, 2001.12

엄영욱, 「루쉰과 춘원에 있어 일본 서구의 수용양상 비교」, 『중국학보』 제48호, 2003.12

왕부인, 「「狂人日記」細讀」, 『中國現代文學』 제6호, 한국중국현대문학학회, 1992.5

왕충성, 「루쉰 「광인일기」의 중한번역 양상」, 영남대학교 대학원 석사학위논문, 2018.2

유세종, 「魯迅 「광인일기」 '절규' 해석의 문제―원근법과 시각을 중심으로」, 『중국학연구』, 제49집, 2009

유세종, 「初期 魯迅의 懺悔意識과 近代意識」, 『中語中文學』 제15·16집, 1994.12

류중하, 「아이들에게 魯迅을 어떻게 가르칠 것인가(1)―「狂人日記」를 위한 독법(1)」, 『中國現代文學』 제35호, 2005년 12월

류중하, 「우리가 '끌어다 쓴' 루쉰상에 대한 점묘」, 『문학과 사회』 1998(여름)

이경희, 「1960년의 『근대의 초극』론」, 『日語日文學硏究』 제82집, 2012.6

이경희, 「마루야마 마사오와 다케우치 요시미의 전후 사상재건과 '근대'적 사유」, 『동아시아문화연구』 제73집, 2019.5

이보경, 「중국의 근대성의 한 테제 '아이를 구하라' 再讀―우생학적 기획으로 읽기」, 『中國現代文學』 제35호, 2005.12

이상성, 「과학의 시간과 변증법적 종말론」, 『한국조직신학논총』 제20집

이영구, 「魯迅의 「狂人日記」攷」, 『韓國外國語大學校論文集』 제24집, 1991

이영진, 「'帝國'의 그림자와 마주한다는 것 ― 竹內好와 동아시아」, 『일본연구』 제59호, 2014.3

이욱연, 「狂人日記」 해석의 몇 가지 문제」, 『中國現代文學』, 1996.6

이종민, 「계몽에 대한 현실주의자의 고뇌 읽기―魯迅의 「狂人日記」를 중심으로」, 『中國現代文學』 제28호, 2004.3

이주노, 「魯迅의 「狂人日記」 다시 읽기」, 『中語中文學』 제30호, 2002.6

이주노, 「魯迅의 「狂人日記」 研究의 現況과 展望」, 『中國現代文學』 제36호, 2006.3

이주노, 「魯迅의 「狂人日記」의 문학적 시공간 연구」, 『中國現代文學』 제14호, 1998.6

이주노, 「魯迅의 「狂人日記」―'폭력'과 '미침', 그 '감춤'과 '드러냄'의 미학적 보고」, 『東亞文化』 제34집, 1996.12

임수혁, 「魯迅의 「狂人日記」 연구―語彙의 의미를 중심으로」, 공주대학교 교육대학원 석사학위논문, 2005.2

장희나, 「「광인일기」에 비춰진 魯迅」, 원광대학교 교육대학원 석사학위논문, 2008.6

전형준, 「김지하와 왕멍을 통한 「광인일기」 다시 읽기」, 『중국현대문학』 제63호, 2012.12

전형준, 「소설가로서의 魯迅과 그의 소설세계」, 『中國現代文學』, 1996.6

정래동, 「魯迅과 그의 작품」, 『丁來東全集』 I, 서울: 금강출판사, 1971

정래동, 「中國 新文學의 槪況」, 『丁來東全集』 II, 서울: 금강출판사, 1971

정문권, 조보로, 「『무정』과 「광인일기」의 계몽성 연구」, 『한국언어문학』 제77집, 2011

정예영, 「환상문학을 둘러싼 다양한 해석들—모파상의 「오를라」를 예로」, 『불어문화권연구』 제16권, 2006

정재서, 「食人·狂氣·近代」, 『中國現代文學』 제35호, 2005년 12월

조정화, 「「광인일기」에 나타난 魯迅의 思想研究」, 경희대학교 교육대학원 석사학위논문, 2008.8

조혜경, 「나를 찾아 헤매는 '호모 비블로스'의 비극: 고골의 「광인일기」 연구」, 『러시아어문학연구논집』 제44집, 2013.10

조흥선, 「『儒林外史』와 「광인일기」 비교」, 『중국문학연구』 제49집, 한국중문학회, 2012

최종길, 「대동아전쟁과 다케우치 요시미의 전쟁책임론」, 『사림』 제64호, 2018.4

최진호, 「냉전기 중국 이해와 루쉰 수용 연구」, 『한국학연구』 39호, 2015.12

하정옥, 「「狂人日記」의 문학사적 비중」, 『中國語世界』 3호, 1984.9

하정옥, 「魯迅 文學의 背景—民族의 발견」, 『論文集』 제1집, 공군사관학교, 1966.6

하정옥, 「전통에 도전한 중국 최초의 현대소설—狂人日記」, 『中國語世界』 2호, 1984.8

허근배·원종은, 「「광인일기」 텍스트 구조의 변증법적 분석—正反合을 중심으로」, 『중국문학연구』 제68집, 한국중문학회, 2017

홍다혜, 「「광인일기」의 敍事戰略 研究」, 제주대학교 대학원 석사학위논문, 2006.12

홍석표, 「류수인(柳樹人)과 루쉰(魯迅)—「광인일기」 번역과 사상적 연대」, 『중국문학』 제77집, 한국중국어문학회, 2013.11

황선주, 「魯迅에의 실마리—「狂人日記」」, 『中國文學』 제16집, 1988

KI신서 8851

루쉰의 광인일기, 식인과 광기

1판 1쇄 인쇄 2019년 12월 26일
1판 1쇄 발행 2019년 12월 31일

지은이 이주노
펴낸이 김영곤
펴낸곳 (주)북이십일 21세기북스

출판사업본부장 정지은
뉴미디어사업팀장 조유진 **뉴미디어사업팀** 이지연 나다영
교정교열 이보람 **디자인** 강수진
영업본부장 한충희 **출판영업팀** 오서영 윤승환
마케팅팀 배상현 김윤희 이현진
제작팀 이영민 권경민

출판등록 2000년 5월 6일 제406-2003-061호
주소 (10881) 경기도 파주시 회동길 201(문발동)
대표전화 031-955-2100 **팩스** 031-955-2151 **이메일** book21@book21.co.kr

(주)북이십일 경계를 허무는 콘텐츠 리더

21세기북스 채널에서 도서 정보와 다양한 영상자료, 이벤트를 만나세요!
장강명, 요조가 진행하는 팟캐스트 말랑한 책 수다 〈책, 이게 뭐라고〉

페이스북 facebook.com/jiinpill21 **포스트** post.naver.com/21c_editors
인스타그램 instagram.com/jiinpill21 **홈페이지** www.book21.com
유튜브 youtube.com/book21pub

서울대 가지 않아도 들을 수 있는 명강의! 〈서가명강〉
유튜브, 네이버, 팟빵, 팟캐스트에서 '서가명강'을 검색해보세요!

ⓒ 이주노, 2019
ISBN 978-89-509-8557-8 93820